中华优秀传统文化传承发展工程

中国
民间文学
大系

谜语

Project for Transmission and
Development of Fine Traditional
Chinese Culture

Treasury of
Chinese Folk Literature

Collection of Riddles

# 10-13

河北卷（一）　　Hebei Volume I

中国文学艺术界联合会　中国民间文艺家协会　总编纂

中国文联出版社
http://www.clapnet.cn

**图书在版编目（CIP）数据**

中国民间文学大系.谜语.河北卷.一/中国文学
艺术界联合会,中国民间文艺家协会总编纂.--北京：
中国文联出版社,2024.8

ISBN 978-7-5190-5434-2

Ⅰ.①中… Ⅱ.①中… ②中… Ⅲ.①民间文学–作
品综合集–中国②谜语–汇编–河北 Ⅳ.① I277

中国国家版本馆 CIP 数据核字 (2024) 第 039540 号

中国民间文学大系·谜语·河北卷（一）

Zhongguo Minjian Wenxue Daxi
Miyu Hebei Juan (Yi)

| | |
|---|---|
| 总编纂 | 中国文学艺术界联合会 中国民间文艺家协会 |
| 终审人 | 姚莲瑞 |
| 复审人 | 蒋爱民 |
| 责任编辑 | 周　欣 |
| 责任校对 | 田宝维　张雉岩 |
| 书籍设计 | XXL Studio |
| 排版制作 | 水行时代文化 |
| 责任印制 | 陈　晨 |
| 出版发行 | 中国文联出版社有限公司 |
| 地址 | 北京市朝阳区农展馆南里 10 号，100125 |
| 电话 | 010-85923025（发行部），010-85923091（总编室） |
| 印刷 | 北京雅昌艺术印刷有限公司 |
| 开本 | 635×965，1/8 |
| 字数 | 555 千字 |
| 印张 | 70.75 |
| 版次 | 2024 年 8 月第 1 版 |
| 印次 | 2024 年 8 月第 1 次印刷 |
| 书号 | ISBN 978-7-5190-5434-2 |
| 定价 | 738.00 元 |

中华优秀传统文化传承发展工程

中国民间文学大系出版工程领导小组

| | |
|---|---|
| 组长 | 铁　凝　李　屹 |
| 副组长 | 徐永军　董耀鹏　俞　峰　诸　迪　张雁彬<br>张　宏　黄豆豆　冯骥才　潘鲁生 |
| 办公室主任 | 张雁彬（兼） |
| 办公室副主任 | 邱运华（常务）　韩新安　杨发航　邓光辉<br>谢　力　周由强　暴淑艳　尹　兴 |
| 成员 | 各省区市和新疆兵团宣传部分管领导和文联党组书记；有关文艺家协会分党组书记；学术委员会主任、编纂出版工作委员会主任和中国文联出版社社长等。 |

# 中国民间文学大系出版工程学术委员会

# 中国民间文学大系出版工程编纂出版工作委员会

# 总序

  5000多年的中华文化源远流长、灿烂辉煌，滋养着中华民族生生不息、发展壮大，积淀着中华民族最深沉的精神追求，镌刻着中华民族独特的精神标识，也蕴藏着解决当代人类面临难题的传统智慧，是涵养社会主义核心价值观的精神之源，更是我们在世界文化中站稳脚跟的坚实根基。中华优秀传统文化是我们必须世代传承的文化根脉、文化基因，在实现"两个一百年"奋斗目标和中华民族伟大复兴中国梦的历史进程中，追溯中华文化的源流、探究中华文化的传续、前瞻中华文化的走向，对于为中华民族精神家园立根铸魂、为新时代中国特色社会主义事业发展凝心聚力，具有重大意义。

  编纂出版《中国民间文学大系》（以下简称《大系》）是新时代传承发展中华优秀传统文化的国家级重点工程。党的十八大以来，以习近平同志为核心的党中央高度重视中华文化的传承发展。2017年1月，中央印发《关于实施中华优秀传统文化传承发展工程的意见》（以下简称《意见》），编纂出版《大系》列为其中的重大工程。《意见》从建设社会主义文化强国，增强国家文化软实力，实现中华民族伟大复兴中国梦的高度，深刻阐述了中华优秀传统文化传承发展的重要意义、指导思想、基本原则和总体目标，对传承发展工程的主要内容、重点任务、组织实施和保障措施等作出了重要部署，是当前和今后一个时期指导我们传承发展好中华优秀传统文化的重要遵循。民间文学是中华优秀传统文化中最主要的基础资源之一，它鲜明而又直接地反映着人民群众的日常生活和价值观、审美观。中国民间文学大系出版工程（以下简称大系出版工程）由中国文联负责组织实施，是中华优秀传统文化传承发展工程的重点项目之一，也是中国民间文学遗产抢救保护与传承的民心工程。这一工程的主要任务是以客观、科学、理性的态度，收集整理民间口头文学作品及理论方面的原创文献，编纂出版《大系》大型文库，完善中国口头文学遗产数据库，为中华民族保留珍贵鲜活的民间文化记忆。在编纂同时，开展一系列以中国民间文学为主题的社会宣传活动，促进全社会共同参与民间文学的发掘、传播、保护，形成全社会热爱、传承优秀传统民间文学的热潮，形成德在民间、艺在民间、文在民间的共识，推动民间文学知识普及与对外交流传播。

民间文学产生于民间，流传于民间，具有与生俱来的人民性。习近平总书记在文艺工作座谈会上的讲话中指出，"人民既是历史的创造者、也是历史的见证者，既是历史的'剧中人'、也是历史的'剧作者'"。因为民间文学活动本身就是人民的审美生活，是人民不可缺少的生活样式，具有浓厚的生活属性。民众在表演和传播民间文学时，就是在经历一种独特的生活方式。人民创作、人民传播和人民享受，是民间文学人民性的具体表现。

民间文学是培育和践行社会主义核心价值观的重要载体。首先，民间文学是宝贵的历史文化遗产，是中华民族祖祖辈辈集体智慧的结晶，积淀着中华民族特有的极为丰富的思想道德和文化意识形态。其次，民间文学是人民群众自己的文学和学问，具有最为广泛的人民性，没有哪一种文学艺术形式拥有如此众多的作者和观众。它对人们的生活方式和思想观念所产生的潜移默化影响也是最为深刻和久远的。再次，民间文学是人民群众最为喜闻乐见和熟悉的审美方式，也是最为便利的文学活动形式。每个地方都有祖辈延续下来的传说、故事、歌谣、谚语、小戏、说唱等等，为当地人耳熟能详。这些民间文学一旦进入当地人的生活世界，便释放出强大的感化能量。

新中国成立后，党和政府十分重视民间文艺的传承保护。民间文学搜集抢救整理成果丰硕，为编纂出版《大系》奠定了坚实基础。1950 年 3 月，我国民间文学、民间戏剧、民间音乐、民间美术、民间舞蹈等领域的文艺家与研究家发起成立了中国民间文艺研究会（以下简称民研会；1987 年更名为中国民间文艺家协会），开始在全国范围内统一组织实施中国民间文艺的传承与研究工作。在民研会成立大会上，代表们讨论并通过了《征集民间文艺资料办法》。1979 年 9 月，全国少数民族民间歌手、民间诗人座谈会在京召开，众多民间歌手和艺人恢复名誉，抢救保护民族民间文化遗产工作也随之重启。1984 年 2 月，中宣部印发《关于加强少数民族文学研究和资料搜集工作的通知》。同年 5 月，文化部、国家民委、民研会印发《关于编辑出版〈中国民间故事集成〉〈中国歌谣集成〉〈中国谚语集成〉的通知》，全国各地大批民间文艺专家和民间文艺工作者代表们会聚起来，形成强大的学术力量和社会力量，开始了民间文学抢救整理工作。1987 年至 2009 年，在全国普查、采录的基础上，全国各地民间文学"三套集成"陆续编辑出版。"三套集成"从酝酿、立项到全面实施，历经近 30 年，全国 30 个省市自治区（不含重庆、港澳台）编纂出版 90 卷（102 册），总计 1 亿多字，一大批珍贵的各民族神话、传说、故事、歌谣、谚语等民间口头文学作品，成为民间文学爱好者和研究者的通用读本。进入新世纪以来，中国民间文化遗产抢救、中国民族民间文化遗产保护等工程又相继开展，取得扎实而宝贵的工作进展。为了进一步适应今后文化发展以及科学技术进步带来的阅读、研究与利用的实际需要，2010 年 12 月，中国民间文艺家协会启动实施了中国口头文学遗产数字化工程，已陆续完成 10 多亿字民间口头文学记录文本的数字化存录，最终将形成体系完备的"中国口头文学遗产数据库",以有效避免因各种因素造成的纸质资料遗失和损坏,并使阅读、检索和利用这些作品及资料变得更为方便、快捷和准确,从而实现更大范围的资源共享。新中国成立70年来民间文艺工作的实践与经验,数十亿字民间文艺资料的积累与储备,数十万民间文艺工作者的心血和智慧,是我国民间文艺事业发展的宝贵财富,也为《大系》的编纂工作确立了综合实力和巨大优势。

大系出版工程是新时代中国民间文学保护、传承工作的扩充、延伸、深化、升华,更是民间文学创造性转化和创新性发展的理论探索和实践行动。《大系》文库按照神话、史诗、传说、故事、歌谣、长诗、说唱、小戏、谚语、谜语、俗语、理论12个门类进行编纂,计划到2025年出版大型文库1000卷,每卷100万字,共10亿字。该工程制订的长期规划、分步骤分阶段分类别的运作策略和实施举措,保障了项目的可持续性发展和科学化运用。

《大系》既是有史以来记录民间文学数量最多、内容最丰富、种类最齐全、形式最多样、最具活态性的文库,也是在民间文学搜集整理领域开展的新时代综合性成果总结、示范性的本土文化实践活动。它将几千年来在民间普遍传承的无形精神遗产变为有形的文化财富,从而避免在全球化语境下民间文学遭遇民众文化失语和传统经典样式失忆的尴尬与窘境,为世人了解中国民间文艺发展规律、应对社会转型和变革所带来的传统文化衰微之势,提供了文化复兴的有效良方和经验范式。

《大系》充分吸收当代民间文学研究的新成果、新理念,在选编标准上,始终坚持正确的政治导向,坚持优秀传统文化的标准,萃取经典,服务当代。各分卷编委会着力还原民间文学的本真形态,忠实保持各民族作品原文意蕴,在内容、形式、类型等方面力求反映出民族风格和当地口承文化传统特点,按照科学性、广泛性、地域性、代表性的"四性"原则,在各类文本中,精心编纂出具有民间文化传统精神和当代人文意识的优秀作品文库。

编纂出版《大系》,我们始终坚持具有鲜明导向的指导思想和基本原则。《大系》汇集全国各地民间文艺领域上千名专家、学者,计划用8年的时间对民间文学12个门类进行搜集整理、编纂出版,是一项复杂的系统工程。《大系》既是党中央交给中国文联的一项重要的文化建设任务,又是民间文艺界的一项重大学术研究活动;既是一项中华民族大型文化精品创建工程,又是一次中国民间文学主题实践宣传活动;既要深入田间地头调查搜集采录第一手资料,又要坐在书斋静下心来进行归纳整理研究。《大系》具有很强的政治性、学术性、专业性、群众性。我们的指导思想是,始终高举中国特色社会主义伟大旗帜,全面贯彻落实习近平新时代中国特色社会主义思想和党的十九大精神,紧紧围绕实现中华民族伟大复兴中国梦,深入贯彻新发展理念,坚持以人民为中心的工作导向,坚持以社会主义核心价值观为引领，坚持创造性转化、创新性发展，坚定文化自信，增强文化自觉，树立正确的价值观、历史观、审美观，积极思考和探索民间文学的继承与发展等时代命题，坚持交流互鉴、开放包容，关注民间文学新的时代内涵和现代表达形式，使我们民族创造的民间文艺更接地气、更有底气、更具生气。

《大系》编纂出版工作确立了"三个坚持"的基本原则：一是坚持社会主义先进文化前进方向和正确价值取向，对民族民间文学中的制度风俗、思想观念、价值理念、乡规家风等加以梳理和诠释，去粗取精、去伪存真，发掘民间文学蕴含的核心价值观，充分发挥民间文学在"美教化、厚人伦、移风俗"等方面的特殊作用；二是坚持广泛性和代表性相结合，在广泛普查和科学分类的基础上，加强对各民族民间文学精神与思想内涵的挖掘和阐发，把强调先进价值观与突出地域文化特色、民族风格密切结合起来，推动建设中华民族和合一体的共同精神家园；三是坚持学术性与普及性相结合，以民间文学理论研究成果和当代文化思想为学术指导，加强民间文学各类别经典文本呈现、精品范本出版，促进民间文学的创造性转化和创新性发展，并注重与时代发展相适应，实现从口耳相传到多媒体传播的时代变化，激活其当代价值，高标准、高质量、高要求地打造体现中国精神、中国形象、中国文化、中国表达的经典传世精品。

编纂出版《大系》是新时代赋予我们的光荣职责和神圣使命。我国各民族民间文艺积淀深厚，灿烂博大，与人民生活紧密联系着，是中华优秀传统文化的土壤和基石。千百年来，我国民间文学薪火相传、生生不息，深深融入中华民族的血脉，深刻影响着中国人的精神世界，印刻着中华民族独特的文化记忆，鲜明地表现着广大人民群众的精神向往、道德准则和价值取向，充分彰显着中国人的气质、智慧、灵气、想象力和创造力，是中华文化的亮丽瑰宝和鲜明标志，不论过去还是现在，都有其永不褪色的价值。但同时也要看到，民间文学又是脆弱的。随着转型期社会的深刻变革和城镇化带来的高速发展，民间文

A008

中国民间文学大系 10-13

学赖以生存的土壤正在迅速流失，不少优秀民间文学正在成为绝唱，更多的民间文学资源业已消失。因此，抢救与保护散落在中国大地上各区域、各民族现存的不可再生的文化遗产，按照当代学术规范和学科准则，大规模开展民间文学的搜集、整理、出版、推广、研究，激发全社会对我国优秀民间文学的热爱和珍视之情，促进民间文学保护、传承与发展，延续中华文脉，造福人民大众，为繁荣发展社会主义文艺事业提供民间文学精致文本和精彩样式，已成为热爱中华优秀传统文化有识之士的共同心声。

当前，中国特色社会主义步入新时代，在以习近平同志为核心的党中央领导下，各级党委和政府更加自觉、更加主动推动中华优秀传统文化的传承与发展，开展了一系列富有创新、富有成效的工作，有力增强了中华优秀传统文化的凝聚力、影响力、创造力。进一步发扬优秀传统，充分尊重人民群众的思想观念、风俗习惯、生活方式、民族情感、表达形式，充分尊重一代又一代民间文艺创造者、传承者的经验智慧与劳动成果，进一步凝聚共识，精耕细作，落实好、完成好大系出版工程的各项工作，不断书写出中国民间文学新的辉煌，既是新时代赋予广大民间文艺工作者的光荣职责，更是我们共同担当的神圣使命。

我们郑重呼吁：全社会都行动起来，共同承担起抢救中华民族民间文学遗产的神圣职责！

中国文学艺术界联合会

中国民间文艺家协会

2019 年 3 月 5 日

# General Prologue

The splendid culture of China, with a time-honored history of more than 5000 years, has ensured the lineage, development, and growth of the Chinese nation, encompassed the deepest intellectual pursuit of the Chinese nation, engraved the distinctive cultural identity of the Chinese nation, containing the traditional wisdom to tackle today's problems faced by humanity. Moreover, the profound culture of China constitutes the spiritual source for cultivating the core socialist values, laying down a solid foundation for us to stand firm in the diverse global cultures. Fine traditional Chinese culture comprises the cultural root and gene that we must transmit from generation to generation. In the historical process of achieving the Two Centenary Goals and realizing the Chinese Dream of rejuvenation of the Chinese nation, China's fine traditional culture is of great significance in tracing the source and course of the culture of the Chinese nation while gaining a foresight of its future direction, so as to reinforce the rootedness and soulfulness of the spiritual homeland for the Chinese nation, and to pool the wisdom and strength for developing the socialism with Chinese characteristics in the new era.

The compilation and publication of the *Treasury of Chinese Folk Literature* (hereafter referred to as "the *Treasury*") is one of the national key projects for transmitting and promoting China's fine traditional culture in the new era. Since the 18th National Congress of the Communist Party of China (CPC), the CPC Central Committee with Comrade Xi Jinping at its core has been attaching great importance to the transmission and development of traditional Chinese culture. In January 2017, the central authorities issued the Opinions on Implementing the Project for Transmission and Development of Fine Traditional Chinese Culture (hereafter referred to as "the Opinions") in which the compilation and publication of the *Treasury* is included as one of the key projects. With a perspective of building China into a country with a strong socialist

A011

culture, strengthening its cultural soft power, and realizing the Chinese Dream of the rejuvenation of the Chinese nation, the Opinions not only profoundly expounds the significance, guiding ideology, basic principles, and the overall objectives of transmitting and developing China's fine traditional culture, but also conceives a holistic strategy for a series of projects on their main content, key tasks, organizational implementation, and supporting measures. It is, accordingly, a crucial guideline for us to better transmit and develop fine traditional Chinese culture at present and in the near future.

As one of the most fundamental resources in China's fine traditional culture, folk literature reflects, directly yet vibrantly, the daily life, values, and aesthetics of the people. The Publishing Project for the *Treasury of Chinese Folk Literature* (hereinafter referred to as "the Project"), organized and implemented by China Federation of Literary and Art Circles (CFLAC), is one of the key projects under the framework of the Projects for Transmission and Development of Fine Chinese Traditional Culture, and also a people-to-people exchange project for salvaging, preserving, and transmitting Chinese folk literary heritage. In an objective, scientific, and rational manner, the main tasks of the Project are 1) collect and collate the first-hand materials of folk oral literature and original documents of theoretical studies, 2) set up a large-scale textual library through compiling and publishing the *Treasury*, 3) enrich the Chinese Oral Literature Heritage Database, and 4) keep folk cultural memories alive for the Chinese nation. At the same time of compilation, a series of social publicity activities centered on the theme of Chinese folk literature should be carried out to promote the participation of the whole society in the exploration, dissemination, and safeguarding of folk literature, to unfold vigorous mass campaign for practicing and transmitting the fine traditional Chinese culture, and to reach the consensus that the people are the source of morality, art, and literature, giving impetus both to the popularization of folk literature knowledge and cultural exchanges and communication with foreign countries.

It is precisely because its origin is in the people while its spread is among the people, folk literature stands in the immanent affinity to the people. General Secretary Xi Jinping of the CPC Central Committee pointed out in his speech at the Forum on Literature and Art, "The people are both the creators and the observers of history, and both its protagonists and playwrights." Since folk literary activity itself has shaped not only the aesthetic life of the people, but also the indispensable life model of the people, it bears a strong life-attribute. When people perform and disseminate folk literature, they are experiencing a specific way of life itself. The affinity to the people of folk literature is alive in the concrete manifestations that it has been created, transmitted, and enjoyed by the people.

Folk literature is an important carrier for fostering and practicing core socialist values. Firstly, folk literature is the irreplaceable historical and cultural heritage, representing a crystallization of the collective wisdom handed down for generations of the Chinese nation, while testifying the accumulation of the distinctive and profound philosophical thoughts, moral essence, and cultural ideology attributed to the Chinese nation. Secondly, folk literature stands for people's own literature and learning and boasts the most extensive affinity to the people. No form in literature can match folk literature in terms of the number of creators and audience, and no literary form has exerted such profound and long-lasting yet subtle influence on people's mode of life and way of thinking as folk literature. Thirdly, folk literature is one of the most celebrated aesthetic means that is familiar to the average people and is also the most easily-accessible form of literature. No matter where it is, there must be legend, tale, song and ballad, proverb, drama, telling and singing, as well as other oral genres that are widely known to the local people for generations. Accordingly, once entering the life-world, folk literature will release powerful inspirational appeals.

Since the People's Republic of China was founded in 1949, the CPC and the competent authorities of government at all levels have been attaching importance to transmitting and promoting folk literature and art. The work of collecting, salvaging, and collating folk literature has yielded fruitful results, which lays a solid foundation for the compilation and publication of the *Treasury*. In March 1950, with the initiative of artists and researchers from related fields, such as folk literature, folk operas, folk music, folk fine art, folk dance, and so forth, the Chinese Society for Folk Literature and Art Research (hereafter referred to as "the Society," which was officially renamed as the Chinese Folk Literature and Art Association in 1987) was established. The Society immediately embarked on organizing and implementing the promotion and research work of folk literature and art in a unified way throughout the country. The "Measures for Collecting Materials of Folk Literature and Art" was discussed and adopted at the founding assembly of the Society. In September 1979, the National Symposium of Ethnic Folk Singers and Folk Poets was held in Beijing, with the aim of restoring the reputation of folk singers and artists who had been degraded during the Cultural Revolution, and the work of salvage and preservation of the folk cultural heritage was also resumed along the event. In February 1984, the Publicity Department of the CPC Central Committee issued the Notice on Strengthening the Research and Data-Collection of Ethnic Literature. In May 1984, the Ministry of Culture, the National Ethnic Affairs Commission, and the Society jointly issued the Notice on Compilating and Publishing *The Collection of Chinese Folktales, The Collection of Chinese Songs and Ballads, and The Collection of Chinese Proverbs*. Many experts and workers devoted to folk literature and art from all over the country were convened to form a strong academic force and social synergy and started to dedicate themselves to salvaging and collating folk literature. From 1987 to 2009, the Three Collections of Folk Literature were successively compiled and published on the basis of the nation-wide survey and collection. After nearly 30 years from preparation, project approval to full implementation, the Three Collections finally came into view of readers in 90 volumes (102 copies) in 30 provinces and autonomous regions (apart from volumes of Chongqing, Hong Kong, Macao, and Taiwan), with a total of more than 100 million characters in Chinese. Since then, a great amount of folk oral literary texts, such as myth, legend, folktale, folk song and ballad, proverb, and so forth, have become the general readers both for folk literature enthusiasts and scholars.

Since the beginning of the new century, the Project for Salvaging Chinese Folk Literature and the Project for Safeguarding Chinese Ethnic Folk Cultural Heritage have both been implemented by the Chinese Folk Literature and Art Association (CFLAA) and made remarkable achievements. In order to further adapt to the actual needs of reading, research, and utilization brought about by cultural development along with scientific and technological advancement in the future, in December 2010, the CFLAA initiated and implemented the Project for the Digitization of Chinese Oral Literature Heritage and has hitherto completed the digitization of the folk oral literature of over one billion Chinese characters. The goal of the digitization project is to create a well-established system of the Chinese Oral Literature Heritage Database, to effectively avoid the loss and damage of printed materials caused by various factors, to make reading, retrieving, and using these texts and materials more convenient, fast, and accurate, thereby enabling a wider range of resource sharing.

Over the past 70 years, the practices and experiences of folk literature and art, the accumulation and preservation of folk literary data in billions of Chinese characters, as well as the efforts and wisdom of hundreds of thousands of cultural workers, have constituted the invaluable assets for the development of Chinese folk literature and art, and also established the comprehensive strength and considerable advantage for the compilation of the *Treasury*.

The Project is not only the augmentation, extension, intensification, and sublimation of the preservation work of Chinese folk literature in the new era, but also the theoretical exploration and practical action in transforming and boosting folk literature in a creative way. The *Treasury* is to be compiled under 12 categories, namely myth, epic, legend, folktale, song and ballad, long poem, telling and singing, folk drama, proverb, riddle, folk adage, and theory. It is planned that by 2025, 1000 volumes with one million characters each and one billion characters in total will be registered. The sustainable development and scientific applying value of the Project will be ensured by its long-term planning and holistic measures with operation strategies for implementation in phases, steps, and categories.

The *Treasury* is not only the library that documents the largest number of folk literary texts with unprecedented resources in terms of content, genre, form, style, and living nature throughout history, but also provides a summarization of the comprehensive achievements in the field of collecting and collating folk literature, demonstrating local cultural practices in the new era. It turns the intangible spiritual legacy that has been generally transmitted for millenniums among the masses into tangible cultural wealth, thereby obviating the dilemma and predicament of folk literature suffering both from cultural aphasia of the folks and amnesia of the fine traditional patterns in the context of globalization. To understand the laws governing the evolution of Chinese folk literature and art, to cope with the decline of traditional culture brought about by social transformation, the *Treasury* provides an effective prescription and experience paradigm for cultural rejuvenation.

The *Treasury* fully draws on the new achievements and new conceptions gained in contemporary folk literature research. With regard to the selection criteria, it always adheres to the orientation of the people-centered and the standards of fine traditional culture to make the past serve the present. The editorial committees of each collection and each volume strive to represent the cultural reality and diverse implication of folk literature collected from Chinese people of all ethnic groups, giving specific attention to maintaining ethnic characteristics and local feature of oral-based cultural tradition in terms of content, form, genre, type, and so forth. In accordance with the Four Principles, namely, Scientificity, Extensiveness, Locality, and Representativeness, the well-elaborated Treasury collects fine folk literature works from all kinds of texts that are embedded with traditional cultural ethos and contemporary humanistic perception.

The compilation and publication of the *Treasury* always upholds the guiding ideology and basic principles with well-defined orientation. As a collaborative undertaking of thousands of experts and scholars in the field of folk literature and art across the country, it is a complicated systematic project that is planned to take 8 years to collect, clarify, collate, compile, and publish the folk literature materials under 12 categories. The *Treasury* is not only a crucial task entrusted to the CFLAC by the CPC Central Committee, but also a significant academic research project in the field of folk literature and art; it is not only a large-scale cultural project for promoting fine works of the Chinese nation, but also a promotional activity in practice highlighting the theme of Chinese folk literature; it is thus necessary both to go deep into the field to investigate, collect, and document the first-hand data, and to sit down at the desk to conduct induction, collation, and research with a will.

The *Treasury* is highly political, academic, professional with a strong connection to the grass-roots. Our guiding ideology includes to uphold socialism with Chinese characteristics and comprehensively implement Xi Jinping's Thought on Socialism with Chinese Characteristics for a New Era and the guiding principles of the 19th CPC National Congress; to make the unremitting endeavor to the realization of the Chinese Dream of national rejuvenation and push forward the new development concepts in an all-round way; to adhere to the people-centered approach, the guidance of the core socialist values, and transform and boost traditional culture in a creative way; to have full confidence in culture, enhance cultural consciousness, foster sound values and outlooks of history and aesthetics, and actively ponder over and explore into propositions put forward by the times, including the transmission and development of folk literature; to persist in deepening exchanges and mutual learning in a spirit of openness and inclusiveness, while ensuring the attentiveness of new connotation of the times and the contemporary form of expressions introduced in folk literature. In accordance with the above-mentioned guiding principles, the folk literature created by the Chinese nation should be more grounded, more uplifted, and more energetic.

The compilation and publication of the *Treasury* has established the basic principles of the Three Adherences. First, to adhere to leading direction of advanced Socialist culture and sound value orientation. In the process of clarifying and annotating the conventional custom, idea, conception, and family tradition carried in the ethnic and folk literature, we should discard the dross and keep the essential, eliminate the false and retain the true, explore the core values contained in folk literature, and to give full play to the special role of folk literature in the aspects of "giving depth to human relation, fostering sound moral values, and breaking with undesirable customs." Second, to adhere to the combination of extensiveness and representativeness. On the basis of extensive survey and scientific classification, we should strengthen the exploration and elucidation of the literary spirits and ideological connotation of folk literature among various ethnic groups, integrate the manifestation of sound values with prominent regional cultural characteristics and ethnic features, and promote the construction of a common spiritual homeland of harmony and unity for the Chinese nation. Third, to adhere to the combination of academicity and popularization. Under the professional guidance of the theoretical research results of folk literature and contemporary cultural thoughts, we should strengthen the presentation of fine texts in various categories of folk literature and the publication of quality model-texts, promote the creative transformation and innovative development of folk literature, and lay stress on keeping pace with the times, facilitating the appropriate transition from word of mouth to multimedia communication, and activating its contemporary value. With high standards, high quality, and high requirements, the *Treasury* aims to create a fine library that exemplifies Chinese spirit, Chinese image, Chinese culture, and Chinese expression that will be handed on from age to age.

The compilation and publication of the *Treasury* is the glorious duty and sacred mission delivered to us by the new era. Closely connected to the people's lives, folk literature and art of all ethnic groups of Chinese nation are profoundly developed and accumulated with its splendid, extensive, and broad spectrums, offering soil and cornerstone for the growth of fine traditional culture with Chinese features. For thousands of years, the Chinese folk literature has been passed on from generation to generation, running deep in the blood of the Chinese nation with great influence on the spiritual world of the Chinese people, and thus establishing the Chinese nation an imprint of the distinctive cultural memory. The folk literature in China thus evidently represents the spiritual aspirations, moral principles, and value orientations of the broad masses of the people, fully demonstrating the temperament, wisdom, intelligence, imagination, and creativity of Chinese people, thereby, endowing Chinese culture with the bright gem and distinctive symbol, which has its values that never faded, no matter in the past or at present. At the same time, however, we should be aware of the fact that folk literature is fragile. With the profound transformation of society and the rapid development brought about by urbanization during the transitional period, the soil that folk literature lives on is rapidly losing; many expressions of fine folk literature are becoming swan songs, and more and more folk literary resources have disappeared. Therefore, it has become the shared aspirations of those of vision to salvage and safeguard the existing nonrenewable cultural heritage scattered in various regions and ethnic groups in China, to undertake collection, collation, publication, promotion, and research of folk literature on a large scale in accordance with contemporary academic norms and disciplinary criteria, to motivate the whole society to love and cherish China's fine folk literature, to strengthen the protection, transmission, and development of folk literature so as to continue the lifeline of Chinese culture, and benefit the people's wellbeing, as well as to provide exquisite texts and wonderful formats of folk literature for the prosperity and development of socialist literature and art.

At present, the socialism with Chinese characteristics has entered a new era, the CPC committees and governments at all levels, under the leadership of the CPC Central Committee with Comrade Xi Jinping at its core, have been more conscious and more active in promoting the transmission and development of fine traditional Chinese culture, and launched a series of innovative and productive work, which has effectively enhanced the cohesion, influence, and creativity of fine traditional Chinese culture. In order to further carry forward the fine traditions, we should 1) fully respect the people's ideological concepts, customs and folkways, lifestyles, feelings and sentiments, as well as their ways of expressions, 2) fully respect the experience, wisdom, and labor outcomes of bearers and practitioners of folk literature and art in generations, 3) further consolidate consensus to carry out intensive and meticulous operations, to implement and complete all the work of the Project, and to make new achievements in Chinese folk literature. All these tasks are not only the honorable responsibilities of the practitioners of folk literature and art in the new era, but also the noble mission that we share.

We hereby earnestly call on the whole society to take actions together on the solemn duty of salvaging folk literary heritage of the Chinese nation.

China Federation of Literary and Art Circles (CFLAC)
Chinese Folk Literature and Art Association (CFLAA)
March 5, 2019

（陈婷婷　安德明　巴莫曲布嫫 译；侯海强 审订）

# 序言 [1]

　　中国地域辽阔、历史文化积淀深厚，是世界著名的文明古国，也是缤纷多姿的民族民间文化的百花园，民间谜语便是其中别具风采的一朵奇花。《中国民间文学大系·谜语卷》（以下简称《谜语卷》）的编纂出版是中国首次对民间谜语资源进行全方位的搜集、整理和呈现，是近年来中国民间文艺家协会、各省市民间文艺家协会的领导、专家与广大会员辛勤劳动的成果。

　　《谜语卷》的编纂工作始终以马克思列宁主义、毛泽东思想、邓小平理论、"三个代表"重要思想、科学发展观和习近平新时代中国特色社会主义思想为指导，在全面调研和搜集整理资料的基础上，充分吸收当代谜语研究的新理念、新成果，以科学性、全面性、地域性、代表性为编选原则，力图真实、全面、准确地反映我国各时代、各民族谜语的创作、流传面貌。在编纂中，《谜语卷》立足区域特色，充分挖掘和运用当地历史、社会、人文和自然方面的文化元素，彰显民族民间文化的多样性，凸显全国各区域民族民间文化的深厚传统与丰富样式，表现当代民众的日常生活、审美旨趣与价值观念。在内容上，《谜语卷》做到立意新颖、格调高雅、内容健康向上，充分体现了我国学术界对谜语搜集、整理、翻译、研究的水平及成果，为国家和人民保存、传承了一份珍贵的人类非物质文化遗产。

## 一、谜语的起源与历史流变

　　谜语是我国劳动人民智慧的结晶，是中华民族宝贵的精神财富。它源自古老的民间社会，历史久远，但是关于谜语的起源，学者们历来说法不一。对此古人早有论述，如刘勰

---

[1]　序言为萧放与高忠严合作撰写，刘二安、袁瑾、邵才、黄全来四位修改补充定稿。

在《文心雕龙·谐隐》中提及："自魏代以来，颇非俳优，而君子嘲隐，化为谜语。"后又提："荀卿《蚕赋》，已兆其体。"由此可见，春秋战国时期谜语便已现雏形了。今人对谜语起源的讨论则分歧较大：一种观点认为谜语起源无从可考，如余真在《打灯谜》和陈雨门在《灯谜大观》中均持此观点；另一种观点认为谜语有两千余年的历史，此说支持者众多，如陈光尧的《谜语研究》、王仿的《谜语之谜》、陕西人民出版社 1982 年出版的《谜语新编》等；还有的观点认为谜语起源时间更早，如于洪年在《中国谜语集成》中认为谜语有三千年的历史，周广礼在《谜语新论》中提及谜语形成于商代，但其产生的时间或更早，钟敬文在《民间文学概论》中提出谜语早在原始社会后期就已产生，是社会生产和人的智力发展到一定阶段的产物。从上述观点引证所使用的文献材料来看，谜语在早期文献记载中也较为零散、纷乱。

在生活实践中，谜语是人类口头的语言游戏活动之一，它往往采用暗射事物或者文字的方式供人猜测，是一种"隐语"。隐射、暗指的表述方式在远古时代便已存在，汉代赵晔的《吴越春秋》中收录一首极为古老的歌谣《弹歌》，从中可以窥见谜语的早期形态。《弹歌》只有八个字："断竹，续竹；飞土，逐肉。"从内容上看，这是一首反映原始社会狩猎生活的短歌，描述了从制作狩猎工具——弹弓到使用弹弓进行狩猎的全过程；从表达方式上来看，它是一首猜射生产活动的谜歌，其谜底是做弹弓。"断竹，续竹"暗指制作弹弓的过程，"飞土，逐肉"影射使用弹弓的过程。这与我们现在所了解的谜语形式十分相似。也有学者认为这是远古时期，人去世后，孝子为了防止父母亲尸首被鸟兽吃掉，发明了弹弓，以此驱赶鸟兽。[1] 如此说来，这个谜歌的谜底也可以是狩猎或用弹弓驱赶鸟兽。

可见，劳动人民运用暗射、隐喻的方式猜谜打趣的活动伴随着口头语言的产生便已在生活中存在，其内容则来源于他们的生产生活实践。后来，随着文字典籍中相关记载的丰富，谜语发展、流变的历史脉络也逐渐清晰起来。

## （一）夏商周时期的谜语

夏商周时期为谜语的萌芽期，从文献记载来看，这一时期的谜语多以民间歌谣的形式存在，以暗射性的语言技巧表达社会性的情感生活内容，并无专门的名称所指。如《尚书·汤誓》记载了这样一首歌谣："时日曷丧？予及汝皆亡。"此歌流行于夏朝，以太阳隐射夏桀，暗指不与其共存、痛恨之极的感情，极富斗争性。又如《周易·归妹·上六》记载了一首商代歌谣，曰："女承筐，无实；士刲羊，无血。"这首谜语歌谣的谜底即为"割羊毛"。它在语言的组织上运用了谜语中常见的矛盾法，描述了远古时期一对男女剪羊毛的情形。从谜面上看可以说相当完整，与后来的谜语别无二致。也有学者认为此类谜语

---

[1]　钟敬文：《〈中华谜书集成〉钟序》，人民日报出版社，1991 年，第 4 页。

的产生源于古代社会占筮的需要，《周易》是卦书，筮人通过背诵卦爻辞从而可以脱口而出；问卦者也要把占卜的结果记在心里。所以这种谜语似的爻辞便产生了。[1]

## （二）春秋战国时期的谜语

春秋战国时期是谜语的初步发展期。这一时期，封建王朝的臣僚往往使用暗示和比喻的手法影射事物，达到劝诚君王的目的，称为"遁辞"，如《史记·滑稽列传》中便有淳于髡利用齐威王爱好猜射谜语而劝谏他的故事。也有称为"隐"或"隐语"的，如《韩非子·喻老》有"右司马御座而与王隐曰"之说。另有"廋"之称，如《国语·晋语》"有秦客廋辞于朝，大夫莫之能对也"。除此之外，荀子在《解蔽》中谈道："其为人也，善射以好思。""射"即为古代的猜谜游戏，"善射"即善于猜谜，由此可见，当时就有猜谜这样的游戏。荀子的《蚕赋》开两汉隐语的先河，是谜语的前身。

> 有物于此，㒩㒩兮其状，屡化如神，功被天下，为万世文。礼乐以成，贵贱以分，养老长幼，待之而后存。名号不美，与暴为邻。功立而身废，事成而家败。弃其耆老，收其后世。人属所利，飞鸟所害。臣愚而不识，请占之五泰。五泰占之曰："此夫身女好而头马首者与？屡化而不寿者与？善壮而拙老者与？有父母而无牝牡者与？冬伏而夏游，食桑而吐丝，前乱而后治，夏生而恶暑，喜湿而恶雨。蛹以为母，蛾以为父。三俯三起，事乃大已。夫是之谓蚕理。"

《蚕赋》采用隐喻、拟人、暗示等手法，从蚕的形状、作用谈到蚕的生活规律和习性特征，在最后才讲出该物是蚕，谜面谜底齐备，是较典型的"赋体谜"。除此之外，唐代《琱玉集》中记载了孔子的学生颜渊与妇人通过谜语斗智的故事。《国语·晋语》中有范文子猜"廋辞"的记载（廋与隐同义）。由此可见，春秋战国时期谜语就开始流行于社会各阶层，并且发挥有一定的社会文化功能。

## （三）两汉时期的谜语

谜语在汉代有了更进一步的发展，谜语种类和表现手法更加丰富，并逐渐向游戏化方向发展。当时谜语也被称为"隐语"，班固《汉书·艺文志·杂赋》之末有《隐书》十八篇，虽然内容缺失，但由目录仍可看出汉代隐语的发展。当时有一种名为"射覆"的猜谜游戏，流行于社会各个阶层，其中所涉隐语被称为"射覆谜"。射覆，其实是猜物游戏，游戏者在瓯、盂等器具下放置某一物件，让人猜测里面是什么东西。《汉书·东方朔传》中记载了这样一则故事，汉武帝在测试部下人才智的时候，将壁虎放入盒内让众人猜，东方朔一下就猜中："臣以为龙，又无角；谓之为蛇，又有足。跂跂脉脉，善缘壁，是非守宫，即蜥蜴。"东方朔由外形、动作、习性猜出谜底为"守宫"，即壁虎。此外，张英等的《渊鉴

---

[1]　韩伯泉：《略述谜语的产生与宗教的关系》《民间文艺集刊》（第六集），上海文艺出版社，1984年，第148-149页。

类函》和李昉等的《太平广记》中也都有东方朔射覆活动的相关记载。除了描述性的暗指外，还出现了运用拆字离合法的隐语，《后汉书·志第十三·五行一》中记载了一首童谣："千里草，何青青，十日卜，不得生。"这是以童谣的形式呈现的谶语，"千里草"是"董"字的拆分，"十日卜"是"卓"字的拆分，暗指董卓必定灭亡。除此之外，异面同底谜也较为流行，谜语中也多用典故、比喻、借代等方法。

## （四）魏晋南北朝时期的谜语

南北朝时期是人口流动和文化交流较为频繁的时期，此时文人作谜、斗谜蔚然成风，谜语在文人创作的推动下，迎来了一个发展的高峰。相关记载更加丰富，如《异苑》《世说新语》《南史》《北史》《洛阳伽蓝记》等典籍中便收录了谜语、谜语故事以及相关谜事活动的内容。这一时期有两位文人对谜语的发展发挥了重要作用，一位是鲍照，另一位是刘勰。鲍照是南朝宋文学家，他在个人文学专集《鲍参军集》中收录"字谜三首"，这是中国现存最早的字谜。鲍照首次使用了"谜"这一名称，"谜"逐渐取代"隐语"，并沿用至今。刘勰是南朝梁文学理论批评家，他在其文学评论集《文心雕龙》中专辟"谐隐"讨论谜语，尽管其中相关理论陈述不足百字，但仍具有极高的历史价值，其中谈道："自魏代以来，颇非俳优，而君子嘲隐，化为谜语。谜也者，回互其辞，使昏迷也。"这是对谜语一词的较早记载，这一说法得到后世多数学者的认可。而隐语演化为谜语后，其功能也发生了变化，由服务于政治的隐喻逐步走向人民大众的日常生活。

## （五）隋唐五代时期的谜语

这一时期，社会文化娱乐业更加繁荣，猜谜游戏日益风靡，爱好制谜、猜谜者众多，受众群体的阶层、文化水平等更加多元化，因此谜语的种类也更加丰富。隋时有一位学者侯白编撰了一部小说轶事笑话集《启颜录》，其中记录了不少有趣的谜语与谜事。除了传统的暗射技巧外，这些谜语还运用别解（一词多义）、谐读的方法，大大丰富了谜语的表现手法。唐代，猜谜行乐之风更加盛行，上至帝王将相，下至文人墨客、平民百姓，都将谜语作为一种娱乐游戏，制谜高手云集，如唐明皇、武则天、骆宾王、皮日休等均为制谜能手。谜语的形态更加成熟，一方面谜语内容所涉及的社会生活领域十分广泛，有调侃类、讥讽类、针砭时弊类的等等。另一方面，谜面的语言技巧更为纯熟，制作日趋精巧，如韦绚《刘宾客嘉话录》中记述了"谜算安禄山"这一则谜语："两角女子绿衣裳，却背太行邀君王，一止之月必消亡。"这一则谜语采用了会意、离合、拆字、谐音、借代等多种制谜手法，暗指"安禄山正月必亡"。这一时期，谜语受众面不断扩大、制作方法更趋精巧、体裁特征日渐稳定，为宋代灯谜的出现奠定了基础，谜语的发展正在酝酿一个新的高峰。

## （六）两宋时期的谜语

两宋时期谜语在唐代发展的基础上进入了空前的繁荣期。两宋虽有内外战乱，但政局在总体上保持了较长时间的相对稳定，社会商业发达、市民生活丰富，与之相应的文化消费形式出现了新的变化，唐代以来的寺院戏场走向民间，遍布市井。城市中出现了固定的商业性游艺表演场所，称为"勾栏瓦舍"，是民众日常赏玩游乐主要场所之一。其内三教九流，百戏竞彩，猜谜也被列入百戏之一。当时，谜语被称为"商谜"，取商酌猜度之意。北宋孟元老《东京梦华录·京瓦伎艺》记载："在京瓦肆伎艺……毛详、霍伯丑，商谜。"又云："商谜者一人为隐语，一人猜之，以为笑乐。杂剧中往往有之。"灌圃耐得翁《都城纪胜·瓦舍众伎》中也说："商谜：旧用鼓板吹《贺圣朝》，聚人猜诗谜、字谜、戾谜、社谜，本是隐语。"当时商谜形式多样，种类繁多，瓦舍之内猜谜游艺兴盛景象可见一斑。瓦舍诸般百戏各有伎艺人，南宋周密《武林旧事·诸色伎艺人》记载了当时一批有名的专业谜语艺人："商谜：胡六郎、魏大林、张振、周月岩（江西人）、蛮明和尚、东吴秀才、陈赟、张月斋、捷机和尚、魏智海、小胡六、马定斋、王心斋。覆射：女郎中。"人们通过勾栏瓦舍进行娱乐交流，猜谜、制谜活动十分兴盛。

宋代谜语发展过程中，值得注意的是灯谜的出现。宋代上元节观灯习俗盛行，尤以南宋临安为盛。《西湖老人繁胜录》记载："……欢门挂灯，南至龙山，北至北新桥，四十里灯光不绝。"花灯上便有谜诗，娱乐行人。《武林旧事·灯品》载："有以绢灯翦写诗词，时寓讥笑，及画人物，藏头隐语，及旧京诨语，戏弄行人。"灯与谜相结合，成为元宵节期间的一项重要的节日习俗，张灯猜谜，热闹非凡。当时的都城临安，谜语爱好者还集结成专门的"谜社"，灌圃耐得翁《都城纪胜》载："隐语，则有南北垕斋、西斋，皆依江右谜法。谜语、习诗之流，萃而成斋。"谜社成员多为文人，他们以谜语或相酬和，或相戏谑，或相玩赏，共同推动了谜语的发展。

谜语形式的多样化是两宋谜语发展的另一重要标志，出现了印章谜、歇后谜、藏头谜、切语谜、人名谜等形式的谜语，并形成了一定的猜谜体制，"有道谜（来客念隐语说谜，又名打谜）、正猜（来客索猜）、下套（商者以物类相似者讥之，人名对智）、贴套（贴智思索）、走智（改物类以困猜者）、横下（许旁人猜）、问因（商者喝问句头）、调爽（假作难猜，以定其智）"[1]等。

宋代流传下来的谜语不少，大多出自文人学士之手，以诗词为谜面。庄季裕《鸡肋编》卷下记载了一则黄庭坚与苏东坡谜语相和的佳话：

---

[1]　〔宋〕灌圃耐得翁：《都城纪胜》。

黄鲁直在众会作一酒令云："虬去乙为虫，添几却是風。風煖鸟声碎，日高花影重。"坐客莫能答。他日，人以告东坡。坡应声曰："江去水为工，添糸便是红。红旗开向日，白马骤迎风。"虽创意为妙，而敏捷过之。

　　两位大家娴熟地运用了猜谜中的拆字离合法，并以谜底物入景为诗，对仗工整、相映成趣。难怪明代郎瑛在《七修类稿》中赞道："隐语化而为谜语，至苏黄而极盛。"

　　此外，在文人的推动下，宋、金两代都有谜语集刊行，明代郎瑛在《七修续稿》卷五"谜序文"载："至宋延祐〔元祐〕间，东坡、山谷、秦少游、王安石辅以隐字唱和者甚众，刊集四册曰《文戏集》，行于世。金章宗好谜，选蜀人杨圃祥为魁，有《百斛珠》刊行。元至正间，浙省掾朱士凯编集万类，分为十二门。"由此可见两宋谜语发展的繁荣景象。

## （七）元明清时期的谜语

　　元代由于特殊的社会环境，谜语的发展受到一定影响，但还是在宋代的基础上有所发展。元至正年间，浙江人朱士凯类集群公隐语，编纂《包罗天地》，又有《谜韵》一集。郎瑛在《七修续稿》卷五"谜序文"对此也有记载：

> 元至正间，浙省掾朱士凯编集万类，分为十二门。何以为类？引《孟子》曰："麒麟之于走兽，凤凰之于飞鸟，泰山之于丘垤，河海之于行潦，类也。"摘选天文、地理、人物、花木等门，四般一同者，故为之类也，号曰"揆叙万类"。四明张小山、太原乔吉、古汴钟继先、钱塘王日华、徐景祥，莘莘诸公，分类品题，作诗包类，凡若干卷，名曰"包罗天地"。

　　这是一部分门别类编纂的诗谜集，足见元时谜语题材的广泛与丰富。此外，元代作曲家中也有不少谜语爱好者，钟嗣成《录鬼簿》中载有曾瑞卿、赵君卿、吴中立、李显卿、董君瑞、陆仲良等。《录鬼簿续编》中又有罗贯中、谷子敬等二十余人。元曲中也都有谜语的运用，如《西厢记》第二本第三折、第五本第三折中都有拆字制谜的道白。

　　到了明代，谜事活动规模越来越大，全国上下风行。明太祖朱元璋也十分喜爱猜谜、制谜，据徐祯卿《剪胜野闻》中记载："太祖尝于上元微行京师，时俗好为隐语，相猜为戏，乃画一妇人赤脚怀西瓜，众哗然。"可见"为隐语"在明初即为全国盛行的"时俗"民风。

　　明代元宵节观灯习俗重又兴起，灯与谜结合的游艺方式此时已经十分普遍，当时称为"商灯"。明刘侗、于奕正《帝京景物略·春场》载："八日至十八日，集东华门外，曰灯市……有以诗隐物，幌于寺观壁者，曰'商灯'。立想而漫射之。"《委巷丛谈》中有"猜灯"的记载："杭人元夕多以谜为猜灯，任人商略。"此时出现了"灯谜"一词的正式记载。张岱《陶庵梦忆》记绍兴谜事云："十字街搭木棚，挂大灯一，俗曰'呆灯'，画《四书》

《千家诗》故事，或写灯谜，环立猜射之。"《清嘉录》中引述地方志，记明代杭州谜事时说："好事者，或谓藏头诗句，任人商揣，谓之'灯谜'。"

明代谜语发展的一个重要成果是"谜格"的涌现。谜格即谜律，要求猜谜人按照一定的格律规定，将谜底字的音、形和位置进行加工处理，从而扣合谜面。据记载，谜格在北宋就已出现，但在明代有了较大发展，明人李开先的《诗禅》首次介绍了北宋至明朝中叶出现的42种谜格，张云龙的《广社》载有"广陵各格"16种。谜格的出现，标志着灯谜已经发展到了成熟的阶段。

谜事的繁荣促进了对谜语的搜集、整理和研究，明代出现了不少相关著述。如贺从善的《千文虎》、徐文长的《灯谜》、黄周星的《廋辞四十笺》、浮白主人的《黄山谜》、无名氏的《新奇灯谜》等。值得注意的是，明末时期谜底的猜射范围和语言风格基本定型，谜语有字谜、物谜等类别的划分，风格多以通俗易懂、幽默逗趣为主。

清代的谜语新奇精巧，谜面多用成句；表现手法多样，别解、用典、夹击、反扣等均有涉及。乾隆年间出版的《玉荷隐语》是一本版式新颖的谜书，编纂者为费源。它采取一页一谜的形式，正面为谜面，背面为谜底，并以图画隐括谜底，可谓谜中有画，画中有谜，这在谜书编纂的观念上也有很大的突破。[1]

清末民初灯谜发展达到鼎盛，各地谜社纷纷涌现，名声较大的有北平的北平射虎社、隐秀谜社、丁卯谜社，上海的萍社，武汉的扶雅社、寅社，扬州的竹西后社，厦门的萃新谜社，潮州的影语研究社，沈阳的鸿雪轩灯谜会社，台湾的醒庐文虎社等。灯谜在数量、题材、内容上较之前代都有了更大的发展，所涉内容包罗万象。元宵时节猜灯谜，成为江南城市人的娱乐游戏，"城中有谜之处，远近辐辏，连肩挨背，夜夜汗漫"。（《清嘉录》卷一）清代的文学作品中也包含不少灯谜佳作，如曹雪芹的《红楼梦》、李汝珍的《镜花缘》、陈森的《品花宝鉴》等著作中都有灯谜的影子。这一时期，谜集、谜书、专著层出不穷，如沈起凤的《绝妙好辞》、西山主人的《十五家妙契同岑集谜选》、吴光绥的《日河新灯录》、唐景崧的《谜拾》、刘玉才等的《二十四家隐语》、吴钰的《隐语萃菁》、俞樾的《隐书》、江峰青的《莲廊雅集》等。光绪年间张玉森选编的《百二十家谜语》共十册，摘录谜作一万零六百余条，号称"谜海"。清末，有"谜圣"之称的张起南撰写了一部谜学著作——《橐园春灯话》上下两卷，其中收录灯谜三千则，并详细论述了关于灯谜创作的理论和方法，对灯谜制谜各种技巧作了探讨和总结。

[1] 周广礼：《谜语新论》，人民日报出版社，2012年，第376页。

## （八）现当代谜语的发展

辛亥革命至民国年间，谜语在社会上仍然盛行。各地谜社遍布，谜社谜家所编著的谜书相当丰富，留下了大量的灯谜作品。如与"谜圣"张起南齐名的张郁庭、有"谜中亚圣"之称的黎国廉，以及徐枕亚、孙玉声、薛宜兴、陈冤亚、胡啸风、谢会心、孔剑秋、涂竹居、谢云声等，同时还出现了钱南扬、杨汝泉、陈光尧等谜学研究家和刘万章、白启明、王鞠侯、朱雨尊等专门搜集民间谜语的民俗学家。比较典型的灯谜著作如王文濡《春谜大观》、赵凤池《聊斋谜集》、韩振轩《古今谜语集成》《增广隐格释例》、徐枕亚《谈虎偶录》、韩少衡《莺嘤社谜集》、谢云声《灵箫阁谜话初集》、谢会心《评注灯虎辨类》、顾震福《跬园谜刊三种》、薛凤昌《邃汉斋谜话》、吴克岐《犬窝谜话》、孔剑秋《心向往斋谜话》、张起南等人《张黎春灯合选录》、陈光尧《谜语研究》等等，这些都是十分珍贵的谜语文献。另有北京《谜语日刊》《春声》《秋影》，上海《文虎》《黑皮书》《虎会》，武汉《文虎》，潮汕《影语》等谜刊。

五四运动后，民俗学运动蓬勃发展，相关刊物在北京、广州、杭州等地陆续兴办起来，大量的民间谜语得以收集整理出版，《歌谣周刊》《民俗周刊》等刊物成为民间谜语展示风采的重要阵地。顾颉刚的《〈谜史〉序言》、陈光尧的《谜语研究》等对谜语有着深入的研究。

各地谜书的出版是这一时期较为显著的成果，中山大学语言历史学研究所出版了一系列谜语书籍则可视为其中的代表，这一系列包括《谜史》（钱南扬）、《河南谜语》（白启明）、《宁波谜语》（王鞠侯）与《广州谜语》（刘万章）。此外还有曹松叶的《金华各属谜语》。

这几部地方性谜书，代表了新文化运动中民俗学者收集民间谜语的早期成果，颇受赞誉。顾颉刚先生在《〈广州谜语〉序文》中称："万章先生这册，数量虽不多，但发刊的民众谜语的专集，这还是第一回（书铺里出版的谜语集，是小学生的补充读物，说不定有许多是编辑先生做出来的）。"钟敬文先生也在为《广州谜语》所作序文中赞扬道："纯粹为学术的研究而辑集的材料，万章此本，是破天荒的第一部。"《中华谜书集成》称白启明的《河南谜语》"可以说是我国民间谜语，特别是北方地区民间谜语的一种代表性的集子"。

从内容上看，几部谜书专注于搜集流传在特定地域内的谜语，因此带有鲜明的地域色彩，这一点从书名上即可看出。如囊括全省的河南，注重一地的广州、宁波，"金华各属"则是指金华地区下属各县，包括金华、义乌、东阳、磐安、浦江、兰溪、永康、武义等八县。编纂者本身便出生或者生活在该地域内，天然地具有文化认同性，如《河南谜语》的编纂者白启明是河南南阳人，《广州谜语》的编纂者刘万章为广东海丰人，《宁波谜语》的编纂者王鞠侯是浙江慈溪人，《金华各属谜语》的编纂者曹松叶是浙江金华人。他们用自己所熟悉的方言，辑录家乡流传的谜语，深谙其中的方言特征与文化要素。因此从这些谜语书籍中，我们可以窥见我国民间谜语的地域分布特点。

民俗学界很早就注意到了这几部谜语书籍所代表的地域性特点，相关研究十分迅速。曹松叶在《黄河长江珠江三大流域谜语：一个简单的比较》一文（刊《民俗》周刊第96至99期合刊）中认为："歌谣与故事，因收集的材料较多，已早有人比较其异同，研究其转变；谜语方面，因收集材料尚少，探讨之人，尚未多见。"他取《河南谜语》《金华各属谜语》《广州谜语》作为黄河、长江、珠江三大流域的代表，列表进行了简单的比较。在比较之后，曹松叶认为："看上边的表，有几首是一致的，有几首是几全相同的，大多数是相似的；所以我们起码可说黄河长江珠江三大流域的谜语，有许多是类似的。至于谜语为什么类似，或因谜语能走路的缘故，或因自然的契合，或有其他原因，要等将来材料加多，才可以下判断。"

谜语类型化的问题在研究者中引起了共鸣，王鞠侯在《〈宁波谜语〉序》中也提道："几年前，在北大《歌谣》周刊里，读到了白启明先生的《河南民众文艺之一（谜语）的例举及其类目》（五十三号四版，一九一三年五月），我便觉得有点奇怪，因为河南的谜语，竟有许多和我小时候听到的相类似。因此引起了我搜集民众文艺的兴趣。河南的谜语里，有许多和宁波的相似。"刘万章在《〈河南谜语〉序》中，同样注意到了这一方面的问题："这何尝不是大同小异的呢！关于这样的例子，多得很，如果让我再举下去，那么，这序文就过长了，我在这个'昏心'的当儿，也没有再详举下去的勇气。预备将来，谜语的材料多一点，才做个系统上的研究，此刻暂时这样。"

抗日战争时期与解放战争时期谜语的发展情况，目前在文献记载中反映不多，江更生先生在《上海灯谜古今谈》中提及抗战孤岛时期的上海有一谜社名为"虎社"，聚集了一批灯谜作者，共同猜射、品评，并将谜条汇集成册。这个谜社一直坚持到上海20世纪50年代，但多是自娱自乐，影响并不大。

1949年之后，谜语从内容到形式焕然一新，反映新时代特色、形式活泼、语言幽默的谜语大量涌现。"灯谜协会""灯谜俱乐部"等组织遍布全国，逢年过节或是寻常日子定期举办猜谜聚会，受到民众的喜爱和欢迎。各地还举办形式多样的元宵节灯谜活动、游园会等，吸引更多人群参与到谜语活动中。谜语书籍的出版在这一时期重新兴盛起来，著述可分为三大类：一是对各地谜语的搜集集成；二是对谜语的专门研究；三是通俗的谜语大全类。无论何种形式的谜语书籍，都从不同方面促进了谜语的发展，使谜语这一文化得以传承并创新，在现代社会继续发挥着它的功用。

## （一）谜语的定义及特点

### 1. 谜语的定义

关于谜语的定义，各派学者从不同角度切入，表述不一。从其口头语言的存在形式与内容的社会性来看，刘守华、陈建宪将其定义为"是带有知识性和趣味性的民间韵文作品，也是和游戏娱乐分不开的一种口头语言艺术"[1]。从谜语的基本结构出发，梁前刚则将之细化为："劳动人民以某一事物或一诗句、成语、俗语、人名、地名、典故或其他文字为谜底，用隐喻、形似、暗示或描写其特征的方法作谜面，用以表达和测验人们智慧的一种短小而又饶有风趣的口头文学样式。"[2] 从谜语的社会性特征出发，顾颉刚先生称民众的谜语是"他们的智慧的钥匙，谜语和隐语，他们可以用来表现自己的智慧，用来度量别人的智慧，用来做出种种秘密的符记"[3]。以上定义，从不同角度囊括了谜语的基本形态特征与社会功能。在此基础上，我们在《中国民间文学大系·谜语卷》编纂体例中对谜语的概念作了如下界定：

"谜语"古称"廋辞""隐语"，俗称"打谜""破闷儿"，是用寓意、比喻、象形、谐音等多种描绘手法，来映射和暗示事物本来面目的一种独特民间文学体裁。它是一种利用谜面的语言描绘引导猜谜者的联想，从而推测出所指之事、物或文字的语言游戏形式，是汉语语言智慧的结晶。

具体来讲，谜语包括谜面、谜目和谜底三部分。谜面描述简洁自由，韵散皆可，但指向则要求确定，不能似是而非。谜目通常界定谜底的范围和类别。谜底是谜面的猜射对象，要与谜面高度扣合。谜语起于民间，大部分也流行于民间，具有民间文学口头表达的特征和匿名创作、流传的特色。谜语古已有之，传承至今，雅俗共赏，老少咸宜，尤其是在一些节日期间进行的猜谜活动，更拥有广泛的群众基础。

---

[1]　刘守华、陈建宪：《民间文学教程》第 2 版，华中师范大学出版社，2009 年，第 144 页。

[2]　梁前刚：《谜语常识浅说》，甘肃人民出版社，1983 年，第 1 页。

[3]　顾颉刚：《顾颉刚民俗学论集》，上海文艺出版社，1998 年，第 391 页。

## 2. 谜语的特点

### （1）语言特色

谜语是一种口头艺术，语言形式丰富，表现方式灵活，其精髓便在于"隐"，妙在委婉曲折，且扣合贴切、妙趣横生。《文心雕龙·谐隐》曰："自魏代以来，颇非俳优，而君子嘲隐，化为谜语。谜也者，回互其辞，使昏迷也。或体目文字，或图象品物，纤巧以弄思，浅察以炫辞。义欲婉而正，辞欲隐而显。"谜面的构思语言不能过于直白，要用精练的语言准确地表述事物特征，留有一定的线索，让人有迹可循、乐于猜测，不能过于晦涩，让猜谜者无从下手。巧妙的比喻、谐音、拟人等手法都是常用的修辞技巧，尤其是其中方言的使用，往往具有独特的韵味，能够达到意想不到的效果，深得民众的认同和喜爱。[1]顾颉刚先生赞其为"民众的聪敏，民众的滑稽，民众的狡狯"[2]，可谓一语中的。

### （2）结构形式

谜语由三部分构成：谜面、谜目和谜底。以一则谜语为例：

> 一只鸟儿几根毛，生性活泼爱蹦跳。
> 不吃粮来不喝水，老人小孩踢着笑。—— 谜面
> 打一玩具 —— 谜目
> 毽子 —— 谜底

具体来讲，谜面也称为"谜题"，是谜语的精华，是谜语猜射的凭借所在，它提供了关于谜底的丰富信息。谜面的表述要高度凝练，它"是民众们最精练的写生手段，它能在三两句话中把一件东西的特别性质指出"[3]。谜面不仅内容涉及广泛，而且形式多样，短语歌谣、诗词歌赋、实物动作等均可为谜面服务。其中运用的修辞手法也十分丰富，有比喻、夸张、比拟、排比、典故、反复等。总的来说，谜面的设置通常暗含机关，极力掩盖谜底答案而又极力彰显谜底特征，让人们在猜射过程中感受到其中的精妙趣味。

谜面后通常标明猜射谜语的个数和类型，称之为"谜目"。谜目是给猜射者提供的提示性的内容，跟随谜面一同出示。谜目指定谜语的猜射类别和数量，在猜射者头脑中形成对谜底的一个范围认知。

谜底是供人猜射的对象，就是谜语的答案。谜底内容多样，文字、事物、活动、诗词曲名、人名、地名、书名等，都可以充当谜底。随着时代的发展，不断涌现出符合新时代

---

[1]　顾颉刚：《顾颉刚民俗学论集》，上海文艺出版社，1998年，第391页。

[2]　顾颉刚：《广州谜语（第一集）顾序》，见叶春生《典藏民俗学丛书》（中），黑龙江人民出版社，2004年，第1153页。

[3]　同［2］注。

内容的谜语，这类谜底通常也是现代社会才存在的用具物品或活动等。

### 3.性质或文化属性

谜语起源于古代，它不仅是一种语言游戏，抑或智力竞技活动，更是一种具有严肃意义的文化现象，甚至是一种庄严的社会制度表现。在现代社会的一些原始部落里，猜谜语是成年礼的重要考验内容，是他们生活文化必备的心智能力之一。[1]

## （二）谜语的分类

从内容来看，谜语涵盖的范围非常广阔，日月星辰、风雨雷电、山川湖海、鸟兽虫鱼等包蕴其间；其他生产活动、社会生活以及人或动物的生理活动都有涉及。由于谜语内容广泛，所以对其进行分类就尤为重要，谜语分类的方法有很多，迄今并没有确定统一的标准：陈光尧在《谜语研究》中将谜语按语言结构形式分为两类——组织有定格的和组织无定格的；苏勤在《谜语集锦》中将谜语分为事物谜和灯谜；王仿在其著作中将谜语按照形式划分成单谜（谜底是一个）、组谜（两个以上有关联的事物）和连环谜（甲乙二人连续猜谜）三类。除此之外，还有按照内容将谜语分为物谜、事谜、字谜三种类型的，也有按照适用对象分为大众谜、文人谜和儿童谜的。本卷从内容、制作方法、适用对象三个角度入手，进行分类，以求全面展示谜语的类别特征。

### 1.按照谜语内容划分

根据谜语所体现的内容对其进行划分是谜语分类中最基本也是最常见的方法，具体有物谜、事谜、字谜、灯谜等。

（1）物谜：物谜是以具体事物为谜底，其中有自然现象、天地万物和动植物，有生活用品，也有关于各类人物、人体器官等，具体可分为：
①自然现象类
②人体类
③动物类
④植物类
⑤食品类
⑥生产交通类
⑦建筑类
⑧日常生活用品类
⑨文体医药用品类

---

[1]　钟敬文：《〈中华谜书集成〉钟序》，人民日报出版社，1991年，第1—2页。

（2）事谜：事谜的谜底通常是某一事件或人们的某一行为，涉及生产生活、节日习俗等方面，是民众生活实践的反映。具体可包括日常事务、文娱活动、手工劳动、农业劳动、各种节日活动等，具体可分为：

①劳动生产类

②日常生活类

③体育娱乐类

（3）字谜：这一类谜语多为文人创作，民间谜语中也有一些浅显易懂的字谜。

（4）灯谜：是书写或悬挂在灯笼上供人猜射的谜语，多在节日活动中供人娱乐消遣之用，尤其是元宵灯节期间较为流行，大多是经过文人加工，也称为"文义谜""文虎"等。将灯谜作为谜语内容的一种进行划分，是以其出现的特定场合而言的。

**2. 按照谜语制作方法划分**

谜语的制作方法多样，除了常见的以语言和文字描述谜底特征的普通谜语外，还有靠实物或动作完成的哑谜、以图画表现的画谜以及谜语故事等。各种方式的运用极大地丰富了谜语的呈现方式，也增强了谜语的趣味性。

（1）普通谜：主要依靠语言形式讲述出谜面供人猜射，或以文字的形式进行描述。

（2）哑谜：使用实物或动作的形态供人猜射，哑谜又可分为实物谜和动作谜两种。相较于普通谜，哑谜在人群多的活动场合中使用能够活跃现场气氛，在当下社会的许多聚会活动和综艺节目中多有采用。

（3）画谜：画谜是用图画形式描述谜底的一种谜语，可以用图画去猜射字、词、成语、物品、事件等，强调构思的巧妙性。在民间社会中，以动物、植物、器物等为内容的剪纸画、民居建筑的吉祥图案等大多包含一定的谜语意味，如较为常见的"吉祥如意""福禄长寿"图案等。

（4）射覆谜："射覆"是古代游戏的一种，常见的射覆谜是在词语或句子之间留出空格，要求猜射者在空格内填入字词或数字，使之连贯，空格中的字词数字则为谜底，也可称为"填充谜"。

（5）谜语故事：将谜语巧妙地融入有人物和情节的故事中，也称为"故事谜"。谜语故事内容丰富，涉及题材广泛，形式也较为活泼，猜谜者通过有趣的故事情节猜射谜语，既加深了对故事情节的印象，又能更好地领悟到谜底。

**3. 按照谜语适用对象划分**

从谜语的内容和形式上来看，它是一种雅俗兼备的游戏项目，适用人群广泛。按照谜语适用对象可以将谜语划分为大众谜、文人谜和儿童谜。

（1）大众谜：这类谜语语句简单、直白、通俗，多以口头语言的形式呈现，讲究押韵和节奏，可歌可谣，易记易传。谜面多源于生活，常以人们常见、熟悉的事物为谜材，对广大民众来说较容易理解和猜射。

（2）文人谜：由文人创作，供人猜射的一种书面化谜语，多用诗词曲的形式表现，《红楼梦》中就出现有大量的文人谜。文人谜要求字字有用，不能出现闲字闲词，有的还设卷帘、秋千、徐妃等谜格，制作较为复杂。

（3）儿童谜：多以花鸟鱼虫、飞禽走兽为猜射对象，采用拟人、比喻或夸张的表现手法描绘事物。这类谜语的语句较为活泼、朗朗上口，易被儿童诵读和理解。如关于手指的谜语："五个兄弟，住在一起，名字不同，高矮不齐。"儿童谜具有锻炼智力和游戏娱乐功能，儿童猜谜的过程也是认识世界、开拓知识面的过程，因此其在谜语中占有重要位置，生活中流传甚广。

## （三）谜语的表现手法

谜语的表现手法指的是谜语猜射过程中形成的具有鲜明特色的语言运用风格与语句组织方式，尤其集中体现在谜面的制作上。王仿在《谜语之谜》中认为民间谜语同民歌一样，产生阶段是用赋体，随后才发展多样，他将民间谜语的表现手法分为赋、比、谐音的运用和人名的借用这四种。[1] 现实生活中的谜语，有使用一种表现手法的，也有兼具两种甚至好几种表现手法的。或是运用比喻描写事物的特征，或是用夸张突出事物的本质，或是用谐音双关加深语意，等等。多种表现方法的使用使得谜面的语言风格与结构更加生动形象、活泼鲜明，表达效果也更加显著，[2] 从而具有别样的艺术魅力，使谜语更加"迷人"。谜语的具体表现手法，主要有以下几种：

1. 比喻手法：比喻在谜语中使用较广泛。在谜语的构成要素中，谜底是本体，谜面是喻体，通过喻体生动具体的想象，将本体形象地描述出来。如关于"眼睛"的一则谜语："上边毛，下边毛，中间一颗黑葡萄。"这则谜语将眼睛比作黑葡萄，突出中国人眼睛黑颜色、圆形状的特征。

2. 比拟手法：又可分为拟人和拟物。拟人是将动物或无生命的物品人格化，赋予其人的动作和思想。如关于"竹船篙"的一则谜语："在娘家青枝绿叶，到婆家面黄肌瘦，不提起倒也罢了，一提起泪洒江河。""竹船篙"在这里成了一个备受虐待的小媳妇，整则谜语完全以她的口吻在哭诉生活中的不幸，这就是拟人化。拟物是把此物当彼物，如谜底为

---

[1]　王仿：《谜语之谜》，上海文艺出版社，1987年。
[2]　王炜晨：《谜语修辞管窥》，《河北大学学报》1983年第4期，第74页。

"伞"的一则谜语："门前一棵麻，不满三尺高，风来吹不动，雨来就开花。"将伞比拟为麻，这种手法在谜语中比较多见。

3. 夸张手法：在谜语创作中，把谜底的形象、特征、作用等方面故意夸大铺张，能够达到突出谜底的本质、强化表达的效果。如关于"渔网"的一则谜语："嘴有城门大，牙有七八斤。浑身全是眼，尾巴只一根。"[1]把渔网的窟窿眼儿夸大为城门，渔网四周的铁珠重量夸大为七八斤，运用夸张手法增强了对渔网特征的形象化表达。

4. 排比手法：这类谜语有时只讲一个谜底，紧紧围绕谜底的特征或作用，把几个相近的事物、现象、状态等有序地排列在一起。如关于"月亮"的一则谜语："有时落在山腰，有时挂在树梢，有时像面圆镜，有时像把镰刀。"这则谜语将人眼看到的月亮位置和圆缺状态运用排比的形式表达出来。还有的谜语同时有好几个谜底，这类谜语的谜底同属一类，如花鸟鱼虫或蔬菜瓜果，运用排比的手法将之并列，显得层次分明，也带有节奏感，读起来朗朗上口。

5. 谐音手法：利用一音多字的特点进行猜制，表面上是这个字，实际却是指另外一个字，也称"双关"。试举一例加以说明，"妇人原来本姓倪，生成一个大肚皮，嫁给懒汉吃酸菜，嫁给勤人吃肉鱼"。谜底是"菜坛子"。这则谜语中"倪"和"泥"谐音，菜坛子用泥土制成，谜语中将菜坛子的材质——"泥"，形象地用姓氏"倪"代替，表达效果很好。

谜语中的表现手法多样，还有反复、套语、对照、设问、借代、顶真等，在此不一一赘述。总之，无论何种表现手法的使用，目的均是使谜面的描述更加巧妙、生动，让猜射过程充满趣味。

## 三、谜语的社会功能、价值与当代意义

作为一种广为流传的民间口头文学样式，谜语从民众日常生活中来，并借由民众之口得以传播。作为一种语言游戏，它具有丰富的趣味性和知识性，不仅可以启迪民众智慧、训练人们的思维能力，也可以丰富人们日常生活、开阔人们的眼界。谜语本身包含的各种知识还是地域文化的承载、民众集体记忆的表达，具有深刻的社会文化价值。

[1]　吴直雄：《中国谜语概论》，巴蜀书社，1989 年，第 390 页。

## （一）谜语的社会功能与价值

### 1. 集体记忆与地域文化的表达

谜语是经过集体加工而广泛流传的一种民间语言艺术，是民众集体记忆的表达。谜语中丰富的历史、地理、民俗等内容，是民众饮食文化、服饰文化、居住文化、婚丧文化等日常习俗文化的写照。又因为谜语的猜射对象包罗万千，"事事皆可谜"的特性使谜语凝聚了民间社会生产生活的方方面面。透过谜语，我们可以了解到一方社会的民俗风情、历史地理以及民众的心理趋向、审美情趣等。在谜语流传较广的地区，制谜猜谜已然成为当地民众生活模式的一种表述。在猜谜的过程中，只要对本地文化有一定的了解，就能感受到谜语中包含的地域民俗文化内涵，这也是集体记忆传承下民众生活体验和阅历的反映。另外，从谜面对其谜底特征、功能的选择性描述以及比喻、拟人等表现手法的运用中，同样可以窥见民众的态度与情感，了解到过去和现在谜语流传地区的社会风俗民情。

### 2. 启迪智慧与训练思维

谜语是民间表现智慧、测验智慧并培养智慧的一种口头艺术的特殊形式。[1]周作人对谜语在儿童智慧培养和认识自然方面的特有功能大加赞赏，他说：

> 谜语体物入微，情思奇巧，幼儿知识初启，考索推寻，足以开发其心思。且所述皆习见事物，象形疏状，深切著明，在幼稚时代，不啻一部天物志疏，言其效用，殆可比于近世所提倡之自然研究欤？[2]

谜语的主要特点就是运用多种方法集中描述某一事物的特征，猜射谜语的过程是分析、推理、判断等锻炼人思维能力的过程，这也是谜语的生命力所在。制作谜语需要一定的敏捷思维和语言表达能力，制谜的过程对启发和锻炼人的逻辑思维能力、想象力、语言表述能力具有一定的促进作用。猜谜的过程更是如此，因为谜面是所猜射事物的某一特征或相似的暗指，人们想要准确地猜出谜底，就需要动脑思考并进行分析推断，这对于人们培养清晰连贯的思维逻辑能力大有裨益。谜语的精髓在于知识性和趣味性的相融，与人类追求变化刺激的心理相适应，因此能够吸引人们去思考和分析，并令他们在猜谜的过程中感受快乐、获得智慧，对儿童来说尤为如此。因儿童谜多以动物植物为猜射对象，以歌谣的形式呈现，在猜谜的游戏中，他们大脑的思维能力得到潜移默化的开发，对事物的认知力和想象力也得以提升。20世纪二三十年代，近代教育家李廉方曾在开封市郊的大花园实验小学和杏花园实验小学尝试谜语教学，他从大众书局出版的谜书中选取21条谜语用于教学，通过五次谜语试读的方式，培养学生阅读的态度和习惯，强化拼音查字典的练习等，深受学生欢迎。他以此为实践基础，先后出版了《改造小学国语课程》一、二、三期实验

---

[1]　乌丙安：《民间文学概论》，春风文艺出版社，1980年，第230页。
[2]　周作人：《儿歌之研究》，《绍兴县教育会月刊》第4号，1914年1月20日。

方案，标志着开封教育实验理论的形成，他的教学体系后来被命名为"廉方教育法"。

### 3. 丰富生活与娱悦身心

谜语是民间游戏的一种，具有形式活泼、引人入胜、形象生动的特点，制谜、出谜、猜谜的过程带给猜射者以趣味和享受的体验。谜语在我国古代社会生活中具有重要的实际作用，它极大地丰富了民众的精神生活，是人们在劳作之余陶冶情操、娱悦身心的消遣方式之一。当代社会，谜语继续发挥着娱乐生活的功能，在各种传播媒介中，都有谜语的存在，让人们在紧张的学习和工作之余得到暂时的娱乐和放松。猜谜一直以来都是民众参与度较高的一项游艺活动，如元宵佳节猜灯谜的活动既丰富了节日内涵，又增添了人们过节的乐趣，活跃了节日气氛；在民众日常的聚会、比赛等活动中，谜语的融入往往会使参与者兴趣高涨、心情愉悦，促进人们情感的交流与认同。

### 4. 开阔眼界与增长见识

谜语内容丰富、题材多样，有事谜、物谜、字谜、动物谜、植物谜、地名谜、历史典故谜、风俗民情谜等，无所不涉，是中国传统文化博大精深和独具特色的一种表现。通过接触谜语，人们认识了大千万物，了解了各种知识。首先，谜底内容涉及天文地理、生产生活、历史社会、人文自然等方面，而谜面又是对这万物的描述和解释。在制谜猜谜的过程中，人们得以开阔眼界、认识世界、增加知识。[1] 其次，人们在猜射谜语时，会遇到同一谜底不同谜面的情况，也就是所谓的"异面同底谜"，不同谜面描述出谜底的不同特征和功能，可以使人们全面地认识到关于事物的特点。另外，谜语不是一成不变的，时代的发展促使新形式、新内容的谜语出现，这些谜语反映了新时代社会生产生活方面的各种信息，欣赏它们同样可以拓展我们的眼界。

## （二）谜语的当代意义

作为中华民族优秀传统文化的重要组成部分，谜语在当下社会也具有不容忽视的作用，传承谜语文化是完善现有教育体系、丰富民众精神文化生活、弘扬优秀传统文化的途径之一，对促进我国文化建设事业的蓬勃发展具有重要的现实意义。

### 1. 寓教于乐，辅助教学

谜语具有娱乐性与知识性的特点，随着时代的发展，谜语的这种特点被用在教育中，从而发挥了谜语寓教于乐的功能。从谜语本身来说，它的种类丰富、内容所涉广泛，如谜语中包含有历史人物事件等信息，谜语的句式和修辞又具有明显的文学性，因此它与历史、地理、语文、数学等学科都有联系。在当前教育体系下，各学科的教学工作均可采用符合

---

[1] 吴直雄：《中国谜语概论》，巴蜀书社，1989年，第52页。

本学科的谜语来辅助教学，如有关历史人物的一个谜语"房脊上摆镜子（打三国时一名将）"，谜底为"赵云"，在课堂上让学生猜射谜底并进行解释，能让学生对这一历史人物的印象和记忆更加深刻。通过引入谜语，课堂教学将变得更加生动而富有趣味，对学生理解、接受不同知识也起到显著的促进作用。在课堂开始之前，让学生猜射一些趣味性的谜语，能够吸引学生的注意力，激发学生的学习兴趣，调动学生的思考推理能力，让学生在娱乐中得以求知，从而达到寓教于乐的目的。中小学的教育实践在教科书和课堂两个层面运用并发挥谜语的这一功效，具有一定的现实性和可行性。

### 2. 优秀传统文化的传承与实践

优秀传统文化是中华民族发展进步的源泉和动力，谜语有着悠久的历史，是民众集体智慧的产物，也是传承优秀传统文化的重要媒介。谜语能够传达出一定时期的民风民俗、社会状况以及人们的审美需求，并随着时代的发展不断传承。关注和重视谜语这一民间文化形式，有利于增强文化自信，倡导民族复兴。传承谜语即是弘扬优秀传统文化，将谜语引入课堂、娱乐场所，进入各类社会活动，这些都是传播民族文化的途径所在。当下大众传媒的发展为传统文化提供了生存的栖息地，如电视节目《中国谜语大会》既是以谜语为核心的文化益智节目，也是一项利用新媒体工具，以雅俗共赏的方式促进全民参与的、弘扬优秀传统文化的实践活动，它既丰富了民众的文化生活，也促进了当代的文化建设。

### 3. 辅助人文社会学科的研究工作

谜语承载着大量的历史社会和民俗文化信息，无论是口传的谜语还是地方文献中记载的谜语，都在一定程度上以形象的语言记录了区域社会传统，以及民风民俗和经济文化状况等，探讨这类谜语对于我们研究某地某种习俗的流传演变、考察传统社会生活面貌具有一定的参考价值，可作为民俗学、历史学、社会学等学科学术研究上的一种补充材料。同样，谜语的韵律、语言、修辞和方言表述等对文字学、语言学、文艺学等学科的研究工作也有重要的实际价值。

总之，谜语中蕴含着博大精深的文化内涵，它根植于人民生活之中，是民众审美情趣和智慧的表达，是中华传统文化的重要组成部分。传承和弘扬谜语文化同样是保护非物质文化遗产、促进社会发展与文化建设事业的一项重要举措，这是对优秀传统文化的传承，也是对民族文化价值的认同。

# 四、谜语的当代搜集整理和编纂

"中国民间文学大系"是传承中华优秀传统文化的重要举措,功在当代,利在千秋。2017年1月24日,中共中央办公厅、国务院办公厅印发了《关于实施中华优秀传统文化传承发展工程的意见》,对优秀传统文化的发展做了高屋建瓴的指导和高层设计。此次,由中国文联负责组织实施的"中国民间文学大系"将谜语单列成卷,做专门的整理和出版。2018年7月在江苏徐州召开了"中国民间文学大系出版工程"谜语组专家成立大会,谜语组专家成员来自北京、上海、浙江、河南、山东、山西、广东等地,以中青年学者为主体,并邀请长年从事谜语研究与谜语传播活动的学术骨干加入,形成了一支有较强代表性、充沛工作精力和丰富工作经验的队伍。希望这支专门队伍能给谜语的编纂起到指导作用,实现谜语部分编撰工作的专业化、科学化,甄别遴选出符合中华人文精神的经典性谜语作品,保障高效率地完成这项重大文化工程,以满足传承中国智慧、弘扬中国精神、传播中国价值的民族文化建设需要。

专家组在"中国民间文学大系"的《实施方案》和《工作手册》的基础上,召开动员会、座谈会、审稿会等,建立微信群并赶赴谜语搜集编纂地,汇合讨论,积极推进示范卷的编纂工作,特别是对率先成稿的河南谜语卷进行了认真审读,提出修改意见。在考虑谜语分类和编排的科学性、收录谜语的地方代表性,同时兼顾采录整理和出版工作的便捷性与规范性的原则指导下,对示范卷的分类、排序、异文、注解等方面做了细致的审定。

河南省民间文艺家协会率先启动,积极动员,先后开会十余次,充分发动省内各级民协会员,参与到此项工作中。用三个月的时间完成人员动员、组织建设、谜语征集和整理汇编,在搜集整理谜语过程中积累了不少经验:

(1)《中国民间文学大系·谜语卷》的出版是大型工程,需要动员社会各界的力量,全面展开调查和已有出版物的文献搜集

谜语搜集整理是全新的工作,没有经验可循。20世纪80年代的"中国民间文学三套集成"只收录了神话、传说、故事、歌谣和谚语的内容,而对民间谜语未能予以关注,大量的民间谜语依然散落在民间。此次《中国民间文学大系·谜语卷》的搜集整理充分发动地方文联、民间文艺家协会和群众艺术馆的工作人员,包县包村调查和搜集资料;也发动老干部中心、各地中小学,将谜语搜集的工作面进一步扩大,取得了丰硕的成果。

(2)重视重要传承人的重点发掘和作品整理出版

谜语广泛流传在各地民众口头之上,大多数民众能讲少量的谜语,而且重复较多。但也有部分民间谜家掌握大量谜语,这是地方谜语的宝库,一定要给予充分的重视。比如河南周口发现民间谜语艺术家高新慧老人,出身名门,自小读书,能讲上千则谜语,而且通

俗易懂，具有地方特色。在搜集过程中，地方文化部门已阶段性地出版了《高新慧民间谜语》《项城谜语》《沈丘民间谜语大全》《扶沟县民间谜语》《中华谜歌大观》等谜语书籍，为《中国民间文学大系·谜语卷》的出版奠定了坚实的基础。

（3）强调地方性，重视特定谜语题材的发掘

各地谜语都是地方自然条件、社会历史、民俗风物、文化艺术的反映，具有很强的地方性特征。河南谜语在整理中发现其农耕文化特色鲜明、民间字谜数量超出想象、歌谣谜数量众多有特色。这些都非常值得研究，在搜集中便要注意此类谜语的挖掘。

（4）文献搜集和口述记录并重

"中国民间文学大系出版工程"的实施，目的是萃取经典，服务当代，通过专家甄别遴选出民间文学各个门类中符合中华人文精神的经典作品，以汲取中国智慧、弘扬中国精神、传播中国价值。实际上，除了灯谜外，大量的民间谜语尚未引起社会足够的注意，即使地方谜语研究者和搜集者也很少把民间谜语纳入其视野，有关民间谜语专著保留下来的十分稀少。这就要求工作人员更要下功夫搜集整理已有文献。以河南为例，文献资料主要有民国时期白启明搜集整理的《河南谜语》，20 世纪 80 年代民间歌谣集成搜集过程中保存的资料，以及部分地区对民间谜语也有少量的整理印刷的谜刊和油印小册子，这些资料都弥足珍贵。

《中国民间文学大系·谜语卷》在编选过程中遇到和发现以下问题，值得引起注意，进一步探索：

（1）谜语分类和排序

由于谜面侧重点的不同，一个谜语在不同类别中重复和交叉出现是十分常见的现象。当出现这种情况时，编纂者要根据具体谜面描述侧重点来分析其类别。如果侧重于静态的物的描写，则归为物谜，那些描述事情经过的归为事谜，这一点也可通过谜目来区分。另外类别有交叉的，如谜底有三四种事物，既有动物，又有植物或其他的，则放在"其他类"。

谜语顺序排列方面，原则上按物谜、事谜、字谜和其他类进行排列，相同谜底的，按谜面首字拼音为序。由于字谜的特殊性，字谜部分以笔画为序，相同谜底的字谜则仍按谜面首字拼音为序。

（2）谜语的异文

在《中国民间文学大系·谜语卷》的实施中，我们尽可能统一行动、全面搜集各类民间谜语。但在实际的谜语采录过程中，也发现地方民协工作者在分头行动收录、统一整理时，往往会搜集同一谜语的大量异文。对这种情况的处理方法如下：如果差异较大，就全部收录；而对于谜面只有个别文字差异，几近完全重复的谜语，则应只保留最接近口语习惯与文义最恰当的谜面，不必重复收录；此外，对地方色彩较为浓厚的部分谜语异文，要保持其地方文化特色与地方方言特征。

（3）谜语的收录范围

谜语是民众生活的反映，并随着人们生活和时代的发展而不断丰富。本卷主要收录民间传统谜语，部分典型的当代灯谜作品也拟作为附录少量收录。民间传统谜语与文人灯谜各具特色，不同之处特征明晰。一般说来，民间传统谜语在语言上较为通俗直白、口语化特色鲜明；文人灯谜用词典雅，多用典故，间或使用谜格。在结构上，传统民间谜语由谜面、谜目、谜底三部分组成；而灯谜在此基础上，有的还要增加谜格。

# 五、结语

谜语是中国民间社会认知世界的百科全书，它涵盖风雨雷电、山川湖海、鸟兽虫鱼等生活世界的方方面面，同时它与民族心智与审美息息相关，是中华民族文化的基因库。随着经济全球化进程的加速，传统农耕文化发生了翻天覆地的变化。对谜语来说，这项出版工程也是一次抢救工程，它推进了我们此前民间文学搜集整理工作中忽视的谜语部分。因此，对保护传承民间谜语这项非物质文化遗产来说意义重大，同时也是弘扬优秀民族文化传统，实践社会主义核心价值观的有效方式。

我国民俗学的先驱和开拓者之一白启明，早在九十多年前就提出过完成《全国谜语类编》的构想。如今，《中国民间文学大系·谜语卷》的编纂工作已经启动，白启明先生的宏愿正在实现！

参考文献：

[1] 吴直雄 . 中国谜语概论 [M]. 成都：巴蜀书社，1989: 52，73，390.

[2] 钟敬文 . 中华谜书集成（钟序）[M]. 北京：人民日报出版社，1991：1—6.

[3] 韩伯泉 . 略述谜语的产生与宗教的关系 [A]. 民间文艺集刊（第六集）[C]. 上海：上海文艺出版社，1984：148—149.

[4] 林玉明 . 中国谜语基础知识 [M]. 厦门：厦门大学出版社，2006：316.

[5] 周广礼 . 谜语新论 [M]. 北京：人民日报出版社，2012：376.

[6] 钱南扬 . 谜史 [M]. 上海：上海文艺出版社，1986.

[7] 顾颉刚 . 顾颉刚民俗学论集 [M]. 上海：上海文艺出版社，1998：391.

[8] 顾颉刚 . 广州谜语（顾序）[M]. 广州：国立中山大学语言历史研究所，1928.

[9] 王炜晨 . 谜语修辞管窥 [J]. 河北大学学报，1983（04）：74.

[10] 王仿 . 谜语之谜 [M]. 上海：上海文艺出版社，1987：182—199.

[11] 钟敬文 . 民间文学概论（第二版）[M]. 北京：高等教育出版社，2010：238.

[12] 乌丙安 . 民间文学概论 [M]. 沈阳：春风文艺出版社，1980：230.

[13] 梁前刚 . 谜语常识浅说 [M]. 兰州：甘肃人民出版社，1983：1.

[14] 刘守华、陈建宪 . 民间文学教程（第 2 版）[M]. 武汉：华中师范大学出版社，2009：144.

本卷主编　刘英魁　吴　桐

中国民间文学大系出版工程河北省工作领导小组

组长　　　　　　史建伟

副组长　　　　　任　源

成员　　　　　　杨荣国　　周　鹏

中国民间文学大系出版工程河北省专家委员会

主任　　　　　　郑一民

副主任　　　　　杨荣国　　朱彦华　　杜云生　　周宝忠

委员　　　　　　（按姓氏笔画排序）
　　　　　　　　王露露　　刘　萍　　张俊敏　　柴秀敏　　常玉荣

《中国民间文学大系·谜语·河北卷（一）》编纂委员会

顾问　　　　　　郑一民　　杨荣国

主编　　　　　　刘英魁　　吴　桐

编委　　　　　　（按姓氏笔画排序）
　　　　　　　　马　佶　　马志国　　王矿清　　王寅丑　　石爱民
　　　　　　　　龙吉江　　安素娟　　张家宽　　赵孟魁　　柴秀敏
　　　　　　　　梁民生　　梁挺爱　　樊更喜　　戴成龙

1

　　2018 年 9 月 3 日，河北省民协召开河北谜语卷编纂工作会
　　摄影　刘立军

2

　　2018 年 10 月 19 日在承德召开谜语搜集整理座谈会
　　照片提供　吴桐

3

　　2018 年 10 月 19 日在承德召开谜语搜集整理座谈会
　　照片提供　吴桐

4

　　2018 年 10 月 20 日在承德市承德县召开谜语征集座谈会
　　照片提供　吴桐

5

2018 年 11 月 8 日，在石家庄市召开谜语卷编纂工作推进会
图为编委会人员讨论
摄影 刘立军

6

2018 年 11 月，河北省民协主席杨荣国（右二）、副主席柴秀敏
（中）等人，赴雄安开展谜语采风
照片提供 杨荣国

7

2018 年 11 月，河北省民协主席杨荣国带领谜语采风小分队到
石家庄行唐县采风
照片提供 杨荣国

8

老式梳妆台
拍摄时间 2018 年
摄影地点 张家口九龙峪民俗馆
摄影 吴桐

9

大缸

拍摄时间 2018 年

摄影地点 张家口九龙峪民俗馆

摄影 吴桐

10

风箱（鞴）

拍摄时间 2018 年

摄影地点 张家口九龙峪民俗馆

摄影 吴桐

11

耧

图片提供 刘英魁

12

老式箱柜

拍摄时间 2018 年

摄影地点 张家口九龙峪民俗馆

摄影 吴桐

13
马灯
拍摄时间 2018 年
摄影地点 张家口九龙峪民俗馆
摄影 吴桐

14
马垛子
拍摄时间 2018 年
摄影地点 张家口九龙峪民俗馆
摄影 吴桐

15
斗
拍摄时间 2018 年
摄影地点 张家口九龙峪民俗馆
摄影 吴桐

16
石磨
拍摄时间 2018 年
摄影地点 张家口九龙峪民俗馆
摄影 吴桐

17
    石碾子
    图片提供 刘英魁

18
    铡刀
    拍摄时间 2018 年
    摄影地点 张家口九龙峪民俗馆
    摄影 吴桐

A051

# 目录

C001
**概述**

C015
**凡例**

0001
**物谜**

0001
一
动物类

0003    1    禽类
0003        鹌鹑
0003        八哥
0003        白鹤
0004        白鹭
0004            白鹭
0004            老等
0004        白头翁
0004        百灵鸟
0005        大雁
0006        丹顶鹤
0006        杜鹃
0006            布谷鸟
0007            杜鹃
0007            看镰砍豆
0007        鹅
0008        鹧鸪
0008        凤凰

0009        鸽子
0009            鸽子
0009            信鸽
0009        海鸥
0010        画眉鸟
0010        黑脸琵鹭
0010        黄莺
0010            黄莺
0010            槐嘚溜
0011        孔雀
0011        鸡
0011            鸡
0012        公鸡
0013        母鸡
0014        山鸡
0014        病鸡儿
0014        抱鸡婆
0014        哺鸡娘
0014        小鸡
0015        老鹰
0015        麻雀
0015            麻雀
0015            小虫儿
0016        猫头鹰
0016            猫头鹰
0016            突叫
0016        鸵鸟
0017        乌鸦
0017            乌鸦
0017            老鸹
0017            老鸹雕
0017        喜鹊
0018        山雀
0019        鸭子
0019            鸭子
0020        野鸭

| | | |
|---|---|---|
| 0020 | 鹞子 | |
| 0020 | 燕子 | |
| 0022 | 鹦鹉 | |
| 0022 | 鱼鹰 | |
| 0022 | 鹬 | |
| 0023 | 鸳鸯 | |
| 0023 | 鸳鸯 | |
| 0023 | 夫妻鸟 | |
| 0023 | 鹧鸪 | |
| 0023 | 鹧鸪 | |
| 0023 | 豆鼓鸟 | |
| 0023 | 啄木鸟 | |
| 0024 | 2 兽类 | |
| 0024 | 斑马 | |
| 0025 | 狈 | |
| 0025 | 蝙蝠 | |
| 0025 | 蝙蝠 | |
| 0026 | 夜瘪虎 | |
| 0026 | 豺 | |
| 0026 | 刺猬 | |
| 0028 | 长颈鹿 | |
| 0028 | 大象 | |
| 0030 | 袋鼠 | |
| 0030 | 狗 | |
| 0030 | 狗 | |
| 0032 | 宠物狗 | |
| 0032 | 死狗 | |
| 0032 | 猎犬 | |
| 0032 | 藏獒 | |
| 0032 | 猴 | |
| 0034 | 狐狸 | |
| 0035 | 黄鼠狼 | |
| 0035 | 黄鼠狼 | |
| 0035 | 黄鼬 | |
| 0035 | 獾 | |
| 0036 | 寒号鸟 | |

| | | |
|---|---|---|
| 0036 | 金钱豹 | |
| 0036 | 狼 | |
| 0037 | 老虎 | |
| 0038 | 老鼠 | |
| 0041 | 龙 | |
| 0041 | 鹿 | |
| 0041 | 鹿 | |
| 0041 | 梅花鹿 | |
| 0042 | 骡子 | |
| 0043 | 驴 | |
| 0043 | 骆驼 | |
| 0044 | 马 | |
| 0044 | 马 | |
| 0045 | 战马 | |
| 0045 | 猫 | |
| 0045 | 猫 | |
| 0047 | 半大猫 | |
| 0047 | 死猫 | |
| 0048 | 麋鹿 | |
| 0048 | 牛 | |
| 0048 | 牛 | |
| 0049 | 奶牛 | |
| 0050 | 水牛 | |
| 0050 | 小牛 | |
| 0050 | 大公牛 | |
| 0050 | 牛耳朵 | |
| 0050 | 狮子 | |
| 0050 | 松鼠 | |
| 0051 | 田鼠 | |
| 0051 | 田鼠 | |
| 0052 | 搬担儿 | |
| 0052 | 兔子 | |
| 0052 | 白兔 | |
| 0053 | 野兔 | |
| 0053 | 犀牛 | |
| 0053 | 熊 | |

| | | |
|---|---|---|
| 0053 | 狗熊 | |
| 0054 | 北极熊 | |
| 0054 | 熊猫 | |
| 0054 | 羊 | |
| 0054 | 羊 | |
| 0055 | 绵羊 | |
| 0056 | 山羊 | |
| 0056 | 黑山羊 | |
| 0057 | 白山羊 | |
| 0057 | 猿 | |
| 0057 | 猪 | |
| 0057 | 猪 | |
| 0059 | 母猪 | |
| 0060 | 黑母猪 | |
| 0060 | 3 水生类 | |
| 0060 | 蚌 | |
| 0062 | 鳖 | |
| 0062 | 鳄鱼 | |
| 0062 | 蛤蛎 | |
| 0063 | 蛤蟆 | |
| 0064 | 海龟 | |
| 0064 | 海龟 | |
| 0064 | 小海龟 | |
| 0064 | 海葵 | |
| 0065 | 海螺 | |
| 0065 | 海马 | |
| 0066 | 海豚 | |
| 0066 | 海蜇 | |
| 0067 | 鲸 | |
| 0067 | 蝌蚪 | |
| 0067 | 蝌蚪 | |
| 0067 | 蛤蟆咕嘟 | |
| 0068 | 泥鳅 | |
| 0068 | 螃蟹 | |
| 0070 | 青蛙 | |
| 0073 | 珊瑚 | |

| | | |
|---|---|---|
| 0073 田螺 | 0089 绿豆蝇 | 0104 蚂蚁 |
| 0074 乌龟 | 0089 蝉 | 0106 蚂蚱 |
| 0074 乌龟 | 0089 蝉 | 0106 蚂蚱 |
| 0075 王八盖子 | 0090 唧尿儿 | 0107 蝗虫 |
| 0075 乌贼 | 0090 知了 | 0107 飞蝗 |
| 0075 虾 | 0091 知了猴 | 0107 蛹子 |
| 0075 虾 | 0091 尺蠖 | 0107 毛衣虫 |
| 0077 龙虾 | 0091 尺蠖 | 0107 麦牛 |
| 0077 鱼 | 0092 槐虫 | 0107 粘虫 |
| 0077 鱼 | 0092 臭虫 | 0108 蛴螬 |
| 0079 金鱼 | 0092 大菜虫 | 0108 瓢虫 |
| 0080 热带鱼 | 0092 担杖虫 | 0108 瓢虫 |
| 0080 脊隔片鱼 | 0092 蛾 | 0108 花大姐 |
| 0081 带鱼 | 0092 飞蛾 | 0109 七星瓢虫 |
| 0081 草鱼 | 0093 灯蛾 | 0109 金龟子 |
| 0081 鲇鱼 | 0093 豆蛾子 | 0109 青虫 |
| 0081 鲢鱼 | 0093 纺织娘 | 0110 蜻蜓 |
| 0081 鲤鱼 | 0093 蜂 | 0110 蜻蜓 |
| 0081 鱼鳔 | 0093 蜜蜂 | 0111 蚂螂 |
| 0082 鱼腰 | 0096 马蜂 | 0112 蚯蚓 |
| 0082 4 虫类 | 0097 黄蜂 | 0113 蛆 |
| 0082 白蚁 | 0098 蝈蝈 | 0113 蛆 |
| 0083 斑蝥 | 0098 蝈蝈 | 0114 茅坑里的蛆 |
| 0083 壁虎 | 0099 长尾巴蚰子 | 0114 枣蛆 |
| 0083 壁虎 | 0099 长尾巴蝈蝈 | 0115 蛇 |
| 0083 蝎虎 | 0100 蚰的 | 0117 水牛 |
| 0083 蝎里虎子 | 0100 蚰子 | 0117 虱子 |
| 0084 扑蝇虎 | 0100 叫唤蚰子 | 0119 屎壳郎 |
| 0084 壁虱 | 0100 母蚰子 | 0120 螳螂 |
| 0084 簸箕虫 | 0101 蝴蝶 | 0122 天牛 |
| 0085 蚕 | 0102 蛔虫 | 0122 跳蚤 |
| 0085 蚕 | 0102 蛔虫 | 0122 跳蚤 |
| 0086 蚕宝宝 | 0103 屁屁虫子 | 0123 虼蚤 |
| 0087 苍蝇 | 0103 虮子 | 0123 狗蚤 |
| 0087 苍蝇 | 0103 筋斗虫 | 0123 跳蚤、虱子 |
| 0088 蝇子 | 0103 蝼蛄 | 0123 土鳖 |

| | | |
|---|---|---|
| 0124 | 蚊子 | |
| 0124 | 蚊子 | |
| 0127 | 牛毛蚊子 | |
| 0127 | 蜗牛 | |
| 0129 | 蜈蚣 | |
| 0129 | 蚰蜒 | |
| 0129 | 蚰蜒 | |
| 0130 | 钱串子 | |
| 0130 | 蜥蜴 | |
| 0130 | 蜥蜴 | |
| 0130 | 地出律子 | |
| 0130 | 蟋蟀 | |
| 0130 | 蟋蟀 | |
| 0131 | 促织 | |
| 0131 | 苏住儿 | |
| 0132 | 蝎子 | |
| 0132 | 蝎子 | |
| 0133 | 蝎虎 | |
| 0133 | 全蝎 | |
| 0133 | 蝎子、蜘蛛 | |
| 0133 | 杨喇子 | |
| 0134 | 蚜虫 | |
| 0134 | 萤火虫 | |
| 0136 | 鱼虫 | |
| 0136 | 蟑螂 | |
| 0136 | 蜘蛛 | |
| 0136 | 蜘蛛 | |
| 0138 | 红蜘蛛 | |
| | | |
| 0139 | 二 | |
| | 植物类 | |
| | | |
| 0141 | 1 草木类 | |
| 0141 | 艾草 | |
| 0141 | 白蒿 | |
| 0141 | 柏树 | |

| | | |
|---|---|---|
| 0141 | 苍耳子 | |
| 0141 | 臭蒿子 | |
| 0142 | 楮桃树 | |
| 0142 | 椿树 | |
| 0142 | 冬青 | |
| 0142 | 杜梨树 | |
| 0142 | 浮萍 | |
| 0143 | 甘蔗 | |
| 0143 | 圪针窝 | |
| 0144 | 葛针 | |
| 0144 | 桂花树 | |
| 0144 | 含羞草 | |
| 0144 | 花椒树 | |
| 0145 | 槐树 | |
| 0145 | 槐树 | |
| 0145 | 刺槐 | |
| 0145 | 灰灰菜 | |
| 0145 | 蒺藜 | |
| 0145 | 蒺藜 | |
| 0147 | 荆棘 | |
| 0147 | 节节草 | |
| 0148 | 荆条 | |
| 0148 | 老鸹瓢 | |
| 0148 | 柳树 | |
| 0148 | 柳树 | |
| 0148 | 白皮柳 | |
| 0149 | 杞柳 | |
| 0149 | 芦苇 | |
| 0149 | 马皮包 | |
| 0149 | 马齿苋 | |
| 0149 | 马齿苋 | |
| 0149 | 死不了 | |
| 0150 | 蒲公英 | |
| 0150 | 荠菜 | |
| 0150 | 桑树 | |
| 0150 | 沙蓬草 | |

| | | |
|---|---|---|
| 0150 | 沙蓬草 | |
| 0151 | 沙蓬蒿 | |
| 0151 | 刺蓬 | |
| 0151 | 干刺蓬 | |
| 0151 | 粘蓬 | |
| 0151 | 石榴树 | |
| 0151 | 柿树 | |
| 0152 | 树扑棱子 | |
| 0152 | 松树 | |
| 0152 | 酸枣树 | |
| 0153 | 桃树 | |
| 0153 | 菟丝子 | |
| 0153 | 菟丝子 | |
| 0153 | 黄乎丝 | |
| 0154 | 梧桐树 | |
| 0154 | 梧桐树 | |
| 0154 | 法国梧桐 | |
| 0154 | 仙人掌 | |
| 0155 | 香椿树 | |
| 0155 | 杏树 | |
| 0155 | 杨树 | |
| 0155 | 杨树 | |
| 0155 | 杨树花 | |
| 0156 | 杨狗狗 | |
| 0156 | 杨树絮 | |
| 0156 | 银杏树 | |
| 0156 | 榆树 | |
| 0156 | 榆树 | |
| 0156 | 榆钱榆叶 | |
| 0157 | 杂草 | |
| 0158 | 枣树 | |
| 0158 | 枣树 | |
| 0158 | 枣树刺 | |
| 0158 | 皂角树 | |
| 0158 | 皂角树 | |
| 0158 | 皂角 | |

| | | |
|---|---|---|
| 0158 竹 | 0168 杨花 | 0180 白瓜子 |
| 0158 竹子 | 0168 杏花 | 0181 核桃 |
| 0159 竹笋 | 0169 迎春花 | 0181 核桃 |
| 0160 扎地蔓儿 | 0169 月季花 | 0182 胡桃 |
| 0160 棕树 | 0170 3 农作物类 | 0183 花椒 |
| 0161 2 花卉类 | 0170 白麻 | 0183 花椒 |
| 0161 百合花 | 0170 白果 | 0184 胡椒 |
| 0161 串红 | 0170 柏子 | 0184 花椒、胡椒、 |
| 0161 打碗花 | 0170 板栗 | 油、食盐 |
| 0161 凤仙花 | 0171 蓖麻 | 0184 花生 |
| 0161 凤仙花 | 0171 蓖麻 | 0184 花生 |
| 0162 指甲草花 | 0172 蓖麻子 | 0186 炒花生 |
| 0162 格桑花 | 0172 茶叶 | 0186 莲藕 |
| 0162 荷花 | 0173 稻子 | 0186 莲蓬 |
| 0162 荷花 | 0173 稻秧 | 0187 莲藕 |
| 0163 白荷花 | 0173 水稻 | 0188 莲子 |
| 0163 荷叶 | 0174 稻米 | 0188 菱角 |
| 0163 菊花 | 0174 稻谷 | 0189 麻 |
| 0163 菊花 | 0174 豆子 | 0190 马铃薯 |
| 0163 野菊花 | 0174 黄豆 | 0190 山药蛋 |
| 0164 柳花 | 0174 毛豆 | 0190 土豆 |
| 0164 玫瑰 | 0175 黑豆 | 0191 麦子 |
| 0164 梅花 | 0175 豇豆 | 0191 小麦 |
| 0164 梅花 | 0175 红豆 | 0192 麦粒 |
| 0164 蜡梅 | 0175 扁豆 | 0193 麦花 |
| 0164 牡丹 | 0175 眉豆 | 0193 棉花 |
| 0165 牵牛花 | 0175 大豆 | 0193 棉花 |
| 0165 山丹丹花 | 0176 甘蔗 | 0197 棉花穗子 |
| 0166 蜀葵 | 0176 高粱 | 0197 棉花条 |
| 0166 水仙花 | 0176 高粱 | 0197 蘑菇 |
| 0166 向日葵 | 0178 红高粱 | 0197 蘑菇 |
| 0166 向日葵 | 0178 高粱秸 | 0198 蘑菇、节节草 |
| 0168 日头花 | 0179 谷子 | 0198 荞麦 |
| 0168 油葵 | 0179 瓜子 | 0200 乌米 |
| 0168 兰花 | 0179 瓜子 | 0200 乌米 |
| 0168 君子兰 | 0180 黑瓜子 | 0200 米疸 |

B005

| | | | | | |
|---|---|---|---|---|---|
| 0200 | 玉米黑穗病 | 0222 | 骨骼 | 0237 | 胃 |
| 0200 | 乌霉棒子穗 | 0222 | 骨骼 | 0237 | 小孩囟门 |
| 0200 | 烟草 | 0222 | 骨架 | 0237 | 小孩衣胞 |
| 0201 | 荍麦 | 0222 | 喉咙 | 0238 | 小腿 |
| 0202 | 莠子 | 0222 | 胡须 | 0239 | 膝盖 |
| 0202 | 玉米 | 0223 | 脊柱 | 0239 | 心脏 |
| 0202 | 玉米 | 0223 | 脚 | 0239 | 牙齿 |
| 0205 | 玉米穗子 | 0223 | 脚 | 0241 | 眼睛 |
| 0205 | 玉米棒 | 0224 | 脚趾 | 0241 | 眼睛 |
| 0206 | 玉米秸 | 0225 | 骷髅头 | 0244 | 眼睫毛 |
| 0206 | 枣 | 0225 | 脸 | 0245 | 眼仁 |
| 0206 | 黑枣 | 0225 | 脸上痘 | 0245 | 眼泪 |
| 0207 | 黑枣、白果、栗的、桃 | 0225 | 脉搏 | 0245 | 婴儿 |
| 0207 | 红枣 | 0226 | 眉毛 | 0245 | 腰 |
| 0208 | 枣 | 0226 | 屁股 | 0246 | 嘴巴 |
| 0208 | 枣蒂巴 | 0227 | 气管 | 0246 | 嘴巴 |
| 0209 | 枣核 | 0227 | 人 | 0247 | 口腔、舌头 |
| 0209 | 枣、核桃 | 0227 | 乳房 | 0248 | 口水 |
| 0209 | 酸枣 | 0229 | 舌头 | | |
| 0209 | 芝麻 | 0230 | 食道 | 0249 | 四 食品类 |
| 0213 | 三 人体类 | 0231 | 手 | | |
| | | 0231 | 手 | 0251 | 1 水果类 |
| | | 0231 | 手、指甲 | 0251 | 荸荠 |
| 0215 | 鼻涕 | 0231 | 手、胳膊肘 | 0251 | 佛手 |
| 0215 | 鼻子 | 0232 | 手指 | 0251 | 桂圆 |
| 0217 | 辫子 | 0233 | 手指、脚趾 | 0252 | 红姑娘 |
| 0217 | 脖子 | 0233 | 指甲 | 0252 | 红姑娘 |
| 0217 | 唇、牙、舌 | 0233 | 胎儿 | 0252 | 洋菇娘儿 |
| 0218 | 胆 | 0234 | 瞳仁 | 0252 | 橘子 |
| 0218 | 肚脐 | 0234 | 头 | 0253 | 梨 |
| 0219 | 肚子 | 0234 | 头 | 0254 | 荔枝 |
| 0219 | 耳朵 | 0235 | 都脑 | 0254 | 梅子 |
| 0221 | 肺 | 0236 | 头发 | 0254 | 苹果 |
| 0221 | 胳肢窝 | 0236 | 头发 | 0254 | 葡萄 |
| | | 0237 | 小辫儿 | 0256 | 桑葚 |
| | | 0237 | 唾液 | | |

| | | |
|---|---|---|
| 0256 | 沙棘 | |
| 0256 | 梢瓜 | |
| 0256 | 梢瓜 | |
| 0256 | 地老瓜儿 | |
| 0257 | 沙果 | |
| 0257 | 桑瓜 | |
| 0257 | 石榴 | |
| 0258 | 柿子 | |
| 0258 | 柿子 | |
| 0259 | 柿饼 | |
| 0260 | 桃子 | |
| 0261 | 西瓜 | |
| 0262 | 香蕉 | |
| 0263 | 杏 | |
| 0263 | 椰子 | |
| 0264 | 杨梅 | |
| 0264 | 樱桃 | |
| 0264 | 2 蔬菜类 | |
| 0264 | 白菜 | |
| 0264 | 白菜 | |
| 0265 | 白菜、菠菜 | |
| 0265 | 北瓜 | |
| 0265 | 菠菜 | |
| 0265 | 春笋 | |
| 0266 | 葱 | |
| 0266 | 葱 | |
| 0267 | 打籽葱 | |
| 0267 | 葱头 | |
| 0268 | 大叶菜 | |
| 0268 | 冬瓜 | |
| 0269 | 豆腐 | |
| 0270 | 冻豆腐 | |
| 0270 | 豆角 | |
| 0270 | 豆角 | |
| 0270 | 眉豆、长豆角、芸豆角 | |

| | | |
|---|---|---|
| 0271 | 长豆角 | |
| 0271 | 豆须子 | |
| 0271 | 豆芽 | |
| 0271 | 豆芽 | |
| 0273 | 绿豆芽 | |
| 0273 | 海带 | |
| 0273 | 胡萝卜 | |
| 0274 | 葫芦 | |
| 0274 | 黄瓜 | |
| 0275 | 姜 | |
| 0275 | 茭白 | |
| 0275 | 韭菜 | |
| 0276 | 苦瓜 | |
| 0276 | 苦苦菜 | |
| 0276 | 辣椒 | |
| 0277 | 萝卜 | |
| 0277 | 萝卜 | |
| 0278 | 白萝卜丝 | |
| 0278 | 木耳 | |
| 0278 | 南瓜 | |
| 0278 | 茄子 | |
| 0279 | 芹菜 | |
| 0280 | 青衣菜、蓟草 | |
| 0280 | 扫帚苗 | |
| 0280 | 食用菌 | |
| 0280 | 蒜 | |
| 0280 | 蒜 | |
| 0281 | 野蒜 | |
| 0282 | 丝瓜 | |
| 0282 | 倭瓜 | |
| 0282 | 西红柿 | |
| 0282 | 西红柿 | |
| 0283 | 番茄 | |
| 0283 | 野韭花 | |
| 0284 | 芋头 | |
| 0284 | 猪毛菜 | |

| | | |
|---|---|---|
| 0285 | 3 面点类 | |
| 0285 | 包子 | |
| 0286 | 饼 | |
| 0286 | 烙饼 | |
| 0286 | 饼斋 | |
| 0286 | 小锅饽饽 | |
| 0286 | 烧饼 | |
| 0286 | 芝麻烧饼 | |
| 0286 | 饸饹 | |
| 0287 | 馄饨 | |
| 0287 | 煎饼 | |
| 0287 | 苦累 | |
| 0288 | 面包 | |
| 0288 | 面条 | |
| 0288 | 年糕 | |
| 0288 | 山药丸子 | |
| 0289 | 莜面 | |
| 0289 | 莜面窝窝 | |
| 0289 | 莜面 | |
| 0289 | 元宵 | |
| 0290 | 月饼 | |
| 0290 | 炸糕 | |
| 0290 | 粽子 | |
| 0290 | 粽子 | |
| 0292 | 粽的 | |
| 0293 | 4 其它类 | |
| 0293 | 冰棍 | |
| 0293 | 蛋 | |
| 0293 | 鸡蛋 | |
| 0295 | 鸟蛋 | |
| 0295 | 酒 | |
| 0295 | 糖 | |
| 0295 | 砂糖 | |
| 0296 | 糖块 | |
| 0296 | 盐 | |
| 0297 | 饮料 | |

| | | | | | | | |
|---|---|---|---|---|---|---|---|
| 0299 | | 五 | | 0310 | | 砘子 | |
| | | 生产交通类 | | 0311 | | 石砘子 | |
| | | | | 0311 | | 砘咕噜 | |
| 0301 | 1 | 生产工具器械 | | 0311 | | 石磋子 | |
| 0301 | | 栦子 | | 0311 | | 二齿挠 | |
| 0301 | | 把刊 | | 0311 | | 翻斗水车 | |
| 0301 | | 刨子 | | 0312 | | 纺车 | |
| 0301 | | | 刨子 | 0312 | | | 纺车 |
| 0302 | | | 推刨 | 0314 | | | 纺车上的穗子 |
| 0304 | | 扳子 | | 0314 | | | 聚卷 |
| 0304 | | 背篓 | | 0314 | | | 粪叉 |
| 0304 | | 锛子 | | 0315 | | | 粪筐 |
| 0304 | | | 锛子 | 0315 | | | 风箱 |
| 0304 | | | 锛斧 | 0315 | | | 风箱 |
| 0305 | | 扁担 | | 0316 | | | 鞴 |
| 0305 | | 拨锤 | | 0316 | | 缝纫机 | |
| 0305 | | 布介 | | 0316 | | 斧头 | |
| 0306 | | 杈子 | | 0316 | | | 斧头 |
| 0306 | | 插秧机 | | 0317 | | | 斧子 |
| 0306 | | 抽水机 | | 0317 | | 盖 | |
| 0307 | | 锄头 | | 0317 | | | 盖 |
| 0308 | | 捶布石 | | 0318 | | | 盖、耙 |
| 0308 | | 锤笼 | | 0318 | | 高炉 | |
| 0308 | | 锤子 | | 0318 | | 镐头 | |
| 0308 | | | 锤子 | 0318 | | 固轮子 | |
| 0309 | | | 打油锤 | 0318 | | 拐子 | |
| 0309 | | 锉 | | 0318 | | 磙子 | |
| 0309 | | | 锉 | 0319 | | 铧子 | |
| 0309 | | | 钢锉 | 0319 | | 滑车 | |
| 0309 | | 打井机 | | 0319 | | 灰抹子 | |
| 0309 | | 大吊车 | | 0319 | | | 灰抹子 |
| 0310 | | 弹棉花槌 | | 0319 | | | 抹泥板 |
| 0310 | | 钉子 | | 0319 | | 秸子 | |
| 0310 | | 碇子 | | 0319 | | 旧式弹棉花轧车 | |
| 0310 | | 碓臼 | | 0320 | | 锯子 | |
| 0310 | | 砘子 | | 0321 | | 栲栳 | |

| | |
|---|---|
| 0321 | 栲栳 |
| 0321 | 柳灌斗 |
| 0321 | 犁 |
| 0321 | 犁 |
| 0322 | 犁杖 |
| 0322 | 镰刀 |
| 0322 | 粮堆、场面、扫帚 |
| 0322 | 笼头 |
| 0322 | 笼头 |
| 0323 | 嚼子 |
| 0323 | 牛笼头 |
| 0323 | 牛嘴兜 |
| 0323 | 耧 |
| 0323 | 耧 |
| 0324 | 种耜 |
| 0324 | 双腿儿耧 |
| 0324 | 碌碡 |
| 0325 | 辘轳 |
| 0326 | 罗 |
| 0326 | 罗 |
| 0326 | 罗床子 |
| 0326 | 箩筐 |
| 0327 | 螺丝钉 |
| 0327 | 骆驼鼻具 |
| 0327 | 门钉锅 |
| 0327 | 络子 |
| 0327 | 络子 |
| 0327 | 经布的络子 |
| 0327 | 绕线儿的络子 |
| 0328 | 墨斗 |
| 0331 | 木头车轱辘 |
| 0331 | 碾棍 |
| 0331 | 碾米机 |
| 0331 | 石碾子 |
| 0332 | 牛扣角儿 |
| 0332 | 牛酿子 |

| | | |
|---|---|---|
| 0332 锹 | 0342 织布梭 | 0353 六 |
| 0332 铁锹 | 0343 织布杼 | 日常生活用品类 |
| 0332 木锹 | 0343 织布缯 | |
| 0333 木锨 | 0343 织布盛子 | 0355 1 被服饰品类 |
| 0333 耙 | 0343 种地的簸梭 | 0355 被褥 |
| 0333 筛子 | 0343 钻 | 0355 被子 |
| 0333 筛子 | 0343 钻 | 0355 褥子 |
| 0333 竹筛子 | 0344 木工钻 | 0355 床单 |
| 0334 扇车 | 0344 牵钻 | 0355 卧单 |
| 0334 风车 | 0344 2 交通运输工具 | 0356 耳坠 |
| 0334 扇车 | 0344 船 | 0356 假发 |
| 0335 石臼 | 0344 轮船 | 0356 假发 |
| 0335 石磨 | 0345 木船 | 0356 被锡 |
| 0335 石磨 | 0346 轿子 | 0356 鬏鬏 |
| 0337 磨油石磨 | 0346 人力车 | 0356 假胡子 |
| 0337 豆腐磨 | 0346 小推车 | 0356 假胡子 |
| 0337 水磨 | 0346 马车 | 0357 髯口 |
| 0337 挑筐 | 0346 排子车 | 0357 戒指 |
| 0337 铁锭子 | 0347 独轮车 | 0357 拉链 |
| 0338 耙子 | 0347 三轮车 | 0358 帽子 |
| 0338 铁齿耙 | 0347 黄包车 | 0358 帽子 |
| 0338 竹耙子 | 0347 自行车 | 0358 蒲帽 |
| 0338 筢扒 | 0347 自行车 | 0358 清官帽 |
| 0338 三齿挠 | 0349 脚踏车 | 0358 毡帽 |
| 0338 土坯模具 | 0349 车梯 | 0359 草帽 |
| 0339 瓦刀 | 0349 3 冷兵器 | 0359 相公帽 |
| 0339 油匠栓 | 0349 匕首 | 0359 尿垫子 |
| 0339 渔网 | 0350 长矛 | 0359 纽扣 |
| 0339 凿子 | 0350 大刀 | 0359 纽扣 |
| 0339 凿子 | 0350 盾牌 | 0360 和祥 |
| 0340 石匠凿子 | 0350 棍棒 | 0360 疙瘩盘扣 |
| 0340 轧棉花机 | 0350 剑 | 0361 铺陈 |
| 0340 铡刀 | 0350 红缨枪 | 0361 铺陈 |
| 0341 刮板 | 0350 弓箭 | 0361 裹脚布 |
| 0341 织布机 | 0351 翘 | 0361 襁褓 |
| 0341 织布机 | | 0362 手套 |

| | | | | | |
|---|---|---|---|---|---|
| 0363 | 手镯 | 0375 | 羊皮袄 | 0382 | 大瓮 |
| 0363 | 袜子 | 0375 | 缎袍 | 0382 | 大瓮 |
| 0363 | 鞋 | 0375 | 马褂 | 0382 | 水瓮 |
| 0363 | 鞋 | 0375 | 大斗篷 | 0383 | 水缸 |
| 0367 | 皮鞋 | 0375 | 簪子 | 0383 | 风箱 |
| 0367 | 凉鞋 | 0375 | 遮耳 | 0383 | 风匣 |
| 0368 | 黑布鞋 | 0376 | 枕头 | 0385 | 盖锅的拍子 |
| 0368 | 虎头鞋 | 0376 | 布枕 | 0385 | 擀面杖 |
| 0368 | 老婆儿鞋 | 0377 | 瓷枕 | 0385 | 羹匙 |
| 0369 | 靰鞡鞋 | 0377 | 猫瓷枕 | 0386 | 鼓风机 |
| 0369 | 雨鞋 | 0377 | 枕巾 | 0386 | 锅 |
| 0369 | 草鞋 | 0378 | 2　餐厨用品 | 0386 | 锅 |
| 0370 | 木屐 | 0378 | 案板 | 0387 | 砂锅 |
| 0370 | 钉鞋 | 0378 | 案板、擀圆的面、擀面杖、切面刀 | 0387 | 锅盖 |
| 0370 | 孝鞋 | | | 0387 | 铁锅 |
| 0370 | 围巾 | 0378 | 案板、面片、擀杖、刀 | 0387 | 铁锅、锅盖 |
| 0371 | 腰带 | | | 0387 | 铁锅、锅盖、笊篱、烧火棍 |
| 0371 | 腰带 | 0378 | 冰棍模子 | 0387 | 合折锅 |
| 0371 | 老式腰带 | 0378 | 擦子 | 0388 | 火锅 |
| 0371 | 衣服 | 0379 | 菜刀 | 0388 | 烙糕锅 |
| 0371 | 衣服 | 0379 | 菜刀 | 0388 | 破锅 |
| 0371 | 上衣 | 0379 | 厨刀 | 0389 | 摊煎饼锅 |
| 0371 | 大衣 | 0379 | 茶壶 | 0389 | 鏊子 |
| 0371 | 长衫 | 0379 | 茶壶 | 0389 | 饸饹床子 |
| 0372 | 旗袍 | 0381 | 瓷茶壶 | 0389 | 火炉 |
| 0372 | 夹袄 | 0381 | 大水壶 | 0389 | 火炉 |
| 0372 | 大襟儿 | 0381 | 小茶壶 | 0390 | 炉子 |
| 0372 | 护背 | 0381 | 白茶壶 | 0390 | 灶火 |
| 0372 | 马甲 | 0381 | 炊帚 | 0390 | 灶口、炕、烟囱 |
| 0372 | 肚罩儿 | 0381 | 炊帚 | | |
| 0372 | 捂嘴子 | 0381 | 锅刷子 | 0390 | 灶门儿、火炕、烟囱 |
| 0372 | 护襟儿 | 0382 | 缸 | | |
| 0373 | 裤子 | 0382 | 面缸 | 0391 | 火爨 |
| 0374 | 开裆裤 | 0382 | 瓦缸子 | 0391 | 佘子 |
| 0374 | 背心 | 0382 | 杂粮瓦缸 | 0391 | 烤红薯炉 |
| 0374 | 皮袄 | | | | |

| | | | | | | | |
|---|---|---|---|---|---|---|---|
| 0391 | 煤球炉子 | 0400 | 烧水壶 | 0408 | | 狗皮膏药 |
| 0391 | 酒具 | 0400 | 烧水壶 | 0408 | | 老式膏药 |
| 0391 | 酒壶 | 0400 | 铜壶 | 0408 | | 虎骨 |
| 0391 | 酒瓶 | 0400 | 铁壶 | 0409 | | 全蝎 |
| 0391 | 酒盅 | 0401 | 勺子 | 0409 | | 酸枣仁 |
| 0391 | 酒盅 | 0401 | 勺子 | 0409 | | 蛇蜕 |
| 0391 | 酒壶、酒盅 | 0401 | 汤匙 | 0409 | | 五倍子 |
| 0392 | 筷子 | 0401 | 马勺 | 0409 | | 药 |
| 0395 | 篮子 | 0402 | 铁勺 | 0409 | | 土鳖 |
| 0395 | 菜篮子 | 0402 | 铜勺子 | 0409 | | 枸杞子 |
| 0395 | 荆条扎篮 | 0402 | 水杯 | 0410 | 4 | 日用杂物类 |
| 0395 | 竹篮 | 0402 | 水瓢 | 0410 | | 板凳 |
| 0395 | 漏斗 | 0402 | 水瓢 | 0410 | | 板凳 |
| 0395 | 漏斗 | 0402 | 葫芦瓢 | 0410 | | 长板凳 |
| 0396 | 漏勺 | 0402 | 掏灰耙 | 0410 | | 簸箕 |
| 0396 | 笊篱 | 0403 | 桶 | 0411 | | 捕鼠器 |
| 0396 | 铁笊篱 | 0403 | 水桶 | 0411 | | 捕鼠器 |
| 0397 | 柳条笊篱 | 0403 | 水筲 | 0411 | | 捕鼠夹 |
| 0397 | 炉台、锅、 | 0404 | 筲罐 | 0411 | | 老鼠夹 |
| | 笊篱、勺子 | 0404 | 吊桶 | 0411 | | 捕鼠笼 |
| 0397 | 笆篱 | 0404 | 碗 | 0411 | | 口袋 |
| 0397 | 炉具 | 0405 | 药吊子 | 0411 | | 布袋 |
| 0397 | 火钳 | 0405 | 药斗子 | 0412 | | 口袋 |
| 0397 | 火箸 | 0405 | 蒸笼 | 0412 | | 口袋、衫马子、 |
| 0398 | 捅条 | 0405 | 蒸笼 | | | 枕头 |
| 0398 | 烧火棍子 | 0406 | 笼屉 | 0412 | | 麻袋 |
| 0398 | 烧火杖 | 0406 | 箅子 | 0412 | | 麻袋 |
| 0398 | 箩 | 0406 | 甑 | 0412 | | 粮食口袋 |
| 0398 | 食箩 | 0407 | 3 中药类 | 0412 | | 苍蝇拍 |
| 0398 | 筛面罗 | 0407 | 苍耳 | 0413 | | 秤 |
| 0398 | 暖壶 | 0407 | 穿山龙 | 0413 | | 秤 |
| 0398 | 暖壶 | 0407 | 蚕茧 | 0413 | | 大秤 |
| 0399 | 保温瓶 | 0407 | 蝉蜕 | 0413 | | 油灯、杆秤 |
| 0400 | 暖壶盖 | 0408 | 车前子 | 0413 | | 天平 |
| 0400 | 盘子 | 0408 | 膏药 | 0413 | | 杆秤 |
| 0400 | 劈柴 | 0408 | 膏药 | 0414 | | 戥子 |

| | | | | | |
|---|---|---|---|---|---|
| 0414 | 尺子 | 0428 | 荆条篓子 | 0437 | 盘香 |
| 0414 | 抽屉 | 0428 | 挎篓 | 0437 | 盘香 |
| 0414 | 床 | 0428 | 杌子 | 0437 | 蚊香 |
| 0415 | 褡裢 | 0428 | 席子 | 0437 | 喷壶 |
| 0415 | 褡裢 | 0428 | 炕席 | 0437 | 气门芯 |
| 0415 | 捎马 | 0428 | 席子 | 0438 | 伞 |
| 0415 | 上马的 | 0429 | 凉席 | 0440 | 书架 |
| 0415 | 火镰 | 0429 | 苇席 | 0440 | 笤帚 |
| 0415 | 火镰 | 0429 | 蜡烛 | 0440 | 扫帚 |
| 0415 | 火镰包 | 0430 | 抹布 | 0442 | 笤帚 |
| 0415 | 火镰、火石、 | 0431 | 帘子 | 0443 | 黍子笤帚 |
| | 火头 | 0431 | 门帘 | 0443 | 扫炕笤帚 |
| 0416 | 顶针 | 0431 | 红门帘 | 0444 | 胍笤帚的呱 |
| 0417 | 钉子 | 0431 | 竹帘子 | | 哒板 |
| 0417 | 斗 | 0431 | 晾衣杆 | 0444 | 扇子 |
| 0417 | 升子 | 0432 | 晾衣竹篙 | 0444 | 扇子 |
| 0417 | 升子 | 0432 | 柳盆 | 0445 | 蒲扇 |
| 0417 | 半升子 | 0432 | 笼子 | 0445 | 折扇 |
| 0418 | 耳勺 | 0432 | 笼子 | 0446 | 牲口嚼子 |
| 0418 | 镜子 | 0432 | 鸟笼子 | 0446 | 理发推子 |
| 0421 | 肥皂 | 0433 | 捉黄鼬斗子 | 0446 | 梳子 |
| 0421 | 拐杖 | 0433 | 马镫 | 0446 | 梳子 |
| 0421 | 拐棍 | 0433 | 马扎 | 0447 | 木梳 |
| 0421 | 拐杖 | 0434 | 毛篓的 | 0447 | 拢子 |
| 0421 | 花瓶 | 0434 | 磨刀石 | 0447 | 篦子 |
| 0422 | 火柴 | 0434 | 木炭 | 0448 | 锁子 |
| 0425 | 洋焌灯儿 | 0434 | 木头橛子 | 0448 | 锁子 |
| 0425 | 洋取灯 | 0435 | 痒痒挠 | 0449 | 锁和钥匙 |
| 0425 | 火罐 | 0435 | 尿壶 | 0450 | 锁头 |
| 0426 | 鸡毛掸子 | 0435 | 尿罐 | 0450 | 梯子 |
| 0426 | 剪子 | 0435 | 脚盔 | 0450 | 剃头刀 |
| 0426 | 剪子 | 0435 | 尿壶 | 0451 | 铁锚 |
| 0428 | 剪子、针、 | 0436 | 尿盆 | 0451 | 袜板 |
| | 顶针 | 0436 | 夜壶 | 0451 | 蚊帐 |
| 0428 | 篓子 | 0436 | 尿桶 | 0452 | 洗脸盆 |
| 0428 | 篓子 | 0436 | 便壶 | 0452 | 洗脸盆 |

| | | | | |
|---|---|---|---|---|
| 0453 | 洗脸盆架 | | 0463 | 浴盆 |
| 0453 | 香烟 | | 0463 | 鱼缸 |
| 0453 | 纸烟 | | 0464 | 熨斗 |
| 0454 | 纸吹 | | 0464 | 熨斗 |
| 0454 | 箱子 | | 0464 | 烙铁 |
| 0454 | 绣花框 | | 0465 | 针 |
| 0455 | 牙膏 | | 0465 | 针 |
| 0455 | 牙刷 | | 0466 | 针线包 |
| 0456 | 烟锅 | | 0467 | 针线布袋 |
| 0456 | 烟锅 | | 0467 | 营生筐子 |
| 0456 | 烟袋锅 | | 0467 | 指甲刀 |
| 0456 | 烟斗 | | 0467 | 钟表 |
| 0457 | 长杆烟袋 | | 0467 | 钟表 |
| 0457 | 水烟袋 | | 0467 | 座钟 |
| 0457 | 烟筒板子 | | 0468 | 时钟 |
| 0458 | 眼镜 | | 0469 | 时针 |
| 0458 | 眼镜 | | 0469 | 挂钟 |
| 0459 | 老花镜 | | 0469 | 闹钟 |
| 0459 | 眼镜、眼镜盒 | | 0469 | 表 |
| 0459 | 衣柜 | | 0469 | 手表 |
| 0459 | 衣柜 | | 0470 | 跑表 |
| 0459 | 躺柜 | | 0470 | 锥子 |
| 0460 | 红木柜 | | 0470 | 桌子 |
| 0460 | 衣篓 | | 0470 | 桌子 |
| 0460 | 衣架 | | 0471 | 餐桌 |
| 0460 | 衣帽架 | | 0471 | 竹篙 |
| 0460 | 晾衣架 | | 0472 | 竹竿 |
| 0460 | 椅子 | | | |
| 0460 | 椅子 | | 0473 | |
| 0461 | 罗圈椅 | | **后记** | |
| 0461 | 油灯 | | | |
| 0461 | 油灯 | | | |
| 0461 | 煤油灯 | | | |
| 0463 | 纱灯 | | | |
| 0463 | 油灯碗 | | | |
| 0463 | 雨衣 | | | |

谜语·河北卷（一）
**目　录**

# 概述

　　谜语是我国古代汉语言文化艺术的伟大创造与结晶，被学界称为中国民间传统文化中的一朵奇葩。它集科学性、知识性、艺术性、逻辑性、哲理性、趣味性于一体，别具一格、雅俗共赏，深受人们喜爱。我国谜语源远流长，经久不衰，并随着社会的发展、文化的交流与融合不断发展、丰富与完善，逐渐形成今天博大精深、五彩缤纷的体系与格局。

　　谜语是汉语言文化中一种特有的语言艺术，种类繁多，从不同的角度依据不同的标准分出不同的类型。依据谜语的特点分类可分为：民间谜语（口头谜）、灯谜（文义谜）两大类。因灯谜是由民间谜语发展而来，以文义为谜，多用于书面猜射，所以也称"文义谜"。

　　本卷主要对河北的民间谜语进行辑录、分类和研究。河北作为中华文明的重要发源地之一，也是重要的谜语源流地，其民间谜语的历史积淀和丰富程度使其在中国谜史上有着相当重要的地位。

　　在中华五千年文明进程中，炎黄蚩三大部族在这片大地上，逐鹿中原，奠定了华夏基础；尧都冀，禹疏河，开辟神州沃土；夏商起于易水，文明滥觞于大河两岸；燕赵雄在幽冀，筑长城开固疆融狄新篇。在今河北，秦代兼跨十二郡，汉先后封诸侯王国数十个，魏晋立邺城新邑，隋唐运河贯南北，宋辽相持争雄地，明立都城顺天府，清置京畿直隶省。因此，可以自豪地说，河北自古便为畿辅要地，逐鹿兴邦要冲。

　　悠久的历史，为河北留下丰厚的文化积淀，世代传承绵延不断。春秋战国时期的荀子，融儒法于一炉；战国时扁鹊居蓬山，开中华医学之先河；张仪苏秦纵横七国，由这块大地始；董仲舒倡儒学，被尊为封建典章的祖师，奠定国学之基；刘关张结义涿郡桃园，义气浩天开魏蜀吴三国鼎立；曹孟德建都邺城，使冀南成为全国政治、经济、文化中心；北朝郦道元一部《水经注》，拓开中华地理新视野；祖冲之、郭守敬科学造就领先于世，成为浩瀚星空的中华坐标。历代文臣武将和文人百工在燕赵大地立下的一座座不朽丰碑，使河北奔腾不息的文化血脉犹如澎湃江河，世代激励着生活在这片大地上的人民勇往直前。

河北属于多民族聚居地，现有汉族、回族、蒙古族、藏族、满族等 50 多个民族。因此，河北谜语文化的形成具有多样性与复杂性，被誉为中华谜语重要的源生地和传承地。

# 一、河北地域谜语历史源流

纵观中华谜语史，最早的古谜语是以"曲折隐喻"的形式出现的。上古民谣《弹歌》："断竹，续竹；飞土，逐肉。"即隐示人们制作弹弓、猎杀野兽的情形，有人推断它出于黄帝时代，虽言简直白却是远古先人聪明智慧的写照，堪称是谜语的雏形之作。

有文字记载的谜语史料最早出现在先秦时期，之后经历数代文化积淀与变迁，又产生出丰富多样的谜语形式，主要包括"赋体隐语""廋辞隐语""释梦隐语""歌谣谜语"和"文义灯谜"等。战国末期赵国人荀子的《赋篇》是赋体隐语的代表作。这些赋以问答的形式和暗指的手法，对五种事物进行了形象生动的描述，并于篇末点题。犹如先出谜面，最后揭示谜底一般，呈现出独特的悬念，读起来饶有趣味。

以《蚕赋》为例：

> 有物于此，儵儵兮其状，屡化如神。功被天下，为万世文。礼乐以成，贵贱以分，养老长幼，待之而后存。名号不美，与"暴"为邻。功立而身废，事成而家败。弃其耆老，收其后世。人属所利，飞鸟所害。臣愚而不识，请占之五泰。五泰占之曰："此夫身女好而头马首者与？屡化而不寿者与？善壮而拙老者与？有父母而无牝牡者与？冬伏而夏游，食桑而吐丝，前乱而后治，夏生而恶暑，喜湿而恶雨。蛹以为母，蛾以为父。三俯三起，事乃大已。夫是之谓蚕理。"

该赋对蚕的各种特征进行了详细描述。蚕的外形：身上光滑无毛，体态柔软，头部像马。蚕的生活习性：冬眠夏出，吃桑叶吐蚕丝，夏出怕热，喜湿怕雨；蚕的生命特性：三俯三起，化蛹变蛾，为人做出功绩，牺牲了自身。另外，赋中还暗示了此物的读音，"名号不美，与'暴'为邻"，"蚕"与"残"同音（cán）。

在《箴赋》中，荀子对针的描述则是：

> 有物于此，生于山阜，处于室堂。无知无巧，善治衣裳。不盗不窃，穿窬而行。日夜合离，以成文章。以能合从，又善连衡。下覆百姓，上饰帝王。功业甚博，不见贤良。时用则存，不

用则亡。臣愚不识，敢请之王。王曰：此夫始生钜，其成功小者邪？长其尾而锐其剽者邪？头铦达而尾赵缭者邪？一往一来，结尾以为事。无羽无翼，反覆甚极。尾生而事起，尾遣而事已。簪以为父，管以为母。既以缝表，又以连里：夫是之谓箴理。

"箴"即为"针"。"善治衣裳""穿窬而行""以能合从，又善连衡"，这些寓意深刻的文字后，是对针的特征与功能的详尽描述。这种对于事物隐语般详尽的描述，已基本具备了民间谜语中赋体物谜的特征。

上述两赋，产生于两千三百年前，可以说是中华谜语源头的典范之作。

南朝梁文学理论家刘勰在其《文心雕龙·谐隐》中云："自魏代以来，颇非俳优，而君子嘲隐，化为谜语。谜也者，回互其辞，使昏迷也。或体目文字，或图象品物，纤巧以弄思，浅察以炫辞，义欲婉而正，辞欲隐而显。荀卿《蚕赋》，已兆其体。至魏文、陈思，约而密之。高贵乡公，博举品物，虽有小巧，用乖远大。夫观古之为隐，理周要务，岂为童稚之戏谑，搏髀而忭笑哉！"在这篇文章中，刘勰对谜语的起源、发展等作了前所未有的系统论述，明确提出了"谜语"这个概念，成为后世对隐语的固定解释，并逐渐流行开来。

"廋辞隐语"出现在外交活动中的频率比较高。比较典型的是西汉刘向编订的《战国策·燕策》中"鹬蚌之争"故事：

> 赵且伐燕，苏代为燕谓惠王曰："今者臣来，过易水。蚌方出曝，而鹬啄其肉，蚌合而钳其喙。鹬曰：'今日不雨，明日不雨，即有死蚌！'蚌亦谓鹬曰：'今日不出，明日不出，即有死鹬！'两者不肯相舍，渔者得而并禽之。今赵且伐燕，燕赵久相支，以弊大众，臣恐强秦之为渔父也。故愿王之熟计之也！"惠王曰："善。"乃止。

苏代以"鹬蚌相争渔翁得利"的比喻，劝说赵惠王放弃攻燕，而应联合抗秦的故事，是发生在燕赵大地上的一则著名的历史事件。隐语，在这场外交游说中起到了十分重要的作用。

西汉司马迁在《史记·赵世家》中有关"释梦隐语"的记载：

> 初，赵盾在时，梦见叔带持要而哭，甚悲；已而笑，拊手且而歌。盾卜之，兆绝而后好。赵史援占之，曰："此梦甚恶，非君之身，乃君之子，然亦君之咎。"至孙，赵将世益衰。

梦境，就是一个故事性谜面，释梦就是求底的探索过程。对梦的解读，与其后的验证，就是谜底。因此古时的释梦，也应是后世谜语形成的根源之一。这里，赵国的史者，名援，他对梦境的由悲到喜，类比推断出赵氏的将衰及而后的转兴，得到了赵氏孤儿事件的前后演变的证实。这就是谜语的探隐与证底过程，并由此使谜语成为魅力无穷的中华语言艺术。

东汉末年，燕赵大地汇聚了大量饱学之士。他们从全国各地汇聚到曹魏之都——邺城（今河北省临漳县），形成了一个文学集团——邺下文人群。这个群体以"三曹"（曹操、曹丕及曹植）为核心，以"七子"（即孔融、陈琳、王粲、徐干、阮瑀、应玚、刘桢）和女诗人蔡琰等为主要骨干，人数近百人。他们在曹氏父子的鼓励下积极从事文学创作，出现了一个空前繁荣的局面，史称"建安文学"。在他们的文学作品中，有不少就属于谜语史料。其中，有关杨修与曹操之间的谜事流传最多。例如，《三国演义》中描写杨修的聪明机智很多就是通过谜语形式展现的：

其一，"门阔之谜"。时杨修任魏武帝曹操的主簿一职，"操尝造花园一所；造成，操往观之，不置褒贬，只取笔于门上书一'活'字而去。人皆不晓其意。修曰：'门内添活字，乃阔字也。丞相嫌园门阔耳。'于是再筑墙围，改造停当，又请操观之。操大喜，问曰：'谁知吾意？'左右曰：'杨修也。'操虽称美，心甚忌之。"

其二，关于"一人一口酥"的谜语故事。"又一日，塞北送酥一盒至。操自写'一合酥'三字于盒上，置之案头。修入见之，竟取匙与众分食讫。操问其故，修答曰：'盒上明书一人一口酥，岂敢违丞相之命乎？'操虽喜笑，而心恶之。"

其三，"鸡肋之谜"。"操屯兵日久，欲要进兵，又被马超拒守；欲收兵回，又恐被蜀兵耻笑，心中犹豫不决。适庖官进鸡汤。操见碗中有鸡肋，因而有感于怀。正沉吟间，夏侯惇入帐，禀请夜间口号。操随口曰：'鸡肋！鸡肋！'惇传令众官，都称'鸡肋'。行军主簿杨修，见传'鸡肋'二字，便教随行军士，各收拾行装，准备归程。有人报知夏侯惇。惇大惊，遂请杨修至帐中问曰：'公何收拾行装？'修曰：'以今夜号令，便知魏王不日将退兵归也：鸡肋者，食之无肉，弃之有味。今进不能胜，退恐人笑，在此无益，不如早归，来日魏王必班师矣。故先收拾行装，免得临行慌乱。'夏侯惇曰：'公真知魏王肺腑也！'遂亦收拾行装。于是寨中诸将，无不准备归计……"尽管故事中将杨修的聪明、机智、幽默展现得淋漓尽致，但最终的结果是杨修被曹操以惑乱军心斩杀了。

南朝宋刘义庆在《世说新语·捷悟》中又从另一角度记载了曹操与杨修之间的谜语式故事：

魏武尝过曹娥碑下，杨修从。碑背上见题作："黄绢，幼妇。外孙，齑臼"八字。魏武谓修曰："解不？"答曰："解。"魏武曰："卿未可言，待我思之。"行三十里，魏武乃曰："吾已得。"令修别记所知。修曰："黄绢，色丝也，于字为绝；幼妇，少女也，于字为妙；外孙，女子也，于字为好；齑臼，受辛也，于字为辝（辤）。所谓'绝妙好辝'也。"魏武亦记之，与修同，乃叹曰："我才不及卿，乃觉三十里。"

上述故事虽有虚构的嫌疑，但却明确告诉我们，谜语在汉代已成为当时社会上下层人士，斗智显慧的一种方式，流传广泛深入且普及。魏晋时期文化的繁荣也可从中窥得一斑。

此间，继承荀子物赋传统的当属魏文帝曹丕。他的《槐赋》《莺赋》《柳赋》皆具有赋体隐语的特征，形象迷人，隐喻深刻，深受世代文人好评。

据史籍记载和田野考察，唐宋时期，河北谜语发展更加丰富，谜面更贴合民间口语，也更加简洁，易于流传。《太平广记》中就记载了隋唐人侯白的三则谜语故事，选其二为例：

其一，

白仕唐，尝与人各为谜。白云："必须是实物，不得虚作解释，浪惑众人，若解讫，无有此物，即须受罚。"白即云："背共屋许大，肚共碗许大，口共盏许大。"众人射不得。皆云："天下何处有物，共盏许大口，而背共屋许大者，定无此物。必须共赌。"白与众赌讫。解云："此是胡燕窠。"众皆大笑。（谜底为胡燕窝）

其二，

又逢众宴，众皆笑白后至。俱令作谜，必不得幽隐难识，及诡诵希奇，亦不假合而成，人所不见者。白即应声云："有物大如狗，面貌极似牛，此是何物？"或云是獐或云是鹿，皆云不是。即令白解，云："此是犊子。"（谜底为"牛犊子"）

侯白为隋唐时期魏郡临漳人，机智善辩，风趣幽默，留下了十分丰富的谜事资料。本文虽仅录其两则，也可由斑窥豹，想见当时谜语在朝野的繁盛。在深入研究中人们会发现，这个时期的谜语，有很多还写成了诗歌形式，读起来琅琅上口，易诵易记。由此可知，那个时期制谜的手法更加丰富多彩，谜面更加简练，为以后"文义谜"的发展打下了坚实基础。

郭茂倩在《乐府诗集·杂歌谣辞五·邯郸郭公歌》题解引《乐府广题》曰："北齐后主高纬，雅好傀儡，谓之'郭公'，时人戏为《郭公歌》。"《邯郸县志·艺文》引《乐府广题》歌云："邯郸郭公九十九，技两渐尽入滕口。大儿缘高冈，雏子东南走。不信我言时，当看岁在西。"文史学者梁辰先生对此作了如下解释："郭公"为高公音转，影射高纬。

"九十九"是极数，预言将走到绝路，被北齐取代。"大儿"影射北周武帝宇文邕。"雉"影射高纬之父武成帝高湛。因为后来北齐的西北部国土，包括陪都晋阳，被北周攻占，高纬向东南逃奔到邺和邯郸，列营作最后抵抗。灭亡时在 577 年，干支纪年为丁酉。有此巧合，所以说，"尽如歌言"。

据考，当年此类歌谣流传很广，以致到了唐朝晚期，还成为温庭筠的诗题。现将唐代诗人温庭筠《邯郸郭公辞》抄录如下：

> 金筇悲故曲，玉座积深尘。
> 言是邯郸伎，不见邺城人。
> 青苔竟埋骨，红粉自伤神。
> 唯有漳河柳，还向旧营春。

邯郸郭公辞，即言邯郸郭公歌。这首《郭公歌》，具有浓厚谶语性质。谶语，是秦汉间巫师、方士编造的预言吉凶的隐语，故为有浓厚谶语性质的民间歌谣。在传统分类上，谜界是将其归入谜语源流类。

随着隋唐时期正月十五张灯结彩的民间风俗盛行，灯谜逐渐开始出现。到了北宋，元宵佳节的这种活动更显得热烈隆重。宋孟元老《东京梦华录》云："正月十五日元宵，大内前，自岁前冬至后，开封府绞缚山棚，立木正对宣德楼。游人已集，御街两廊下，奇术异能，歌舞百戏，鳞鳞相切，乐声嘈杂十余里。"

大名府是当时黄河北面一座重要的军事重镇，有"控扼河朔，北门锁钥"之势。就是说，掌控着黄河以北的大片疆土，把守着宋都的北大门。坚守住大名，就堵塞了敌人南渡黄河的通道。宋仁宗采纳了吕夷简的正确主张，于当年五月就把大名府建为陪都，定名"北京"。契丹听说宋朝在大名建立了陪都，果然胆怯，就打消了这次南侵的念头。新建的陪都北京，史称北京大名府。《水浒传》中称其"城高地险，堑阔濠深""鼓楼雄壮""人物繁华""千百处舞榭歌台，数万座琳宫梵宇""千员猛将统层城，百万黎民居上国"，应当说一点也不夸张。使我们引以为豪的是，有众多名人贤士曾来这座城里治政安邦。单就唐、宋两朝，就有田承嗣、何进滔、狄仁杰、乐彦祯、罗弘信、寇准、王钦若、吕夷简、韩琦、欧阳修等名臣，在这里相继供职。可谓人才叠出，享誉古今。谜语在当时，属于百戏之一，大名城的谜事当时也应是很红火的。

宋代谜语的迅速发展，造就了一批专业谜人和谜社组织，同时诞生了"灯谜"。据宋代王栐《燕翼诒谋录》载，太祖乾德年间下诏曰："上元张灯，旧止三夜。今朝廷无事，区宇乂安，方当年谷之丰登，宜纵士民之行乐，其令开封府更放十七、十八两夜灯。"可见当时灯市盛况空前，为灯谜的诞生创造了极好的条件。

《武林旧事·灯品》的记载："又有以绢灯翦写诗词，时寓讥笑，及画人物，藏头隐语，及旧京诨语，戏弄行人。"此段文字明确记述了，北宋时灯谜活动已经遍及城乡节庆活动中。中华谜语也从此形成了民间谜语和灯谜两种谜语文化并行的格局。

至辽金元时期，文人制谜猜谜风尚依旧盛行，这从辽金元时期文人的传习可见一斑。当时文坛名流磁县人赵秉文，在其青年时期，就着意模拟荀子的《蚕赋》而作《大椿赋》，文云：

于此有物焉，既泽而坚，既蔓而延。托根于无何之乡，垂荫于不土之田。枙日月而共友，倦宇宙而争年。历春秋其几何？羌不知其岁之八千。端策筮之，繇曰：是以江夏为鼻祖，小山之外孙者邪？以孝悌为根本，忠信为枝叶者邪？有晔其华，富文藻者邪？有骈其实，茂德业者邪？松茂柏悦，不足以比其寿者邪？愚惑不知，请以椿言。

又据《辍耕录》载：元张之翰由翰林学士除松江知府，自题云："云间太守过三载，天下元贞第二年。"是岁卒，亦谶也。其镜中灯诗，脍炙人口，因呼为"张镜灯"。诗云："孤影徘徊入照临，西风不动竟沉沉。一池铅汞镕真火，半夜金星犯太阴。鸡翅拍时红焰，蛾头触处碧光深。从渠百炼千烧后，依旧刚明一片心。"此可谓一首诗谜佳作，谜底为"镜中灯"。

历史推进到明清时期，谜语开始向两个方向发展。一是文人们传承的灯谜方向。其代表人物河北冀县人李澎，字月潭，号西山堂主人，曾编印多本谜集，如《十五家妙契同岑集谜选》等。在其身边有多位谜人相趣而行，如《知非斋谜稿》的作者清苑人陈浚畤、《西峰书室谜稿》作者信都人李春湖等等都是这个时期的谜人。

另一个是土生土长的发于民间传于民间的民间谜语。农耕状态下的中国农村，在劳作之间的田野间、油灯边、火炉旁，碌碌白日，漫漫长夜，何以解忧？何以解闷？于是就给了谜语滋生的温床。几人聚在一起，猜个谜语，来为大家"破闷儿"，这便成了农耕人的一种重要精神交流和文化享受。特别是到了节庆时节，亲朋好友们聚在一起，以"出谜语，猜谜语"来斗智，不仅成为节日活动的一种重要文化形式，也成为在娱乐中启智和传播中华优秀美德及传统理念的重要活动。

# 二、河北民间谜语流传形式

河北民间谜语不仅存在于口头和书面传承中，还有很多丰富多彩的流传形式，其中最具代表性的是灯方谜和瓷器谜。例如，在河北中部，以武强灯方年画为载体，将谜语书写在灯方上，展示了谜语的节日娱乐功能；在河北南部以磁州窑瓷器为载体，将谜语书写在瓷器上，既展示了谜语的商业价值，又使谜语成为天天可见可读的传统文化载体。

（一）武强灯方年画谜语。这种谜语随着年画销售而传往四面八方的城乡，是我国谜语传播的一种重要形式与渠道。其中很多佳作在民间为人所津津乐道，例如谜语：

1．铁大哥，把门守。客人来，看看走。主人来，才开口。（打一物）锁。

2．东头到西头，南头到北头，共成一个字，四十八个头。（打一字）井。

3．一点一横梁，梯子顶着房。大口张大嘴，小猪往里藏。（打一字）髙（高的繁体字）。

4．一个大，一个小，一个会跳，一个会跑，跳的吃人，跑的吃草。（打一字）骚。

5．四月将尽五月初，小奴买纸糊窗户，丈夫外出三年整，捎来家书一字无。（打四药名）半夏、防风、当归、白芷。

6．四面不透风，十字在当中。有人猜田字，不算好先生。（打一字）亞（亚的繁体字）。

这些谜语由于以灯为载体，在整个春节中都是令人醒目的景观。特别是传统的一年一度的正月十五闹花灯看花灯活动，将灯谜创作和传播推向一个又一个高潮，不仅使灯谜在民间广为流传，也使创作灯谜传播灯谜成为中华文化中一大奇观。这种现象在河北城乡世代传承不衰。

（二）磁州窑瓷器上的谜语。磁州窑是民窑，多生产平民百姓生活所用瓷器，因此其器皿上的谜语在民间影响很大。其中佳作世代传承，不少已被历代收藏家作为难觅的文化精品收藏。其谜作例如：

1．一物生来兄弟多，先生兄弟后生哥。生下兄弟顶门面，有了大事问哥哥。（打一物）牙。

2．一木在门前，二人土上连。夕上又加夕，日落在寺边。（打四字）闲坐多时（时的繁体字）。

3．子女同行不为奸，天字去平海来宽。人字两边点两点，尧字有火不见烟。（打四字）好大火烧。

4．四个川字川连川，四个山字山靠山。有人对成一个字，两个鸡子一酒沟。（打一字）田。

5．君子里外走，不许胡多手。有人看见了，不如猪和狗。（谜写在一存钱罐上，无谜目）存钱罐。

6．一条白蛇入乌江，乌江岸上放火光。白蛇吸尽乌江水，乌江水尽白蛇亡。（打一物）油灯。

在灯方、磁器之外，人们还广泛地将谜语刻写木器上，写在麻布上。将谜语刻写于器物上，这在冀中南地域很流行。这种谜语创作与传播的形式在全国其它地区很罕见。特别是磁州窑瓷器上的谜语，随笔而舞随画而作，字不在美而在意，画不在精而在蕴，在全国瓷文化和谜语文化中独树一帜。在广大民众没有掌握文化的时代，看、猜绘制在各种瓷器等器物上的谜语，既是传统理念的审美普及，也是文化知识的智力启迪。这是河北人的创造，也是河北人的骄傲。更令人感慨的是，这些具有浓郁民间色彩的谜语不仅成了中国人的精神食粮，也在外贸中将中国谜语文化传向世界各地，成了外国了解中华文化的桥梁与窗口。当然，这种现象也推动了谜语文化的发展与繁荣。

# 三、河北民间谜语特色

研究中国谜语史，在民间谜语的传承上，口耳相传为基本传承方式，第二才是文字传承，二者相辅相成、互相促进。由于民间谜语主要以口头流传为主，因而语言鲜活生动，口语特性突出，并带有明显的方言特征，在制谜方法方式上也活泼多样。

（一）谜语的方言。

所谓方言，是指地方语言，又称"白话"，指的是区别于标准语的某一地区的语言。河北地处战争走廊，战乱不断、人口流动频繁，造就了多民族融合文化。汉族与少数民族之间融合，汉语受少数民族语言影响，形成了与官话不同的地域性方言。

例1，仅风箱（风匣）就有不同地域的谜面27个：

（1）鼓便鼓，两头堵。（采录地区：石家庄）
（2）一间屋，两扇窗，里头住着个毛姑娘，毛姑娘一伸腿儿，两扇窗，吧嗒嘴。（采录地区：沙河）

以上两则，用晋方言说有韵味。

（3）一间小屋黑洞洞，树叶不动刮狂风。（采录地区：曲周）

此则，用运河两岸的冀东话谈，才押韵。

（4）大口地吃，小口地吐，光棍会吹猪。（采录地区：滦南）

此则，用唐山话来谈，朗朗上口。

（5）一间房，黑洞洞，两个小孩儿耍棍棍，只是为了一阵风。（采录地区：张家口）张家口方言称风箱为"鞲"。

例2，流传于行唐地区的很多谜语，谜面直接保留着晋方言的韵味。如，把"上"说成"昂"：

（1）青竹竿儿，破细密儿，俺上高高山昂捉虫意儿。（谜底：篦子）
（2）俺家有个屎奶奶，清早走老黄昂来。（谜底：尿盆）
（3）一个老婆儿九十八，天天早晨绕地昂爬。（谜底：笤帚）

例 3，流传于肥乡的谜语，把"特别"的意思读作"嘣"：

（1）你说船就算船，一个东西嘣值钱。(谜底：印)
（2）你说印就算印，一个东西嘣有劲。(谜底：弓)
（3）你说弓就算弓，一个东西嘣有风。(谜底：扇子)

诸如此类的方言，在本卷谜语中收录很多，充分体现出河北谜语的地域历史、自然风貌、民风民俗和民族特色等。

（二）谜语的取材

从题材上看，河北民间谜语大都取材于普通百姓最日常、最琐细的现实生活，具有最鲜活、最本真的日常生活气息。

例如，生活行为类谜语，充分体现出日常生活的生动气息。

1.扳开卜灿，填进圪蛋。
（谜底：扣纽扣　采录地区：蔚县）
2.嘴大肚子空，叼口肉，不放松。
（谜底：拔火罐　采录地区：石家庄）
3.一个小猪不吃糠，照它屁眼当一枪。
（谜底：开锁　采录地区：隆化）

（三）制谜手法

1.比拟修辞法。比拟手法常将无生命的物体当作人或动物来描述，让猜谜者抓住相似处来联想思考，以求得谜底。

例如：

（1）小脚儿娘，小脚儿娘。干完活儿，就靠墙。(谜底：双腿儿耧)
（2）空肚上街，满肚回来。又吃鱼肉，又吃蔬菜。(谜底：菜篮子)

例（1）将耧比拟为小脚女人，例（2）将菜篮子比拟为可以吃饱肚皮的禽畜。

2.比喻修辞法。以物喻物是民间谜语中较常用的手法，形象生动。

CO10

例如:

（1）弟兄十个生得傻，个个头上顶着瓦。（谜底：手指）

（2）颜色白如雪，身子硬如铁。一日洗三遍，夜晚柜中歇。（谜底：碗）

（3）麻屋子，红帐子，里面住个白胖子。（谜底：花生）

3、排比修辞法。将一组有关联的事物排在一起制谜。

例如:

（1）大哥一个嘴，二哥俩嘴，三哥仨嘴，四哥没嘴，吃得都肥。（谜底：口袋、褡裢、裤子、枕头）

（2）大姐长得美，二姐一肚水，三姐露着牙，四姐歪着嘴。（谜底：苹果、葡萄、石榴、桃）

（3）一条腿地里生，两条腿起五更，三条腿神前坐，四条腿房边蹬。（谜底：蘑菇、公鸡、香炉、猫）

4. 比较修辞法。在比较中描述事物的特征。

例如:

（1）蹊跷蹊跷真蹊跷，站着没有坐着高。（谜底：狗）

（2）耳朵长，尾巴短，只吃菜，不吃饭。（谜底：兔子）

5. 夸张修辞法。这类谜语采用夸张修辞手法来描绘事物。

例如:

（1）荤菜隔素菜，双手端上来，当中有火山，四面都是海。（谜底：火锅）

（2）有个蛤蟆，四脚爬抓，囫囵吃人，肚里说话。（谜底：房屋）

6. 求异法。这类谜语采用同中求异手法，打破常情框框，在同类事物中发现个体的差异，以达到谜语的特色。

如:

（1）像鼠不是鼠，没羽能飞舞，眼睛看不见，睡觉倒挂屋。（谜底：蝙蝠）

（2）圪梁梁，圪梁梁，鼻子长到脊梁上。（谜底：锅盖）

（四）谜语形式

河北民间谜语有着丰富的形式，不仅有琅琅上口短小精悍的歌谣体谜语，还有故事谜、连猜谜、游戏谜、说唱谜、斗谜等。

概 述

蔚县跳格子连猜谜是典型的游戏谜语。其游戏方法如下：

地上画两排方格子，里面写数字 1 至 9，游戏双方站在格子外，从 1 开始边跳格子边猜谜。先猜拳，胜者先跳进一格。出谜让第二人猜，第二人如猜出，跳进格子后再出谜让第一人猜。第一人胜则进一格，败则第二人进格，以此类推，先跳完格子者为胜。

另外，还有说唱谜语，如《吕洞宾下江南》（又名《十服药》）。

 ……
 今天取你十服药，样样叫你见见鲜。
 头服药取甜似蜜，二服药取苦黄连。
 三服药取心思甜，四服药取软如绵。
 五服药取家和敬，六服药取顺气丸。
 七服药取老来少，八服药取父心宽。
 九服药取天气顺，十服取你民自安。
 ……

还有斗谜类，就是由两人以上一起来猜谜的形式，如《智斗方圆》：

 甲：外边方方里边圆，里面住着个红脸汉。
 谁要猜中这个谜，吃喝不愁是个活神仙。
 （谜底：炕前盘火用的火口）
 乙：这个谜很好猜，谁家火口不熬菜。
 我课谜，大家猜，正好与他反着来。
 里边方方外边圆，谁要猜准这个谜，
 买啥东西都方便。（谜底：铜钱）
 丙：这个谜，我猜中，
 谁有铜钱还哭穷？
 我的谜很好猜，
 外边方，里面方。
 写出来还是两个方，
 猜不出来回家问你娘。（谜底："回"字）

## 四、河北谜语的发展现状

河北谜语发展到近现代，其商业广告价值更被追捧。在河北的几个商业重镇，不少商家在自己的门店，以猜谜语形式来招揽客人。加之利用传统节日，就加浓了节日的娱乐氛围。如武安的元宵谜猜，武强的灯具庙会，保定的春节猜谜，安国的药市开张。党的十一届三中全会以来，谜语活动又恢复了它的活力。改革开放初期，各地市文化宫、群艺馆开始举办群众性谜语展猜活动，河北先后涌现出了几位在全国谜语界有相当影响的谜人，例如唐山的王振坤、沧州的扈进标、邢台的仙凤岐、邯郸的刘英魁、峰峰的郝汉涛等先生，都为河北的谜事发展，起到了推波助澜的作用。到后期，各市都建立了自己的谜语社团，在全国具有影响的如张家口灯谜学会、沧州灯谜学会、保定灯谜协会、石家庄灯谜协会、邯郸灯谜学会，这些社团的谜事活动，使河北谜语活动出现了前所未有的繁荣景象。

河北地域广阔，物产丰富。从坝上高原，到渤海滩涂；从山地林木，到平原庄稼；从京畿都市，到山庄水村。由于文化背景的差异、名物称谓差异、方言交际差异，形成了河北谜语的地方特色。依方言与物产的组合，河北谜语流行形成了五大区域。

（1）冀南太行区域：以太行物产为谜材，以晋方言为匹配，形成一个流行区域，主体为邯郸、邢台、石家庄西部地区。

（2）运河两岸区域：以冀东物产为谜材，以汉族、回族的民族习俗为缘起，以中原官话为匹配，形成的一个流行区域，以邯郸、衡水、沧州东部县市为主体。

（3）冀中平原区域：以冀中平原物产为谜材，以北方官话为匹配，以邢台、石家庄、保定县市为主体的区域。

（4）京北燕山区域：以冀北物产为谜材，以汉族、蒙古族、满族、朝鲜族的民族习俗为缘起，以北京官话为匹配，形成的廊坊、承德、张家口为主体的区域。

（5）环绕渤海区域：以农渔海产为谜材，以北方官话津唐方言为匹配，形成的沧州、唐山、秦皇岛为主体的区域。

这五大区域在一定程度上体现出河北谜语的分布特色。在各有特色的同时，也存在着交叉流行和历史资料共享的情形，因此，也存在着很多异文。以"花生"为例：

课本标准："麻屋子，红帐子，里面住个白胖子。"晋方言区："麻屋的，红帐的，里面住个白胖的。"北京方言："麻屋子儿，红帐子儿，里面住个白胖儿。"

在流行中，出现了种种异文，典型的如："里面住个""里边住个""里头住个""里面住着""里边藏个""里面有个"。在编选时，如果保留异文，三种方言，乘以三种异文，就要保留九条。面对这种情况，我们只编入了典型的谜作。

为编纂《中国民间文学大系·谜语·河北卷》，我们在全省开展大普查的基础上，既尊重口口相传的成果，也重视田野的收获。据不完全统计，截至 2019 年 3 月，河北共采集到谜作二万余条，按照编纂体例和要求，我们筛选雷同，淘汰不合规范的谜作后，本卷编入 8000 余条。由于成书仓促，水平有限，其中难免有遗漏不当之处，敬请方家批评指正。

《中国民间文学大系·谜语·河北卷》编委会

执笔：刘英魁 吴桐

# 凡例

一、 本卷是在河北境内开展调研和收集整理资料的基础上，按照科学性、全面性、地域性、代表性的原则编选而成，反映了河北各时代、各民族谜语创作和流传的全面貌。搜集、整理依据忠实性和准确性，保持口传文学的特点、地方特色和民族特色，准确地翻译民族语言和方言。全卷所收录的作品为河北境内各区域各民族各类谜语，具有传统性和时代性，且在民间流传时间较久，现今依然有流传延续性和影响力。

二、 本卷作品尽量保留了方言、土语，对所收谜语中的特殊用语、方言、典故、独特的生活习俗、读音作了详细注释，以保持地方特色和民族特色。方言中不易甄别的字，尽量采用当地习惯用字。一些较为独特的地方谜语，因其使用的语境情境比较特殊，也作了标注。有些方言无法用文字表述的，则用拼音代替。

三、 对于谜底为同一事物、各地有不同叫法的谜语，为归类统一，尽量收集在同一条目内。

四、 关于异文的处理。为突出河北区域特点和民族特色，保留了部分异文谜语。

五、 对于民间谜语中，谜面似为荤谜，谜底为正面表达的谜语，因在民间广泛流传，不属于糟粕，也收录在卷。

六、 谜语作品多为条目式或短文式，均不逐条标注讲述者与搜集整理者，只在每条作品后注明采录地区，摘录作品标注书籍名称。

七、 字体一律使用正式公布的简化字。

八、 本书采用的图片均为收集的老照片和原创拍摄资料。

谜语题目提示

注释位置提示

C019

物谜

一　动物类

# 1

## 禽类

### 鹌鹑

像只麻花鸡，
个小没尾巴。
是鸟不上树，
窝在麦垅里。

采录地区：成安

你家胖二嫂，
裹身麻花单。
窝到麦垅里，
媷[1]个鸽子蛋。

采录地区：广平

[1] 媷：指繁殖，这里指下蛋。

像个麻花鸡，
就是没尾巴。
媷下几个蛋，

没有鸽蛋大。

采录地区：威县

### 八哥

看看像个乌鸦，
扭头听见它说话。
被人困在笼杆上，
教它说啥它说啥。

采录地区：邯郸、石家庄

看着像个乌鸦，
听听说哩人话。
你说他啥，
他就说你个啥。

采录地区：邢台

像个乌鸦，
爱学人话。
你说他啥，
他说你啥。

采录地区：邯郸

### 白鹤

脚也小，腿也高。
戴红帽，穿白袍。

采录地区：张家口、滦南

红冠黑嘴白衣裳，
双腿细瘦走路晃。
漫步水中捕鱼虾，

凌空展翅能飞翔。

采录地区：石家庄

常是一腿站，
立在松树间。
你要没见过，
对着看墙[1]看。

采录地区：永年

[1] 看墙：指院子大门里的影壁，也称照壁。过去人们常在墙上画松鹤延年的图画。

老长腿，水中站。
穿白袍，戴红冠。

采录地区：磁县

## 白鹭

### 白鹭

嘴长颈长脚也长，
爱穿一身白衣裳。
常在水边结伙伴，
田野沟渠寻食粮。

采录地区：蔚县

### 老等[1]

老长脖子老腿杆，
站在水里不动弹。
小鱼小虾一近前，
低头吞到嘴里边。

采录地区：永年

[1] 老等：邯郸称白鹭为"老等"。

老长脖子老长腿，
整天站在浅水里。
小鱼蝌蚪来乘凉，
低头一点到嘴里。

采录地区：磁县

## 白头翁

咱家树上落了个叽叽喳，
黑脖子黑翅膀黑尾巴，
长着个白白的脑袋瓜。

采录地区：邯郸

树上落了个喳喳喳，
背后看一块煤疙瘩。
扭头看一个老顽童，
想想这是啥？

采录地区：永年

## 百灵鸟

驰名中外一歌手，
音韵婉转会多变。
能学多种鸟儿叫，
坝上内蒙是家园。

采录地区：石家庄

都说它灵，
只是叫得好听。
远听以为是唱歌哩，

近看就是一只小虫子[1]。

[1] 小虫子：邯郸将麻雀称为小虫子。

## 大雁

不识字，把字排。
秋天去，春天来。

采录地区：行唐

不用喊来不用催，
一群一群排成队。
冬天搬到南方住，
春天又往北方飞。

采录地区：井陉

听见"嘎嘎"叫，
抬头天上看。
不是排成一个"人"字，
就是排成一条线。

采录地区：永年

白天飞起一条线，
黑夜围成一个圈。
守夜见光一声叫，
飞到空中看不见。

采录地区：邯郸

听见嘎嘎叫，
你往天上瞧。
人家那纪律，
排队比咱好。

采录地区：邯郸

领头一声嘎嘎，
队伍很快排好。
秋天往南飞，
春天往北飞。

采录地区：磁县

春来秋去排队飞，
有时"一"字有时"人"。

采录地区：沙河

飞行如"一"又如"人"，
春来秋去常成群。
传说它能捎书信，
要想找它水边寻。

采录地区：张家口

空中来了一个黑大汉，
腰间插着两把扇，
走一段，扇几扇。

采录地区：唐山

空中排队飞行，
组织纪律严明。
春天来到北方，
秋天南方过冬。

采录地区：张家口

南边来个黑老汉，
腰上别着两把扇。
一边走，一边扇，
阿弥陀佛，好热的天！

采录地区：石家庄

排队远征，
纪律严明。
春到北方，

0005

谜语·河北卷（一）
**物谜**

深秋南行。

采录地区：张家口

天上一队小飞机，

清清晰晰一"人"字。

秋后向南去，

春来又北归。

采录地区：行唐

一个黑笨汉，

腰插两把扇。

走一步来扇一扇，

也不管热天不热天。

采录地区：唐山

毽儿，毽儿[1]，

一条线儿。

采录地区：元氏

[1] 毽儿：指远看大雁飞起像毽子。

好像一群战斗机，

队形排列忒整齐。

天高云淡南飞去，

春暖花开就回来。

采录地区：定州

秋高云儿淡，

你往天上看。

不是排"人"字，

就是一缕烟。

采录地区：永年

半一空中一条线，

井绳钩，挂不断。

采录地区：行唐

## 丹顶鹤

戴红帽，穿白袍。

腿细长，脚瘦小。

采录地区：行唐

脚儿小，腿儿高。

戴红帽，穿白袍。

采录地区：定州

红顶子好像鲜血染，

白袍子好像自家产。

脖子长，腿脚细，

还爱金鸡独立在水里。

采录地区：行唐

看真哩，

常常独立在水里。

看画哩，

常和松树在一起。

采录地区：武安

## 杜鹃

### 布谷鸟[1]

夏前它来到，

秋后没处找。

催人快播种，

年年来一遭。

采录地区：石家庄

[1] 布谷鸟：学名杜鹃。

## 杜鹃

背面灰色腹有斑，
繁殖习性很罕见。
卵蛋产在邻鸟窝，
代它孵育自消遣。

采录地区：石家庄


灰背面，花肚皮，
将蛋生在人家里。
人家有蛋它踢走，
自己媸蛋让人孵。
人家为她孵出子，
不感恩来还夺窝。

采录地区：石家庄


## 看镰砍豆[1]

看镰砍豆，
看镰砍豆。
听见它叫，
麦子黄梢。
看镰砍豆，
看镰砍豆！

采录地区：曲周

[1] 看镰砍豆：邯郸一带称布谷鸟为"看镰砍豆"。


听见它叫，
麦子黄梢。
麦收罢了，
听不见了。

采录地区：永年


## 鹅

小小船，白布篷。
头也红，桨也红。

采录地区：滦南


身穿白绫袍，
头戴黄纱帽。
走路慢腾腾，
游泳像船摇。

采录地区：张家口


身穿白袍子，
头戴红帽子。
走路像公子，
说话高嗓子。

采录地区：唐山、廊坊


长得有点儿官样，
走路有个官派。
说话常是高嗓，
下水像个小船。

采录地区：邯郸


红冠儿，白褂儿，
走路摆个官架儿。

采录地区：徐水


头戴朝官红顶子，
身穿大夫白褂子。
走路官架势，
说话高嗓子。

采录地区：行唐


头戴红顶子，
身穿白袍子。

走路像公子，
说话像臣子。

采录地区：定州

头戴红顶子，
身穿白袍子。
说话像蛮子，
走路像公子。

采录地区：井陉

头戴红帽头，
身穿白大衫。
走路摆架子，
说话伸脖子。

采录地区：张家口

头戴小红帽，
身穿小白袍。
走路摆架子，
能带[1]水上漂。

采录地区：沙河

[1] 能带：意为能耐。

一个呆的年少，
身上有点儿戴孝。
头上顶红顶，
出口像很老。

采录地区：唐山

头戴红帽子，
身穿白袍子。
说话伸脖子，
走道摆架子。

采录地区：张家口、承德

白褂红帽儿，
摆个官架儿。
叫它去看门，
专咬面生人。

采录地区：廊坊、保定

## 鸸鹋

老长脖子老长腿，
只会跑来不会飞。
看着模样是鸵鸟，
就是个子长得小。

采录地区：永年、广府

看着像鸵鸟，
就是个头小。
爱吃大小虫，
不把庄稼糟。

采录地区：沙河

## 凤凰

长得像公鸡，
都说是鸟王。
两翅收展如孔雀，
色彩斑斓令凰狂。

采录地区：定州

都说它是鸟王，
谁也没见过真模样。
你要想见见，

爬上新媳妇炕。

采录地区：邯郸

## 鸽子

### 鸽子

飞来飞去爱热闹，
一群一群打呼哨。
成天不见静一会儿，
见人就把姑姑叫。

采录地区：行唐

两边来回当报子，
半天空中吹哨子。
回家住个木罩子，
宣传和平有份子。

采录地区：行唐

身上穿着白袍袍，
光送信来不送报，
见谁就把姑姑叫。

采录地区：石家庄

白哩多，灰嘞少，
飞来飞去把食儿找。
啥时落在房檐上，
"姑姑，姑姑"叫呀叫。

采录地区：石家庄

白嘞多，灰嘞少，
落在院里把食儿找。
你"姑姑"我"姑姑"，

人来飞去没影儿了。

采录地区：涉县、肥乡

### 信鸽

两边来往作大使，
半天空里吹哨子，
回家住个木罩子。

采录地区：唐山

身子轻如燕，
飞在天地间。
不怕相隔远，
也能把话传。

采录地区：滦南

颜色有白也有灰，
经人驯养很聪明。
可以当作联络员，
飞山越岭把信送。

采录地区：行唐

### 海鸥

白衣一身健美女，
海滨处处自在飞。
喜欢与人交朋友，
喂它鱼虾知感恩。

采录地区：行唐

海上一只鸟，
跟着船儿跑。
冲浪去抓鱼，

不怕大风暴。

采录地区：滦南

白衣一美女，
海滨自在飞。
看到渔船归，
就会迎上去。

采录地区：行唐、滦南

## 画眉鸟

本是良家一少女，
因眉好看遭人欺。
抓来困在金笼里，
整天哭啼少人理。

采录地区：丛台

## 黑脸琵鹭

黑脸黑嘴老黑腿，
白缨白衫白护襟。
没人它在水里转，
来人躲到芦苇里。

采录地区：衡水、邯郸

## 黄莺

### 黄莺

身穿黄色羽毛衫，

绿树丛中常栖身。
只因歌儿唱得好，
博得许多赞扬声。

采录地区：蔚县

身穿黄衣衫，
常飞树丛间。
早起把歌唱，
引人驻足看。

采录地区：井陉

春来树叶中，
有个黄球球。
莺莺叫不停，
叫人细细听。

采录地区：永年

树叶黑里面，
有个黄蛋蛋。
叫得很好听，
就是难找见。

采录地区：成安

### 槐嘚溜[1]

只听槐树荫里叫，
左找右找看不到。
不声不响它飞来，
只觉一绺黄叶飘。

采录地区：邯郸

[1] 槐嘚溜：当地人对黄莺的俗称。

## 孔雀

头戴花冠鸟中少，
身穿锦袍爱夸耀。
尾巴似扇能收展，
展开尾巴人夸耀。

采录地区：张家口

锦袍身上披，
花冠头上戴。
人前开屏好光彩，
没想着后边露出腚来。

采录地区：石家庄

## 鸡

### 鸡

不分女和男，
从小在一起。
想要分男女，
还得见了官。

采录地区：沙河

墩墩净拉屎，
不尿尿[1]。

采录地区：井陉

[1] 注：第二个尿读音为 suī。

俩么小树一般高，
光拉屁屁不尿泡。

采录地区：行唐

庙儿，庙儿。
两头儿翘，
光拉屁屁不尿尿。

选自《获鹿方言志》

头戴珊瑚笔架，
身穿五色衣裳。
高声一唱，
日出东方。

采录地区：行唐

头戴朱冠，
身穿花袄。
天天报晓，
难免吃刀。

采录地区：井陉

五更起床把它靠，
待客桌上它迟到。
公的头上一团火，
母的下蛋喔喔叫。

采录地区：行唐

一座庙，两头翘。
光会屙，不会尿。

采录地区：肥乡、行唐

小小脑袋尖尖嘴，
每天就爱吃小米。

采录地区：石家庄

一个东西儿两头翘，
只会拉屎不撒尿。

采录地区：沙河

一个小船两头翘，
光拉屉屉不尿尿。

采录地区：沧州

一根棍儿搭铺炕，
老婆儿睡觉老汉儿唱。

采录地区：宣化

一身翎，两头翘儿。
光拉屎，不浇尿。

采录地区：保定

一物生来两头翘，
光拉屎来不尿尿。
一生下来就会吃，
一辈子也吃不饱。

采录地区：石家庄

这家人家真奇怪，
老婆睡觉汉子唱。

采录地区：蔚县

是公是母头上找，
只会拉屎不撒尿。

采录地区：隆化

生来屙屎不尿尿，
母嘞娡蛋公嘞叫。

采录地区：肥乡

生来像圆球，
长大两头翘。
有的早起喊"唗唗唗儿！"
有的中午说"个蛋个蛋"。

采录地区：肥乡

## 公鸡

顶上红冠戴，
身穿绸缎衣。
清晨喔喔叫，
唤醒大人孩子都起来。

采录地区：行唐

头戴大红冠，
身披七彩衣。
天天天不明，
叫人早些起。

采录地区：行唐

头戴大红花，
身穿大红袍。
早起喔喔叫，
对着太阳笑。

采录地区：元氏

头戴大红花，
身穿什锦衣。
好像当家人，
一早催人起。

采录地区：石家庄、廊坊

头戴大红帽，
身穿锦红衣。
好像当家人，
一早催人起。

采录地区：张家口

头戴大红帽，
身披五彩衣。
好像小闹钟，

清早催人起。

采录地区：沙河

头戴红冠如花开，
穿衣不用刀尺裁。
东方未明我先起，
一声高唱万户开。

采录地区：井陉

头戴红帽子，
身披五彩衣。
从来不唱戏，
喜欢吊嗓子。

采录地区：石家庄

头戴紫金冠，
身穿绫罗衫。
脚印画竹叶，
就是不下蛋。

采录地区：张家口

一朵红花头上戴，
身穿彩衣不用裁。
虽然不是英雄将，
叫得千门万户开。

采录地区：行唐

一顶芙蓉头上开，
衣裳不用剪刀裁。
虽然不是英雄汉，
一叫千门万户开。

采录地区：张家口

红冠子，绿尾[1]巴，
见了母鸡把翅儿揸。

采录地区：大名

[1] 尾：此处读音为yǐ，尾巴的口语音。

红顶戴，绫缎衣，
好像一个当官的。
天天太阳没出来，
就催人们快些起。

采录地区：魏县

不明它就哏哏叫，
天明出窝爱上高。
听叫它有冲天志，
再扑棱翅膀它也飞不高。

采录地区：邢台

红冠子，绿尾巴，
七彩翎毛身上挂。
只会早起叫五更，
一个蛋儿不能下。

采录地区：永年

红红的冠子，
漂亮的羽毛。
天天起得早，
给人报晨晓，
从来不迟到。

采录地区：井陉

## 母鸡

脖歪歪，嘴尖尖。
它妈穿着大布衫，
养活孩子不动弹。

采录地区：青龙

头戴丫叉帽，

身穿花布袍，

领群孩子直唤叫。

采录地区：井陉


一个老婆瞎转转，

穿的翎毛大布衫。

生个孩子圆蛋蛋，

直着脖子光叫唤。

采录地区：保定


坐胎圆又圆，

生下不分女和男。

要知男和女，

还得见见官。

采录地区：行唐


左刨刨，右瞅瞅，

生了个孩子白球球。

采录地区：广宗


俺家有个胖婆姨，

常年穿着麻花衣。

春来卧到草窠里，

生了个硬球是白的。

采录地区：保定


## 山鸡

山沟里面没人烟，

听见"歌蛋歌蛋"在叫唤。

走近看看，

它连跑带飞没影了。

捡到一堆青蛋蛋。

采录地区：涉县


## 病鸡儿

有个小鸡，靠在墙根。

只叽叽，不吃食儿。

采录地区：大名


## 抱鸡婆[1]

一个得病甚可怜，

不贪饮食只贪眠。

出外又被丈夫猜，

在家又被主人嫌。

采录地区：唐山

[1] 抱鸡婆：指孵蛋鸡。


## 哺鸡娘[1]

产后惊风病哀哀，

不爱吃食只爱眠。

若要病根来除尽，

牵线搭脉方安然。

采录地区：唐山

[1] 哺鸡娘：指孵蛋鸡。


## 小鸡

远看像黄球，

近看毛茸茸。

叽叽叽叽叫，

最爱吃小虫。

采录地区：滦南


粗看是个绒球，

细看有眼有眉。

小嘴叽叽叫着，

就能吃些小米。

## 老鹰

家住高山顶，
身穿破蓑衣。
常在天空游，
爱吃兔和鸡。

采录地区：张家口

铁嘴弯弯眼雪亮，
海阔天空任飞翔。
捕捉鼠蛇除害虫，
不怕虎豹和豺狼。

采录地区：张家口

## 麻雀

### 麻雀

房上一个石头头，
掉了地下磕头头。

采录地区：张家口

日飞落树上，
夜晚到庙堂。
不要看我小，
有心肺肝肠。

采录地区：滦南

双脚跳跳，
吵吵闹闹。
吃虫吃粮，
功大过小。

采录地区：行唐

头戴绛色帽，
身穿绛色袍。
生来不会走，
只会双脚跳。

采录地区：衡水

有人一齐飞，
没人各自跳。
棉花地里它吃虫，
谷子熟时它吃谷。

采录地区：石家庄

### 小虫儿[1]

叽叽喳喳吵不停，
不会走来只会蹦。

采录地区：永年

[1]　小虫儿：当地人对麻雀的俗称。

不走光跳，
吵吵闹闹。
吃虫吃粮，
功大过小。

采录地区：石家庄

落在地上一大片，
飞到树上看不见。
个个穿着麻花衫，
叽叽喳喳没个完。

采录地区：魏县

# 猫头鹰

## 猫头鹰

脸盘长得像是猫，
身穿一身豹花袄。
白天睡觉夜里忙，
为民除害立功劳。

采录地区：行唐

林中夜间小哨兵，
眼睛就像两盏灯。
东瞧瞧来西望望，
抓住鼠贼不留情。

采录地区：行唐

面部像只猫，
其实是只鸟。
天天上夜班，
捉鼠本领高。

采录地区：沙河

面孔像个猫，
起飞像个鸟。
夜间学鬼叫，
捉鼠本领高。

采录地区：谈固

面孔像老猫，
起飞像只鸟。
天天上夜班，
捉鼠本领高。

采录地区：行唐

脑袋像猫不是猫，
身穿一件豹花袍。

白天睡觉夜里叫，
看到老鼠就吃掉。

采录地区：张家口

远看像只猫，
近看是只鸟。
晚上捉田鼠，
天亮睡大觉。

采录地区：滦南

夜里飞来一只鸟，
田间专把老鼠找。
要是逮住你细看，
鸟脸长得像只猫。

采录地区：永年

实实在在是只鸟，
专吃老鼠像只猫。
白天睡觉不出窝，
夜里飞来学鬼叫。

采录地区：曲周

## 突叫[1]

白天躲起来，
夜里才出来。
听到它来叫，
都说不吉祥。

采录地区：广平

[1] 突叫：当地人对猫头鹰的俗称。

## 鸵鸟

一只鸟儿真叫怪，

不会飞来跑得快。

遇事总把脑袋藏，

却把屁股露在外。

采录地区：石家庄

就得扇一扇。

采录地区：蔚县

飞起一片乌云，

落下一地黑炭。

个个都是黑嘞，

不见一只白哩。

采录地区：魏县

## 乌鸦

### 乌鸦

浑身黑又亮，

嘎嘎叫得响。

不管冷和热，

走路扇翅膀。

采录地区：行唐

空中来个黑大汉，

走一步来扇一扇。

采录地区：行唐、井陉

哪来一个黑大汉，

腰里插着两把剑，

嘎嘎叫声讨人嫌。

采录地区：武安

身黑似木炭，

腰插两把扇。

虽然人讨厌，

反哺受夸赞。

采录地区：张家口

身黑似木炭，

腰插两把扇。

往前走一步，

### 老鸹

走一走，颤一颤，

腰呢掖着八根箭。

采录地区：保定

### 老鸹雕[1]

扁头大尾巨肛门，

细脖紧连伛偻身。

它是农业收割器，

原为郊野俩飞禽。

采录地区：晋州

[1]　老鸹雕：当地对乌鸦的俗称。

### 喜鹊

背黑肚白尾巴长，

银白项圈围脖上。

谁家有了大喜事，

它就飞来报吉祥。

采录地区：谈固、行唐

黑袄白护襟，

枝头报喜讯。

采录地区：行唐、井陉

黑褂子，白前襟，

站在枝头报喜讯。

采录地区：张家口

南沿来了个黑小伙，

担着一担子小白碗。

走一走歇一歇儿，

后头尾巴撅一撅。

采录地区：行唐

天上飞来个颠三尖儿，

黑裤子，白汗衫儿。

采录地区：保定

头黑肚白尾巴长，

传说娶妻忘了娘。

其实它受人喜爱，

因为常来报吉祥。

采录地区：石家庄

头黑肚白尾巴长，

传说娶妻忘了娘。

生活之中人喜爱，

因为常来报吉祥。

采录地区：唐山

头黑肚白尾巴长，

娶了媳妇忘了娘。

采录地区：张家口

头黑肚皮白，

尾巴特别长。

听它房头叫，

都说客人到。

采录地区：沙河

黑斗篷，白护襟，

大长尾巴占半身儿。

一早房头喳喳叫，

都说亲戚就来到。

采录地区：邯郸、邢台

黑大衫白护襟，

飞到房檐报喜讯。

采录地区：永年

背黑肚白长尾巴，

飞来院里报喜讯。

采录地区：成安

长尾巴白肚黑脊背，

落在房檐报喜讯。

采录地区：广平

尖嘴明眼睛，

黑脖白肚皮。

房头一叫，

长尾巴一翘。

有人听见了，

就说喜事到。

采录地区：永年

## 山雀

寒冬腊月里，

啥鸟都没了。

雪里刨食嘞，

麻雀惹不了。

采录地区：涉县、沙河

## 鸭子

### 鸭子

白大姐，穿红鞋，

大摇大摆下河来。

采录地区：石家庄

不是走兽不是人，

行走一片假斯文。

腰中带着两把扇，

不怕水湿和雨淋。

采录地区：唐山

铲子嘴，扇子脚，

走起路来摇呀摇。

采录地区：石家庄

脚趾不分开，

走路摇摆摆。

采录地区：谈固

说话嘎嘎叫，

走路两边摇。

虽然有翅膀，

就是飞不高。

采录地区：行唐、邢台

走起路来摇摇摆摆，

不脱衣服过河过海。

采录地区：石家庄

嘴像小铲子，

脚像小扇子。

走路晃膀子，

水上划船子。

采录地区：张家口

嘴像小铲子，

脚像小扇子。

走路左右摆，

样子真神气。

采录地区：衡水

嘴像小铲子，

脚像小扇子。

走路左右摆，

不是摆架子。

采录地区：谈固

走路三摇六晃，

总日游荡水上。

采录地区：承德

吃食儿突突突，

走路啪啪啪[1]。

下水哗哗哗，

见人呀呀呀。

采录地区：永年、磁县

[1] 啪：河北方言读作 piǎ。

胖大姐，穿红鞋，

白大褂没脱就下河。

采录地区：邯山

### 野鸭

身穿麻花衣，

常在河湾游。

听见人说话，

躲到芦苇溜。

采录地区：永年广府城


身穿百花衣，

爱在池塘戏。

稍有情况急，

躲进芦苇里。

采录地区：石家庄


两条老长腿，

一身旧蓑衣。

长长大嘴巴，

水里去找食。

采录地区：白洋淀


### 鹞子

不怕飞来飞去，

就怕转圈盘旋。

一头直扑下去，

兔子小鸡遭算。

采录地区：武安、永年


### 燕子

俺家有客年年留，

春天来了秋天走。

采录地区：邯郸


黑宝宝，白肚皮，

不吃谷子不吃米。

飞来飞去填饱肚，

有时住在人家里。

采录地区：行唐


黑缎衣，白夹里，

好吃虫来不吃米。

采录地区：行唐


红领圈，小黑袄，

尾刀尖，像剪刀。

从早到晚下地忙，

捉了害虫喂宝宝。

采录地区：衡水


楼门搭楼台，

楼门四扇开。

太师当中坐，

娘娘送饭来。

采录地区：井陉


南面来了个小木匠，

不用刨子斧子盖了间小正房。

采录地区：石家庄


南面上来个黑木匠，

锛子斧子没拿上。

吱吱扭扭盖间房，

盖在人家屋梁上。

采录地区：邢台

三月桃花开，

客人南方来。

夫妻商量罢，

檐下把家安下来。

采录地区：行唐


身穿黑外套，

尾巴像剪刀。

天暖搬家来，

冷了南方逃。

采录地区：行唐


身披黑缎袍，

尾巴像剪刀。

秋寒南方去，

春暖回来了。

采录地区：石家庄


头有毛栗大，

尾巴像钢叉。

身在泥里睡，

离地一丈八。

采录地区：唐山


小姑娘，黑又黑，

秋去南方春往北。

一心要剪云间锦，

带把剪刀天上飞。

采录地区：衡水


一只黑色鸟，

尾巴似剪刀。

衔泥又衔草，

梁上把屋造。

空中捉害虫，

卫生搞得好。

采录地区：行唐


远处来了一只鸟，

尾巴挂着一剪刀。

虽然泥中长期住，

离地却有一丈高。

采录地区：滦南、滦县、乐亭


远处来了一只鸟，

尾巴像剪刀。

虽在泥中住，

隔泥一丈高。

采录地区：沙河


南方来了黑汉，

背着剪刀乱窜。

采录地区：广平


黑帽黑缎袍，

身后带剪刀。

仿佛细叶它裁出，

春天随它回来了。

采录地区：保定


黑宝宝，白肚皮，

爱戏水来爱和泥。

不吃谷子爱吃虫儿，

夜里住在人家里。

采录地区：广宗


俺家有个黑嫂，

身后背把剪刀。

采录地区：永年

## 鹦鹉

说着人的语言，
自己没有心眼。
别人说啥它说啥，
常常闹出笑话。

　　　　采录地区：邢台

头戴红帽帽，
身穿花袍袍。
爱学人说话，
时而喳喳叫。

　　　　采录地区：行唐

头戴红缨帽，
身穿水绿袍，
又会说话又会叫。

　　　　采录地区：沙河、行唐

头戴红缨帽，
身穿绿战袍。
说话像人语，
你说它就学。

　　　　采录地区：张家口

红帽绿袄一家雀[1]，
常在闺房陪格格。
"额娘好""格格好"，
学人说话灵又巧。

　　　　采录地区：承德满族聚居区
　[1]　雀：此处读音为 qiǎo。

红帽大绿袄，
家养一个雀。
说话像人语，

你说它就学[1]。

　　　　采录地区：邢台
　[1]　学：此处读音为 xiáo。

## 鱼鹰

俺家有只鹰，
天天陪俺在淀中。
抓住小鱼它吃了，
抓住大鱼归俺整。

　　　　采录地区：行唐

生来本是一渔翁，
哪想被人困喉咙。
抓个大鱼他夺去，
只剩小鱼保俺命。

　　　　采录地区：永年广府城

## 鹬

荷塘常见它，
爱把河蚌吃。
因在易水争[1]，
留下一典故。

　　　　采录地区：易县
　[1]　注：指"鹬蚌相争，渔翁得利"的成语，出自西汉·刘
　　　向《战国策·燕策二》，故事发生于燕国易水河畔。

## 鸳鸯

### 鸳鸯

白天一起玩，
夜间一块眠。
到老不分散，
人夸好姻缘。

　　采录地区：滦南

常在水中游，
像鸭不是鸭。
时时秀恩爱，
双双空中飞。

　　采录地区：行唐

性子像鸭水里游，
样子像鸟天上飞。
游玩休息成双对，
夫妻恩爱永不离。

　　采录地区：石家庄

河里凫一对，
天上飞一双。
恩爱好夫妻，
到死不分离。

　　采录地区：永年

### 夫妻鸟

在家卧在枕头上，
在河凫在水面上。
只见双双秀恩爱，
没见吵闹上公堂。

　　采录地区：临漳

## 鹧鸪

### 鹧鸪

像鸽不是鸽，
常在树兜叫。
只听哭姑姑，
不见谁戴孝。

　　采录地区：邯郸

### 豆鼓鸟

三块瓦，盖个楼，
里面住个红老头。

　　采录地区：行唐

## 啄木鸟

老树公公得了病，
那边飞来巧医生。
锛锛凿凿细检查，
巧把病症分析清。
病害被它全消灭，
老树逢春又还童。

　　采录地区：衡水

林海一医生，
保树立大功。
不打针给药，
叼出树里虫。

　　采录地区：行唐

门外小伙急急敲，
屋内小姐好心焦。

若是两下门敲破，

小姐性命就难保。

采录地区：行唐

天上飞来一医生，

专给树木治病虫。

东锛西凿诊病症，

叼出几条小害虫。

采录地区：衡水

有种鸟，本领高，

尖嘴爱给树开刀。

树木害虫被吃掉，

绿化祖国立功劳。

采录地区：蔚县

住在树林里，

只吃树里虫。

听到嘣嘣响，

老树就高兴。

采录地区：石家庄

林中一医生，

专给树治病。

不用谁去请，

吃虫就高兴。

采录地区：邢台

# 2

## 兽类

## 斑马

说它是马不是马，

穿的衣服道道多。

拉车驮物不用它，

动物园里好养着。

采录地区：行唐

说它是马猜错了，

穿的衣服多道道。

把它放在动物园，

大人小孩都爱瞧。

采录地区：张家口

说它是马也不错，

只是身上黑道多。

采录地区：张家口

## 狈

不是狗不是狼，

前腿短后腿长。

骑着狼去寻粮，

狼吃饱，它才尝。

采录地区：邯郸、邢台

## 蝙蝠

### 蝙蝠

像鼠不是鼠，

没羽能飞舞。

眼睛看不见，

睡觉倒挂屋。

采录地区：衡水

会飞不是鸟，

两翅没羽毛。

白天休息晚活动，

捕捉蚊子本领高。

采录地区：张家口

似鼠不是鼠，

没羽能飞舞。

眼睛看不见，

睡觉倒挂屋。

采录地区：衡水、张家口

像鼠不是鼠，

有翅能飞舞。

眼睛看不见，

吱吱叫得苦。

采录地区：行唐

说它是个鼠，

有翅能飞舞。

说它是个鸟，

浑身没羽毛。

采录地区：永年

小老鼠，真稀奇，

两翅膀，像层皮。

白天躲在屋檐下，

晚上出来吃东西。

采录地区：张家口

俩翅没有毛，

会飞不是鸟。

白晌不活动，

黑呀抓蚊子都说好。

采录地区：行唐

一根黑毡，满沟呼扇。

采录地区：石家庄

一片黑毡，

满院子呼扇。

看来蚊子少，

她走蚊子多。

采录地区：邯郸

一物真叫怪，

吊着脑袋睡大觉。

采录地区：石家庄

### 夜瘪虎 [1]

早起不见了，
傍黑它来了。
只要它来了，
蚊子就少了。

采录地区：邢台

[1] 夜瘪虎：河北一带对蝙蝠的俗称。

说它是耗子，
长着翅膀嘞。
说它是鸟儿，
浑身长嘞毛。

采录地区：武安

### 豺

像狼不是狼，
像狐比狐大。
身穿棕红袄，
群起攻击羊。

采录地区：邯郸、石家庄

### 刺猬

别看模样丑，
夜里山外游。
要把瓜果偷，
人来无处躲，
蜷成一毛球。

采录地区：衡水

从哪来了个蹲哒蹲，
背里包袱卖银针。
狗也不敢咬，
鸡也不敢抻。

采录地区：沧州

从南来个小胖子，
不卖别的单卖针。
大针卖了十来个，
小针卖了数不清。

采录地区：行唐

从南来了个墩打墩，
披着皮袄卖洋针。
要问洋针咋的卖？
一身洋针都朝外。

采录地区：沧州、邯郸

沟里走，沟里窜。
背了针，忘了线。

采录地区：滦南

狗不咬，鸡不亲，
背着房子卖钢针。
一早出门晚上回，
也没卖掉一根针。

采录地区：张家口

南边来个龟孙，
推了一车钢针。
问你钢针咋的卖，
个个钢针尖朝外。

采录地区：肥乡

南面来个礅啊礅，
推个车子卖洋针。

0026

问他洋针咋的卖，
个个针尖都朝外。

采录地区：保定

南沿来了个吨大吨，
背着包袱卖洋针。

采录地区：石家庄

从南来了墩打墩，
不卖别的专卖针。

采录地区：保定

身披灰针毯，
常往瓜地窜。
遇到敌人来，
马上蜷一团。

采录地区：张家口

身体好像毛栗子，
爬将起来做鬼子。
不论晴天好日子，
穿着蓑衣过日子。

采录地区：张家口

身体虽不大，
钢针满身插。
遇敌蜷一团，
虎口也难下。

采录地区：张家口

身圆圆，嘴尖尖，
浑身没毛挂满箭。

采录地区：衡水

生的模样奇丑，
白天藏夜间出游。

钢针做武器，
谁都难下手。

采录地区：张家口

小货郎，不挑担。
背着针，满地窜。

采录地区：行唐

小货郎，沟里窜。
背了针，忘了线。

采录地区：井陉

小尖嘴，老鼠头，
身上长刺不敢揉。
谁要碰着它一下，
它就变个大圆球。

采录地区：衡水

一个老头背里背包针，
田沟里走，田沟里哼。

采录地区：滦南

走路走得慢，
样子也难看。
别看个子小，
身背千支箭。

采录地区：衡水

浑身钢针尖又硬，
猫狗见了不敢碰。

采录地区：隆化

地头沟边，
卧着个搬担儿。
浑身长刺，

物谜

拿它没法儿。

采录地区：邯郸曲周

沟里走，沟里窜，

晴天不见雨天见。

只带针，不带线。

采录地区：景县

进俺院一个龟孙，

背着一包大小针。

问它钢针咋的卖，

身子一蜷尖朝外。

采录地区：大名

懒婆娘，来咱村，

浑身上下别着针。

采录地区：怀来

奇怪奇怪真奇怪，

浑身别针尖朝外。

狗也不敢咬，

鸡也不敢啄，

掂住针尖掂起来。

采录地区：涉县

只因生得模样丑，

白天藏起夜间游。

一身别着千根针，

狗想咬它难下口。

采录地区：沙河

## 长颈鹿

脖子长长似吊塔，

穿着一身花斑褂，

奔驰赛过千里马。

采录地区：张家口

身儿高又大，

脖子似吊塔。

和气又善良，

从来不打架。

采录地区：滦南

样子像吊塔，

身上布满花。

跑路速度快，

可惜是哑巴。

采录地区：行唐

四根柱子一面墙，

脖子还比身子长。

挺身伸脖像座塔，

奔跑起来胜虎狼。

采录地区：邯郸

## 大象

鼻子像钩子，

耳朵像扇子。

大腿像柱子，

尾巴像鞭子。

采录地区：滦南

耳朵像蒲扇，

身子像小山。

鼻子长又长，

帮人把活干。

老水牛，实在大。

两只耳朵倒着挂，

鼻子拖到地底下。

脸上长钩子，

头上挂扇子。

四根粗柱子，

一条小辫子。

全身丈许高，

耳朵像蒲扇。

门牙像大刀，

鼻子随意摇。

扇子挂在头两边，

鼻子拖在地上头。

长着四根粗柱子，

辫子夹在屁股沟。

腿像四根柱，

身如一面墙。

耳朵像蒲扇，

鼻子弯又长。

四条大腿粗又圆，

两把长刀大又尖。

全身披挂银盔甲，

后面甩根细皮鞭。

耳朵像扇子，

身子像小山。

鼻子长又长，

比手还能干。

鼻子粗又长，

两牙赛门杠。

双耳如蒲扇，

身体像面墙。

盲人不识它，

近前摸摸它。

有说是面墙，

有说是柱子。

一说是蒲扇，

一说是绳子。

又说是皮管，

又说是钢锥。

好好想一想，

你说是什么？

四根柱子一座山，

鼻子能把人来卷。

长着两只大门牙，

陆上动物数它大。

没毛猪，实在狂。

门牙大，鼻子长。

竖起耳朵半面墙。

采录地区：武安

四根柱子竖间房，
鼻子一根做门帘。
大牙一双是门框，
耳朵就是两面墙，
力量多大难思量。

采录地区：磁县

## 袋鼠

此物生得怪，
肚皮长口袋。
连蹦带跳会打拳，
孩子就往袋里揣。

采录地区：石家庄

一物生来真奇怪，
肚下长个皮口袋。
孩子袋里吃和睡，
跑得不快跳得快。

采录地区：行唐

奇怪奇怪真奇怪，
肚上长了个皮布袋。
生个孩子装起来，
跑得不如跳得快。

采录地区：徐水

个大像只狼，
模样鼠一样。
肚上长口袋，

孩子里面藏。

采录地区：永年

## 狗

### 狗

百姓喂它为看家，
公安养它搞侦查。
天生一个好鼻子，
一闻不忘找到家。

采录地区：石家庄

不姓李和唐，
不姓孙和王。
问他姓什么，
连说三个汪。

采录地区：井陉

麸子面蛋，
桃花脚爪。
前面唱戏，
后面舞刀，
坐着倒比站着高。

采录地区：行唐

蹊跷蹊跷真蹊跷，
站着没有坐着高。

采录地区：成安

奇巧真奇巧，
站时没有坐时高，
爱在门前叫。

采录地区：沙河

前卜卦，后使枪，
四根柱子独根梁。

采录地区：石家庄

身穿一身大皮袄，
立着没有坐着高。
平生最是爱干净，
坐下就把地来扫。

采录地区：石家庄

四个毛后生，
一根儿毛大梁。
前头嘟嘟嘟，
后头动刀枪。

采录地区：唐山

四根柱子一个梁，
前头敲梆子，
后头摇鸟枪。

采录地区：石家庄

头戴狐皮耳环子，
身穿翻毛大皮袄。
梆梆嘴蒜骨朵脚，
坐着倒比站着高。

采录地区：行唐

五冬六夏穿皮袄，
警惕性特别高。
整天蹲在大门口，
生人一来汪汪叫。

采录地区：邢台

一物生来巧又巧，
坐着就比站着高。

采录地区：井陉

一物生来真忠义，
叫它管事亦稀奇。
自家人来摇摇尾，
他人一到就开口。

采录地区：沙河

站着没有坐着高，
一年四季穿皮袄。
见了主人摇尾巴，
见了生人它就咬。

采录地区：廊坊

粽子脸，梅花脚。
前面喊叫，后面舞刀。

采录地区：滦南

粽子头，梅花脚。
屁股挂把指挥刀，
坐着反比立着高。

采录地区：行唐

粽子头，梅花脚。
屁股拖着尾一条，
坐时反比站着高。

采录地区：张家口

走路落梅花，
早晚守着家。
生人来了它就咬，
见到主人摇尾巴。

采录地区：张家口

粽子头，梅花脚，
屁股挂把弯镰刀。
黑白灰黄花皮袄，

坐着反比站着高。

采录地区：衡水

蹊跷蹊跷真蹊跷，
站着没有坐着高。
看见生人它就扑，
听见动静它就叫。

采录地区：邯郸、保定

四根柱子架一梁，
生来耳朵鼻子强。
耳朵贴着地皮睡，
听见声音就汪汪。

采录地区：保定

### 宠物狗

看着像猫不是猫，
上街常叫主人抱。

采录地区：石家庄、邯郸

猫模猫样不是猫，
狗模狗样在襁褓。
穿好衣服上大街，
高贵美妇揽怀抱。

采录地区：唐山、保定

### 死狗

一条大狗，
卧在门口。
叫它不应，
打它不走。

采录地区：大名

远看是条狗，
近看还是狗。
打它不走，拉它走。

采录地区：沙河

### 猎犬

从小骨头养，
长大爱吃肉。
主人打野味，
它就跑前头。

采录地区：井陉、涉县

### 藏獒

粗看一头雄狮，
近看认定是狗。
听说来自藏区，
两眼凶光外露。

采录地区：丛台

## 猴

四只手来一身毛，
果树林里乐逍遥。
那天被人牵了去，
人模人样供人瞧。

采录地区：丰润

有脚又有手，
善蹦不善走。
走时像个人，
爬哪像个狗。

采录地区：永年

一身毛，四只手。

坐着像人，

走着像狗。

采录地区：张家口

不是狐，不是狗。

站在地上做人，

趴在地上像狗。

采录地区：唐山

动物特灵，

学啥啥行。

与人之别，

多根尾绳。

采录地区：邢台

浑身毛，四肢有。

坐着像人，趴着像狗。

采录地区：石家庄

上肢下肢都是手，

有时爬来有时走。

走时很像一个人，

爬时很像一条狗。

采录地区：张家口

生来爱吃桃，

爱玩又爱闹。

要请它师傅，

花果山里找。

采录地区：邢台

生来四只脚，

爱攀又爱跳。

站坐都像人，

无衣满身毛。

采录地区：张家口

生来四只脚，

就像四只手。

擅在树上跳，

下地学人走。

采录地区：永年

四只手，毛一身。

立着坐着都像人，

趴着伏着也像人。

采录地区：唐山

一身毛，四只手。

站着坐着都像人，

伏着趴着又像狗。

采录地区：石家庄

一身毛，尾巴翘。

不会走，只会跳。

采录地区：行唐

一身毛毛，

四只手手。

坐着看人人，

站着像狗狗。

采录地区：蔚县

有脚有手，

能爬能走。

走时像人，

爬时像狗。

采录地区：张家口

去了毛，去了尾，

活脱一个机灵鬼。

采录地区：邯郸、邢台

镗镗锣一敲，

顺着杆儿爬高。

露出一个红屁股，

和你一样不害臊。

采录地区：魏县、威县

## 狐狸

尖尖的嘴，

细细的腿。

狡猾又多疑，

拖只大尾巴。

采录地区：石家庄

尖尖的嘴巴，

细细的腿。

小小的脑袋，

特大的尾。

采录地区：永年

尖尖长嘴，

细细小腿。

拖条大尾，

疑神疑鬼。

采录地区：张家口、唐山

尖嘴巴长脑瓜，

拖着一条大尾巴。

性情狡猾，疑神疑鬼。

捕食家禽，偷吃北瓜。

采录地区：井陉

看嘴瞎[1]尖，

看腿瞎细。

尾巴瞎大，

谁都说它狡猾。

采录地区：张家口

[1] 瞎：张家口方言读作 xiē，特别的意思。

小小眼睛尖尖嘴，

挺大的尾巴挺细的腿。

出洞都要探三探，

回洞尾巴扫足迹。

采录地区：石家庄

看嘴狗尖狗尖，

看腿秆细秆细。

尾巴贼大贼大，

就是狡猾狡猾。

采录地区：赞皇

小脑袋小眼小尖嘴，

挺大的尾巴挺细的腿儿。

出洞都要左右看，

回洞就把爪印掩。

采录地区：石家庄

看嘴贼尖贼尖，

看腿哏细哏细。

看尾特大特大，

此物忒狡忒滑。

采录地区：保定

# 黄鼠狼

### 黄鼠狼

身子细长尾巴大，
沟里洞里就是家。
穿的皮毛很值钱，
一日三餐吃蛇蛙。

采录地区：邢台

爪子尖尖尾巴长，
夜间偷鸡本领强。
放屁御敌防身术，
毛是一流制笔匠。

采录地区：石家庄

身子细长尾巴大，
沟里洞里当宿舍。
穿的皮毛很值钱，
若要加餐吃毒蛇。

采录地区：张家口

身子瞎细长，
尾巴瞎粗大。
老沟土窑里安着家，
偷不到鸡吃就吃癞蛤蟆。

采录地区：邯郸西部

### 黄鼬

不带馒头不带糖，
小鸡家里拜年忙。
爪子尖，尾巴长，
想把小鸡都吃光。

采录地区：邢台

动作灵敏跑哩快，
白晌隐居夜出来。
爱钻鸡窝偷鸡吃，
支上铁夹把它逮。

采录地区：石家庄

说它是狼不是狼，
鼠头鼠脑鼠模样。
白天在家睡大觉，
黑夜出来偷鸡忙。

采录地区：永年

本想出来偷鸡吃，
不料被人夹住腿。
毫毛拔去做毛笔，
皮毛让人脖子围。

采录地区：邯山

### 獾

瓜皮脸，狐狸腮，
半夜三更才出来。
掰下棒子一大溜，
回窝带走只有俩。

采录地区：邯郸

狗头瓜皮脸，
半夜出洞来。
西瓜地里偷吃瓜，
吃上两口就换瓜。
一夜能啃十二三，
气得地主泪哗哗。

采录地区：沙河、怀来

## 寒号鸟[1]

"太阳出来就做窝，
不然就要冻死我！"
日头出来照山坡，
忘了挨冻打哆嗦。

采录地区：衡水

[1] 寒号鸟：学名叫做复齿鼯鼠、黄足鼯鼠，属啮齿类动物。

## 金钱豹

说它是虎它不像，
金钱印在黄袄上。
站在山上吼一声，
吓跑猴子吓跑狼。

采录地区：张家口

生在深山老林，
有钱带着出门。
尽管整天吃肉，
从来不花一文。

采录地区：峰峰

## 狼

不是狐，不是狗。
前面架铡刀，
后面拖扫帚。

采录地区：邢台

非狐也非狗，
生来爱吃肉。

前边架铡刀，
后面拖扫帚。

采录地区：张家口

麻秆腿，蒜骨朵脚，
坐着比那站着高。

采录地区：张家口

一物像狗又像狐，
土黄衣服尾巴粗。
会在路上把人咬，
也到村里叼羊猪。

采录地区：张家口

我家大哥尾巴长，
身穿蓑衣，眼露凶光。
谁要碰见，哭爹叫娘。

采录地区：张家口

远看是条狗，
近看不是狗。
你拿着秸秆它呲着牙，
你也害怕它也害怕。

采录地区：永年

麻秆细腿蒜骨朵脚，
深沟老洞乐逍遥。
渴了河沟去喝水，
饿了就把猪羊咬。

采录地区：邢台西部

铁脑袋瓜，老棒槌尾，
死木头榾柮长着四条腿。

采录地区：永年

穿身皇军装，
路沟沿下藏。
见人躲起来，
就爱吃小羊。

采录地区：涉县

## 老虎

身穿黄皮袄，
生来脾气躁。
自称山中王，
师傅是小猫。

采录地区：行唐

头大耳朵长，
山里我为王。
谁若是惹着我，
给你开了膛。

采录地区：邢台

像猫不是猫，
身穿皮袄花。
山中称霸王，
寅年它当家。

采录地区：滦南

远远看去好似猫，
行近看清连忙跑。

采录地区：石家庄

远远看去好像猫，
走近看时连忙跑。

采录地区：唐山

身穿皮袄黄又黄，
呼啸一声万兽慌。
虽然没带兵和将，
也是山中一大王。

采录地区：张家口

猫头牛身豹子尾，
独来独去在山岗。
有谁敢说不让我，
一爪下去把命丧。

采录地区：保定

穿着一身黄皮袄，
百兽看见赶紧跑。
哪个跑得有点慢，
连毛带骨被吃掉。

采录地区：保定

俺村来了一只猫，
穿着一身黄皮袄。
猪不敢动狗不敢咬，
能把老牛咬死了。

采录地区：永年

都称兽中王，
目明声洪亮。
行在林谷中，
卧在山石岗。

采录地区：行唐

黄狸猫，真不小。
捉住人犬牛羊，
都当老鼠乱咬。

采录地区：唐山

身穿皮袍黄又黄，

呼啸一声百兽慌。

虽然没率兵和将，

威风凛凛山大王。

采录地区：石家庄

身披花黄袍，

脚爪如利刀。

生来称王霸，

像猫并非猫。

采录地区：唐山

穿身黄皮袄，

长得像只猫。

脑门大写王字，

身后钢鞭一条。

采录地区：石家庄

一只大猫，

身穿黄袍。

生在山中，

横行霸道。

采录地区：永年

## 老鼠

俺家住在一弯洞，

没有门子没窗户。

狮子豺狼俺不怕，

就怕黑呀出门夹住俺的头。

采录地区：石家庄

此物生来鬼活，

谁见谁都吆喝。

个头数他最小，

但却排位大哥。

采录地区：邢台

从南来个小怪物，

穿着皮袄皮叉裤。

东一扭西一扭，

不见人了就下手。

采录地区：行唐、井陉

家住湾里湾，

门口也不关。

狮虎都不怕，

只怕猫下山。

采录地区：张家口

尖嘴尖牙齿，

两撇小胡子。

贼头又贼脑，

黑呀干坏事。

采录地区：行唐

两撇小胡子，

尖嘴尖牙齿。

贼头又贼脑，

夜晚干坏事。

采录地区：张家口

泥屋泥墙头，

子子孙孙做贼头。

采录地区：滦南

它家住在弯弯里，

前门后门都不关。

狮子豺狼都不怕，

只怕小虎下了山。

土屋子，土门楼，

代代子孙做贼头。

出行遇到花禽兽，

一把骨头天地收。

弯弯洞里有一户，

里头住着小姑姑。

姑姑穿着灰皮袄，

小小眼睛像绿豆。

老房墙上黑窟窿，

里头住个灰机灵。

小耳朵小眼尖嘴巴，

夜来出窝怕猫抓。

小耳小眼尖嘴巴，

偷吃粮油和果瓜。

又传病毒又破坏，

人人见了都喊打。

小圆耳，长胡须，

身上穿着灰皮衣。

白晌常在家里躲，

黑呀出来偷东西。

兄弟排行第一，

夜夜出外偷窃。

不怕风霜雨雪，

只怕夜猫追杀。

兄弟排行第一，

夜夜在外偷袭。

不怕风雨霜雪，

只怕老虎阿侄。

嘴巴尖尖尾巴长，

祖祖辈辈靠偷粮。

眼睛不大，细长尾巴。

以偷为生，谁见就打。

再小不说小，

白天躲着黑了跑。

不干正经事，

听到猫叫就逃跑。

嘴尖耳朵翘，

胆大个子小。

刚刚生下来，

人人说它老。

嘴尖尾巴长，

偷油又偷粮。

白天洞里躲，

夜里咬衣箱。

嘴尖尾巴长，
偷油又偷粮。
白天洞里躲，
夜晚出来忙。

采录地区：沙河

嘴又尖，尾巴长，
黑呀出门去偷粮。
家里抛下儿和女，
不知偷昂偷不上。

采录地区：行唐

半墙来住的个姑姥姥，
翻穿的个皮袄袄。

采录地区：张家口

墙里走，墙里住，
里头住着哈二姑。
哈二姑穿着小皮袄，
俩么小眼瞪瞪着。

采录地区：行唐

尖嘴尖牙齿，
圆眼小胡子。
贼头又贼脑，
人后干坏事。

采录地区：邢台

眼睛不大，
细长尾巴。
它要过街，
谁见谁打。

采录地区：张家口

眼圆嘴巴尖，
胡子腮两边。

哪天一出洞，
老猫解解馋。

采录地区：太行山区

小眼小耳朵，
嘴尖胡子翘。
小小一点点，
都就喊它老。

采录地区：行唐

小鼻子小眼细尾巴，
人来躲洞里，没人出来了。
住在人家遭害人，
老猫一叫就没了。

采录地区：临漳

嘴尖尾巴长，
住进土坯墙。
偷吃米粮还算好，
可恨的是咬破俺的好衣裳。

采录地区：曲周

借人家住人没恼，
不该夜里四处咬。
不怕鬼神就怕猫，
小猫一叫吓跑了。

采录地区：涉县

咱家新来住店的，
白天老实睡觉嘞，
夜夜出来偷吃哩。

采录地区：永年

不知从哪来个小怪物，
穿着皮袄皮叉裤。
东瞅瞅西看看，

0040

不见人了就下手。

采录地区：井陉


贼鼻子贼眼，

爱上灯盏。

它一偷油，

谁见谁喊。

采录地区：成安


贼鼻子贼眼，

爱上灯碗。

它一出洞，

人人喊打。

采录地区：成安


## 龙

头上长鹿角，

身披锦鳞袍。

两只铜铃眼，

肚下生凤爪。

采录地区：行唐


有腿不会跑，

没翅却会飞。

世上找不到，

故事里藏多少。

采录地区：石家庄


都说它能行云布雨，

谁也没见是个啥样。

你要真的想见一见，

它在村头大石碑上。

采录地区：大名


## 鹿

### 鹿

身上都穿梅花袍，

个大的头上长只角。

没角的都跟着有角的跑，

小角角惹不起大角角。

采录地区：邯郸


### 梅花鹿

身穿梅花袍，

头上顶双角。

穿山又越岭，

全身都是宝。

采录地区：张家口


头顶琅琊树，

身穿印花衣。

四脚虽然小，

过山却如飞。

采录地区：张家口


头戴两棵珊瑚树，

身穿一件梅花衣。

移动一双金莲步，

跑上山去快如飞。

采录地区：石家庄


头生两棵珊瑚树，

身穿一袭梅花衣。

时时抬头听又看，

唯恐有谁来偷袭。

采录地区：邯郸

穿着一身梅花袍，
顶着一双树枝角。
常吃山间草，
浑身都是宝。

采录地区：行唐

身穿梅花衫，
头戴双角饰。
行走在山林，
人称世间仙。

采录地区：行唐

头戴珊瑚树，
身穿梅花衣。
细腿虽瘦小，
奔跑快如飞。

采录地区：张家口

头上长树杈，
身上有白花。
四腿跑得快，
生长在山野。

采录地区：石家庄

干枝在上，
梅花在下。
不用浇水，
四季开花。

采录地区：广平

头顶长出珊瑚树，
身上自有梅花衣。
四条瘦腿虽然细，
林间奔跑快如飞。

采录地区：邯郸、邢台

头戴珊瑚宝树，
身穿梅花新衣。
细腿虽然瘦小，
跑起野豹难追。

采录地区：石家庄

一物大如羊，
生来会伪装。
头顶树枝杈，
身披梅花裳。

采录地区：赞皇

## 骡子

比驴大，比马壮，
胃口大来耐力强。
拉车驮物它为王，
就是不能当爹娘。

采录地区：行唐

爹娘都有娃，
生下孩子就改姓。
父母气哩分了手，
孩的下代绝了种。

采录地区：行唐

高大粗又壮，
不像爹和娘。
没有儿和女，
驮拉样样强。

采录地区：沙河

小伙子长得楞，
生下来就会蹦。

不像它妈的样，

不姓它爹的姓。

采录地区：张家口、石家庄

一个小伙儿也不大，

从小会蹦跶，

既不像爹又不像妈。

采录地区：行唐

一物生来力量强，

又有爹来又有娘。

有爹不和爹一姓，

有娘不和娘一样。

采录地区：张家口

有一动物长得棒，

拉车善走有力量。

一辈子不生儿与女，

不像爹来不像娘。

采录地区：张家口

有一牲口长得壮，

拉车驮货有力量。

一辈子不生儿与女，

不像爹来不像娘。

采录地区：石家庄、廊坊

像驴比驴个大，

像马比马强壮。

就是不生儿女，

一辈子做不了爹娘。

采录地区：磁县

## 驴

大长耳朵老长脸，

戴上嚼子蒙上眼。

套上磨杆磨道转，

想偷嘴也难上难。

采录地区：永年、沙河

俺家有个老长脸，

成天磨道里面转。

只有媳妇回娘家，

骑它身上颠颠欢。

采录地区：丛台

长耳长头声如号，

双眼被蒙转磨道。

有朝一日命归西，

剥皮剁骨众人笑。

采录地区：怀来

## 骆驼

沙漠有群黄大娘，

脊梁上面长乳房。

采录地区：怀来

俺有一只船，

驮山过沙滩。

远看像笔架，

近看一身毡。

采录地区：行唐

脚穿牛底鞋，

头小脖子长。

背着两座山，

沙漠是家乡。

采录地区：张家口


沙漠一只船，

船上载大山。

远看像笔架，

近看一身毡。

采录地区：衡水、张家口、唐山


头像绵羊，

脖子像鹅，

不是牛马不是骡。

四脚虽长跑不快，

山地少有沙地多。

采录地区：沙河


有娘生，没娘陪，

美美[1]长在脊梁背。

采录地区：沙河

[1]　美美：指驼峰。


脊背突起似山峰，

沙漠之舟能载重。

风沙干旱何所惧，

戈壁滩上称英雄。

采录地区：张家口


头像绵羊颈像鹅，

不是牛马不是骡。

千里之行走沙漠，

能耐渴来能耐饿。

采录地区：张家口


头小脖子长，

四蹄有力量。

就是驮它两座山，

行走沙漠也平常。

采录地区：承德


低头看岭上两峰，

抬头看羊头鹅胸。

草吃一捆水两桶，

耐饿耐渴又耐重。

采录地区：邯郸


# 马

## 马

头戴双尖帽缨，

身披黑色衣襟，

说话老是哼哼。

采录地区：沙河


你坐我不坐，

我行你不行。

你睡躺得平，

我睡站到明。

采录地区：滦南


跑步快如飞，

一直往前追。

脚下嘚嘚响，

背上有人催。

采录地区：行唐


走路含铁头，

浑身绑绳头。

吃饭吃草头，

睡觉吊着头。

采录地区：行唐

走时昂头挺胸，

跑起四蹄生风。

常驮新郎新娘，

也驮文武官兵。

采录地区：井陉

走也是立着，

卧也是立着。

坐也是立着，

立也是立着。

采录地区：行唐、沙河

仰头一声如长号，

三乡五里都听到。

宁愿奋蹄千里外，

不愿蒙眼转磨道。

采录地区：保定

不是骡子不是驴，

四蹄飞快让人骑。

采录地区：永年

## 战马

列队时昂头挺胸，

上战场四蹄生风。

时时听从命与令，

与主人生死相共。

采录地区：邯郸

# 猫

## 猫

八字须，往上翘，

说起话来喵喵叫。

不梳头，光洗脸，

黑呀不用灯光照。

采录地区：行唐

胡子不多两边翘，

开口总说妙妙妙。

黑夜巡逻眼似灯，

厨房粮库它放哨。

采录地区：承德、唐山

胡子不多两边翘，

张嘴就是妙妙妙。

黑夜不爱睡大觉，

到处奔跑捉小耗。

采录地区：井陉

脚穿软底鞋，

口边长胡须。

夜里去巡逻，

白天爱睡觉。

采录地区：张家口

脚上长钉走路轻，

不吃素来光吃腥。

白天在家睡大觉，

夜里出来找点心。

采录地区：行唐

脚着暖底靴，

口边出胡须。

夜里当巡捕，

日里把眼眯。

采录地区：滦南

你说这物多奇怪，

小小年纪长胡腮。

脚穿皮鞋走无声，

日夜辛勤灭鼠害。

采录地区：衡水

漆黑夜里一哨兵，

眼睛好像两盏灯。

瞧瞧西，瞧瞧东，

抓住盗贼不放松。

采录地区：衡水

身穿皮袄，

偷鱼名工。

脚着钉靴，

走路无声。

采录地区：沙河

四脚有垫行无声，

不吃素食爱鱼腥。

白天没事打瞌睡，

夜里出来捉鼠精。

采录地区：行唐

像虎不是虎，

常在农家住。

个子比虎小，

专会逮老鼠。

采录地区：行唐、沙河

一样物，花花绿。

扑下台，跳上屋。

采录地区：滦南

长相像虎个子小，

八字胡须往上翘。

生来干净爱洗脸，

说话像是娃娃叫。

采录地区：行唐

走路画着梅花图，

劳动专门走黑路。

除害英雄人人夸，

粮食衣物它保护。

采录地区：石家庄

走路脚无声，

专门爱吃腥。

白天打瞌睡，

半夜觅食不点灯。

采录地区：张家口

嘴边胡子翘，

说话喵喵喵。

走路静悄悄，

老鼠见它跑。

采录地区：井陉

胡子几根两边翘，

张嘴就是妙妙妙。

常年脚穿软底鞋，

老鼠见它无处逃。

采录地区：宁晋

模样像老虎，

常在灶边卧。

白天它睡觉，

夜里逮老鼠。

　　　采录地区：大名、沙河

白天它睡，

夜里它忙。

　　　采录地区：高碑店

长相像虎个子小，

八字胡须往上翘。

生来洗脸不用水，

沾点唾沫挠一挠。

　　　采录地区：邢台、任县

模样像虎个子小，

白天睡觉夜里跑。

不爱素食爱吃肉，

老鼠见它没处跑。

　　　采录地区：行唐

走路轻轻悄无声，

过水爪印梅花形。

喜欢夜间来值班，

遇见鼠贼不留情。

　　　采录地区：石家庄

俺家小老虎，

爱上暖炕卧。

白天它睡觉，

夜里逮耗子。

　　　采录地区：承德

两耳像雷达，

两眼冒绿光。

老鼠敢出洞，

叫它把命丧。

　　　采录地区：井陉、广宗

**半大猫**

猫嘴，猫脸，

猫鼻，猫眼。

比小猫大点，

比大猫小点。

　　　采录地区：曲周

一物生来就奇怪，

硬茬胡子长两腮。

走起路来悄没声，

夜夜帮人除鼠害。

　　　采录地区：清河

远看是猫儿，

近看还是猫儿。

比大猫儿小，

比小猫儿大。

　　　采录地区：沙河

一物生来虎模样，

几根钢针两腮长。

老鼠你要敢出洞，

立马叫它爪下丧。

　　　采录地区：武安

**死猫**

猫嘴，猫脸，

猫鼻子猫眼。

老鼠挠它它不动，

虎模虎样，

以鼠为粮。

**0047**

谜语·河北卷（一）

**物谜**

主人叫它也不吃食儿。

采录地区：曲周

## 麋鹿

鹿马驴牛它都像，
很难肯定像哪样。
四种相貌集一体，
说像又都不太像。

采录地区：行唐

鹿头马身子，
驴尾牛蹄脚。
你要猜不着，
公园找找她。

采录地区：石家庄

鹿脸面，马身腰，
老驴尾巴，牛蹄脚。
过去咱村经常见，
如今只能公园找。

采录地区：邯郸

## 牛

### 牛

老大身，老大体，
排行还算老二。
吃我肉，刮我皮，
为人出力，白费心机。

采录地区：唐山

老实厚道，
倔强脾气。
生在农家，
最能卖力。

采录地区：石家庄

俩么弯弯，
俩么衫衫，
俩么明滴溜。
四个骑猴猴，
一个夯拉。

采录地区：沙河、石家庄

身笨力气大，
干活常带枷。
春耕和秋种，
不能缺少它。

采录地区：张家口、沙河

两把尖刀尖又尖，
两把小扇扇两边。
四只铁蹄前后行，
一条扫帚打后面。

采录地区：张家口

身体好像笨，
力气却很大。
套上去干活，
耕种驮和拉。
农家有了它，
心头乐开花。

采录地区：行唐

埋下头，瞪大眼，
一上套就拼命干。
生就一个倔脾气，

就是鞭打也不抱怨。

采录地区：永年

四根节疤柱，

抬面腰子鼓。

前头竖扬叉，

后头使扫帚。

采录地区：行唐

头戴两尖帽子，

穿身黑皮袍子。

说话爱用鼻子，

张口掉哈喇子。

采录地区：唐山

头戴双尖帽，

身上穿皮袍。

说话带鼻音，

总爱哞哞叫。

采录地区：行唐

头戴双尖帽子，

身披黄色袍子。

开口带着鼻音，

死活就那一句。

采录地区：沙河

头戴双尖帽子，

身披黄色袍子。

说话带鼻音，

人人听得清。

采录地区：石家庄

一个庄稼汉，

成天地里干。

耕地又拉车，

从来不抱怨。

采录地区：井陉

头上顶着两把钻，

眼睛瞪大像鸡蛋。

拉犁拉车真能干，

天天吃草也不怨。

采录地区：邢台

脑门顶着两把钻，

眼睛大得像鸡蛋。

采录地区：隆化

咱村一个庄稼汉，

没早没晚地里干。

拉犁拉耙又拉车，

天天吃草也不抱怨。

采录地区：大名

## 奶牛

身子粗壮头长角，

常年穿件白花袄。

奉献奶汁给主人，

自己吃的却是草。

采录地区：行唐

身子粗壮头长角，

大人小孩都爱它。

给人奶汁它吃草，

浑身上下净是宝。

采录地区：石家庄

大鼻子，长角角，

常年穿件白花袄。

有奶不让孩子吃，

主人挤去全卖掉。

采录地区：沧县、黄骅

## 水牛

角角两弯头上长，
天热喜欢水中躺。
身体庞大一身灰，
劳动是个好闯将。

采录地区：行唐

## 小牛

它娘有角它没角，
它娘被拴它乱跳。
它娘吃草它吃奶，
它娘拉车它帮套。

采录地区：邯郸、保定

## 大公牛

眼框装着俩鸡蛋，
脑门斜着俩铁塔。
干活虽然力气大，
犟劲来了谁都怕。

采录地区：大名、曲周

## 牛耳朵

毛里里，毛面面。
巴掌大，一片片。

采录地区：张家口

手片大，毛软软，
扳开里头红绽绽。

采录地区：蔚县

一巴掌，毛烘烘，
当中一个黑窟窿。

采录地区：行唐

咕咚咚，咕咚咚，
笤帚疙瘩盖着瓮。

采录地区：沙河

## 狮子

老家在非洲，
力气大如牛。
张嘴一声吼，
百兽都发抖。

采录地区：张家口

头大鬃毛长，
蹲坐露凶相。
抬头一声吼，
百兽心发慌。

采录地区：廊坊

## 松鼠

蹦跳靠大尾，
采食靠尖嘴。
夏天树上乘凉，
冬天洞里躲藏。

采录地区：张家口

形状像耗子，
生活像猴子。

爬在树枝上，
忙着摘果子。

采录地区：衡水、张家口

长得像老鼠，
爬树像猴子。
爬在树枝上，
忙着摘果子。

采录地区：行唐

嘴巴尖尖像老鼠，
一身茸毛尾巴粗。
爱在森林里边住，
爱吃松子爱上树。

采录地区：行唐

嘴巴尖尖像老鼠，
一身茸毛尾巴粗。
家就住在沟沿边，
酸枣是它好食物。

采录地区：井陉

蹦跳摇摆大尾，
吃食竖起大尾。
找食窜到树上，
吃饱洞里躲藏。

采录地区：高阳

摘下果子磕去皮，
含到嘴里腮内藏。
腮满带回洞穴去，
吐出慢慢喂儿郎。

采录地区：赞皇、高阳

嘴尖像老鼠，
尾巴大又粗。

家住沟沿边，
爱吃酸枣核[1]。

采录地区：永年

[1] 核：此处读音为 hú。

钻洞像老鼠，
就是尾巴大。
吃食像猴子，
就是爱吃核。

采录地区：武安、沙河

# 田鼠

## 田鼠

生来最怕光，
住所无门窗。
地下是它家，
庄稼遭它殃。

采录地区：怀来

生来就住地道，
有眼害怕见光。
夜里出来偷粮，
谷子玉米遭殃。

采录地区：安国、清苑

生来有眼怕阳光，
春夏秋冬地下藏。
月明之夜来偷粮，
麦子豆子被它抢。

采录地区：永年

生下光腔没长毛，

害怕有光眼如瞎。

长大住在地道里，

夜里出来害庄稼。

采录地区：怀来

## 搬担儿[1]

挖地深三尺，

挖到它老窝。

杂粮存几仓，

量量斗半多。

采录地区：邯郸

[1]　搬担儿：当地人对田鼠的俗称。

# 兔子

## 白兔

生来爱动灵巧，

不食禽虫吃草。

黑白灰黄多色，

最大特点胆小。

采录地区：行唐

红眼睛灰毛衫，

耳朵长尾巴短。

不会走只会蹦，

三片嘴巴啃蔓菁。

采录地区：邢台

耳朵长，尾巴短。

只吃菜，不吃饭。

采录地区：行唐

红眼睛，白衣袍。

一见草，就来了。

采录地区：行唐

红眼睛，豁嘴巴，

不会走来光会跳。

采录地区：井陉

豁嘴巴，红眼睛。

不见走，光见蹦。

采录地区：沙河

毛毛真伤心，

哭成红眼睛。

浑身穿重孝，

青菜把饥充。

采录地区：石家庄

前腿短，后腿长。

鱼肉都不尝，

萝卜青菜吃得香。

采录地区：张家口

三瓣儿嘴，红眼睛。

不会走，就会蹦。

采录地区：定州

红眼睛，白衣裳。

尾巴短，耳朵长。

采录地区：宣化

耳朵长，尾巴短，

红眼睛，白毛衫。

三瓣嘴，肚子小，

蹦蹦跳跳人喜欢。

采录地区：张家口

长耳朵，红眼睛，
不会走来只会蹦。

　　　　　采录地区：永年


耳朵长，尾巴短。
红眼睛，白毛衫。
三瓣嘴儿是名片。

　　　　　采录地区：石家庄


生来耳朵长又灵，
光吃草来不吃虫。
听到一点小动静，
蹦回洞里竖耳听。

　　　　　采录地区：灵寿


耳朵长，尾巴短，
红眼睛，豁嘴片。
不会走，只会蹦，
爱吃萝卜和蔓菁。

　　　　　采录地区：永年


红红的眼睛白毛毛，
短短的尾巴长不了。
身披一件银皮袄，
走起路来轻轻跳。

　　　　　采录地区：行唐


## 野兔

生来是个三片儿嘴，
不吃肉来只吃草。
雪天出来打个食儿，
担惊受怕被瞧着。
一枪打死就算了，
夹住身子苦难熬。

　　　　　采录地区：复兴


土色皮袄穿在身，
钻出洞穴来打食儿。
没想雪地留下印，
被人追踪到家门儿。

　　　　　采录地区：内丘、永年


## 犀牛

一条牛，真厉害，
猛兽见它也避开。
它的皮厚毛稀少，
长出角来当药材。

　　　　　采录地区：张家口


腿短粗身笨重，
皮糙肉厚脑袋大。
角角长在嘴唇上，
鳄鱼见它都害怕。

　　　　　采录地区：邯郸


## 熊

### 狗熊

头胖脚掌大，
像个大傻瓜。
四肢短又粗，
爱穿黑大褂。

　　　　　采录地区：滦南


头大脸胖像傻瓜，
腿粗尾短鬃毛硬。

谜语·河北卷（一）
**物谜**

走起路来慢腾腾，

下水上树显真功。

采录地区：邯郸

一身厚毛刺蓬蓬，

行动笨拙傻不楞登。

样子像狗爱玩耍，

下水上树有真功。

采录地区：石家庄

嘴脸狗模样，

四肢短又粗。

穿身皮大褂，

走路踱方步。

采录地区：唐山

嘴脸像狗，

就是腿短。

身穿皮褂，

踱着方步。

采录地区：保定

## 北极熊

一身白毛厚蓬蓬，

慢慢悠悠步从容。

一头钻进冰窟窿，

抓鱼灵敏显真功。

采录地区：石家庄

## 熊猫

叫猫不抓鼠，

像熊爱吃竹。

摇摆惹人爱，

是猫还是熊？

采录地区：滦南

像熊比熊小，

像猫比猫大，

竹林里边好安家。

采录地区：石家庄

像熊比熊小，

像猫比猫大。

竹笋是食粮，

密林中安家。

采录地区：行唐

像猫又像熊，

常住竹林中。

竹笋与竹叶，

让吃饱就行。

采录地区：武安

## 羊

### 羊

吃青草，屙料豆，

脖系绳儿难自由。

皮毛拿去作褥子，

血肉让人煮吃了。

采录地区：太行山区

白公公，背袋豆。

连路走，连路漏。

采录地区：石家庄

白棉花，包黑豆，

沥沥拉拉撒一路。

采录地区：张家口

白手巾，包黑豆。

走一路，撒一溜。

采录地区：石家庄

白天上山吃草，

晚上回家倒嚼。

自古说它吉祥，

温顺讨人喜好。

采录地区：廊坊

吃青草，拉黑枣，

拉的黑枣地吃了。

采录地区：行唐

一个老头带袋豆，

一边走，一边漏。

采录地区：沙河

一个白老倌儿，

一路只卖黑药丸。

采录地区：石家庄

一个老倌儿，

沿路卖药丸。

采录地区：井陉

远看白茫茫一片，

近听叫声咩咩。

白天上山吃草，

天黑成群回圈。

采录地区：行唐

四条腿的白老头，

一路抖搂黑豆豆。

采录地区：隆化

白天上山吃青草，

晚上倒嚼细品尝。

早起出去溜一圈，

拉下黑豆半大筐。

采录地区：永年

年纪不大胡子长，

披件皮袄上山岗。

看到好草吞肚里，

回家倒嚼细品尝。

采录地区：涉县、沙河

### 绵羊

身穿大皮袄，

到处吃野草。

过了严冬天，

献出一身毛。

采录地区：沙河

身穿一件大皮袄，

山坡上面吃青草。

为了别人穿得暖，

甘心脱下自己毛。

采录地区：石家庄

长就一身白毛毛，

沟边路沿吃青草。

春天剪下它的毛，

织成毛衫人穿了。

采录地区：武安

## 山羊

长着两只角，
翻穿大皮袄。
吃的绿草草，
拉的黑枣枣。

采录地区：唐山、张家口

老汉生来胡子长，
不吼爹来光吼娘。

采录地区：青龙

胡子虽长岁数小，
春夏秋冬穿棉袄。
漫山遍野吃青草，
拉得到处是黑枣。

采录地区：沙河、行唐

年纪并不大，
胡子一大把。
不论遇见谁，
总爱喊妈妈。

采录地区：滦平、保定

年纪不大，
胡子一把。
吃奶下跪，
光喊妈妈。

采录地区：张家口

小小年纪胡子一把，
客人来了叫声妈妈。

采录地区：沧州

生来胡子就不小，
天天上山去打草。

不见卖过一把草，
黑药蛋子产不少。

采录地区：井陉

一个老汉胡子长，
不会叫爹就叫娘。

采录地区：蔚县

一位白发老头，
满袋盛着黑豆。
一面走，一面漏，
漏到明日倒还有。

采录地区：定州、井陉

一位白胡须老头，
肚子里装着黑豆。
前头往进吃草，
后边往出漏豆。

采录地区：石家庄

有角不是牛，
有毛不是猴。
吃了青青草，
拉下黑豆豆。

采录地区：沙河

## 黑山羊

山上下来个黑骨壮，
胡子边挂着俩肉铃。
都说它上山打青草，
进门放下一堆黑圪锭。

采录地区：赞皇

岗上下来个黑骨桩，
腮后挂着肉铃铛。

0056

打草一天全不见，
进门拉下黑枣一大筐。

采录地区：武安

## 白山羊

南面过来个白打白，
头上顶着两根柴。
嘴里念咒咒，
屁股屙豆豆。

采录地区：张家口

从南来了个白打白，
头上顶了两捆柴。
嘴里含的米米草，
屁股拉出豆豆来。

采录地区：沧州、张家口

南边过来个白搭白，
头上顶着两捆柴。
吃的是青草，
拉出黑枣来。

采录地区：沧州

那边来了白大白，
白袄白裤白孝鞋[1]。
嘴里含着蜜大蜜，
腚眼子拉出黑枣来。

采录地区：沧州

[1] 鞋：沧州方言读作 xiá。

## 猿

长胳膊，猴儿脸，

大森林里玩得欢。
摘野果，掏鹊蛋，
抓住树枝荡秋千。

采录地区：滦南

老长胳膊猴子脸，
林间野果都吃遍。
吃饱树上荡秋千，
你追我赶玩得欢。

采录地区：邯郸

## 猪

### 猪

大耳朵，两片片，
肚子鼓鼓拖地面。
吃饱喝足睡懒觉，
见人呼呼叫几遍。

采录地区：行唐

大长嘴巴好拱地，
排行老二西游记。
卧下睡觉打呼噜，
走起路来喘粗气。

采录地区：井陉、沙河

肚皮大来尾巴小，
好吃懒做爱睡觉。
虽然没病也哼哼，
不热也把扇子摇。

采录地区：井陉

耳大身肥眼睛小，
好吃懒做爱睡觉。
模样虽丑浑身宝，
生产生活不可少。

采录地区：张家口

耳朵大，脚儿小，
身体肥胖爱睡觉。
浑身上下都有用，
粮食增产不可少。

采录地区：行唐

脚小身子胖，
耳大嘴巴长。
吃饱爱睡觉，
浑身都是宝。

采录地区：行唐

呢子大衣两排扣，
一根辫子甩在后。

采录地区：行唐、蔚县

四四方方一个坑，
里头卧着毛相公。
捅一捅，哼一哼，
听到有食儿一拨楞。

采录地区：石家庄

四四方方一座城，
里面住着白相公。
耳朵大来眼睛小，
好吃懒做肥烘烘。

采录地区：沙河

四四方方一座城，
里头住了个毛相公。

不捅你吧还倒好，
捅捅你吧哼哼哼。

采录地区：石家庄、沙河

四四方方一小院，
里头住个大懒汉。
自己不做饭，
顿顿要人送，
一顿不吃就哼哼。

采录地区：大名、肥乡

四柱八栏杆，
住着懒惰汉。
鼻子团团转，
尾巴打个圈。

采录地区：滦南

小脚大耳朵，
走道哼哼，
放屁噔噔儿。

采录地区：行唐

小皮鞋，不怕沤，
下了茅道不怕臭。
呢子大衣两排扣，
一根小辫梳在后。

采录地区：行唐

一个黑小伙，
穿着黑皮鞋。
披着呢子褂，
住着高门台。

采录地区：井陉

一个懒家伙，
光吃不干活。

身上没有病，

成天瞎哼哼。

采录地区：沙河

东院一个懒家伙，

能吃能喝不干活。

身上没有一点病，

转来转去瞎哼哼。

采录地区：沧州

走路哼哼哼，

吃饭鼕鼕鼕。

常在粪里窜，

毫不讲卫生。

采录地区：宣化

走路哼哼哼，

吃上吞吞吞。

看着挺脏，

吃着挺香。

采录地区：蔚县、行唐

嘴长耳朵大，

一条小尾巴。

光吃不劳动，

吃饱就睡下。

采录地区：张家口

吃喝睡觉啥不做，

到头只能挨刀剁。

采录地区：承德

方方正正一小院，

里面住个大懒虫。

自己庭院自不扫，

一顿不吃就哼哼。

采录地区：衡水

方方正正一小院，

里面住个懒大嫂。

一天要吃三顿饭，

一顿能吃一大筲。

采录地区：大名

脊梁一溜硬鬃毛，

肚皮两排肉扣扣。

长嘴吃食突突突，

走起路来哼哼哼。

采录地区：安国

## 母猪

呢子大衣两排扣，

大黑辫子甩在后。

小皮鞋，不怕沤。

采录地区：蔚县

皮鞋尖又瘦，

小辫儿留身后。

反穿着皮大袄，

下面双排扣。

采录地区：沙河

有的黑来有的白，

肚子上面扣两排。

走起路来就哼哼，

睡起觉来打雷声。

采录地区：定州

有个懒家伙，

只吃不干活。

戴顶帽子帽边大，

穿件褂子纽扣多。

采录地区：沙河、行唐、井陉

**黑母猪**

黑皮大衣两排扣，

一条小辫甩身后。

小脚皮鞋不怕脏，

喜欢卧在泥水溜。

采录地区：永年

# 3

## 水生类

**蚌**

大大城门两面开，

中间现出美人来。

两面城门都关上，

越是有人越不开。

采录地区：张家口、唐山

生来是女流，

没有上绣楼。

只为带珍珠，

隐藏不出头。

采录地区：张家口

两张瓦片，

盖个房间。

一位胖子，

住在里边。

采录地区：张家口

两只小瓷碗，

扣成一个小房。

藏了一块肥肉，

没头没脑没心肝。

采录地区：彭城

两只翅膀难飞翔，

既作衣裳又作房。

宁让大水掀下海，

不叫太阳晒干房。

采录地区：行唐

生来自带一间房，

不用砖来不架梁。

两张瓦片合一处，

不需盖被不铺床。

大水淹来浑不怕，

鸟来敲门也不慌。

采录地区：永年

俩瓦盖店铺，

俺在里边住。

不怕水来淹，

就怕太阳毒。

采录地区：磁县

俩瓦盖间房，

美女里面藏。

怀揣大珍珠，

唯恐被人抢。

采录地区：沧州

看着是俺翅膀，

实际是俺住房。

愿随潮水下大海，

不叫太阳晒俺房。

采录地区：秦皇岛

是男是女不分明，

就因伤心泪成珠。

害命夺珠俺不恼，

为啥还要将俺污？

说俺是女心眼小。

采录地区：衡水

生在大海岩石旁，

身体柔软甲似钢。

没头没脑没心肺，

肚里却把珍宝藏。

采录地区：行唐、张家口

两个大瓦片，

盖个小房间。

有个胖娃娃，

乖乖睡里边。

采录地区：沙河

生在岩石旁，

体软壳如钢。

都说它没心肝，

怀里却把珍珠藏。

采录地区：秦皇岛

美人自带两铁扇，

没人将扇展开看。

一觉有人近前来，

就把铁扇合起来。

采录地区：黄骅

**物谜**

只因怀揣珍珠，
就说俺是女流。
俺就是捂得再紧，
还是被人抢走。

采录地区：唐山

穷得只有瓦两片，
又作衣裳又作房。
就因身怀一珍珠，
剥了俺衣裳拆了俺房。

采录地区：乐亭

爹娘给俺两片瓦，
凑凑合合当作房。
为了抢走俺珍珠，
要了俺命拆了俺房。

采录地区：临漳

## 鳖

肥腿子，尖鼻子。
穿裙子，背屋子。

采录地区：滦南

身住山下溪，
和龟称兄弟。
人家皮包骨，
它是骨包皮。

采录地区：行唐、沙河

生来住在滏水旁，
青梅竹马有龟郎。
谁知龟郎另娶妻，

嫌俺骨头包着皮。

采录地区：峰峰

我用棍敲你头，
问你头疼不，
你不说头疼，
只说肚子里边疼。

采录地区：永年

## 鳄鱼

尖尖牙齿，大盆嘴，
短短腿儿长长尾。
捕捉食物流眼泪，
人人知它假慈悲。

采录地区：行唐、廊坊

说是地出溜子，个大。
说是歇鳞虎子，个大。
捉住鹿羊一口吞，
边吃边流泪，
人说它是假慈悲。

采录地区：邯郸、邢台

## 蛤蜊

生来像个碗，
煮熟像个碗。
不吃像个碗，
吃完剩俩碗。

采录地区：行唐

# 蛤蟆

身体胖大四条腿，
头短脖粗好大嘴。
一蹦三跳呱呱叫，
不爱旱地喜欢水。

采录地区：晋州

学狗坐，没狗高，
大眼大嘴没眉毛。

采录地区：行唐

蹊跷蹊跷真蹊跷，
学狗坐，没狗高，
也没尾巴也没毛。

采录地区：成安

嘴大身大像口瓮，
一年四季光着腚。
生来想吃天鹅肉，
因此得了相思病。

采录地区：行唐、沙河

村南一坑水，
跳进去就伸腿。
出了水岸上坐，
人要去它躲过。

采录地区：衡水

村南小河湾，
有个光腚鬼。
没人它呱呱叫，
人来了就跳水。

采录地区：沧州

光着腚，赤着腿，
浑身上下青不楞登。
听见有人就跳水，
跳到水里就蹬腿。

采录地区：邢台、永年

小时候有尾巴，
长大了没尾巴，
一说话就呱呱呱。

采录地区：行唐、井陉

赤着腿，光着腚，
整个背上长疙疔。
嘴又大，舌又长，
飞虫一近见阎王。

采录地区：霸州

赤着腿，光着腚，
背上疙瘩长得凶。

采录地区：沙河

学狗坐，没狗高，
大眼大嘴没眉毛。
一蹦三跳呱呱叫，
不喜干旱爱湿潮。

采录地区：宁晋

张大嘴，光大腚，
四条粗腿只会蹦。
长着一背黑疙瘩，
大眼一对圆不楞登，
不看地面看天空。

采录地区：邯郸、衡水

一身疙瘩四条腿，
没有脖子好大嘴。

大眼一瞪呱呱叫，
池塘边上乐逍遥。

采录地区：晋州

身穿花棉袄，
唱歌呱呱叫。
田里捉害虫，
丰收立功劳。

采录地区：蔚县、行唐

## 海龟

### 海龟

背上驮个青石片，
爬出海水上沙滩。
挖个沙坑下窝蛋，
埋好沙坑不见了。
哪去了？回海了。

采录地区：唐山

背上驮个青石片，
爬出海水上沙滩。
挖个沙坑下窝蛋，
游向大海回家转。

采录地区：行唐

有个笨汉，
背驮石片。
爬上海滩，
挖坑下蛋。

采录地区：秦皇岛

产蛋像乒乓，
四肢像船桨。
身体圆又硬，
水陆常来往。

采录地区：张家口

背上驮着青石板，
走起路来特别慢。
跑到沙滩下窝蛋，
游向大海回家转。

采录地区：行唐

### 小海龟

有娘生，没爹教，
出壳就往海里跑。
命好的下水了，
命舛的被叼了。

采录地区：唐海

有娘生，没爹教，
出壳就往海里跑。
跑得快嘞下水了，
跑嘞慢的被鸥叼。

采录地区：黄骅

## 海葵

长得像黄菊，
引诱小鱼虾。
触手捕食物，
舞爪又张牙。

采录地区：滦南

长得像菊花，

引诱小鱼虾。

鱼虾一靠近，

就被触手抓。

采录地区：北戴河

模样像菊花，

生在海水下。

鱼虾来看花，

靠近就被抓。

采录地区：黄骅

## 海螺

身穿麻布漏斗，

抬到黄牙海口。

有力进口，无力失手。

采录地区：唐山

口朝下是座宝塔，

口朝上是个漏斗。

穿身麻布衣裳，

住在海边滩涂。

采录地区：秦皇岛

身穿麻布衣，

生来骨包皮。

无人现现肉身，

有人缩回窝里。

采录地区：唐山

房是生来就有，

走到哪带到哪随处可住。

海水打不塌，

沙土盖不住。

采录地区：沧州

自有单身碉堡，

常蒙麻布战衣。

没敌人挺身向前，

有危险缩回堡里。

采录地区：唐山

## 海马

说马不像马，

路上没有它。

若用它做药，

要到海中抓。

采录地区：滦南

远看像马，

近看是虫。

海中抓来，

卖给药铺。

采录地区：滦南

说它是马，

没上过路。

生在海里，

没长鳍鳞。

不能当饭，

只能当药。

采录地区：沧县

都说它是马，

陆上没有它。

若用它做药，

就到海中抓。

采录地区：滦南

都说它是马，
没长四个蹄。
路上没一个，
海里随便抓。

采录地区：秦皇岛

### 海豚

身长约一丈，
鼻生头顶上。
背黑肚皮白，
安家在海洋。

采录地区：滦南

一搂多粗，
一丈多长，
鼻子长在头顶上。
天天遨游在海洋，
有人遇难它就帮。

采录地区：徐水

身长大约一丈，
鼻孔长在头上。
黑坎肩，白兜肚，
跃出海面见威武。

采录地区：遵化

鼻子长在头顶上，
自由自在在海洋。
黑坎肩，白兜肚，

有人遇难它救护。

采录地区：唐山

### 海蜇

海里倒扣一个碗，
碗下没有放托盘。
几只长手捉鱼虾，
自己也被人来抓。

采录地区：行唐

大海来了软大姐，
没有骨头没有血。

采录地区：行唐、沙河

咱家有个大海碗，
里面盛个软打软。
生来不曾有骨头，
透明皮囊一裹卷。

采录地区：玉田

软皮囊，没骨头，
身下伸出几只手。
又抓鱼来又捉虾，
最后自己被人抓。

采录地区：行唐

软大姐，来俺家，
白白净净不带沙。
细看不见有骨相，
掐破细皮不流血。

采录地区：滦南、沙河

水里漂着一扣碗，

伸出手脚乱动颤。

吃鱼吃是不吐骨，

就是皮囊一裹卷。

采录地区：沧州

## 鲸

一条军船不到岸，

海里沉浮随心愿。

不烧煤来不用油，

烟筒冒水不见烟。

采录地区：行唐

像鱼不是鱼，

终生住海里。

远看是喷泉，

近看像岛屿。

采录地区：张家口、唐山

都说是鱼，

实际不是鱼。

海里块头最大，

看见海面喷水柱，

就知水下有它。

采录地区：沧州

军舰一条不靠岸，

海里沉浮随心愿。

不烧煤来不烧油，

烟筒冒水不冒烟。

采录地区：行唐

## 蝌蚪

### 蝌蚪

初相见，

头大尾巴长。

再相见，

长出俩腿来。

回头看，

有点像它娘。

大眼大嘴巴，

大肚小腿没尾巴。

采录地区：雄安

小时候头大尾巴长，

过几天头小屁股大。

长出俩条腿，

又长出两条腿，

就是和它娘还多着一条尾。

采录地区：临漳

小嘞，有头有尾，

没脚没腿。

大了，有腿有脚，

没尾没尾。

采录地区：邯郸

奇巧真奇巧，

身子像逗号。

长出四条腿，

尾巴变没了。

采录地区：衡水

### 蛤蟆咕嘟 [1]

身子像个小逗号，

小小尾巴摇呀摇。

自小就爱吃孓孓，

长大吃虫叫呱呱。

采录地区：行唐、邢台

[1] 蛤蟆咕嘟：河北地方对蝌蚪的一种称呼。


小黑鱼，光滑滑，

脑袋倒比身子大。

采录地区：行唐


小时候儿无脚有尾巴，

长大了有脚无尾巴。

采录地区：石家庄


蹊跷蹊跷真蹊跷，

脑袋大来身子小，

到了尾巴成尖了。

采录地区：邯郸


一一如一尾巴沉，

二二如二两边分。

二二如四变成腿，

四下去一化为身。

采录地区：晋州


## 泥鳅

身上滑腻腻，

喜欢钻河底。

张嘴吐泡泡，

可以测天气。

采录地区：滦南


过河一站立，

踩到河底泥。

一条滑溜溜，

钻到裤裆里。

采录地区：永年


住在塘底泥中，

游在浅水河湾。

滑溜溜抓它不住，

捞盆里爱吐泡泡。

采录地区：滦县


## 螃蟹

尖刀四对，

钳子两把。

身披铠甲，

横行天下。

采录地区：行唐


八只脚，抬面鼓，

两把剪刀鼓前舞。

生来横行又霸道，

嘴里常把泡沫吐。

采录地区：新乐、沧县


口吐白云白沫，

手拿两把剪刀。

走路大摇大摆，

真是横行霸道。

采录地区：石家庄


八把尖刀，

两把铡刀。

背得包裹，

连忙就逃。

采录地区：唐山

八个人抬个鼓，

一面抬一面舞。

采录地区：衡水

娘子娘子，

身似盒子。

麒麟剪刀，

八个钗子。

采录地区：滦南

骨头骨脑骨眼睛，

骨手骨脚骨背心。

采录地区：石家庄

挥舞两把大剪刀，

腰别八把小尖刀。

生就一身铁甲袍，

前行总是横着跑。

采录地区：行唐

一个老头背背铁，

一路走，一路歇。

采录地区：沙河、南和

铜盆摞铜盆，

上下八大纹。

剪子要两把，

筷子要八根。

采录地区：保定

胖子大娘，

背着大筐。

剪子两把，

筷子四双。

采录地区：行唐、石家庄

庞家大娘，

背筐捡荒。

夹子两把，

镊子四双。

采录地区：辛集

身背青石板，

底下玉石盘。

八个钢锤子，

两把玉石剪。

采录地区：行唐、井陉

铜盆底，铁盆盖。

两把剪刀，八根带。

采录地区：沙河、行唐

身披铁甲威风，

横行霸道英雄。

遇到敌人决战，

钳住决不放松。

采录地区：行唐

在水底张牙舞爪，

出水来口吐白泡。

只见它横行霸道，

红透了被人吃掉。

采录地区：石家庄

胖墩老兄，

背个大锅。

前备剪刀两把，

后有筷子四双。

**物谜**

好像要吃别人，
不想自己被煮红。

采录地区：石家庄

铜锅底，铁锅盖。
两把剪刀，八根筷。

采录地区：沙河

身披铁甲好威风，
横行霸道逗英雄。
遇到对手要决战，
钳哪算哪不放松。

采录地区：元氏

咱村有个小老头，
整天背个大铜盆。
八根柱子撑起盆，
两把剪刀忙纷纷。

采录地区：沙河

咱村有个偈老汉，
整天背着铁盆转。
东西大街南北走，
剪刀一挥谁敢管？

采录地区：邯郸

后河有个老铜匠，
整天修个大破盆。
两把剪刀剪呀剪，
八根锔子锔住盆。

采录地区：永年

青不楞登，
霸道横行。
总有一天，

被水烫红。

采录地区：辛集

在水底张牙舞爪，
出水来口吐白泡。
只见它横行霸道，
红透了被人吃掉。

采录地区：石家庄

身穿铁甲衣，
十指利如箭。
胸中藏琥珀，
口里吐明珠。

采录地区：衡水

## 青蛙

小时像逗号，
在水中玩耍。
长大跳得高，
是捉虫冠军。

采录地区：滦南

一位游泳家，
说话呱呱呱。
小时有尾没有脚，
大时有脚没尾巴。

采录地区：张家口

老子有脚没尾巴，
儿子没脚有尾巴。
儿子长到老子大，
还是有脚没尾巴。

采录地区：唐山

凸眼睛，大嘴巴，

穿花衣，着花袜。

游泳是健将，

捉虫是行家。

农业获丰收，

都说亏了它！

采录地区：衡水

凸眼睛，穿绿袍，

水里游，田间跳。

害虫碰上它，

吓得命难逃。

采录地区：衡水

游泳唱歌是行家，

捕捉害虫有两下。

讲究卫生人称赞，

到了冬天不见它。

采录地区：衡水

游泳是行家，

说话顶呱呱。

小时没有脚，

大了没尾巴。

专门捉害虫，

都要爱护它。

采录地区：行唐

像狗坐，没狗高，

有皮有骨没有毛。

采录地区：石家庄

保护庄稼是好手，

游泳跳水是能手。

音乐会上是鼓手。

采录地区：衡水

小时穿黑衣，

大时披绿袍。

水里过日子，

岸上来睡觉。

采录地区：沙河、张家口

下水游泳叫呱呱，

出水唱歌呱呱叫。

儿时有尾没有脚，

长大有脚没尾巴。

采录地区：石家庄

身穿绿袍小英雄，

夏天田里捉害虫。

冷风吹来找不见，

春天又在池塘中。

采录地区：行唐

生来就是游泳家，

自力更生不追妈。

小时有尾没有脚，

长大有脚没有尾。

采录地区：石家庄

冬天睡洞房，

夏天四处逛。

雨过天晴后，

水边大合唱。

采录地区：张家口

爹娘有脚无尾巴，

儿女无脚有尾巴。

待到小的长大了，

还是有脚无尾巴。

采录地区：张家口

身穿绿花袄，

爱唱又爱跳。

住在水晶宫，

陆地把食找。

河边有些游泳家，

说起话来呱呱呱。

小时有尾没有脚，

长大有脚没尾巴。

采录地区：张家口

像狗坐，没狗高，

有眼睛，没尾巴。

又会游，又会叫，

又能爬，又能跳。

采录地区：张家口

坐也是坐，

睡也是坐。

立也是坐，

走也是坐。

采录地区：行唐

村西有个坑，

常在水里乱不停。

刚说上岸稍坐会儿，

人来又被赶下坑。

采录地区：石家庄

一个绿娃娃，

跳水顶呱呱。

夏天捉害虫，

冬天不见它。

采录地区：承德

我在池边乘风凉，

客人给我一块糖。

我以为他是好意，

他想剥我丝衣裳。

采录地区：唐山

一身绿军装，

蹲坐荷叶上。

听见人说话，

扑通跳下水。

采录地区：永年

村南一坑水，

跳进去就伸腿。

过去跳上岸，

呱呱夸自己。

采录地区：沧州

村南小河沟，

有个青不溜秋。

安静它就呱呱叫几声，

有动静它就跳到河里不吭声。

采录地区：馆陶

村头有个大水坑，

凫在水里后腿蹬。

刚刚上岸蹲坐会儿，

一见人来跳下坑。

采录地区：石家庄

小时黑不溜秋，

长大绿不拉叽[1]。

在水里不喊不叫，

上岸来呱呱得吵人。

采录地区：峰峰

[1]　拉叽：助词，有不太讨人喜欢的意思。

游泳是行家，

唱歌是行家，

捕捉害虫是行家。

就是害怕天寒冷，

到了冬天不见它。

采录地区：衡水

嘴大没脖子，

肚大四腿短。

说话高嗓门，

只会呱呱喊。

采录地区：乐亭

有一小王子，

蹲坐在井里。

上看圆圆天，

下看圆圆水。

自在游一圈，

天地不过如此。

采录地区：广平

**珊瑚**

有红有绿不是花，

有枝有叶不是树。

五颜六色在水中，

原是海底一动物。

采录地区：行唐

**田螺**

金生丽水玉抽芽，

高夏菜田是我家。

云腾致雨多欢乐，

露结为霜不见它。

采录地区：行唐

生的是一碗，

煮熟是一碗。

不吃是一碗，

吃了也一碗。

采录地区：张家口、唐山

弯弯曲曲一座楼，

姑娘梳的盘龙头。

踱着慢步出门来，

还用团扇半遮头。

采录地区：张家口

圪扭房子柯溜铺[1]，

柯溜老头在里住。

采录地区：磁县

[1] 注：句中的"圪扭、柯溜"意思是弯曲不直。

房子一大间，

不知谁来旋。

住个胖老头，

是个三柯溜。

采录地区：磁县

扭扭房子一大间，

世间巧匠说难建。

里边住个胖老头，

说是自己住来自己建。

采录地区：磁县

房子不是建的，

好像旋车旋的。

**0073**

别往墙上猜，
是个水里住的。

采录地区：磁县


俺在稻田帮你忙，
你却存心把俺伤。
把俺成筐卖市场，
让俺遭遇开水烫！

采录地区：邯郸


说俺没有蜗牛白，
说俺稻田是一害。
扪着心口问一问，
俺为你稻田消了多少灾？
为啥把俺当菜卖。

采录地区：邯郸


## 乌龟

### 乌龟

上有十八块明堂，
下有八卦形象。
一人落水里，
四把划桨随。

采录地区：唐山


船板硬，船面高。
四把桨，慢慢摇。

采录地区：滦南


未曾读书有功勋，
肩背六七遇光阴。
可恨小姐心肠硬，

小生畏惧到如今。

采录地区：唐山


今晚做个梦，
它在河边蹦。
拿叉就去刺，
它说它盖子硬。

采录地区：邯郸


头的疼，肚里疼，
肚里觉得头的疼。

采录地区：沙河


头小颈长四脚轻，
硬壳壳里来安身。
虽然胆小又怕事，
寿命大得很惊人。

采录地区：张家口


锥子尾巴橄榄头，
身穿铁甲鸭子手。

采录地区：张家口


能伸能屈四条腿，
能上山来能下水。
提起我的名和姓，
惹得人们笑歪嘴。

采录地区：张家口


穿件硬壳袍，
缩头又缩脑。
水里四脚划，
岸上慢慢跑。

采录地区：张家口

上有十八天象，

下有八卦阴阳。

你要观瞧吉凶，

咬你没有商量。

采录地区：遵化

上有十八名堂，

下有八卦形象。

你要指点名堂，

脖子伸出老长。

你要观看八卦，

把头缩进裤裆。

采录地区：涞水

### 王八盖子

说鳖不像鳖，

两边长角角。

一边长八个，

两边十六个。

采录地区：行唐

### 乌贼

背板过海，

满腹文章。

从无偷窃行为，

为何贼名远扬？

采录地区：滦南

皮黑肉儿白，

肚里墨样黑。

从不偷东西，

硬说它是贼。

采录地区：张家口

没有骨头像朵花，

遇到难敌有逃法。

先喷墨汁迷敌眼，

再出海面飞老远。

采录地区：昌黎

头长得像球，

脑袋下边就是手。

数数整十条，

两长八条短。

采录地区：盐山

### 虾

#### 虾

有枪不能放，

有腿不能走。

生来弯着腰，

总在水中游。

采录地区：张家口

头长一根葱，

背弯似长弓。

生时没点血，

死时满身红。

采录地区：衡水

有枪不能放，

有脚不能行。

天天弯着腰，

**物谜**

常在水里游。

采录地区：行唐


老头住在水里边，
胡子老长背又弯。
本身未死先戴孝，
死后还要穿红衫。

采录地区：沙河


驼背老公公，
头顶一蓬葱。
斩杀不见血，
开水一烫红。

采录地区：行唐


小小一条龙，
胡须硬似鬃。
生前没有血，
死后满身红。

采录地区：张家口


头插雉尾毛，
身穿铁青袍。
走进汤这庄，
换成大红袍。

采录地区：张家口


前面刀叉后面舵，
眯着眼睛过江河。

采录地区：张家口


驼背老公公，
胡子乱蓬蓬。
生前不见血，
死后红满身。

采录地区：张家口、唐山


小小一条龙，
胡子乱哄哄。
全身没有血，
死了全身红！

采录地区：青龙


穿就一身铠甲，
舞动一对钢叉。
尽管腰弯成了弓，
还是不改吹胡子瞪眼的老毛病。

采录地区：石家庄


在水里张牙舞爪，
出水来一蹦老高。
弯着腰不是年事已高，
红透了被人吃掉。

采录地区：石家庄


胡须长短不齐，
腿脚大小不一。
老背弯成弓样，
出水只会蹦蹬。
生时没有点血，
死后满身透红。

采录地区：邯郸


老头胡子长，
常带几杆枪。
驼背弯又弯，
鱼来把命丧。

采录地区：磁县


头插雉鸡翎，
身穿铁青袍。
打进汤家庄，

变成血红袍。

## 龙虾

驼背公公红通通，
两把剪刀挂前胸。
胡须长长拖尾巴，
大摇大摆游水中。

采录地区：行唐、沙河

驼背老公公，
剪刀挂前胸。
嘴边胡须比身长，
身后尾巴扁又平。

采录地区：邯郸

## 鱼

### 鱼

远看轱辘锤，
有眼没[1]价眉。
没腿走千里，
有翅不会飞。

采录地区：行唐

[1] 没：行唐方言读作 mǔ。

金刚轱辘锤，
有眼没有眉。
没腿行千里，
长个翅膀不能飞。

采录地区：保定

棒棒骨碌槌儿，
有眼没有眉。
虽没腿，也很快，
但有翅，不能飞。

采录地区：沙河

有甲没有盔，
有眼没有眉。
无腿行千里，
有翅不能飞。

采录地区：行唐

有头有眼，
无颈无眉。
无脚走得快，
有翅不能飞。

采录地区：行唐、井陉

有头无颈，
有眼无眉。
有尾无毛，
有翅难飞。

采录地区：沙河、唐山

踔厉来，踔厉去，
伸手难抓住。
说它有眼没有眉，
看它有翅不能飞。

采录地区：沙河

有头没有颈，
身上凉冰冰。
没腿走千里，
有翅难飞行。

采录地区：衡水

长着眼睛没有眉，

长着翅膀不会飞。

采录地区：沙河

有头没脖子，

有眼没眉毛。

有翅不能飞，

没脚却能跑。

采录地区：井陉

有眼没有眉，

有甲没有盔。

有翅不会飞，

无腿水中行。

采录地区：张家口

周身银甲耀眼明，

浑身上下冷冰冰。

有翅不能飞，

没脚四海行。

采录地区：沙河

有头没有颈，

身上冷冰冰。

有翅不能飞，

无脚也能行。

采录地区：沙河

有眼没有眉，

有翅不能飞。

浑身披铠甲，

怕旱不怕水。

你若抓住它，

摇头又摆尾。

采录地区：衡水

有头无颈，

有眼无眉。

无脚能走，

有翅难飞。

采录地区：张家口

一把刀，水里漂。

有翅膀，不会飞。

有眼睛，没眉毛。

采录地区：衡水

有头无颈，

有气冰冷。

日行千里，

难过山岭。

采录地区：唐山

有头没有脚，

身上披铠甲。

有翅不能飞，

没腿行如风。

采录地区：井陉

一把刀，顺水漂。

有眼睛，没眉毛。

采录地区：滦南、徐水

有头没有手，

有尾没有腿。

能行千里路，

不能离开水。

采录地区：行唐

摇头摆尾，

从不离水。

鳞光闪闪，

满身珠翠。

采录地区：张家口

有甲没有盔，
有翅不会飞。
有头没有颈，
有眼没有眉。

采录地区：张家口

有头无颈，
有血冰冷。
无脚行千里，
有翅飞不成。

采录地区：行唐

咕噜咕噜槌，
有眼没有眉。
有翅不见飞，
无腿游千里。

采录地区：武安

有头没脖的，
有眼没眉毛。
在水它高兴，
出水没了命。

采录地区：武安

一身银甲亮晶晶，
浑身上下冷冰冰。
你不抓它还好些，
你一抓它满手腥。

采录地区：沙河

有翅不能飞，
没脚四海行。
有泪无处流，

没水活不成。

采录地区：涉县

金刚轱辘槌，
有眼没有眉。
浑身白银甲，
离水不能飞。

采录地区：永年

有头有眼，
没脖没眉。
有翅有尾，
无脚无腿。
有水有命，
没水没命。

采录地区：永年

一身鳞光闪闪，
满身珠翠晶晶。
摇头摆尾前行，
生来就在水中。

采录地区：廊坊

## 金鱼

眼睛好像嵌珠宝，
身穿红色金龙袍。
人人说我年纪小，
当做景致争着瞧。

采录地区：衡水

身披鳞甲色红黄，
不做羹来不做汤。
洁身自好是我愿，
半缸清水过时光。

采录地区：衡水

凸眼睛，阔嘴巴，
尾巴要比身体大。
碧绿水草衬着它，
好像一朵大红花。

采录地区：衡水

肉蛋金骨锤，
有眼没有眉。
没腿池中游，
有翅不离水。

采录地区：青龙

身披红鳞甲，
美丽像朵花。
江河它不住，
要住清水缸。

采录地区：张家口

眼睛好像镶珠宝，
身穿一件大红袍。
人人道我年纪小，
当我景致都要瞧。

采录地区：唐山

凸眼睛，阔尾巴，
尾巴要比身子大。
碧绿水草帮衬它，
活像一朵大红花。

采录地区：张家口

凸眼睛，阔嘴巴，
尾巴好像一朵花。
色彩斑斓红与绿，
清水缸里供人耍。

采录地区：邯郸

身披鳞甲色红黄，
游来游去供人赏。
江河虽大非它愿，
半缸清水度时光。

采录地区：张家口

**热带鱼**

鳞甲色彩斑斓，
尾巴如同春花。
本在池塘四处游，
有人喂食聚成一疙瘩。

采录地区：保定

金夫人，黑玛丽，
缸里水清就满意。
游来游去供人赏，
丝毫不想江河去。

采录地区：邯郸

眼睛鼓在外边，
嘴巴比脸还宽。
尾巴比身还大，
隔着玻璃来看，
水中一朵好花。

采录地区：保定

眼睛鼓得有些夸张，
尾巴大得超过身量。
清水玻璃并没放大，
就是长得这么奇葩。

采录地区：石家庄

**脊隔片鱼**[1]

薄薄一圆片，

水里游得欢。

几人围住它，

就是抓不住。

采录地区：永年

[1] 注：永年对外形薄而体圆的一种鱼的俗称。

## 带鱼

像条带，一盘菜。

下了水，跑得快。

采录地区：行唐、沙河

脑袋不大，

身子忒长。

游来游去，

像根皮带。

采录地区：行唐、沙河

像根白飘带，

游得好自在。

一网被捞起，

炸成一盘菜。

采录地区：行唐、沙河

在海里，白云一缕。

出海水，白布一条。

在商场，看似一条冰。

下油锅，捞起一盘菜。

采录地区：遵化

## 草鱼

远看一把刀，

近看顺水漂。

圆圆大眼睛，

就是没眉毛。

采录地区：邯郸

## 鲇鱼

头大胡须长，

鳍小尾巴大。

浑身黏糊糊，

立着也像爬。

采录地区：永年

## 鲢鱼

胖胖的脑袋白念念，

圆圆的眼睛亮闪闪。

一身老鳞，

就是没眉毛。

采录地区：邯郸

## 鲤鱼

生来长须两根，

自带银甲千片。

都说跳过龙门，

就成飞龙在天。

采录地区：永年

生来长须两根，

自带银甲千片。

自古生在水中，

水草就能充饥。

采录地区：邯郸

## 鱼鳔

一只藕，水中走，

泥里没有肚里有。

采录地区：衡水

## 鱼腰

白白包裹，
从腰打结。
两头高来中间低，
藏在肚里。

采录地区：廊坊

# 4 虫类

## 白蚁

皮白腰儿细，
会爬又会飞。
木头当粮食，
专把房屋毁。

采录地区：滦南

嫩白皮，细腰身，
在洞爬来出洞飞。
哪有木料哪有它，
箱箱柜柜全给毁。

采录地区：唐山

小蛮腰，一身孝，
专爱挖洞啃木料。
搂不住的大树也吃空，

遇到箱箱柜柜全吃掉。

采录地区：沧州

## 斑蝥

一物生来身儿小，
穿着黄花小衣袄。
奔路十程五里住，
跟头不知磕多少。

采录地区：唐山

小虫生来爱阴湿，
硬翅里面有薄翅。
硬翅黄黑三道杠，
抓住送到中药行。

采录地区：邯郸

一虫生来身儿小，
细胳膊细腿小触角。
穿身黑点小花袄，
一路跟头往前跑。

采录地区：廊坊

## 壁虎

### 壁虎

名叫虎，不吃人。
爬墙上，爱吃蚊。

采录地区：沙河、行唐

四条腿的能下蛋，
乌龟王八不能算。

采录地区：唐山

锥子尾巴尖尖嘴，
身上贴了四条腿。
光会爬墙不会飞，
论吃东西数它贼。

采录地区：石家庄

看样子像个地出律子，
只在墙上爬不肯下地。
尽管为人吞吃蚊子，
也被人讨厌赶来赶去。

采录地区：永年、沙河

此物墙上爬，
不怕掉下来。
蚊虫一靠近，
舌头一卷就哀哉。
老猫要抓它，
给你个尾巴别追来。

采录地区：保定

### 蝎虎

身子扁平墙上爬，
张嘴捕虫本领大。

采录地区：行唐

### 蝎里虎子

是虎不在山，
常作壁上观。
蚊子小虫飞过来，

被它吃到肚里边。

采录地区：井陉

又爱又恨一大侠，
能在墙上随意爬。
不怕它逮蚊子，
就怕它尿锅里。

采录地区：永年、沙河

爬到墙上树上，
为了吃蚊吃虫。
人人说它是虎，
不见它来咬人。

采录地区：保定

四只脚，有吸盘，
爬在墙上也安全。
只吃荤来不吃素，
蚊子小虫作三餐。

采录地区：唐山、承德

样子像恐龙，
就是个子小。
一旦遇险情，
丢下尾巴它逃命了。

采录地区：邯郸

锥子尾巴尖尖嘴，
身上长着四条腿。
爬到墙上捉蚊虫，
只要张嘴不落空。

采录地区：保定

### 扑蝇虎

像是蜘蛛不织网，

说它是虎不占山。
慢慢靠近秋蝇子，
将身一纵扑住了。

采录地区：邯郸

说它是只虎，
模样像只猪。
贴墙悄悄爬，
趁蝇不防备，
一纵就抓住。

采录地区：邢台

### 壁虱 [1]

今有一个小红娘，
不用请她自上床。
半夜三更实难受，
天明不知去哪方。

采录地区：唐山

[1] 壁虱：学名蜱虫。

### 簸箕虫

身穿黑裙黑袄，
掉哩地下难找。
别看它长哩很丑，
给人治病确是一宝。

采录地区：沙河、行唐

# 蚕

### 蚕

白姑娘，盖绣房，
四面没有留门窗。

采录地区：行唐、石家庄

宝宝穿白袍，
青菜吃个饱。
盖间小房子，
是用真丝造。

采录地区：行唐

不用尺来不用剪，
做成衣服自己穿。

采录地区：唐山

从小弟兄多，
长大各垒窝。
一世不娶妻，
借尸还魂娶老婆。

采录地区：行唐

进洞像龙，
出洞像凤。
凤生百子，
百子成龙。

采录地区：张家口、唐山

梁山伯和祝英台，
同桌吃饭同床睡。
生前不能夫妻配，
死后还阳配成对。

采录地区：沙河

天生丽质真勤快，
不吃白菜吃青菜。
日夜不停纺纱线，
为了人们好穿戴。

采录地区：行唐

小时穿黑衣，
长大换白衫。
造间小屋子，
里面好睡眠。

采录地区：张家口、沙河

小时是黑的，
长大是白的。
自己造个房子，
让自己在里面围着。

采录地区：永年

小时像蚂蚁，
长大穿白衣。
吃了不喝水，
年轻没夫妻。
中年工作忙，
个个盖新房。
白头育儿女，
孩子像米粒。

采录地区：张家口

小小虫子聪明透，
人人夸它是能手。
自己独盖一间房，
四面不留门和窗。

采录地区：行唐

一个白姑娘，
自己盖闺房。

盖得还挺好，

就是无门窗。

采录地区：石家庄

一个姑娘，

实在荒唐。

造好房子，

不留门窗。

采录地区：张家口

一个闺女真是怪，

老了自己做棺材。

成天辛苦纺线子，

为了别人好穿戴。

采录地区：行唐

一物生来姐妹多，

同锅吃饭各垒窝。

采录地区：张家口

有个聪明小工匠，

盖房不用砖和梁。

墙壁雪白没门窗，

拆开便可作衣裳。

采录地区：沙河

有位白大娘，

老年忙又忙。

会纺银丝线，

能织锦绣床。

采录地区：张家口

有位纺织娘，

老来忙又忙。

会纺银丝线，

能造丝绵房。

采录地区：井陉

白发老妈妈，

走路四处爬。

不用锹和锄，

种下好芝麻。

采录地区：张家口

## 蚕宝宝

俺家有个白姑娘，

自己动手盖绣房。

密封严实不透风，

就是没有留门窗。

采录地区：邯郸

东邻养了个傻姑娘，

没饥没饱没吃相。

吃得一身白又胖，

蒙块丝巾来躲藏。

采录地区：衡水

白家大姑娘，

亲手盖绣房。

严实不透风，

没留门和窗。

采录地区：魏县

兄弟姐妹多，

长大各垒窝。

垒窝时只会爬，

出窝了就能飞。

采录地区：保定

男男女女不分明，

个个看来都是虫。

哪天出茧展翅飞，

对对双双乐融融。

采录地区：石家庄


小时一个黑点点儿，

长大一条白虫虫儿。

垒个窝儿没门门儿，

飞出一个大蛾蛾儿。

采录地区：徐水


一物生来真奇怪，

一天到晚吃青菜。

吃罢青菜吐根绳[1]儿，

它把自己捆起来。

采录地区：沧州

[1]　绳：沧州方言读作 shèn。


俺是本分一女流，

做个口袋自装罶[1]。

谁知你剥了俺的衣，

还要吃了俺的肉。

采录地区：永年

[1]　罶：永年方言读作 liū，是"里头"的合音。


有位白娘娘，

老来格外忙。

纺出银丝线，

造间丝绵房。

采录地区：定州


自学成才小工匠，

盖房不用砖和梁。

白线银丝造间屋，

没开门子没留窗。

采录地区：张家口


圆囵丢丢像个鸡蛋，

光光净净是个大枣。

剥下外皮纺成丝线，

留下核儿做盘酒肴。

采录地区：大名


能工巧匠真能手，

盖上房子无门口。

采录地区：行唐


## 苍蝇

### 苍蝇

穿绿袍，戴红帽，

爱在吃头上面跑。

它带细菌和疾病，

人见人打不轻饶。

采录地区：行唐


四四方方一粪坑，

住着百千飞行兵。

个个戴着绿头盔，

长着一对大眼睛。

采录地区：行唐


红顶子，绿袍子，

成群结队住茅的。

哪天飞到正屋[1]里，

让人一巴掌挤出血。

采录地区：峰峰

[1] 屋：峰峰方言读作 wò。

头昂戴着红缨帽，
身昂穿着绿衣袍。
背上长着俩么翅，
满腿长得都是毛。

采录地区：行唐

头戴红帽子，
身穿绿袍子。
走路吹笛子，
坐下摸胡子。

采录地区：青龙

头戴红缨帽，
身穿绿罗袍。
背上生双翅，
腿上长满毛。

采录地区：沙河

头戴红缨帽，
身穿绿罗袍。
背上生双翅，
专向脏处行。

采录地区：保定

欺负老牛太无情，
纷纷攘攘不歇停。
不怕你东摇西又晃，
就怕你一尾巴打个梦不醒。

采录地区：广平

头戴红色安全帽，
身穿邮政绿衣袍。

背上长着俩大翅，
满腿长的都是毛。

采录地区：衡水

不齐不整垃圾坑，
里面住着飞行兵。
个个戴着绿头盔，
长着一对大眼睛。

采录地区：石家庄

## 蝇子

飞行队里数我强，
香甜美味我先尝。
白天飞上金銮殿，
夜晚歇在绣女房。
听过情人悄悄话，
见过夫妻卧牙床。

采录地区：涉县

飞来飞去鼻子强，
闻到美味我先尝。
白天曾从御厨过，
夜晚歇在西宫床。

采录地区：怀来

你看不见我鼻子，
我知道我鼻子强。
你的饭菜没上桌，
我已上去把味尝。

采录地区：邢台

大眼长在头顶，
两翅插在腰间。
爱上人家餐桌，

不知人家讨厌。

采录地区：河间

黑眼亮晶晶，
翅膀薄灵灵。
本想吃尽千家饭，
不想一拍要了命。

采录地区：徐水

不穿绿来不带红，
个头小来毛不浓。
不请就来饭桌上，
人人见了喊膈应[1]。

采录地区：武安

[1] 膈应：意思让人恶心，讨厌。

### 绿豆蝇

头戴红缨帽，
身穿绿绫纱。
细菌它传播，
谁见谁都打。

采录地区：行唐

## 蝉

### 蝉

不吃东，不吃西，
光在树上哗哗哗。

采录地区：沙河

树上有个黑小子，
趴在树上哭嫂子。

采录地区：沧州

像鸟不是鸟，
树上吱吱叫。
什么都不懂，
偏说"知道了"！

采录地区：行唐

一物生来奇巧，
一对翅膀能叫。
打早起来就喊，
迟了迟了迟了。

采录地区：石家庄

有翅没毛肚里空，
唱起歌来一个声。
响雷放炮听不见，
用棍一通就扑棱。

采录地区：石家庄

有翅无毛是飞虫，
五黄六月窜林中。
虽然不是无价宝，
大人娃娃都来寻。

采录地区：张家口

有头没有颈，
有翅没有毛。
人家还没说，
它就知道了。

采录地区：张家口

站身树顶梢，
露水充饥饱。

唱歌不用嘴，
声音也清高。

采录地区：行唐

### 唧尿儿[1]

有翅无毛非飞禽，
五黄六月串树林。
虽然不值几个钱，
大人孩子都来寻。

采录地区：行唐

[1] 唧尿儿：河北地区对知了的俗称。

有翅不是鸟，
天热树上叫。
本来啥都不懂，
偏说啥都知道。

采录地区：武安

有头没价尾，
有翅没价毛。
隔墙它能飞，
树上吱吱叫。

采录地区：行唐、沙河

没有半点学问，
张口闭口知道。
瞧瞧这个家伙，
实在有点骄傲。

采录地区：行唐

南沿儿来了个小木匠，
一边走来一边唱。

采录地区：行唐

从南边来了个傻姑娘，
爬在树上一个劲儿唱。

采录地区：永年

树上有个歌唱家，
娶个媳妇是哑巴。
生下孩子命真苦，
地牢里面度生涯。

采录地区：行唐

说鸟不是鸟，
躲在树上叫。
自称啥都知，
其实全不晓。

采录地区：石家庄

天热爬上树梢，
总爱大喊大叫。
明明啥也不懂，
偏说知道知道。

采录地区：邢台

一个小姑娘，
披件纱衣裳。
住在大树上，
天天把歌唱。

采录地区：张家口

### 知了

爬上树，吹吹风，
喝罢露水成歌星。
歌声嘹亮不动嘴，
肚皮底下能发声。

采录地区：涉县

模样像苍蝇，

就是大得多。

声声高叫"知了"，

实际啥都不懂。

采录地区：宁晋

有头没价尾，

有翅没价毛。

落在树上吱吱叫，

一有人来它飞了。

采录地区：邯郸、邢台

南河沿儿住个飞来将，

趴在树梢高声唱。

夏天唱得还算好，

秋来唱得好凄凉。

采录地区：永年

只因歌儿唱得好，

招来媳妇入洞房。

生下孩子不大点，

只能地缝把身藏。

采录地区：保定

能飞不是鸟，

躲在树上叫。

自称啥都懂，

其实啥都不知道。

采录地区：承德

有翅不是鸟，

爬在树上叫。

明明啥也不懂，

偏说知道知道。

采录地区：石家庄

一物说来不吉祥，

有娘生来没娘养。

受尽三年地牢苦，

出牢爬到大树上。

心里高兴把歌唱，

不料想招来的个个都是哑姑娘。

采录地区：廊坊

### 知了猴

地牢坐了好几年，

本想今天飞上天。

谁知刚出地牢门，

就被抓去油锅煎。

采录地区：石家庄

有翅没羽毛，

有皮没骨肉。

五黄六月天，

趴在树隔杈。

采录地区：临漳

### 尺蠖

#### 尺蠖

棉花地里一害虫，

浑身上下一抹青。

想进一步先弓身，

仿佛在量来去程。

采录地区：永年

物谜

### 槐虫

弯着腰，弓着背，
一张一弛往前进。

采录地区：永年、沙河

## 臭虫

长个乌龟相，
披件红衣裳。
专门吸人血，
装进大肚囊。

采录地区：邢台

长就乌龟模样，
披件血红衣裳。
白天藏在炕席下，
夜里人血充饥肠。

采录地区：承德

生来爱吸人血，
长成大肚皮囊。
一旦被人抓住，
咯嘣挤成肉酱。

采录地区：张家口

## 大菜虫

又肥又胖满身膘，
五彩鲜花甚中晴。
光着屁股露着腚，

小小尾巴撅撅着。

采录地区：晋州

你家大嫂肥又胖，
花花绿绿穿身上。
钢针一把翘翘着，
哪个敢来惹老娘？

采录地区：大名、永年

## 担杖虫

身穿油绿袍，
头戴雉鸡翎。
展翅草上飞，
滋生田野中。

采录地区：行唐

头戴双花翎，
身穿麻花袍。
后腿一蹬就飞起，
庄稼地里逞英豪。

采录地区：邯郸

## 蛾

### 飞蛾

山伯英台同书房，
日同茶饭夜同床。
今世不能成双对，
转世还魂配成双。

采录地区：廊坊

没出门是能工巧匠，

盖间房子不留门窗。

有天把房挖了个洞，

钻出门变成了扑棱娘。

采录地区：魏县

### 灯蛾

一个孩子三分长，

一到黑夜想红娘。

红娘倒也热心肠，

可惜孩子命不长。

采录地区：行唐、沙河

自家建房自家毁，

出门振翅四处飞。

一心向着光明来，

谁知遇火烧成灰。

采录地区：临漳

### 豆蛾子

像是半个球，

藏在豆里头。

不见它进去，

只见它出来。

回头看豆子，

个个豆子空。

流行地区：广平

此物生来怪，

专把豆豆爱。

钻出豆子像豆瓣，

成蛾繁籽专选豆布袋。

采录地区：沙河

### 纺织娘

姑娘真辛苦，

晚上还织布。

天色蒙蒙亮，

机声才停住。

采录地区：滦南

邻居好姑娘，

夜夜织布忙。

太阳升起来，

才停织织声。

采录地区：行唐

头戴珍珠帽，

身穿绿夹袄。

白天睡大觉，

黑夜唱高调。

采录地区：张家口、沙河

一个小姑娘，

住在豆花庄。

夜夜纺棉花，

不知为谁忙。

采录地区：张家口

### 蜂

#### 蜜蜂

俺家一座城，

里边屯着万万兵。

个个穿着小马褂，

不知哪个是朝廷。

采录地区：井陉

俺一生爱花，
花也爱俺，
哪里有花哪里就有俺。

采录地区：石家庄

百花丛中采蜜忙，
分工合作风格强。
辛勤劳动不怕苦，
唱着小曲真悠扬。

采录地区：行唐

别看它的个子小，
你要惹它呛不了。

采录地区：行唐、沙河

翅膀一飞亮晶晶，
飞来飞去花丛中。
整天不闲爱劳动，
采下粮食好过冬。

采录地区：井陉

翅膀一展亮晶晶，
整天飞舞在花丛。
平常不闲爱劳动，
酿造蜜糖好过冬。

采录地区：张家口

日做千里旅行，
忙碌百花丛中。
静心酿造甜蜜，
为人劳动终生。

采录地区：井陉

身小爱劳动，
互助同做工。
花开闲不住，
香甜送人用。

采录地区：张家口

谁敢欺负它，
留神它的枪。

采录地区：沙河

顺着念，花丛飞。
倒着念，比糖甜。

采录地区：张家口

四四方方一座城，
城里士兵乱了营。
人人身穿黄马褂，
个个都念一道经。

采录地区：青龙、成安

四四方方一座城，
一家王子把令行。
人马嗡嗡干花事，
直到老秋才归营。

采录地区：唐山

团结劳动是模范，
全家住在格子间。
常到花丛去上班，
造出产品比糖甜。

采录地区：张家口

小小虫，嗡嗡嗡，
飞来飞去在花丛。
采集花粉做蜜糖，

人人夸它爱劳动。

采录地区：井陉

小小虫儿爱歌唱，
百花园里她最忙。
采得花粉两大筐，
回家酿蜜喂儿郎。

采录地区：行唐

小小营生巧眼睛，
展翅飞翔百花丛。
甜蜜事业实干家，
劳动歌声永不停。

采录地区：行唐

兄弟七八千，
造屋挂中天。
见到花儿开，
不在家中闲。

采录地区：唐山

一个小虫嗡嗡嗡，
飞到西来飞到东。
又采花粉又酿蜜，
人人夸它爱劳动。

采录地区：行唐

小飞虫，嗡嗡嗡，
黄马褂，大眼睛。
采花粉，忙不停，
酿成蜜，供朝廷。

采录地区：邯郸

一个小小儿，
穿着黄衣裳。
谁要欺侮他，

他就攮你一枪。

采录地区：行唐、沙河、井陉

一物总是忙，
专去百花乡。
回来献一宝，
香甜胜过糖。

采录地区：张家口

有一飞虫，
名字古怪。
正念能飞，
倒念能吃。

采录地区：行唐

在家千兄万弟，
出外红花作对。
美屋间上相连，
酿得美酒甜甜。

采录地区：唐山

一生勤劳忙，
走去百花乡。
回来献一物，
香甜胜过糖。

采录地区：衡水

嗡嗡嗡，嗡嗡嗡，
采集花粉忙不停。
一生只会为酿造，
从来不做无用工。

采录地区：承德

兄弟七八千，
住在屋檐边。
日日做浆卖，

**物谜**

浆汁更值钱。

采录地区：滦南

四四方方一座城，

城里城外都是兵，

不知哪个黄脸是朝廷。

采录地区：保定、清河

### 马蜂

高低错落一座城，

里边嗡嗡乱了营。

穿的都是黄马褂，

不知道哪个是朝廷。

采录地区：石家庄、邯郸

起小青，长大黄，

站在高山为大王。

是狼是虎都不怕，

就怕秋后一场霜。

采录地区：青龙

身穿黄衣使黄枪，

飞在空中俺为王。

虎豹狼豺俺不怕，

就怕秋后一场霜。

采录地区：邢台

四四方方一座城，

城里城外都是兵。

个个穿着红坎肩，

不知哪个是朝廷。

采录地区：行唐

天古楼[1]，地古楼，

古楼头上加古楼。

风吹俺不怕，

雨打俺不愁。

只怕一把火，

子孙都不留。

采录地区：行唐

[1] 古楼：同骨碌，指一小段、一小截。

小时又肥又尖，

长大又瘦又黄。

人人躲着它走，

碰你一下够呛。

采录地区：衡水

小小飞虫，

四处横行。

你要捉它，

小心手疼。

采录地区：行唐

纸糊的屋子纸糊的炕，

养活个孩子叫老胖。

老胖顶了个黑帽壳，

长大了不是个好物件。

采录地区：石家庄

纸做哩房的纸做哩炕，

生下孩子倒头放。

谁要生事把它惹，

不用嘴咬尾巴上。

采录地区：石家庄

大头大肚贼细腰，

黄盔黄褂黄裤的。

你要敢去动动它，

包你一身起疙瘩。

采录地区：沙河

一身黄装一身膘，

挺着大肚勒着腰。

头上自带望远镜，

尾上常备有毒刀。

采录地区：望都

麻纸房子梁头挂，

孩子睡觉头朝下。

谁要找事把它惹，

不用嘴咬尾巴扎。

采录地区：冀州

麻纸做房梁头悬，

一个孩子一间房。

个个房间封着门，

不怕孩子掉下来。

采录地区：邢台

麻纸做房间挨间儿，

生个孩子顶黑点。

各个房间封着门，

不怕孩子掉下来。

采录地区：衡水

### 黄蜂

黄家小姑娘，

穿身黄衣裳。

你要欺负她，

就扎你一枪。

采录地区：涞源

一个小姑娘，

爱穿黄衣裳。

你要把她碰，

她就攮一枪。

采录地区：行唐、井陉

有个小姑娘，

穿件黄衣裳。

你要欺侮她，

她就戳一枪。

采录地区：沙河

有位小姑娘，

身穿黄衣裳。

谁要欺负她，

她就戳一枪。

采录地区：滦县

皇家小姑娘，

身穿黄衣裳。

别把蜜蜂猜，

腰细身又长。

采录地区：广平、宁晋

圆圆空空一座城，

城里城外都是兵。

个个穿着黄马褂，

不知哪个是统领。

采录地区：石家庄

圆圆一座城，

里外都是兵。

身上穿着黄马褂，

背后拖着有毒针。

采录地区：张家口

圪针窝里一座城，

进进出出都是兵。

个个穿着黄马褂，

身后撅着带毒的枪。

采录地区：涉县

黄三妹爱穿黄衣裳，
腰儿细来腿儿长。
谁敢田间调戏我，
我的尾毒赛刀枪。

采录地区：井陉

远看杉树兜，
近看死人头。
人也怕，鬼也愁，
阎王见了也摆头。

采录地区：蔚县

圆不丢丢一土城，
出城都是带翅兵。
个个大肚黄马褂，
不知哪个是朝廷。

采录地区：石家庄

胖大嫂爱穿黄衣裳，
肚儿大来腿儿壮。
你敢近前调戏我，
小心我扎你一毒枪。

采录地区：邱县

## 蝈蝈

### 蝈蝈

烈日叫不停，
最怕有人行。
受惊入草丛，

从此无声音。

采录地区：怀来

南边来个琉璃人儿，
琉璃胳膊琉璃腿儿。
戴着琉璃帽儿，
吹的琉璃哨儿！

采录地区：肥乡

身穿绿色衫，
头戴五花冠。
喝的清香酒，
唱如李翠莲。

采录地区：滦南

身穿绿盔绿甲，
头上斜戴金花。
有人处不言不语，
无人处生吹细拉。

采录地区：衡水

腿长胳膊短，
眉毛盖着眼。
有人不吱声，
无人爱叫唤。

采录地区：蔚县

腿长胳膊短，
眉毛遮住眼。
有人它不叫，
无人大声喊。

采录地区：滦南

我在青山吹大嘎，
青山在来我也在，

青山不在我回家。

采录地区：隆化


腿长胳膊短，

眉毛盖住眼。

唱歌用脊梁，

声音脆又甜。

采录地区：隆化


一个穿绿的，

跑到豆子地。

自己唱戏去，

人来不唱了。

采录地区：衡水


抓住一个琉璃人儿，

浑身上下都透明儿。

背上背着一唿哨，

只有那里隔一层儿。

采录地区：肥乡


老腿长来胳膊短，

眉毛向上不遮眼。

高声叫喊不用嘴，

两翅摩擦声儿传远。

采录地区：邢台


## 长尾巴蚰子


大肚的，绿褂的，

太阳底下乱蹦嘚。

听到声音不吱声，

没有声音就叫唤。

采录地区：内丘


头戴晶莹珍珠帽，

身穿草绿小皮袄。

棉花谷子地里去，

到处都有它唱高调。

采录地区：丰宁


后腿长，前腿短，

老长眉毛盖着眼。

有人来了不吱声，

没人它就乱叫唤。

采录地区：邯郸


南来一个穿绿嘞，

躲到嗯家谷地嘞。

你不看它它唱嘞，

你来看它不唱了。

采录地区：平山


## 长尾巴蝈蝈


腿长胳膊短，

眉毛盖着眼。

小孩逮住了，

烧烧就吃了。

采录地区：蔚县


头上戴着琉璃帽，

身上穿着绿丝衫。

就因肚大尾巴长，

小孩逮住烧吃了。

采录地区：魏县


眉毛盖着眼，

肚大前腿短。

逮了一大串，

**物谜**

炸炸全吃了。

采录地区：大名

四条胳膊两条腿，
忒硬的嘴巴忒软的眉。
拖着一个大肚子，
饿急就把老公吃。

采录地区：大名

### 蛐的

腿长眉毛短，
有人它不吭，
没人它瞎喊。

采录地区：行唐

### 蛐子

穿着一身绿衣裳，
翅膀一动歌嘹亮。
自会唱歌命就苦，
抓进牢笼把歌唱。

采录地区：行唐

一个东西不大点儿，
瞪着一对虱子眼。
说它奇怪不奇怪，
尾巴上头长腚眼。

采录地区：行唐、沙河

### 叫唤蛐子

身穿青绫大褂，
上在青蓬楼上，
细吹细打。

采录地区：行唐

大肚肚，绿褂褂，
喜在田野来玩耍。
听到声音不吱声，
没有声音就叫唤。

采录地区：行唐

钢板牙，琉璃眼，
蹦跶一下不见了。
没人它瞎喊，
人来不吭了。

采录地区：永年

钢板牙，琉璃眼。
大腿长，小腿短。
老长眉，不挡眼。
没人它瞎叫，
人来不吭了。

采录地区：邯郸、永年

大板牙，玻璃眼，
眉毛长在头上边。
听听没人它就叫，
听到人来不叫了。

采录地区：邯郸

老长腿，很能蹦，
头顶长对大眼睛。
戴着柔软雉鸡翎，
不见动嘴叫得灵[1]！

采录地区：曲周

[1] 得灵：曲周方言，很响、很清脆的意思。

### 母蛐子

奇怪奇怪真奇怪，

屁股就把尾巴盖。

采录地区：行唐、沙河

## 蝴蝶

俺家有个俏姑娘，
百花丛中飞得忙。
别在蜜蜂费思想，
不采花粉不酿蜜。

采录地区：行唐

光采花来不酿蜜，
花花姑娘没出息。

采录地区：沙河

身穿花衣衫，
春天最美观。
见到小朋友，
抖开小花扇。

采录地区：张家口

花花姑娘没出息，
光采花来蜜不酿。
百花丛中来回飞，
只为找到如意郎。

采录地区：永年

胡家二姑娘，
来到百花丛。
是花都问遍，
为的是爱情。

采录地区：平山

头昂两根须，
爱穿大花衣。
飞进花朵里，
传粉把蜜吃。

采录地区：行唐

头插花翎翅，
身穿彩旗袍。
终日到处游，
只知乐逍遥。

采录地区：滦南

头插两根毛，
身穿彩花袄。
飞舞花丛中，
快乐又逍遥。

采录地区：张家口

有种虫子真奇怪，
模样变得还挺快。
小哩时候光吃菜，
大了穿着花衣翩翩起舞来。

采录地区：沙河

远看像片叶，
近看却不是。
稍一不留神，
钻进花朵里。

采录地区：行唐

长得俊俏，
花间舞蹈。
春暖花开，
它就来到。

采录地区：张家口

长哩真是俏，

不会唱歌光会跳，

花儿一开它来到。

采录地区：行唐、井陉

长相俊俏，

爱舞爱跳。

飞舞花丛，

快乐逍遥。

采录地区：石家庄

头上两根毛毛，

身上花里胡哨。

整日游荡花丛，

没见有啥喜好。

采录地区：承德

有个俏姑娘，

飞进百花丛。

只见飞得忙，

不见采花情。

采录地区：行唐

东家姑娘没出息，

整天穿着七色衣。

从早到晚闲逛荡，

光采花来不酿蜜。

采录地区：鹿泉

两根细长须，

一身花衣衫。

落在花朵里，

为把花粉传。

采录地区：清河

姑娘生来长哩俏，

百花丛中把舞跳。

春天花开她来了，

百花开罢她死了。

采录地区：永年

## 蛔虫

**蛔虫**

两头尖尖也不齐，

浑身穿的白孝衣。

活着吃着阴间饭，

死了才能见天地。

采录地区：曲周

两头尖尖，

不见鼻眼。

不拉屄屄你不见，

拉出屄屄才看见。

采录地区：魏县

就因我面黄肌瘦，

都说我肚里有货。

谁知吞下一座宝塔，

拉下一堆龙蛇。

采录地区：永年

两头尖尖没鼻眼，

浑身发白像觋蝶[1]。

活着吃的是臭饭，

一见天地就命完。

采录地区：永年

[1] 觋蝶：永年称蚯蚓为觋蝶。

住在杜肚家大院，

不知屎臭吃得欢。

四季恒温不愁穿，

就怕顺着痢疾蹿。

采录地区：峰峰

### 屁屁虫子[1]

两头尖尖锭子刨，

没有骨肚，头没毛。

采录地区：行唐、井陉

[1] 屁屁虫子：指蛔虫。

住在深宅大院，

吃嘛无人见。

砰啪一声响，

憋里真龙出老现。

采录地区：行唐

### 虮子[1]

不拉点儿，

不拉点儿，

也没鼻子也没眼儿。

采录地区：元氏

[1] 虮子：指虱子卵。

生来少鼻子没脸，

咋看也是个白蛋蛋。

趴在人家头发上，

打死它也不动弹。

采录地区：元氏

白点点，不长眼，

挠破头皮它不管。

扒开头发找到它，

咯嘣一声让它完。

采录地区：邢台

少鼻子没眼，

打死不动弹。

不知这是啥，

去你头上看看。

采录地区：曲周

### 筋斗虫[1]

光溜溜，滑溜溜，

水塘里面翻筋斗。

大个脑袋圆溜溜，

身子像个小揪揪。

采录地区：永年

[1] 筋斗虫：指蚊子幼虫。

不点不点不点点，

脑袋下面一尾巴。

不见来回游，

只见翻筋斗。

采录地区：沙河

### 蝼蛄

头前两把刀，

钻地害禾苗。

捕来烘成干，

谜语·河北卷（一）
**物谜**

一味利尿药。

采录地区：行唐

头前两把刀，

进地割禾苗。

抓来焙成干，

利尿是好药。

采录地区：衡水、张家口

挥舞两把带刺刀，

秋来地里害麦苗。

采录地区：辛集

本是一害虫，

钻地啃禾苗。

捕来烘成干，

一味利尿药。

采录地区：石家庄

怀揣两把刀，

腰藏一圪针。

叫它往南拱山，

它是见稀拱壇[1]。

采录地区：复兴

[1]　稀拱壇：意思是弄得不紧实。

明器两把利刃，

暗器一根钢针。

秋种见稀拱壇，

咬断多少麦根。

采录地区：永年、唐县

## 蚂蚁

三粗二细一抹黑，

六条大腿两角角。

采录地区：石家庄

上树不怕树木高，

山坡马面也能跑。

千兵万马一洞住，

杀死百兵不见少。

采录地区：行唐

身体不大，

力气不小。

单个往外运土，

集体往家运粮。

采录地区：行唐

身小力不小，

团结又勤劳。

有时搬粮食，

有时挖地道。

采录地区：滦南

身子小来力不小，

大家团结很勤劳。

看见粮食大家搬，

一有时间挖地道。

采录地区：井陉

一星星，一点点。

走大路，钻小洞。

采录地区：滦南

远看一溜黑芝麻，

近看黑驴运粮忙。

不怕山高道路陡，
只怕开水烫死它。

采录地区：沙河

针儿来粗，
麦籽儿长，
不用梯子能上房。

采录地区：沙河

宁宁，星星。
上树，挖井。

采录地区：石家庄

三粗二细一抹黑，
六条大腿两股角。
千军万马住地下，
身小能背本身铁。

采录地区：武安

上树不动，
下树不摇。
吃肉没肉，
拔毛没毛。

采录地区：行唐

别看我的身体小，
力气可是真不小。
有时结队搬粮食，
有时合作挖地道。

采录地区：石家庄

线头粗，麦粒长，
没有梯子能上房。

采录地区：衡水

星星宁宁，
走长路，玩窟窿。

采录地区：行唐

一个小孩也不高，
上树下树不猫腰。

采录地区：井陉

一只乌骨鸡，
上屋不要梯。
杀无血，剐无皮。

采录地区：新乐

远看芝麻撒地，
近看黑驴运米。
不怕山高路远，
就怕掉进锅里。

采录地区：石家庄

小不点，有毅力，
掏窟窿打洞深了去。
吃它它没肉，
剥它它没皮，
哪儿都有它的生存地。

采录地区：承德

东跑西蹿，
把腰饿断。

采录地区：宣化

出窝的发黑，
在窝的发黄。
有翅的能飞，
无翅的善爬。
挖地三尺见老窝，

连王带蛋数不清。

细腰长触角，

会爬又会飞。

吃荤也吃素，

常在地下住。

安家地底下，

分工很像人。

可以出窝的，

都是打食儿的。

黑行子[1] 黑行子，

有肚子没肠子。

[1] 黑行子：意思是长长的黑东西。此处"行"读音为 háng。

头大胸大肚子大，

脖细腰细腿儿细。

甭往四条腿里想，

爱挖地道住地下。

身体不大，一丁点。

力气不小，真有劲。

有劲儿干啥？

从洞里往外搬土坷垃。

几十个没有一两，

几百个不够一把。

它要是成群出动，

半斤八两的大件也能搬动。

吃它它没肉，

剥它它没皮。

哪儿有窟窿，

哪儿就有它。

一个小孩不大高，

上墙爬树不猫腰。

不点儿不点儿黑东西，

爬高蹭低不用梯。

生嘞熟嘞它都要，

搬起就往自家拖。

杀它没血，剐它没皮。

## 蚂蚱

### 蚂蚱

腿长胳膊短，

眉毛遮住眼。

没人不吭声，

有人它乱窜。

头戴将军帽，

身穿花衣裳，

腰里双挎盒子枪。

烈日炎炎俺不怕，

就怕秋后一场霜。

采录地区：石家庄

## 蝗虫

老长腿，很能蹦，
头顶长对大眼睛。
少生几个还可以，
一旦成群就发疯，
草木庄稼都吃净。

采录地区：沧州

腿长胳膊短，
眉毛不遮眼。
没人它不动，
有人它乱蹦。

采录地区：元氏

## 飞蝗

小虫不大，
吃遍天下。
长腿大眼，
祸害庄稼。

采录地区：石家庄

## 蛹子[1]

头大翅膀短，
蚂蚱是他娘。
成群结队来，
草木都吃净。

采录地区：沧县、黄骅

[1] 蛹子：指蝗虫的幼虫。

## 毛衣虫

一个物件一寸长，
浑身长着毛毛枪。
小孩要是碰着它，
连哭带喊叫爹娘。

采录地区：石家庄、沙河

## 麦牛

尖尖嘴，六条腿，
光吃粮食不喝水。

采录地区：石家庄

说它是头牛，
只有蚂蚁大。
此虫哪里找？
麦子囤里查。

流行地区：永年、沙河

## 粘虫

不管花桃玉米，
钻个窟窿进去。
只想我吃饱喝足，
谁管你农家死活。

采录地区：成安

白白胖胖一条虫，
三伏天里它最欢。
棉桃给你穿个透，

玉米秆里上下窜。

采录地区：石家庄

## 蛴螬

白白胖胖一虫子，
粪堆底下度日子。
哪天被人抓了去，
能治嘴歪眼睛斜。

采录地区：成安

白家三姑娘，
避难藏鸡窝。
不想贼人到，
翻遍鸡粪把她捉。

采录地区：大名

白白胖胖一姑娘，
粪堆底下度时光。
哪天爬出地皮来，
化做金牛可劲飞。

采录地区：成安

白白胖胖一条虫，
鸡窝粪底把身藏。
有人要治眼嘴歪，
掏尽鸡窝把她捉。

采录地区：邢台

## 瓢虫

### 瓢虫

生来馒头形，
上点七颗星。
棉花地里有，
喜欢吃蚜虫。

采录地区：河间

模样像个寿桃，
上点红点儿颗。
花地里头常有，
生来爱吃蚜虫。

采录地区：成安

身体是个半球形，
翅上画着七宝星。
棉花见它心喜欢，
蚜虫见它没了命。

采录地区：广平

### 花大姐

小姑娘，穿花袍，
棉花地里逞英豪。
保护棉花不用药，
专治蚜虫本领高。

采录地区：张家口

村北来了一老道，
身披七星大丝袍，
专治蚜虫不用药。

采录地区：石家庄

小姑娘，花衣裳，

棉花地里她最忙。

专治蚜虫不用药，

人人夸它本领强。

采录地区：衡水

## 七星瓢虫

美女长得真漂亮，

身穿橘红花衣裳。

七颗黑星上面镶，

棉花地里抓虫忙。

采录地区：蔚县

身体半球形，

背上七颗星。

棉花喜爱它，

捕虫最著名。

采录地区：井陉

身体半球形，

背上有七星。

蚜虫最怕它，

庄稼最欢迎。

采录地区：张家口

小女穿花袍，

田里逞英豪。

保苗不用药，

治蚜本领高。

采录地区：张家口

身体是个半球形，

背上绣着七颗星。

棉花见它心喜欢，

蚜虫见它把命送。

采录地区：行唐

花家大姐穿花袍，

花袍上绣七颗星。

生就一身好技艺，

棉花地里捉蚜虫。

采录地区：永年

## 金龟子

捏本是自在飞嘞，

谁曾想被你抓嘞。

你抓住就抓住吧，

为啥屁股上穿绳子让捏飞嘞。

采录地区：永年、沙河

## 青虫

有虫长得好，

一身绿油油。

又肥又胖肉姐姐，

撅撅个尾巴在腚上。

采录地区：大名

红薯地里一妖精，

一身绿袍没补丁。

尾巴撅撅像个钉，

又肥又胖像蚕虫。

采录地区：邯郸

又肥又胖满身膘，

白菜地里逞英豪。

撅着尾巴露着腚，

专门吓唬小女生。

采录地区：定州

肥肥胖胖像个肉不纽，

从头到尾是青不溜丢。

秋来你去红薯白菜地转转，

就看见它那钉子尾巴撅撅着。

采录地区：南宫

## 蜻蜓

### 蜻蜓

光有翅，没有毛。

光会飞，不会叫。

采录地区：衡水

两眼如灯盏，

一尾如只钉。

半天云里度，

水面过光阴。

采录地区：滦南

身体像根钉，

眼睛你上星星。

翅膀有大小，

有腿不会跑。

采录地区：张家口

头上一个锤子，

身上四面旗子。

屁股背根竹子，

夜不知睡哪间屋子。

采录地区：唐山

头像狮子尾像枪，

有翅无毛飞过江。

采录地区：张家口

尾巴一根钉，

眼睛两粒豆。

有翅没有毛，

有脚不会走。

采录地区：廊坊、行唐

小飞机，纱翅膀，

飞来飞去灭虫忙。

低飞雨，高飞晴，

气象预报它内行。

采录地区：蔚县

小飞机，纱翅膀。

竹节身体细又长，

飞来飞去捉虫忙。

采录地区：衡水

一对大眼睛，

两只透明翅。

飞来又飞去，

一心捉害虫。

采录地区：行唐

头像一把锤，

尾似一杆枪。

飞身扑猎物，

展翅过大江。

采录地区：承德

有翅没有毛，

大眼像个瓢。

只见它自在飞，

没听过它怎么叫。

两眼两盏灯，

尾巴像根钉。

水面点一点，

空中飞半天。

两只大眼亮晶晶，

尾巴就像一根钉。

纱薄的翅膀没羽毛，

飞过水面吃蚊虫。

两眼两盏大明灯，

短短尾巴像根钉。

只见水面点一点，

就到空中飞不停。

俺家落下个小飞机，

不是来充电，

也不是来加油。

只是站在草尖上，

歇歇脚儿就飞走。

背挑四面令旗，

头顶两盏明灯。

身后带根竹节棒，

冲进蚊阵显英雄。

背上挑着四面令旗，

脑袋顶着两盏明灯。

身后带着一根竹节棒，

发心要把蚊子吃个干净。

纱做的翅膀，

竹竿削的身。

玻璃珠子眼睛，

草圪节腿。

## 蚂螂

好像一架小飞机，

背后背着四面旗。

睁大眼睛到处看，

专找小虫把它吃。

尾巴像根钉，

眼睛似铜铃。

有翅没有毛，

有腿不能行。

小飞机，大眼睛，

飞到西来飞到东。

睁大眼睛找小虫，

一吞吞到肚里头。

小飞机，纱翅膀，

飞来飞去捉虫忙。

假若它要飞得低，

快要下雨人们忙。

## 蚯蚓

别看这物长得丑，
鼻子眼睛全没有。
日日夜夜忙耕耘，
翻松土壤得丰收。
采录地区：行唐

此物生土中，
只是一条虫。
晴天不出门，
雨天才露头。
采录地区：行唐

此物生土中，
专把土来松。
常年住地道，
雨天才出城。
采录地区：涉县

两头尖，相貌丑，
一生只在地里走。
狂风暴雨都不怕，
就怕大雨淹过头。
采录地区：井陉

两头尖尖模样丑，
脑袋手脚都没有。
平时干活在地下，
碰上雨天才露头。
采录地区：沙河

两头尖尖相貌丑，
耳目手脚都没有。
整日工作在地下，
一到下雨才露头。

要问到底是什么，
庄稼人的好朋友。
采录地区：衡水

两头尖尖长哩丑，
身昂没长肠和肚。
天生爱动地下钻，
一到下雨就露头。
采录地区：行唐

两头翘起像毛虫，
眼嘴四肢都没有。
工作整天在地下，
逢到雨天才露头。
请问到底是什么？
种地人说好朋友。
采录地区：衡水

日夜忙于耕耘，
把土翻软翻松。
全身埋于地下，
从不计较功名。
采录地区：石家庄

身是一条线，
富贵几千年。
地面吃黄土，
地下饮清泉。
采录地区：行唐

身体细长像条龙，
天天活跃泥土中。
虽然没有手和脚，
造肥翻土忙不停。
采录地区：行唐

身子细长一条虫，
天天躲在泥土中。
没手没脚爱劳动，
钻来钻去把土松。

采录地区：沙河

细细长长像条龙，
爱在地下把土松，
人人称俺为地龙。

采录地区：石家庄

一截细绳软又软，
埋在土里还会窜。

采录地区：沙河

一支香，地里钻。
弯身走，不会断。

采录地区：滦南

长长一条龙，
住在泥土中。
钻来钻去把土松，
农民伯伯最欢迎。

采录地区：沙河

此虫生得怪，
常年土里呆。
晴天不出门，
雨天才出来。

采录地区：巨鹿

地里有条虫，
没鼻子来没眼睛。
吃的是泥，
拉出来是土。

采录地区：魏县

此虫生嘞怪，
不怕刀来裁。
一镢头劈成两圪节，
长出两个身子来。

采录地区：永年

两头都像头，
两尾都像尾。
全身没骨头，
日夜地里走。

采录地区：衡水

## 蛆

### 蛆

爹娘能飞能走，
后代没脚没手。
虽然没脚没手，
还是能行能走。

采录地区：行唐

四四方方一座海，
里头金鱼乱拨甩。

采录地区：行唐

哈娘能飞能走，
养活唻个孩子没脚没手。
哈娘说孩儿啊，
孩儿你可怎么走，
俺一纵一扭。

采录地区：行唐

四四方方一座海，

里头小鱼乱拨甩。

你要猜准这个谜，

让你下去随便逮。

采录地区：永年

房后有个大深坑，

里边鱼儿数不清。

你要猜准这个谜，

让你逮够不用停。

采录地区：邯郸

它爹它娘都是飞行好手，

养了一群孩子没脚没手。

走起路来一纵一扭，

蜕了皮还像它的那个舅。

采录地区：曲周

### 茅坑里的蛆

四四方方一座海，

里头鱼儿乱拨甩。

谁要猜着这个谜，

许他下去随便逮。

采录地区：石家庄

四四方方一座海，

里头住了红旗儿乱拨甩，

谁耶猜着拣大里逮。

采录地区：行唐

你家缸，地下藏，

小蚕虫，养半缸。

你要猜出这个谜，

随便逮去炸着尝。

采录地区：永年

四四方方一个坑，

里边鱼儿数不清。

谁要猜着这个谜，

大鱼小鱼随便整。

采录地区：永年、沙河

### 枣蛆

家住青枝绿叶县，

二人打架俺不见。

将俺拉在衙门口，

粉红身子叫你看。

采录地区：沧州

俺家房子青时，

挂在高枝你够不着。

俺房子红时，

放在一堆你看不着。

谁知拆散俺房子把俺找，

找到俺把俺又抛弃掉，

俺哪对不起你？

采录地区：保定

生在高丽国，

住在红丝县。

少胳膊没有腿，

围着湖[1]州转。

采录地区：沧州

[1] 湖：核的谐音。

生在高中吊直线，

从小长大无人见。

你若要想把它见，

吹吹打打才见面。

采录地区：行唐

小孩儿生在洪洞县，

长到如今没人见。

今天过你衙门口，

你愿意看就看，

不愿意看就不看。

　　　　采录地区：行唐、沙河


家住高楼吊直线，

长了十七八没人见。

等着有了一日，

一日有了，

吹吹打打叫人看。

　　　　采录地区：石家庄


## 蛇

俺像一杆枪，

人人不敢蹚。

　　　　采录地区：邯郸


当街一棵枪，

是人不敢蹚。

　　　　采录地区：沧州


草中一根绳，

弯弯曲曲行。

猴子见了躲，

蛙见没性命。

　　　　采录地区：张家口


地嘞一杆枪，

人人不敢蹚。

　　　　采录地区：行唐


高山边上一团绳，

人人走来不敢动。

　　　　采录地区：张家口


锅台后一绺麻，

哪个小孩也不敢拿。

　　　　采录地区：滦平


花花绿绿迷彩衣，

一身轻功草上行。

只因出口就是毒，

毁掉一世好功名。

　　　　采录地区：行唐


蒺藜蔓绕地串，

鸟枪打看不见。

　　　　采录地区：石家庄、沙河


家有一盘绳，

是人不敢动。

　　　　采录地区：行唐


没脚没爪会走路，

细长身体嘴有毒。

常脱旧衣换新衣，

画它千万别添足。

　　　　采录地区：井陉


每隔数日蜕层皮，

虽没脚爪走哩急。

嗖嗖嗖嗖会攀树，

地面光滑步难移。

　　　　采录地区：井陉


每隔数月脱旧衣，

没有脚爪走得急。

攀缘树木多轻便，

光滑地面步难移。

采录地区：井陉


门旮旯后一捆麻，

是个人，不敢拿。

采录地区：行唐


南边地里一杆枪，

人人见了不敢蹚。

采录地区：行唐、沙河


身体花绿，

栖水栖陆。

走路弯曲，

开口恶毒。

采录地区：张家口


身子长又细，

无脚行千里。

有的戴眼镜，

有的穿花衣。

采录地区：井陉


体长似绳，

外表光滑。

没有手脚，

爬得很快。

采录地区：张家口


天生像根弯棍，

口大吐着红信。

一对小圆贼眼，

谁见谁都发瘆。

采录地区：石家庄


无脚也无手，

身穿鸡皮皱。

谁若碰着它，

吓得连忙走。

采录地区：滦南


一条绳子，

花花绿绿。

走起路来，

弯弯曲曲。

采录地区：井陉


院中有口井，

是人不敢捅。

采录地区：井陉


长长的，圆圆的。

花花的，尖尖的。

在土地钻。

采录地区：沙河


坐也是坐，

立也是坐。

行也是坐，

卧也是坐。

采录地区：石家庄


光生蛋，不懒窝，

爬出个孩子没手脚。

你要是一下碰见了，

一定吓你个仰巴跤[1]。

采录地区：永年

[1] 仰巴跤：仰身摔倒的意思。


树根盘着一盘绳，

胆儿小的不敢动。

闺女媳妇看见了，
一个劲儿喊叫叫不停。

采录地区：磁县

井台盘着一盘绳，
胆儿小的不敢动。

采录地区：临漳

好像一根捅火棍，
口吐信儿红咚盈盈。
一对小眼盯着你，
吓得你浑身直发冷。

采录地区：藁城

一根麻绳长又长，
谁要见了都叫娘。

采录地区：沙河

## 水牛

说它是牛不拉犁，
晴天不见它在哪，
雨天爱来茅草地。

采录地区：永年、沙河

钢板牙，带锯腿，
节节触角长如身。
软硬翅膀有四只，
多见爬来少见飞。

采录地区：永年、武安

肚子大，牙口强，
雨后出来做新娘。
不等对象你找到，

逮住你成了我口粮。

采录地区：武安

头插雉鸡翎，
身披素珠儿莲花儿。
走道儿腾身架膀儿，
危害果木罪恶大。

采录地区：行唐

## 虱子

高高山上一片草，
一群小狗往里跑。
木梳搜过捉不住，
篦子一搜就抓到。

采录地区：石家庄

喝人血的小魔王，
布州城里把身藏。
五个小伙捉住它，
玻璃瓦昂把命丧。

采录地区：行唐

两头尖尖当间鼓，
咯吧一生死里苦。

采录地区：邯郸

壬申生，乙酉养。
逢丁则禄，
遇甲有灾。
夏有三月磨难，
冬来大有亨通。
算其命来，

两子送终。

采录地区：唐山

壬申生，乙酉长。
天天喝红酒，
不见身体长。

采录地区：唐山

生在布州，
长在凤[1]阳城。
兖[2]州得病，
死在济宁[3]。

采录地区：衡水

[1] 凤：缝的谐音。
[2] 兖：眼的谐音。
[3] 济宁：挤拧的谐音。

生在肉中，
住在布州，
死在济宁州。

采录地区：沙河

生在深州，
长在丰县，
死在济南。

采录地区：行唐

头小肚大腿三双，
布州城里把身藏。
指头肚上判死刑，
指甲盖上见阎王。

采录地区：沙河

头小肚大腿三双，
外号叫作小红狼。
指头肚上判死刑，

指甲盖上见阎王。

采录地区：张家口

一个媳妇生得鬼，
脖子长着六根腿。

采录地区：行唐

站在毛头山，
吃的骨头肉。
死在经得几，
葬在手指甲。

采录地区：唐山

高山有蓬草，
有群兔儿在上跑。

采录地区：沙河

山上一片毛草，
藏着几个小妖。
篦子来搜无处逃，
指甲盖儿上报了销。

采录地区：保定

山上一片草地，
藏着几个小贼。
十员大将来搜，
两个老兵处死。

采录地区：正定

两头尖尖当间鼓，
就像一个酸枣核。
你是嗤啦嗤啦挠得苦，
它是咯巴一声死得苦。

采录地区：邯郸

大肚小脑袋，
脖梗子长出腿儿来。

采录地区：成安

生在肉州，
住在布州。
眼观城里得急病，
挤州城里送了命。

采录地区：行唐

黑不宁宁，撒散俺，
因为你害死俺。
肚子大，大耳唇，
走不动，埋怨谁。

采录地区：行唐

## 屎壳郎

从南来了个黑汉，
推一车豆馅。
你要猜准了，
叫你批一半儿。

采录地区：曲周

过来两个黑汉，
合推一个圆蛋。

采录地区：沙河

南边来了个黑汉儿，
推着一车糖蛋儿。
你要猜准，
叫你尝尝儿。

采录地区：行唐

南边来了一个瓮，
碰到墙上，砰！
掉在地上，啪！
拾起来看，
是个官儿。

采录地区：曲周

身穿黑盔黑甲，
头戴生铁犁铧。
能空中飞舞，
能泥里翻砂。

采录地区：沙河

身着黑盔黑甲，
体着皂袍乌纱。
既能腾云驾雾，
又能土遁尘沙。

采录地区：唐山

头戴乌纱身穿青，
又驾云来又蹬空。
苏州发来茅州物，
头朝下来使脚蹬。

采录地区：邯郸

小小轿车一身黑，
爱爬粪土疙瘩堆。
如若碰上一家人，
掀的掀来推的推。

采录地区：石家庄

滚蛋，滚蛋，
你猜准了给你吃一半。

采录地区：邱县、馆陶

你头朝下脚蹬，
他挺着胸手推。
为了一个球儿，
两个用尽了吃奶劲。

采录地区：临漳、沙河

黑哥黑哥你过来，
生铁犁铧你卖不卖？
妹子妹子你当我傻，
犁铧卖给你我的脑袋得搬家。

采录地区：石家庄

南边飞来一个将，
黑盔黑甲黑脸膛。
不小心撞到了北墙上，
啪的一声掉地上，
近前一看是个官模样。

采录地区：廊坊

东家雇了一个麦汉，
自带生铁犁铧片。
前腿挠，后退蹬，
半天只挖了一溜儿坑。

采录地区：沙河、永年

头戴尖顶盔，
身披黑青甲。
又能腾空飞，
又能钻地下。

采录地区：行唐

**螳螂**

肚大脑袋小，

手持大砍刀。
别看模样笨，
捉虫本领高。

采录地区：行唐

脑袋小得只剩下眼，
蛮腰细得只显肚大。
砍刀一对儿在前舞，
细腿儿两对在后撑。
要说他能干什么？
庄稼地里抓害虫。

采录地区：永年

肚大眼明头儿小，
胸前有对大砍刀。
别看样子有点笨，
捕杀害虫好灵巧。

采录地区：行唐

肚子大，脑袋小，
前臂自带大砍刀。
绿帽绿裙青坎肩，
捕捉害虫很灵巧。

采录地区：保定

肚子大，脑袋小，
胸前挂对小镰刀。
别看手脚长又细，
捕捉害虫本领高。

采录地区：行唐

肚子大，脑袋小，
胸前有对大镰刀。
别看样子长得笨，
捕捉害虫本领高。

采录地区：沧州

拿着刀，扛着锯，
出溜出溜上树去。

采录地区：沙河

身穿绿衣裳，
肩扛两把刀。
庄稼地里走，
害虫吓得跑。

采录地区：滦南

身子大，脑袋小，
胸前有对大刺刀。

采录地区：衡水

头插两根毛，
身穿青绿袍。
双手握大刀，
小虫见了逃。

采录地区：沙河

头戴绿帽，
身穿绿袍。
腰细肚大，
手拿双刀。

采录地区：石家庄

头是疙瘩状，
眉似两根棒。
穿件绿裙子，
捕蝉本领强。

采录地区：石家庄

一身绿衣裳，
两把大砍刀。
庄稼地里走，

害虫无处藏。

采录地区：沙河

肚大眼明头儿小，
手里拿着两把刀。
别看模样有点笨，
虫子一见拼命逃。

采录地区：沙河

眼明头儿小，
身穿绿袍儿。
腰细肚儿大，
捉虫却很灵巧。

采录地区：承德

头插两根毛，
身穿绿长袍。
捕捉害虫吃，
手舞两把刀。

采录地区：承德

肚子大，脑袋小，
自带两把大砍刀。
本想逮了知了吃，
不料它黄莺在我后。

采录地区：保定

驴脸，牛眼，
大肚，细腰。
身穿绿军装，
舞双带刺刀。

采录地区：衡水、邯郸

## 天牛

灰衣衫，白点点，
竹节角角有些软。
软硬翅膀有两对，
茅草地里经常见。

采录地区：永年、沙河

## 跳蚤

### 跳蚤

个子小，走路跳。
拿住不能吃，
跑了可惜了。

采录地区：沙河

两头尖尖鼓纵腰，
穿着一身紫红袍。
好比西天孙大圣，
缺少金箍棒一条。

采录地区：行唐

两头尖尖没有毛，
浑身穿着紫罗袍。
虽然不是孙悟空，
一个跟头不见了。

采录地区：石家庄

南边过来个小黑驴，
蹦蹦跶跶要吃人。

采录地区：衡水

南边来了个黑猴精，
打着跟头一溜风。
十个大将捉不住，
气得元帅直哼哼。

采录地区：行唐

南来一个小妖精，
一身紫裳很风情，
半夜整得俺睡不着。
起身点灯想找他算算账，
一蹦三跳没了影。

采录地区：涉县

南来一个黑汉子精，
一溜把式一溜风。
十个衙役没抓住，
把大老爷气得乱哼哼。

采录地区：沙河

个子小，跳得高。
将将[1] 在咬我，
撩开单子不见了。

采录地区：邯郸

[1] 将将：刚刚的意思。

个子小，跳得高。
刚刚在咬你，
翻开被窝不见了。

采录地区：邢台

小头尖尖的，
大肚膨膨的。
只听咯嘣一声，
就留下紫皮红血。
紫皮是你的，红血是我的。

采录地区：邯郸

你本想安静睡一会儿，

谁知来了一个红妆小美人。

钻进你被窝就亲你，

你掀起被子想会会她。

哪想她一蹦三跳，

让你只看见了一个影儿。

采录地区：邯郸


今有一个小妖精，

不请自来到我床。

半夜三更看看她，

一蹦不知去哪方。

采录地区：廊坊


今有一个小红娘，

不用请她自上床。

难忍骚扰掀被窝，

四处找她不见她。

采录地区：滦南


美女窈窕，

一蹦老高。

半夜亲你，

起个大包。

采录地区：大名


针尖大小本领高，

三蹦两纵不见了。

不怕猛兽敢欺人，

黑呀拱哩睡不着。

采录地区：行唐


## 虼蚤

南边过来一群兵，

一溜跟头打进城。

被单里面汗洪洪，

肉山一座啃不动。

采录地区：沙河


不知哪儿来一群兵，

悄没声地进了城。

找到肉山使劲咬，

主人还击也不留情，

嘎嘣嘎嘣就判了死刑。

采录地区：峰峰


## 狗蚤

别看天下数俺小，

皇帝老子我敢咬。

五个将军来捉俺，

打个跟头不见了。

采录地区：沙河


嘴尖不长毛，

身穿紫红袍。

走路蹦蹦跳，

黑呀把人挠。

采录地区：行唐


## 跳蚤、虱子

生在深州，

住在丰县。

搬到涿州，

死在济南。


## 土鳖

身穿黑大衫，

隐身黑暗处。

别看样子丑，

吃它能续骨。

采录地区：武安、沙河

叫它鳖，不是鳖，

长着翅膀会飞嘞。

埝土里，砖头下，

抓它最好晚上抓。

采录地区：邯郸

身穿黑裙黑袄，

掉到暗处难找。

夜里拿灯一照，

噌噌满地乱跑。

采录地区：沙河、行唐

说它是鳖，

不曾下水。

要给鳖比，

公的能飞。

采录地区：元氏、徐水

腰围小黑裙，

身穿小黑袄。

生来喜欢潮湿，

中药说它是宝。

采录地区：廊坊

有位黑先生，

身穿一身黑。

黑夜才出来，

一心吃小虫。

找它得用灯。

采录地区：石家庄

# 蚊子

## 蚊子

唱着小曲进绣房，

红罗帐里会鸳鸯。

一杯美酒未下肚，

啪的一声见阎王。

采录地区：行唐

从南来了一群兵，

喝喝哩哩进了城。

刀子斧子全不怕，

就怕西北哨子风。

采录地区：滦南

大道来了一营兵，

哼哼嗡嗡不住声。

棍子棒子都不怕，

烟熏火燎才住声。

采录地区：唐山

空中有一兵，

嗡嗡叫不停。

不怕棍棒打，

专门把人叮。

采录地区：沙河

口似银针，

身似飞艇。

打破它皮，

流出我血。

采录地区：唐山

南边过来一群兵，

吹吹打打进了城。

听到啪的一声炮，
嗡嗡叫着各西东。

采录地区：井陉


南边来了一群兵，
吹吹打打进了村。
枪刀剑戟它不怕，
就怕熰[1]火起烟尘。

采录地区：沙河

[1] 熰：柴草未充分燃烧而产生大量的烟。


南边来了一群兵，
刀枪他不怕，
就怕一股大黄风。

采录地区：蔚县


身似芦苇嘴似针，
细手细脚进我门。
一身白肉任你甩，
还在耳前道真情。

采录地区：蔚县


为你打我，
为我打你。
打得你皮开，
打得我出血。

采录地区：滦县、乐亭


为我打你，
为你打我。
打破你的肚皮，
却出我的血。

采录地区：行唐


嗡嗡哼哼一队兵，
不成队列在空中。

刀枪棍棒都不怕，
就怕一阵凉秋风。

采录地区：石家庄


小飞贼，水里生，
干坏事，狠又凶。
偷偷摸摸吸人血，
还要嗡嗡说一通。

采录地区：蔚县


小时能游泳，
长大空中飞。
夜晚来偷袭，
是个吸血鬼。

采录地区：张家口


小小一群贼，
多在暗中歇。
夜间走出来，
不偷金钱只偷血。

采录地区：行唐


一个刺客身材小，
夜行衣服全身罩。
飞檐走壁本领好，
刺到一枪就飞逃。

采录地区：唐山


小鬼一个细又长，
阎王殿里来告状：
"我只是雪地打井喝口水，
哪想他一巴掌把我小命伤。"

采录地区：廊坊


一个物件真奇怪，
生来专喝人哩血。

0125

你要敢喝俺哩血，

打破你哩肚皮，

流出俺哩血。

采录地区：行唐

一物人人都讨厌，

花言巧语将人骗。

说是闻闻啥滋味，

一口叮俺一个大疙瘩。

采录地区：行唐

有一飞来将，

嗡嗡进营房。

为取他人血，

不惜自命亡。

采录地区：石家庄

长臂长腿的长六郎，

吹吹打打进绣房。

忽被人家打巴掌，

骨头粉碎肉成浆。

采录地区：唐山

长胳膊长腿长六郎，

夏天有，冬天藏。

采录地区：保定

长胳膊长腿长六郎，

吹笛打鼓进了房。

第一口吃的白面饼，

第二口吃的血灌肠。

采录地区：井陉、沙河

长胳膊长腿长六郎，

哼哼唧唧进绣房。

有心喝他红糖水，

就怕小命见阎王。

采录地区：青龙

长脚小儿郎，

吹箫进洞房。

喝了红花酒，

拍手见阎王。

采录地区：张家口

长脚小儿郎，

夜晚吹箫忙。

偷吃朱砂酒，

拍手一命亡。

采录地区：行唐、沙河

长脚小儿郎，

吹箫入帐房。

爱吃红花酒，

拍手小命亡。

采录地区：唐山

长脚小儿郎，

吹箫入华堂。

喝杯朱砂酒，

霹雳见阎王。

采录地区：唐山

长腿一小兵，

嗡嗡叫不停。

生性爱吸血，

因贪失了命。

采录地区：石家庄

长脚长手长六郎，

嗡嗡嗡嗡飞进房。

你要敢喝俺的血，

两手打你见阎王。

长腿小儿郎，
吹箫入洞房。
喜饮黄花水，
死在掌下边。

生在臭水飞在空，
整天只会瞎哼哼。
总想盯人寻美食，
烟火一熏没踪影。

草料房住着一营兵，
嗡嗡叽叽不住声。
本来是给牛取草料，
没想到让它们吃了我一身红。

身像干草嘴像针，
细胳膊细腿细腰身，
嗡嗡一哄闯进我家门。
棍子棒子都不怕，
烟熏火燎才住声。

本想打你一巴掌，
我倒挨了一巴掌。
打得你只剩一张皮，
沾手上的却是我的血。

闻到哪里有人味，
我就来到他身旁。

听过情人悄悄话，
见过夫妻卧一床。
发现谁的肉鲜嫩，
上前亲亲又何妨。
就怕啪的一声响，
留下血污小命亡。

### 牛毛蚊子

高高山上一营兵，
骑马吵闹到五更。
不怕曹兵有百万，
只怕孔明借东风。

### 蜗牛

俺家养了一头牛，
天天驮着房子走。

圪拧檩，圪拧梁，
盖了一间圪拧房。
狗蚤蚊子飞不进，
里面老牛在歇凉。

没有脚，没有手，
背着房子四处走。

名字叫作牛，
不会拉犁头。

说它力气小，
背着房子走。

采录地区：行唐、永年、沙河

奇怪奇怪真奇怪，
骨头长在肉皮外。

采录地区：行唐、邯郸

奇怪奇怪真奇怪，
皮肉在内骨在外。

采录地区：沙河

奇怪真奇怪，
骨头长皮外。
腿脚都没长，
却能爬上墙。

采录地区：张家口

曲里拐弯一间房，
蝇子狗蚤进不去，
一个老牛往里藏。

采录地区：沙河

曲流木曲流梁，
抬咪三间曲流房。
蝇子蚊子进不去，
牤牛犊子往里藏。

采录地区：行唐

头顶两只角，
身背一只镀。
只怕晒太阳，
不怕大雨落。

采录地区：滦南

头长两只角，
身穿琉璃甲。
喜欢清风细雨，
只怕太阳晒它。

采录地区：张家口

小小一头牛，
样子像纽扣。
别看力气小，
背着房子走。

采录地区：石家庄

一个瓦罐扭狮嘚口，
擩进牛头擩不进手。

采录地区：井陉

拴着屋，拴着房，
拴着自己上了墙。
天阴墙湿还好些，
烈日一晒死在墙。

采录地区：沧州、永年

扭扭顶，扭扭墙，
盖了一间扭扭房。
有个扭扭里边住，
就像紧身好衣裳。

采录地区：涉县、沙河

奇怪瞎，瞎奇怪，
生来自把房子带。
出门驮着房子走，
睡到哪里都自在。

采录地区：永年、鸡泽

两只角角长在头，
都说它是一头牛。

拉不动犁来套不上车，
却能驮着房子墙头卧。

采录地区：永年、沙河

一个瓦罐扭四扭，
盛下牛头擩不进手。

采录地区：行唐

没有脚，没有手，
背起房子却能走。

采录地区：石家庄

说牛不是牛，
背起房子就能走。

采录地区：行唐

## 蜈蚣

红船头，黑篷子。
二十四把快篙子，
吓坏多少小孩子。

采录地区：张家口

奇怪奇怪真奇怪，
一物浑身长胡腮。

采录地区：衡水

山上一挂鞭，
人人不敢捡。

采录地区：张家口

穿着大红袍，
头戴铁甲帽。
叫叫我阿公，

捉捉我不牢。

采录地区：滦南

一物生来就奇怪，
一节一节连起来。
数数圪节二十六，
数数细腿四十八。

采录地区：武安

就像一艘小龙舟，
高举在前是红船头。
二十四对双划桨，
个个穿着黑丝绸。

采录地区：磁县

## 蚰蜒

### 蚰蜒

一物生来就奇怪，
一节一节连起来。
要数圪节一十八，
要数细腿三十二。

采录地区：武安

小小一挂鞭，
只敢踩来不敢捡。

采录地区：武安、沙河

乍看一把乱丝线，
细看骨节一小串儿。
小脸短短还算可，
一看细腿打冷战。

采录地区：承德

## 钱串子

两排长腿像胡子，
胡子还比腿来长。
白个睡在阴湿地儿，
夜里出来找食粮。

采录地区：永年

长胡子缕缕是两根，
长腿数数三十多。
夜里出来找食儿吃，
白天出来阴雨多。

采录地区：涉县、馆陶

有钱带在身上，
出门不带干粮。
吃啥自己逮点儿，
不花一点儿银两。

采录地区：曲周、隆尧

自己跑得快，
还怕壁虎捉。
一旦遇危险，
留下腿来给你吃。

采录地区：鸡泽、任县

## 蜥蜴

### 蜥蜴

长有一巴掌，
形像大恐龙。
地里跑得开，
水里乱不挺。

采录地区：行唐

身体像蛇长四脚，
沙石地上能快跑。
一旦遇到危险时，
甩掉尾巴就逃跑。

采录地区：行唐、沙河

孩子说，
那是壁虎跑到了地。
老师说，
那是恐龙留下来的孙。
你想逮个细看看，
丢给你一个尾巴它跑了。

采录地区：平山

## 地出律子[1]

庄稼地里，
跑得瞎快。
好像抓住了，
只是个尾巴。

采录地区：永年

[1] 地出律子：永年方言称蜥蜴为地出律子。

## 蟋蟀

### 蟋蟀

爱在草丛钻，
唱歌大声喊。
就是命太短，

从未过个年。

采录地区：张家口

家住暗角落，
身穿酱色袍。
头戴黑铁帽，
打仗逞英豪。

采录地区：蔚县

家住石板桥，
身穿酱紫袍。
头戴黑铁帽，
打架逞英豪。

采录地区：张家口

头戴周瑜帽，
身穿张飞袍。
自称孙伯符，
脾气像马超。

采录地区：滦南

住在茅山九曲湾，
唱歌奏曲不使闲。
弟弟妹妹虽爱我，
从不与我过冬寒。

采录地区：唐山

头插野鸡毛，
身穿黑龙袍。
弹琴又唱歌，
从来不走调。

采录地区：承德

## 促织

西邻姑娘真辛苦，

夜深人静还织布。
天天织到蒙蒙亮，
有鸡跑来才停住。

采录地区：任丘

有个俏姑娘，
秋来备嫁妆。
夜夜织织织，
忙到大天亮。

采录地区：张家口

邻家有个小媳妇，
秋来夜夜劳作苦。
只听织织织不停，
不见织出一寸布。

采录地区：河间

秋夜东邻女主人，
夜夜都喊织织织。
天亮跑到东家看，
不见织出一寸布。

采录地区：永年

有个俏姑娘，
爱穿紫红裳。
夜夜喊织布，
没织一寸长。

采录地区：沧县

## 苏住儿

身穿大灰袍，
头戴野鸡毛。
白晌里无声，
黑呀又跳又叫。

采录地区：行唐

戴着雉鸡翎，

镶着大板牙。

公的打架不要命，

母的织布到天明。

采录地区：邯郸

## 蝎子

### 蝎子

俺房后头一块铁，

人人过来不敢捏。

采录地区：沙河

扁平身子尾巴长，

石头底呀把身藏。

一不小心把它动，

翘起尾巴攮一枪。

采录地区：行唐

道儿上啊一块儿铁，

过来过去不敢捏。

采录地区：井陉、行唐

毒头上两条长眉，

尾巴尖一支毒针。

谁要敢碰一碰，

叫你疼得难忍。

采录地区：沙河、石家庄

后门挂个秤，

人人过去不敢动。

采录地区：张家口

门旮旯后一杆秤，

十个人，不敢碰。

采录地区：沙河

屁股上长了个毒牙，

天天黑夜墙上爬。

别看它不大，

谁见了谁怕。

采录地区：沙河

前有毒夹，

后有尾巴。

全身二十一节，

中药铺要它。

采录地区：沙河、行唐

走路呼啦啦，

披了八卦纱。

都说它不大，

阎王爷见了也怕。

采录地区：石家庄

炕上爬来一块铁，

谁也害怕被它蜇。

采录地区：永年、武安

头顶上两根长眉，

尾巴尖一杆毒针。

谁要敢碰它一碰，

管教你疼得难忍。

采录地区：石家庄

前列两把板斧，

后架一杆毒枪。

你敢背后偷袭，

小心我前后夹攻。

俺家女将生来猛，

前挥两钳锤，

后施一毒枪。

有人来叫阵，

一枪攘你个大窟窿。

席沿底下一秤钩，

十人见了九人愁。

### 蝎虎

物件不大四根腿，

锥子尾巴瓜子嘴。

### 全蝎

八条腿分两旁，

尾巴当作枪。

若是中了风，

服下保健康。

肚大脑袋小，

有对大镰刀。

镰刀真是怪，

捉虫不割草。

### 蝎子、蜘蛛

出东门，进西门，

碰见两个不是人。

一个使针不使线，

一个使线不使针。

### 杨喇子

一人出马万杆枪，

树木朗林摆战场。

有朝一日秋风起，

收拾收拾罐里藏。

山上下来个团练，

一身插满万根箭。

谁敢碰我一箭头，

要你疼痛到天明。

一个小伙儿穿身黄，

站在高山他为王。

狼虫虎豹他不怕，

就怕霜打树叶黄。

小人小国小刀枪，

站在高山它为王。

豺狼虎豹都不怕，

就怕霜打树叶黄。

## 蚜虫

密密麻麻一大片，
蛄蛹蛄蛹乱动弹。
个个都像小蜘蛛，
咬得棉叶只裹卷。

采录地区：成安

小时白点点一片儿，
大了红莹莹一堆儿。
个个都像小虼蚤，
专咘棉花新尖尖。

采录地区：成安

远看白蒙蒙一片，
近看小蜘蛛赶蛋。
个个嘴尖叮着桃叶，
咬得桃芽直裹卷。

采录地区：深州

## 萤火虫

头戴红礼帽，
身穿黑马褂。
它在前边走，
灯笼后边拿。

采录地区：井陉

打远处看是颗星，
从近处看像灯笼。
到底是什么，
原来是只小飞虫。

采录地区：张家口

白天睡，夜间行，
尾巴上面挂星星。

采录地区：衡水

飞虫尾巴明，
黑夜亮晶晶。
古有人借用，
读书当明灯。

采录地区：张家口

老远哩看像颗星，
近了看像灯笼。
你要问它是什么，
原来只是一个虫。

采录地区：行唐

日里草间住，
夜里空中游，
只见屁股不见头。

采录地区：张家口

身着电光衣，
常在草上嬉。
暗里发亮光，
白昼草里藏。

采录地区：唐山

头戴天地玄黄，
身穿珠影夜光。
勿怕云腾致雨，
只怕露结为霜。

采录地区：唐山

夏家姑娘，
夜间乘凉。
身带灯笼，

忽暗忽亮。

采录地区：张家口

小飞虫，尾巴明，
黑夜闪闪像盏灯。
古代有人曾借用，
刻苦读书当明灯。

采录地区：蔚县

小姑娘，夜纳凉。
带灯笼，闪闪亮。

采录地区：滦南

小小昆虫，
夜晚飞行。
穿街过巷不迷路，
全凭尾巴上的灯笼。

采录地区：沙河

夜间像繁星，
白天无影踪。
野外落草丛，
最怕过严冬。

采录地区：怀来

一个小飞虫，
尾巴昂放光明。
白晌看不见，
黑夜闪闪像盏灯。

采录地区：行唐

一物生来亮晶晶，
飞来飞去赛流星。
它能给人当灯用，
还教人们搞发明。

采录地区：衡水

顺风飞来一团亮，
盘在坟地半野空。
夜里都说是鬼火，
白天查看是飞虫。

采录地区：永年

远看像颗星，
近看是灯笼。
你再仔细看，
原来是飞虫。

采录地区：沙河

走夜路，月里头，
一点蓝光在前头。
你要跟着往前走，
一定带你到野狼沟。

采录地区：平山

远看一点火，
近看一盏灯。
白天不出来，
晚上来照明。

采录地区：井陉

日里草中住，
夜晚空中游。
屁股闪闪亮，
始终不见头。

采录地区：承德

人家灯笼挑在前，
它家灯笼挂在后。
问它这算哪家事，
它说是给别人照明嘞。

采录地区：邯郸

远看是闪闪明星，

近看是蓝光灯笼。

夜里它在空中飘动，

白天看原来是只虫。

采录地区：武安

## 鱼虫

兄弟阋于墙，

两下不相让。

你死我不活，

渔翁来收场。

采录地区：唐山

河边一条虫，

浑身透着红。

钓鱼的去抓它，

为得钩上用！

采录地区：衡水、邯郸

## 蟑螂

像个促织的，

不在庄稼地。

哪里有吃的，

哪里就安窝。

采录地区：邢台、邯郸

模样像促织，

不会吱吱叫。

哪有吃的哪安家，

气得主人嗷嗷叫。

采录地区：石家庄

## 蜘蛛

### 蜘蛛

八角顶子细栏杆，

造成一座遮天关。

有虫从我关中过，

要留性命难上难。

采录地区：张家口

黑脸包丞相，

坐在大堂上。

扯起八卦旗，

专拿飞来将。

采录地区：滦南

南沿来了个黑炭子，

哧溜哧溜拐线子。

采录地区：行唐

南阳诸葛亮，

坐在中军帐。

摆起八卦阵，

要捉飞来将。

采录地区：多地

奇奇巧，巧巧奇，

脚蹬屋檐编笊篱。

采录地区：邯郸

前房檐儿，

后房檐儿，

两个媳妇儿打悠闲儿。

采录地区：滦南

它的体儿强，

身穿暗褐装。

有气管，有肺囊，

腹部还有秘密藏。

长有小小纺织器，

捕捉飞虫布罗网。

采录地区：行唐

先修十字街，

再修月花台。

身子不用动，

口粮自动来。

采录地区：蔚县

先修十字街，

再造八卦台。

主人中堂坐，

单等食物来。

采录地区：张家口

小姑娘，嘴巴尖，

做个筛子照见天。

打雷下雨都不怕，

就怕碰到竹竿尖。

采录地区：张家口

小小诸葛亮，

独自做文章。

造就空城计，

单捆飞来将。

采录地区：唐山

小小诸葛亮，

独坐中军帐。

摆开八卦阵，

单抓飞来将。

采录地区：邯郸

小小诸葛亮，

稳坐中军帐。

摆开八卦阵，

单拿飞虎将。

采录地区：张家口

小小诸葛亮，

坐在屋梁上。

布下天罗网，

专捉飞来将。

采录地区：张家口

一个东西豌豆般大，

拉出屎来斗笠般大。

采录地区：衡水

一个老头八十八，

蹲在房檐拉屉屉。

采录地区：沙河、行唐

一个老头真稀奇，

房檐底下编笊篱。

采录地区：衡水、张家口

一个烧饼，两个盖，

一个老婆在里抽线嘞。

咋你不点灯，

俺家没个油各丁。

采录地区：沙河

一个小姑娘，

整天价忙。

不是纺线，

就是织网。

织了网儿不捉鱼，

单等飞虎将送上门。

采录地区：行唐

一个英雄汉，

设下天罗网。

整天打埋伏，

专捉飞来将。

采录地区：张家口

一位老公公，

撒网半天空。

早上网珍珠，

晚上捉小虫。

采录地区：行唐

有个姑娘，

事儿真忙。

又是纺线，

又是织网。

织了网儿不捉鱼，

捕了小虫当口粮。

采录地区：沙河

真像诸葛亮，

自坐中军帐。

遥控八卦阵，

单等飞来将。

采录地区：井陉

身子光光，

却会织网。

扯起八卦旗，

专拿飞天将。

采录地区：承德

一个老头真稀奇，

房檐底下编笊篱。

说你累咾歇歇吧，

麻绳拽着屁股里。

采录地区：行唐

大宋杨六郎，

站在元帅帐。

把住三关口，

捉拿飞虎将。

采录地区：行唐

## 红蜘蛛

春来麦叶上，

一堆红瓤瓤。

个个蚜虫小，

布的麦子不能长。

采录地区：大名

二　植物类

# 1

## 草木类

### 柏树

家庙想，佛殿想，
疙里疙瘩往上长。
人家十年成大梁，
它百年才长碗口样。

采录地区：永年

### 苍耳子

不点儿不点儿，
浑身净眼儿。
不大不大，
浑身净把儿。

采录地区：滦南、沧州

不大不小酸枣核儿，
浑身是刺你捏不住。

采录地区：永年

俺在枝头凉风哩，
你来蹭俺干啥嘞？
跟你走了没几步，
就把俺扔到草地里。

采录地区：永年、沙河

### 艾草

传统一中药，
苍挺三尺高。
端午好人家，
采来挂门梢。

采录地区：永年

### 白蒿

春来荒地里，
铺地一团团。
鲜吃顺大气，
干吃找药店。

采录地区：广平、邱县

### 臭蒿子

沟边一扑棱，
割来拧成绳。
晾干点着它，

来熏蚊与蝇。

采录地区：平山

## 楮桃树

大枝杈，小枝杈，
枝杈上面挂朱砂。
摘个红果尝尝吧，
吃得满嘴血啦啦。

采录地区：永年

叶如金刚叉，
果如山楂红。
多见是蓬棱，
少见成大树。

采录地区：邯郸

## 椿树

邻家媳妇爱打扮，
春天头上挂了一串串。
秋风一吹飘银片，
生儿育女很随便。

采录地区：沙河

活着不被看重，
死后被人相中。
做成箱柜床，
年年陪新娘。

采录地区：沙河

## 冬青

粗一看是茶树，
近一闻没茶香。
不怕霜打雪冻，
一年四季常青。

采录地区：石家庄

## 杜梨树[1]

曲溜树曲溜弯，
曲溜树上挂酸丹。
脚又蹬手又扳，
上了树上摘酸丹。
着了嘴里尝个鲜，
嘴又呱叽眼又酸。

采录地区：衡水

[1]　杜梨树：生长在田野地界上的一种野生果树。

曲溜树，曲溜弯。
曲溜树昂长青蛋，
又湿巴又酸。

采录地区：行唐

## 浮萍

叶子扁平像小船，
叶子下面生须根。
千层浪打依然聚，
万阵风颠永不沉。

采录地区：行唐

城市淀子里，

水面绿油油。

风来随风去，

没风聚一起。

　　　　采录地区：永年


有根不着地，

有叶不开花。

日里随风去，

夜里不回家。

　　　　采录地区：张家口


有根不带砂，

有叶不开花。

有风随风去，

无风停在家。

　　　　采录地区：张家口


## 甘蔗

长得像竹不是竹，

周身有节不太粗。

不是紫来就是绿，

只吃生来不吃熟。

　　　　采录地区：张家口


此秆很甜，

俺这不生。

要吃其鲜，

广西广东。

　　　　采录地区：邯郸


## 圪针窝

青珠宝，红珠宝，

珠宝身边有保镖。

你要敢把珠珠碰，

不扎你手来就扎你脚。

　　　　采录地区：永年


你这人，太慌张，

一下撞到俺身上。

俺想给你道个歉，

你只喊"扎死俺，扎死俺！"

　　　　采录地区：灵寿


钩镰枪，为自防。

你不偷人家果子，

人家也不会把你伤。

　　　　采录地区：沙河


俺在岗梁沿打坐哩，

谁让你来摘俺果果哩。

外边青的你不摘，

要摘里边红嘣儿的。

你不挨扎，谁挨扎？

　　　　采录地区：武安、沙河


钩镰枪，钩镰枪，

钩镰枪长在树枝上。

谁敢手摘树上果，

扎你的肉来钩你的皮。

　　　　采录地区：大名

## 葛针 [1]

不大的木头一个弯，

一头是马蹄，

一头是山尖。

采录地区：行唐

[1] 葛针：属李科植物酸枣的棘刺。

竖着不能正，

躺那不能平。

一头是马蹄，

一头裁缝用。

采录地区：魏县

## 桂花树

两叶花四朵，

颜色白又黄。

一年开一次，

八月放异香。

采录地区：蔚县

花不大，香不小。

春不开，八月放。

采录地区：广平

花不大，香不小。

春不开，中秋找。

采录地区：广平

## 含羞草

一棵草有知觉，

轻轻一碰它就低头了。

采录地区：行唐、沙河

有种草儿真奇怪，

没有理它叶自开。

有人转转碰碰它，

个个叶儿合起来。

采录地区：大名

一位小姑娘，

身穿绿衣裳。

碰碰就低头，

一副羞模样。

采录地区：衡水

说它是棵草，

为啥有知觉。

轻轻一碰它，

害羞头低下。

采录地区：张家口

## 花椒树

昨天我从山前过，

看见小姐裤裆破。

不爱小姐黑心肝，

就爱小姐两半个。

采录地区：邯郸

麻麻的树，

刺刺的枝，

红骡的下了个黑骡的驹儿。

采录地区：武安

圪溜[1]拐弯树一架，

身上长着老板牙。

红红果实麻辣味，

炒菜祛腥都用它。

采录地区：行唐

[1] 圪溜：指弯曲不直。

圪溜树，奔拉枝，

红马生了个黑驴驹。

采录地区：邯郸

枝杈树，枝杈枝，

枝杈上面长刺刺。

结着串串小葡萄，

你要敢吃麻死你。

采录地区：邯郸、邢台

## 槐树

### 槐树

它一开花天气凉，

结就豆角不多长。

掰开豆角尝一尝，

管你苦得直叫娘。

采录地区：永年

### 刺槐

看叶一样俺有刺，

开花俺是春天的。

采俺花来做苦力，[1]

它花才是真苦的。

采录地区：赞皇

[1] 注：指把槐花与面粉搅拌一起，做成的食物。

看叶一样俺有刺，

俺是春天开花哩。

俺花一开满村香，

采下还可蒸苦力。

采录地区：元氏

## 灰灰菜

岗上地边一团草，

人家都青就它灰。

少吃可以度春饿，

多吃就会脸发虚。

采录地区：武安

## 蒺藜

### 蒺藜

从南来了个慌张，

一步踩在俺身上。

俺不吭气，

他还嘟囔。

采录地区：沧州

从地里走出一个姑娘，

一脚踩到俺身上。

俺以为她要亲俺哩，

谜语·河北卷（一）

**物谜**

谁知道她把俺扔进路沟，
还一个劲儿嘟囔哩。

采录地区：永年、武安

南来哩北往哩，
俺是这儿生哩，
俺是这儿长哩。
俺倒不惹你，
你倒嘟脸子嘟囔哩。

采录地区：石家庄、邢台

小时候一丁丁，
长大了一匍丛。
开的是黄花，
结的是银钉。

采录地区：保定

不大不大，
浑身是把儿。
路边沟沿，
离它远些。

采录地区：沙河

豆儿哩大，
豆儿哩大，
一嘴咬得圪蹾下。

采录地区：沙河

你是南来哩，
俺是北往哩。
那是你踩着俺，
还嘟嘟囔囔哩。

采录地区：沙河

远看葱绿一片，
近看黄花朵朵。

别看我玩意不大，
还得翘着脚摘我。[1]

采录地区：滦南

[1] 注：这种植物滦南话叫精灵狗子，赤脚下地的时候经常
扎脚，所以说还得翘着脚摘。

南来哩，北来哩，
踩着老爷子脊梁哩。
老爷子还不说嘛哩，
你还嘟囔嘟囔嘟囔哩。

采录地区：石家庄

你是南来北往的，
俺是根生土长的。
你踩俺俺不说嘛，
你还嘟嘟囔囔哩。

采录地区：行唐

南沿来唻个狼，
躺在道边昂。
一把抓住俺，
哎哟我的娘。

采录地区：行唐

南来一个割草哩，
拿着镰刀砍俺哩。
俺备了刺要扎他哩，
谁知他把俺煮熟喂猪哩。

采录地区：永年、沙河

一棵草，顺地跑。
开黄花，结小桃。
名字就叫哎哟哟。

采录地区：行唐

一棵草，满地跑。
开黄花，结核桃。

小名叫个啊哟哟。

采录地区：井陉

一棵草，遍地跑。

开黄花，结元宝。

采录地区：沙河

小哩小拧拧，

大咾一扑楞。

开黄花，结棱灯。

采录地区：行唐

小时一星星，

长大一扑棱。

开黄花，结流星。

采录地区：沙河

一条绳，拧三拧。

开黄花，结棱灯。

采录地区：沙河

板凳子，四楞子。

开黄花，结粽子。

采录地区：石家庄

一草苗，四面条。

开黄花，结元宝。

小名叫个哎吆吆。

采录地区：宣化

小哩一拧拧，

大咾一扑楞。

开黄花，结棱灯。

老头踩上不念应，

小孩踩上直哼哼。

采录地区：行唐

一个人太慌张，

一下撞到俺身上。

俺还没说话，

他倒先嘟囔。

采录地区：行唐

一个老婆儿走哩慌慌张张，

一下子走哩姑娘身上。

姑娘不念应，

老婆儿直嘟囔。

采录地区：行唐

## 荆棘

地头嘞，沟沿边，

爬在地上一大片。

开嘞黄花一大串，

结嘞榾柮刺刺尖。

采录地区：永年

去地嘞，回家嘞，

捏是地头自长嘞。

你踩人家人不吭，

你还嘟嘟囔囔啥哩。

采录地区：永年、武安

一棵草，就地爬。

开黄花，结疙瘩。

谁都喊它唉呀呀。

采录地区：赞皇、元氏

## 节节草

青竹竿，十八节。

只长根，不长叶。

蹊跷蹊跷真蹊跷，
地里长着没叶儿草。

蹊跷家里说蹊跷，
好像竹竿就地跑，
光长圪节不长叶儿。

一节一节小竹竿，
光长圪节不长叶儿。

## 荆条

东蓬楞，西蓬楞，
蓬楞上打着紫补丁。
秋来砍下一大捆，
编成箩筐把物盛。

抽条条，开紫花，
割来条条编篮篮。

## 老鸹瓢

起小针似的，
长大盆儿似的。

它妈打它它不跑，
大风吹来四处蹽。

## 柳树

### 柳树

冬天一树随风飘，
春来垂下绿丝绦。
五九六九去看它，
隔河是青近看无。

春来一树小松果，
公的不吃母的吃。
和叶一焯蒜蓉菜，
加面一蒸是苦力。

折下一根棒棒，
随手插到路旁。
几年长成大树，
垂下条儿特长。

### 白皮柳

河边美娇娘，
捆绑扛回房。
剥了它裤子，
编成篮子筐。

## 杞柳

长哩一大蓬隆，

根根一人多长。

割来剥了它的皮，

编成簸箩编成筐。

采录地区：永年、鸡泽

## 芦苇

小时青，老时黄，

光结穗子不打粮。

采录地区：行唐

空心树，叶儿长，

挺直腰杆一两丈。

到老头发白苍苍，

光长穗子不打粮。

采录地区：承德

空心树，叶挺长，

高高秆子一两丈。

到老满头白花花，

光结穗子不打粮。

采录地区：行唐、井陉

小竹竿，叶儿长，

一节一节往上长。

顶头结出一大穗，

光飘白花不打粮。

采录地区：磁县

## 马皮包 [1]

此物雪白如蛋，

老而苍色发暗。

身体轻朽无质，

内含灰尘细面。

采录地区：晋州

[1] 马皮包：学名马勃，一种真菌类生物，俗称马皮包、马
粪包，灰包科。可做中药，用于治疗咽疼、失音等症，
外敷可止血。

小时如蛋清雪白雪白，

老时如牛粪灰黄灰黄。

你要敢去捅破它，

让你鼻涕两通泪两行。

采录地区：滦县、邢台

## 马齿苋

### 马齿苋

俺叶是酸了，

咱茎是黏哩。

想让俺死，

除非你不让俺接地气。

采录地区：永年、沙河

酸酸的叶子黏黏的茎，

和面打糊放辣椒，

蘸着馒头顶菜哩。

采录地区：曲周

### 死不了

俺叶是酸了，

咱茎是黏哩。

想让俺死，

除非你不让俺接地气。

采录地区：永年、沙河

麦地里，沟渠边，

春来长出锯齿芽。

雨前采来是好菜，

明后难吃怨开花。

采录地区：邯郸

## 蒲公英

小小伞，一团团，

风儿一吹满地转。

采录地区：衡水

一个小球毛蓬松，

又像圆哩又像绒。

待到来年三四月，

路边开满黄灯笼。

采录地区：行唐

个个小伞兵，

随风来飞行。

落到土地上，

生根扎下营。

采录地区：张家口

## 桑树

春来一树好叶，

五月一树好果。

叶子喂了蚕宝宝，

果子留下给孩子叼。

采录地区：沙河、临漳

一树全身宝，

树叶蚕吃了，

果子人吃了。

采录地区：滦县、邢台

## 沙蓬草

### 沙蓬草

小时针尖大，

长大缸口粗。

翻山越过坡，

临死落在沟。

采录地区：张家口

生在老河边，

长在白沙滩。

没刺猪还吃，

## 荠菜

春来麦地沟渠边，

长出几片锯齿芽儿。

此时采来最好吃，

再晚就会开白花。

采录地区：保定

有刺羊不舔。

采录地区：永年

## 沙蓬蒿

小哩一宁宁，

大咾一扑棱。

活着不会动，

死咾蹦三蹦。

采录地区：行唐

## 刺蓬

蹚水嘞，过河嘞，

俺是沙滩自长哩。

你踩俺一脚俺不吭，

你还在那嚷嚷哩。

采录地区：武安、永年

## 干刺蓬

三伏天俺是湿的，

三九天俺是干的。

站在那没人害怕，

就怕黑月头，

路沟里顺风轱辘。

采录地区：武安、永年

## 粘蓬

生在老河边，

长在白沙滩。

割俺干啥哩，

回家喂猪嘞。

采录地区：永年

## 石榴树

窗户里窗户外，

窗户外头把树栽。

树上挂着红灯笼，

灯笼里头百子待。

采录地区：衡水

小时条顺条顺，

老了柯溜柯溜。

五月开一树红花，

九月挂一树灯篓。

打开灯篓，

一肚子球球儿。

采录地区：邢台

小嘞是条条，

老了是柯溜。

五月开红花，

九月挂灯篓。

打开灯篓，

一肚子球球儿。

采录地区：邯郸

窗户里，窗户外，

窗户外头把树栽。

树上挂着红灯笼，

灯笼裂嘴笑，

露出一肚子红宝宝。

采录地区：南宫

## 柿树

青竹竿，顶火炭。

又好吃，又好看。

采录地区：行唐

干杈树，挂火炭。

又好吃，又好看。

采录地区：涉县

## 树扑棱子[1]

远看一座坟，

近看没埋人。

枯了冬天死过了，

谁知你夏天还还魂。

采录地区：沙河

[1] 树扑棱子：指楮树。这种树繁殖很快，鸟儿吃了成熟的
种子，拉屎拉到哪里，遇到合适的土壤，哪里就有可能
长出一片楮树来。这种树根系发达，形成环环相扣扑扑
棱棱的状态，人工刨除要费很大的劲儿。万一遗漏些许
树根，第二年春天便又萌发了。

夜嘞看一个粪堆，

白天看一堆乱柴。

冬天看一座雪山，

春来看一个绿窝蓬。

采录地区：大名

## 松树

头上青丝发，

身披鱼鳞甲。

寒冬叶不落，

狂风吹不垮。

采录地区：承德、张家口

皮肉粗糙手拿针，

悬崖绝壁扎下根。

一年四季永长青，

昂首挺立斗风云。

采录地区：石家庄

站如猛将军，

铠甲披在身。

任你风吹雪压，

一年四季常青。

采录地区：邯郸

远看像座塔，

近看叶如针。

不怕冬雪压，

越压越有劲。

采录地区：邯郸、廊坊

## 酸枣树

春看黄花一串，

秋看青红参半。

弯弯着腰，

能能着脚[1]。

抻抻着胳膊，

将将能够着。

采录地区：行唐、沙河

[1] 注：指踮着脚尖。

春看有黄有白，

秋看有青有红。

摘时常常挨扎，

吃时酸得呲牙。

采录地区：井陉

脱棉袄它才长叶，
麦黄梢开了一串黄花。
到秋天青的白的红的，
酸得咧嘴还要摘来吃。

采录地区：阜平

冬天见刺不见叶，
春来见叶不见刺。
你要摘它果子吃，
一不小心扎你个咧咧咧。

采录地区：武安、滦平

啥叶早？啥叶早？
啥叶出来脱棉袄？

采录地区：武安

秋来沟沿边，
一串一串球果脔。
青的俺不沾，
白的酸来红的甜。

采录地区：永年

## 桃树

春三月枝枝开花，
秋八月满树仙果。
刘关张结义其下，
孙悟空偷偷吃它的果。

采录地区：石家庄

青竹竿，顶筛子，
年年生窝老歪子。

采录地区：沙河、行唐

开一树红花，
结一树仙果。
就因个个嘴歪，
吓唬孩子少吃。

采录地区：沙河、定州

## 菟丝子

### 菟丝子

黄丝线，一团乱。
找得到尖儿，
找不到根。

采录地区：行唐

黄灿灿丝线，
扔在路边。
乱缠缠一团，
理不出一根。

采录地区：永年

从小一根儿半根儿，
长大千根儿万根儿。
没叶光圪莛儿，
也开花儿也结子儿。

采录地区：石家庄

蹊跷蹊跷真蹊跷，
叶上长着无根草。

采录地区：张家口

### 黄乎丝

一草出来全身黄，

也没爹来也没娘。

不怕风吹和雨打，

睡觉睡在草叶上。

采录地区：保定、行唐

## 梧桐树

### 梧桐树

小时虚心，

大了实心。

树叶特大，

木头试轻。

采录地区：邯郸、衡水

### 法国梧桐[1]

此树受观赏，

常栽大路旁。

春夏阴凉大，

秋冬挂铃铛。

采录地区：邯郸

[1] 法国梧桐：又称悬铃木。

此树生得怪，

你要慢慢猜。

冬天结骨朵，

春天把花开。

采录地区：临漳、永年

## 仙人掌

一棵树，扁枝丫。

先结果，后开花。

采录地区：行唐

一年四季绿莹莹，

不生枝叶亦开花。

采录地区：行唐

巴掌高，巴掌低，

巴掌上面净刺刺。

采录地区：永年

样子像手掌，

常年绿军装。

浑身长刺谁敢摸，

开花只能远观望。

采录地区：行唐

身子像手掌，

冬夏披绿装。

开的是黄色花，

浑身长刺芒。

采录地区：石家庄

四季它常绿，

总是不开花。

摊开一只手，

有刺没人抓。

采录地区：张家口

粗看在握手，

近看比巴掌。

你要一上手，

扎你一手刺。

采录地区：石家庄

稀奇真稀奇，

个个手掌是绿皮。

远看拈花可一笑，

近前摸摸要不得，

浑身是刺扎死你。

采录地区：邢台

## 香椿树

邻女臭，俺自香，

不想你剥俺新衣裳。

问你折俺做啥哩，

回家炒鸡蛋招待闺女哩。

采录地区：武安

## 杏树

春来花开早，

色胜美女腮。

雨后摘几枝，

拿去街市卖。

采录地区：邯郸

枝杈树，树枝杈，

开春就开一树花。

果子黄了还好吃，

青了一口酸掉牙。

采录地区：永年、张北

## 杨树

### 杨树

青枝绿叶不开花，

道旁院里好栽它。

三更半夜大风起，

哗啦哗啦挺害怕。

采录地区：行唐、井陉

小西风，嗖嗖嗖，

夜里听见鬼拍手。

你敢出门看一看，

小鬼就会砸你头。

采录地区：邯郸、保定

### 杨树花

青竹竿，挑篓子，

上边住着几千几万小猴子。

采录地区：行唐

上一棚，下一棚，

棚棚里面结小龙。

采录地区：行唐

青竹竿，顶篓子，

年年生窝小狗子。

采录地区：行唐、沙河

青竹竿，顶簸箕，

下面躲着一窝鸡。

采录地区：张家口

高竿的，顶篓的，

开春生了一窝小狗子。

采录地区：武安

形似一群毛毛虫，

活动起来半空行。

五月落在平川地，

只怕大雨不怕风。

采录地区：唐山

### 杨狗狗

毛茸茸，像条狗，

个个挂在树上头。

哪天风吹掉下来，

只会滚来不会走。

采录地区：清河

高杆子，捆布袋口，

捆出数不清的小狗狗。

采录地区：魏县

### 杨树絮

青竹竿，挑凉棚，

一年一窝小长虫。

采录地区：行唐

青竹竿，顶凉棚，

春来生了一窝小虫虫。

采录地区：涉县

### 银杏树

此树有叶像小扇，

弃其果肉吃其核。

怪在其树有公母，

树不结果难定夺。

采录地区：邯郸

春雨绿叶大，

秋霜令叶黄。

绿叶可药用，

叶黄万人赏。

采录地区：衡水

### 榆树

#### 榆树

此树一身宝，

穷人离不了。

青黄不接捋它叶，

灾荒年剥它的皮。

采录地区：滦县、内丘

此树真稀罕，

生来就值钱。

春来一风起，

撒下一地钱。

采录地区：平山、武安

#### 榆钱榆叶

你脸圆，我脸长，

咱俩本是一个娘。

采录地区：沧州

兄弟二人一个娘，

一个圆来一个长。

一个死在春三月，

一个死在秋风凉。

采录地区：行唐、永年

一个圆圆，一个长，

两个伙着一个娘。

一个随风走，

一个等秋凉。

采录地区：行唐

弟兄二人一个娘，

一个圆来一个长。

一个死在春风里，

一个死在秋风凉。

采录地区：沙河、邯郸

圆哩圆来长哩长，

两个儿子一个娘。

圆哩落在燕山下，

长哩落在秋风凉。

采录地区：沙河

姐妹二人一个娘，

一个圆来一个长。

一个春气死，

一个秋后亡。

采录地区：石家庄

一个圆圆一个长，

姊妹伙着一个娘。

一个死到春三月，

一个死在秋风凉。

采录地区：井陉

一个圆一个长，

两个伙着一个娘。

大姐随着春风走，

二姐后边等秋凉。

采录地区：鸡泽

姐妹俩一个娘，

一个圆来一个长。

圆的离娘三月三，

长的离娘秋风凉。

采录地区：滦平

## 杂草

地里把根扎，

不怕大雪压。

春风刚吹过，

探头把芽发。

采录地区：沙河

此物真是怪，

不用人来栽。

任你大火烧，

春天它又来。

采录地区：永年

# 枣树

## 枣树

一个老汉山上站，
身上结满小蛋蛋。
又有红来又有绿，
又好吃来又好看。

采录地区：沧州

一个婆婆园中站，
身上挂满小鸡蛋。
又有红来又有绿，
又好吃来又好看。

采录地区：张家口

## 枣树刺

豆角弯儿，油漆色。
像是木头，不大点儿。

采录地区：沧州

钩连着枪，枪连着钩，
上不了战场扎得了手。

采录地区：永年

# 皂角树

## 皂角树

一棵树不算高，
结的果子像把刀。

采录地区：行唐

一棵树，丈八高，
上边别了杀人刀。

采录地区：沙河

你家俺家两棵树，
两棵树都是丈八高。
俺家有树结甜果，
你家树结的都是杀人刀。

采录地区：宁晋

俺家树，丈八高，
上结小船两头翘。

采录地区：武安

俺家树，丈八高，
上面挂的都是杀人刀。

采录地区：武安

## 皂角

小金船，两头翘，
里边藏着白银条。
果子好用不好吃，
要洗衣裳挺退糙。

采录地区：沙河、行唐

# 竹

## 竹子

空心树，实心权。
千年不结籽，
万年不开花。

采录地区：张家口

空心竿，实心芽，

不结果也不开花。

采录地区：张家口

奇巧奇巧真奇巧，

此树一节一节来长高。

长年不见它开花，

一遇开花没命了。

采录地区：永年

地上长的叫竿，

地下长的叫鞭。

竿是空的枝是实的，

鞭是实的芽是空的。

采录地区：泊头

丫杈对丫杈，

有叶不开花。

不用下种籽，

春天会发芽。

采录地区：张家口

小时头尖腹中空，

长大头发蓬蓬松。

哥哥撑船不离它，

弟弟钓鱼拿手中。

采录地区：张家口

小时能吃味道鲜，

老时成材被人砍。

虽说不是钢和铁，

虚心有节压不弯。

采录地区：沙河、行唐

小时青青腹中空，

长大头发蓬蓬松。

姐姐撑船不离它，

哥哥钓鱼拿手中。

采录地区：蔚县

杈杈对杈杈，

一辈子不开花。

夜来一场雨，

光见拔节不见长叶。

采录地区：广平

杈杈对杈杈，

一辈子不开花。

听说开了花，

就成了干杆杆儿。

采录地区：石家庄

## 竹笋

父母生得个高，

儿子生得矮小。

父母光身活几年，

儿子穿衣难养活。

采录地区：衡水

爸爸蓬头，

妈妈蓬头，

生个儿子是尖头。

采录地区：唐山

青竹竿，顶南山。

剥了皮，吃心肝。

采录地区：张家口

不结果，不开花，

还没出土就发芽。

当它长到八九寸，

人人夸它美味佳。

采录地区：张家口

头戴尖尖帽，
身穿节节衣。
年年二三月，
出土笑嘻嘻。

采录地区：张家口

## 扎地蔓儿

俺有蔓蔓，
爬哪长哪。
不怕锄断，
不怕晒蔫。
随处扎根，
教你没法。

采录地区：永年、沙河

沟边一堆大叶草，
扯住蔓儿往根找。
割断老根提一提，
提回家里羊吃了。

采录地区：武安、永年

青蔓蔓儿，
桃叶叶儿。
开白花儿，
结羊角儿。

采录地区：永年、临城

## 棕树

头戴青斗笠，
身穿绿蓑衣。
剥脱千层皮，
还是活东西。

采录地区：蔚县

# 2

## 花卉类

### 串红

花儿多，花儿艳，
好像一根红缨鞭。

采录地区：行唐

红艳艳，一串串。
远看红花一片，
近看红花一瓣。

采录地区：行唐

### 打碗花

小细蔓儿，小桃叶，
开了几朵小粉花。
小孩小孩你别动，
一动吃饭碗不宁。

采录地区：武安、永年

### 百合花

后院一簇蒿，
连年不长高。
开花像蝴蝶，
结果像辣椒。

采录地区：行唐

红艳艳，黄灿灿，
开花都是六瓣瓣。
根下结个白蛋蛋，
掰成瓦片一片片。

采录地区：张家口

### 凤仙花

#### 凤仙花

尖尖的叶子，
红红的花，
姑娘用它染指甲。

采录地区：行唐

种的丸药，
长出桃树。
开的牡丹，

结出橄榄。

采录地区：张家口

### 指甲草花

红格盈盈莛儿，
绿格盈盈叶儿。
采下红花捣成泥，
捣成泥来染指甲。

采录地区：永年

## 格桑花

路边一大片，
黄白红紫蓝。
看叶像茼蒿，
足有三尺高。

采录地区：张家口、承德

## 荷花

### 荷花

花瓣尖，花色鲜。
深水面，睡得甜。

采录地区：衡水

水面铺上绿地毯，
红白美女来斗妍。
白花自夸身腰瘦，
红花自比苹果艳。

采录地区：邯郸、保定

风流闺女河边站，
杨柳身子桃花面。
相面算卦她没子，
生下儿子娘不见。

采录地区：行唐

一个小姑娘，
生在水中央。
身穿粉红衫，
坐在绿船上。

采录地区：张家口、沙河

一个小姑娘，
坐哩绿船昂。
身穿粉红袄，
随风漂水上。

采录地区：行唐

一群小姑娘，
围坐水中央。
举着小绿伞，
个个笑红脸。

采录地区：行唐

一个小姑娘，
生在水中央。
坐在绿船上，
身穿花衣裳。

采录地区：沙河

叶子像把小绿伞，
花朵娇娇离人远。
立脚水里白又胖，
结果好像珍珠眼。

采录地区：青龙

池中有个小姑娘，
从小生在水中央。
粉红笑脸迎风摆，
守着绿船不划桨。

采录地区：张家口

## 白荷花

白白净净一姑娘，
坐在青青小船上。

采录地区：邯郸

## 荷叶

水里有个小绿碗儿，
下雨下不满儿。

采录地区：石家庄

池中一只碗，
下雨落不满。

采录地区：张家口

池中有只盘，
大水落不满。
小雨落船上，
好像珍珠粒粒圆。

采录地区：张家口

塘中漂着一个盘，
倾盆大水下不满。
要是风静下小雨，
好像珍珠落玉盘。

采录地区：磁县

## 菊花

### 菊花

百花已凋谢，
独有此花开。
满园花芬芳，
铁骨傲寒风。

采录地区：行唐

陶潜最爱东篱下，
不娇不媚任风雨。
待到百花凋零后，
独自傲霜无畏惧。

采录地区：青龙

角角落落都能活，
有风有雨更快乐。
待到秋后百花落，
一家独放谁能舍？

采录地区：行唐

九月九，是重阳，
百花开罢她登场。

采录地区：邯郸

### 野菊花

九月九，去登山，
数它开花黄灿灿。

采录地区：涞源

黄灿灿，黄灿灿，
旮里旮旯都能见。
只是年年开得晚，

看罢它花没花看。

采录地区：武安

## 柳花

娥眉衬着玉枝，
漫天飘着生机。
飘落洼地塘边，
又把大地染绿。

采录地区：衡水

## 玫瑰

爱她殷实花色好，
怨她有刺不易摘。

采录地区：石家庄

## 梅花

### 梅花

都说她开花晚，
俺说她开花早。
啥花都怕雪，
就她不怕雪。

采录地区：行唐

银装素裹大寒冬，
傲笑冰雪花自兴。
高标我报春来到，

任由闲话说粉红。

采录地区：行唐

年关哩，卖花哩。
你花为啥干枝哩？
俺想要枝带叶哩。
拿钱来，你等着，
三月喽送你两枝带叶的。

采录地区：临漳、沙河

### 蜡梅

柯溜树不几枝，
寒冬腊月没意思。
雪后露出几点黄，
黄花好像蜡做的。

采录地区：邯郸

## 牡丹

独得富贵样，
国色世无双。
娇媚她为首，
百花她是王。

采录地区：秦皇岛

荠菜花不大点儿，
苦菜花干巴巴儿。
你就不能开小的，
非要开成那么大的花？
背面上，看墙上，
看见你俺就心发慌。

采录地区：大名

## 牵牛花

青藤藤，上篱笆，
藤藤上面挂喇叭。

采录地区：衡水

顺着杆儿拼命爬，
吹起喇叭笑天下。
自命花中不凡响，
忘记支撑它的是骨架。

采录地区：衡水

蔓儿爬满墙头，
开花都是喇叭。
红黄蓝白都有，
结籽儿像个黑豆豆。

采录地区：行唐

牵藤上篱笆，
开花像喇叭。
五颜六色花，
顺势往上爬。

采录地区：张家口

远看一片黄，
近看一串花。
花样像喇叭，
个个六个瓣。

采录地区：永年、徐水

小小蔓儿，挂喇叭。
都喊牵牛嘞，
不见放牛娃。

采录地区：武安

蔓儿长，蔓儿细，
爬到墙上吹笛笛[1]。

采录地区：永年

[1] 笛笛：永年方言称唢呐为笛笛。

爬哩高，爬哩低，
爬到沟沿吹小笛。

采录地区：永年

长蔓蔓爬到树杈杈，
早起挂了一串小喇叭。
不管红的黄的，
还是蓝的白的，
结的籽儿都是黑的。

采录地区：曲周

蔓儿又长，
叶儿又大，
一早起来吹喇叭。

采录地区：行唐

开个喇叭，
结个灯笼。
灯笼笑了，
黑牙掉了。

采录地区：永年

## 山丹丹花

开出花儿红艳艳，
一模一样六个瓣。
一年增加一朵花，
地下结的是白蛋蛋。

采录地区：行唐、沙河

开的花儿红艳艳，

个个都是六瓣瓣，

地下结的是白蛋蛋。

采录地区：张北

## 蜀葵

竖起几根青杆杆，

开了一串喇叭花。

采录地区：保定

春来树起高杆杆，

高杆上挂一串小喇叭。

采录地区：复兴

## 水仙花

浅浅一池水，

青青几片叶。

抽了几根茎，

就开几朵花。

采录地区：邯郸

春节何处赏花？

邀请你来俺家。

清水出芙蓉，

婷婷如娇娃。

采录地区：邯郸

# 向日葵

### 向日葵

高高个儿一身青，

金黄圆脸喜盈盈。

天天对着太阳笑，

结的果实数不清。

采录地区：行唐

大青杆，长大叶儿，

大杆顶个大圆盘。

天天跟着太阳转，

秋天下了一窝四格楞子蛋。

采录地区：邯郸

青杆杆，挑圆盆。

开黄花，结鱼鳞。

采录地区：张家口

头戴黄草帽，

身穿绿衣袍。

见风点点头，

朝着太阳笑。

采录地区：行唐

一心向往光明，

高大从不自夸。

越是充实丰满，

越是把头低下。

采录地区：张家口

脑袋昂戴着黄草帽，

身昂穿着绿色袍。

风吹它就点点头，

天天对着日头笑。

采录地区：行唐

迎着春风夏雨，
一生追求光明。
捧着金花大盘，
果实献给人民。

采录地区：张家口

身子高大一身青，
圆脸金黄笑盈盈。
天天围着日头转。
结的果实数不清。

采录地区：石家庄

圆圆脸子向太阳，
抬头低头不张扬。

采录地区：承德

一心向光明，
高大不自夸。
越是结实丰硕，
头儿越是低下。

采录地区：衡水、张家口

叶大饼儿黄，
圆脸向太阳。
引来蜂采蜜，
越老果越香。

采录地区：衡水

身子细来个儿高，
头上戴顶大圆帽。
从早到晚东西转，
到老没劲弯下腰。

采录地区：沙河

高高个儿一身青，
圆脸金黄喜盈盈。
天天向着太阳笑，
结的籽儿数不清。

采录地区：石家庄

家北一帮黑大黑，
低着头儿的让人剋。

采录地区：衡水

热爱光明朝太阳，
身段苗条多飒爽。
花开花落人人爱，
结出果儿香又香。

采录地区：衡水

脑袋跟着太阳转，
结子好吃又好看。

采录地区：隆化

年轻时爱看太阳，
天天跟着太阳忙。
到老来低头不语，
太阳也只能见它后脊梁。

采录地区：石家庄

大叶叶，青杆杆儿。
青杆杆儿顶着个圆盘盘儿，
圆盘盘儿上撒着黄花花儿。

采录地区：涿州

房后站着个黑大娘，
满脸麻子没个样。
有人就爱她麻子样，
不信你抠个麻子来尝尝。

采录地区：三河

头像一个大圆盘，

圆盘里头有黑樨。

生来跟着太阳转，

老来黑樨全掉完。

采录地区：行唐

## 日头花

青竹竿，顶簸簸。

开黄花，结黑籽。

采录地区：沙河

低下头了，

脖子弯了。

身杆斜了，

主人笑了。

采录地区：泊头

## 油葵

人家个高我个低，

人家脸盘大我的小。

人家结籽儿嗑闲哩，

俺结籽是为挤油哩！

采录地区：永年

## 兰花

花中君子艳幽香，

城乡雅俗美名扬。

凤姿脱俗人钦佩，

百花园里馨又芳。

采录地区：行唐

## 君子兰

长叶叶几片，

空茎茎一根。

红花花三朵，

香喷喷一屋。

采录地区：邯郸

## 杨花

有人说是雪，

化不成水。

有人说是棉，

套不得袄。

采录地区：邯郸

说是雪不凉，

说是棉不暖。

随风四处飘，

让人难睁眼。

采录地区：临漳、沙河

## 杏花

白里透着红，

红晕衬更白。

春来发几枝，

莫将梅花猜。

采录地区：石家庄

## 迎春花

形状好像小喇叭，
开着黄色六瓣花，
早春数它先开花。

采录地区：行唐

浓绿枝条上，
爬满小黄花。
像是蝴蝶飞舞，
迎来春色万千家。

采录地区：行唐

春来绿枝条上，
开满黄色小花。
只见有人观赏，
不见有蝶来舞。

采录地区：行唐、沙河

绿枝条，开黄色，
一串一串又一串。

采录地区：邯郸

## 月季花

枝头开花，
枝身长刺儿，
爱花就得爱刺儿。

采录地区：行唐

他花一年一开，
此花月月报喜。
尽管杆上有刺，

人称花中皇后。

采录地区：邯郸

爱俺花的不怨俺刺，
怨俺刺的别爱俺花。
别想着只摘俺花，
不挨俺刺。
这是什么花？

采录地区：丛台

# 3
## 农作物类

穿的是红绫缎，

长得是绿脸皮。

采录地区：永年

## 柏子

小来青夹袄，

老来可屋跑。

穿的开裆裤，

露出白屁股。

采录地区：唐山

## 板栗

## 白麻

打开紫房子，

揭开紫罩子，

看见黄胖子。

青枝绿叶数它高，

放倒先在水中漂。

它的皮儿称斤卖，

它的骨头当柴烧。

采录地区：石家庄、沙河

采录地区：蔚县

紫木板，盖房子。

紫缎子，做帐子。

住了一对黄胖子。

采录地区：廊坊

## 白果

紫禁宫，紫纱帐，

里面卧着个皇家娘。

象牙床，红绫被，

绿官娘子里面睡。

采录地区：邯郸

采录地区：张家口

爹穿裘衣，

娘穿树皮。

一对白木碗，

扣住一个小不点。

爹开口，

儿子要逃走。

采录地区：唐山

红房子，红帐子，

里头住着个黄胖子。

采录地区：石家庄

红木盒儿圆，

四面封得严。

打开木盒看，

装个黄蜡丸。

采录地区：隆化、衡水

红木盒子圆又扁，

四面无缝封得严。

打开木盒看一看，

黄蜡丸子在里面。

采录地区：张家口

外面开针店，

进去是皮店。

再走是纸店，

里面是肉店。

采录地区：新乐

小刺猬，毛外套，

脱去外套露红袍。

红袍裹着毛绒袄，

袄里睡个黄宝宝。

采录地区：张家口

一层刺，一层膜。

里面长着黄金果，

中间隔着牛皮壳。

采录地区：张家口

远看江山美，

近看瓜果横垂。

一对红色娘子，

抱着黑脸张飞。

采录地区：石家庄

紫檀木，大红被。

胖小姐，里面睡。

采录地区：张家口

紫檀蛋蛋儿，

严丝没缝儿。

剥开紫皮儿，

露出黄仁儿。

采录地区：滦县

紫檀睡床大红被，

黄胖小姐在里睡。

采录地区：沙河

## 蓖麻

### 蓖麻

不点儿不点儿，

浑身是把儿。

采录地区：唐山

梧桐树，梧桐花，

梧桐树上结疙瘩儿。

个个疙瘩像核桃，

个个核桃浑身把儿。

采录地区：沙河

大叶树，隔杈杈，

个个隔杈长隔杈。

隔杈上面结球球，

球球里面四个花豆豆。

采录地区：永年


## 蓖麻子

钉钉皮儿，皮钉钉，

掰开皮儿露真容。

四个花花大姑娘，

背靠背睡还没醒。

采录地区：武安


皮又薄，壳又脆，

四个小小隔墙睡。

从小到大背靠背，

裹着一层疙瘩被。

采录地区：石家庄


## 茶叶

生在山里，

死在锅里。

藏在瓶里，

活在杯里。

采录地区：张家口


生在山中，

一色相同。

泡在杯中，

有绿有红。

采录地区：张家口


在娘家青青鲜嫩，

坐轿中火烤颠簸。

谁知到了婆家还被开水冲烫，

我那黄乎乎苦水谁来知道？

采录地区：保定


生在山中草里青，

各县各州有我名。

客来堂前先请我，

客人走时谢我声。

采录地区：张家口


幼时山中发青，

长大锅里翻身。

干在箩中发闷，

湿时水里浮沉。

采录地区：张家口


生在清明前后，

受尽炒搓苦头，

方得穿上嫁妆，

送到雅客口头。

采录地区：邯郸


绿芯开花，

红鲤烤虾。

捏弄饭团，

水底开花。

采录地区：唐山


老家就在徽州，

出生清明前后。

受过多少刑罚，

吃过多少苦头，

还要送客入口。

采录地区：唐山

出生在山里，

藏身在罐里。

露脸在壶里，

暖人到肚里。

采录地区：隆化

平时一片小卷叶，

跳到水中花儿开。

宴请客人必用我，

提神解渴精神来。

采录地区：石家庄

一撮白茫茫，

沉浮水中央。

举杯细品品，

喝出春味道。

采录地区：邯郸

## 稻子

### 稻秧

青禾苗苗，

水上漂漂。

临时出嫁，

秆索捆腰。

采录地区：张家口

### 水稻

小时是棵草，

长大是金宝。

有了它就安，

没有它就吵。

采录地区：张家口

头戴珍珠冠，

身穿竹叶衫，

脚下水漫金山。

采录地区：张家口

水地一女娃，

生来泥中爬。

盼脱青衣换黄衫，

头顶珠冠好回家。

采录地区：磁县

扎根泥水中，

抽穗秋风里。

身穿竹叶衫，

顶戴珍珠冠。

没它饿肚子，

有它心才安。

采录地区：邯郸

头上开花脚踏泥，

身穿茅草百结衣。

结出珠宝一串串，

皇帝无我不登基。

采录地区：新乐

水里生，水里长，

小时绿来老时黄。

去掉外壳黄金甲，

煮成白饭喷喷香。

采录地区：张家口

水里生来水里长，

少时绿来老时黄。

黄金盔甲威风挂，

珍珠心窍里边藏。

采录地区：邯郸

远望一片青，

近看在水中。

水凉锅盖热，

饭熟米汤清。

采录地区：石家庄

初见时水中一片草，

再见时旱地一片黄。

一穗穗结满黄金籽，

谁料想黄金衣内是白姑娘。

采录地区：磁县

### 稻米

武士把家还，

脱下黄金甲。

白净读书郎，

蒸饭喷喷香。

采录地区：邯郸

黄家有位黄大哥，

漂洋过海回家乡。

脱下征战黄金甲，

化身白净读书郎。

采录地区：衡水

### 稻谷

黄布袋，包银珠，

秋天一到满地铺。

采录地区：沧州

黄兜兜，裹玉珠。

玉珠收了，兜兜扔了。

采录地区：霸州

## 豆子

### 黄豆

高高低低一营兵，

兵兵都带绿宝刀。

夺过宝刀破开鞘，

只有几个黄球球。

采录地区：沧州

### 毛豆

堆了一堆，

个个长毛。

撕开毛皮，

吃掉黄桃。

采录地区：涉县

长在地里一扑棱，

打打拍拍拿回家。

俺从石头缝里过，

落在水中起白花。

采录地区：井陉

一棵树，也不高，

身昂长着小木刀。

刀鞘外头还长毛，

里头藏着黄宝宝。

采录地区：行唐

一棵树，不大高，
身昂挂满小镰刀。

采录地区：行唐、邢台

青蔓蔓，爬架架，
疙瘩绳结了一串串。

采录地区：永年

隔杈树，不大高。
隔杈树上挂小刀，
个个刀鞘都生毛。

采录地区：永年

## 黑豆

高高低低一营兵，
兵兵都挎宝刀行。
夺过宝刀破开鞘，
只有几个黑球球。

采录地区：沧州

## 豇豆

棉花地里补几棵，
蔓儿长长一大窝。
结了几根面条儿，
里面裹着花疙瘩。

采录地区：霸州

## 红豆

娘穿绿外套，
儿穿红皮袄。
娘一笑，
儿一跳。

采录地区：新乐

老娘解开小绿袄，
露出怀里红宝宝。
当娘的开怀一笑，
宝宝们蹦出老高。

采录地区：新乐

## 扁豆

紫蔓绿叶绕地爬，
长大就开紫色花。
紫花长出小刀刀，
小刀刀哩藏宝宝。

采录地区：石家庄

## 眉豆

青蔓绿叶顺坡爬，
开出一穗一穗花。
结出串串美女眉，
眉毛里面藏娃娃。

采录地区：石家庄

## 大豆

有个矮将军，
身上挂满刀。
刀鞘外长毛，
里面藏宝宝。

采录地区：蔚县、石家庄

身上挂满绿宝刀，
刀鞘外面长绒毛。
里面藏着圆蛋蛋，
长大一起蹦出鞘。

采录地区：石家庄

小小树儿不算高，
上面挂满小镰刀。

采录地区：沧州、井陉

## 甘蔗

脱落青衫就要愁，
尖刀快得不停留。
榨出我血当茶饮，
却把骨头满街丢。

采录地区：唐山

像根紫竹竿，
越老它越甜。
制糖要用它，
小孩特喜欢。

采录地区：张家口

长得像竹不是竹，
周身有节不太粗。
有时紫来有时绿，
只吃生来不吃熟。

采录地区：隆化、张家口

长的像竹不是竹，
周身有节不太粗。
一待长成穿紫袍，
只吃生来不吃熟。

采录地区：石家庄

紫竹竿，两头尖。
利刀剥去皮，
中间心儿甜。

采录地区：霸州

像竹竿，酱紫色，
不能搭架不搭窝。
只能剥去老皮啃着吃，
滋滋甜水让人乐。

采录地区：霸州

## 高粱

### 高粱

青竹竿，挑戏楼，
上边一千八百小孙猴。

采录地区：行唐

青竹竿，挑红绒，
大火着哩北京城。
官啊小姐来救火，
每人丑[1]着一点红。

采录地区：行唐

[1]　丑：指用手指或木棍、毛笔等轻点。

节节高节节高，
节节树上结玛瑙。

采录地区：石家庄

青竹竿，长海带，
顶上脑袋弯下来。
谁知害怕太阳晒，
青脑袋变成红脑袋。

采录地区：衡水、邢台

身似竹竿无芽杈，
叶像海带身上挂。
夏天一片青纱帐，

中秋一片红云霞。

采录地区：衡水

一根棍七八节，
上面顶个小红鞋。

采录地区：沙河

一物生来九尺高，
头上顶着个红圪朵。
浑身上下都是宝，
籽粒可以吃，
秸秆用处多。

采录地区：行唐

青竹竿，十八节，
顶上坐着关老爷。

采录地区：沧州

青竹竿，十八节，
头顶爬着个老关爷。

采录地区：沙河

身有丈二高，
有节不长毛。
身穿绿绸裤，
头戴珍珠帽。

采录地区：行唐

身体足有丈把高，
瘦长身节不长毛。
下身穿条绿绸裤，
头戴珍珠红绒帽。

采录地区：蔚县、沙河

节节高，节节高，
节节树上长花椒。

采录地区：张家口

圪节对圪节，
上面住着红脸小关爷。

采录地区：行唐

青竹竿，顶火炭。
又好吃，又好看。

采录地区：曲周

青竹竿，挑绿瓦，
上头顶个红娃娃。

采录地区：行唐

头大身子细，
头顶珍珠粒。
能养人和马，
能造白酒滴。

采录地区：张家口

节节高，节节高，
节节头上长花椒。

采录地区：行唐

身长丈二高，
长节不长毛。
下穿绿裤子，
头戴红珠帽。

采录地区：张家口

脑袋红得像肉球，
脖子弯得像秤钩。

采录地区：永年

青竹竿，节节高，

红穗结在最顶梢。

三片瓦，苫间房，

里边住着白娘娘。

粗竹竿，晾海带，

顶头长着一个歪脑袋。

就是因为太阳晒，

晒成一个红脑袋。

地里站着关老爷，

浑身上下绿绸裹，

红鼻红耳红头发。

竹竿子身，

红疙瘩头，

一身穿嘞绿丝绸。

荒年拿它作口粮，

丰年拿它来做酒。

瘦高个儿红脸膛，

满脸痘痘难计量。

收起豆豆送酒厂，

酒水换钱娶新娘。

高秸秆，红穗穗，

结得籽籽圆墩墩。

籽籽磨面做窝窝，

穗穗捆起能刷锅。

十八姑娘长得高，

歪歪屁股扭着腰。

行家过来凭他讲，

厘把头过来瞧一瞧。

## 红高粱

瘦瘦身子高高哩个儿，

红彤彤的麻子脸。

结哩物件蒸干粮，

剩下穗子抽笤帚。

青竹竿，挑竹楼儿，

一年一窝红小猴儿。

## 高粱秸

一棵树，高不高，

上边长着两刃刀。

节节树，丈把高，

节节挂着大洋刀。

## 谷子

小哩青，老哩黄，
黄色屋里小妮藏。

采录地区：行唐

小时不出头，
中年长出头。
越长头越重，
老了低下头。

采录地区：唐山

小时青、老了黄，
石头夹里剥衣裳。

采录地区：沙河

小时青，老来黄，
碾子一碾粒粒香。

采录地区：承德

长叶子，细秸秆。
尾巴长在头顶上，
越老越黄越耷拉。

采录地区：行唐

小时青，老来黄。
金包银，有营养。

采录地区：行唐、沙河

青袄穿了换黄袄，
脱去黄袄一穗宝。

采录地区：张家口

小小青来老来黄，
金珠银珠装满仓。

采录地区：衡水

青苗黄苗红苗，
拔节长到三尺高。
抽出穗穗像棒槌，
越大越老越耷拉。

采录地区：邱县

红苗青苗，
长了齐腰高。
年轻头高昂，
越老越低头。

采录地区：永年

在娘家，老土布，
青一片，黄一片。
到婆家脱下旧衣裳，
黄姑娘一身黄金装。

采录地区：灵寿

青青叶，裹各节，
抽出棒槌一点点儿。
别看结籽粒粒小，
粒粒裹着黄金宝。

采录地区：曲周

## 瓜子

### 瓜子

黑盘盘，白盘盘，
盘盘里边住着仙儿。
牙将军打破了盘盘庄，
红天师抢走了盘盘仙。

采录地区：邯郸

盆盆扣盆盆，

盆里睡个小人人。

采录地区：张家口


瓦盆儿扣瓦盆儿，

里头住个小白人儿。

采录地区：张家口


一个孩儿不大点儿，

平时藏在皮里边儿。

一旦有人撬开口，

孩儿跑到皮外边儿。

采录地区：行唐


一个小孩，

从不开口。

要是开口，

掉出舌头。

采录地区：张家口


嗑开俺两扇门，

夺走俺小内人。

掠进你红帐子，

丢下俺空皮皮。

采录地区：石家庄


白姑娘，没处躲，

两鞋一扣做个窝。

南边来了个风流汉，

抢了姑娘扔了鞋。

采录地区：保定


## 黑瓜子


黑壳里面装白瓤，

吃了五个剩十双。

采录地区：张家口


黑箱子，白里子，

里头放个袜底子。

采录地区：张家口


两片黑鞋底，

合拢在一起，

当不间里夹着个白袜底。

采录地区：张家口、行唐


一个黑孩，

从不开口。

要是开口，

就掉舌头。

采录地区：青龙、张家口


两扇黑大门，

开出来个小白人。

采录地区：武强


黑船装白米，

送进衙门口。

衙门八字开，

空船转回来。

采录地区：衡水


## 白瓜子


一个白姑娘，

自小不开口。

逼她开开口，

掉了黑舌头。

采录地区：石家庄

小鞋底，白净净，

一双鞋底扣妖精。

掀开鞋底看一看，

里边掉出个簸箕虫。

采录地区：永年


三角干烧饼，

外白饼心煳。

吃上几十个，

还是吃不饱。

采录地区：邯郸


# 核桃

## 核桃

抽抽箱，抽抽柜，

抽抽老头在里面睡。

照着老头打一拐，

急得老头蹦出来。

采录地区：石家庄


丑肚子箱，

丑肚子柜，

丑肚子老婆儿往里睡。

愣把虎子猛一砸，

丑肚子老婆儿往外爬。

采录地区：沙河、石家庄


疙皱毡，疙皱被，

疙皱老娘娘儿里头睡。

采录地区：廊坊


格子隔，柜子隔。

隔成四个小格格，

四个格子躲着四个小格格。

采录地区：石家庄


隔子格，隔子柜，

里面睡着四姐妹。

采录地区：张家口、承德


榾柮[1]箱榾柮柜，

榾柮奶奶在里面睡。

榾柮爷爷打一拐，

榾柮奶奶蹦出来。

采录地区：行唐、沙河

[1] 榾柮：指不平整，皱巴巴的样子。


姐妹四个隔床睡，

房连房来背靠背。

同住一所大圆屋，

合盖一床疙瘩被。

采录地区：行唐


壳儿硬，壳儿脆，

姐妹四个隔床睡。

从小到大背靠背，

盖着一床疙瘩被。

采录地区：隆化


壳儿硬，壳儿脆，

兄弟四个隔墙睡。

从小到大背靠背，

共盖一床疙瘩被。

采录地区：张家口


可丑柜，可丑箱，

可丑柜里藏着老娘娘。

可丑柜上砸一棒，

可丑娘娘吃着香。

采录地区：石家庄


两个小木盆，

扣着皱脸人。

木盆箍得紧，

不敲不开门。

采录地区：张家口


柳盆扣柳盆，

里头是好的儿。

采录地区：行唐


没有心也没有肺，

四个家伙儿隔墙睡。

从小到大背靠背，

盖了一个疙瘩被。

采录地区：石家庄


奇怪奇怪真奇怪，

骨头长在肉皮外。

采录地区：石家庄


外墙硬，里墙脆，

弟兄四个隔墙睡。

从小到大背靠背，

伙盖一床疙皱被。

采录地区：武安


小时青来大了黄，

皱皱小儿里面藏。

外面长着皱皱骨，

不怕风吹不怕霜。

采录地区：衡水


一个物件真奇怪，

骨头长在肉皮外。

好话说尽不开门，

砸砸打打门才开。

采录地区：石家庄


皱肉皱骨头，

骨头生在肉外头。

采录地区：廊坊


绿缀箱，绿缀柜，

绿缀老婆在里头睡。

采录地区：邯郸、滦县


榾柮箱，榾柮柜，

榾柮老婆里面睡。

关门挤破榾柮箱，

榾柮老婆见了光，

小孩吃得满嘴香。

采录地区：永年


**胡桃**


上隔梁，下隔梁，

隔梁肚里藏生姜。

采录地区：张家口


皱皱牙床皱皱被，

皱皱姑娘被困在内。

采录地区：张家口

# 花椒

## 花椒

柯溜拐弯树一架,
身上长着老板牙。
红红果实麻辣味,
炒菜去腥都用它。

采录地区：行唐

从南来了个老头,
口中衔着个炭球。
炭球掉了，老头笑了。

采录地区：成安

你家二嫂,
怀揣小黑枣。
你嫂一笑,
黑枣掉了。

采录地区：武安

南边过来个老汉儿,
嘴里噙着个铁蛋儿。
老汉儿笑了,
铁蛋儿掉了。

采录地区：涉县

小时候青,
大时候红。
包头子，黑眼睛。

采录地区：井陉

小时候青大了红,
裂崩头子黑眼睛。

采录地区：石家庄

小时青斑斑,
大了红斑斑。
俺娘不给俺衣裳穿,
冻得屁股两半半。

采录地区：行唐

一个老婆,
提着油盒。
油盒掉了,
老婆笑了。

采录地区：衡水

一个小妮儿,
嘴里含着个珠珠儿。
小妮儿笑了,
珠珠儿掉了。

采录地区：行唐

有个老头儿,
含着黑球儿。
老头儿笑了,
黑球儿掉了。

采录地区：定州

小时一个青蛋蛋,
老来穿上红衣衫。
外看是个红蛋蛋,
咧嘴一笑,
露出里面黑蛋蛋。

采录地区：石家庄

小时青蛋蛋,
大时红蛋蛋。
脱去大红袍,
露出黑蛋蛋。

采录地区：石家庄

### 胡椒

一个小伙个儿不大，
穿的衣裳不展挂。
你要问他叫个啥，
他一辈子不说句正经话。

采录地区：石家庄

远看青山林，
近看钻子形。
年轻穿绿袄，
老来着红裙。

采录地区：蔚县

### 花椒、胡椒、油、食盐

张嘴张，抿嘴抿。
水里漂，落地沉。

采录地区：石家庄

## 花生

### 花生

日头出来，
叶儿开开。
日头一落，
叶合起来。

采录地区：行唐

一个老头寸来高，
浅白麻子水蛇腰。

采录地区：唐山、行唐

日头一出把叶伸开，
日头一落合起来。

采录地区：沙河

青藤藤，开黄花。
地上开花不结果，
地下结果不开花。

采录地区：新乐

一物生来，
奇奇怪怪。
地上开黄花，
地下结仙果。

采录地区：行唐

一棵草，地下爬。
地上开花不结果，
地下结果不开花。

采录地区：张家口

青藤地下爬，
地上开花不结果。
地下结果不开花，
果果都是外穿白袄内红纱。

采录地区：行唐

麻布袍子白布里，
粉红衬衫白身体。

采录地区：衡水

皱皱褥子皱皱被，
白胖子在里头睡，
盖着红绒被。

采录地区：衡水

麻屋子，红帐子，
里头住着个白胖子。

采录地区：河北全域

麻布袍子白布里，
粉红衫子白身体。

采录地区：邢台

一个老头二指高，
长着一脸疤，
还是个罗锅腰。

采录地区：沙河

一个小孩不怕晒，
穿哩衣裳真奇怪。
里头套着红布衫，
外头穿着麻袋片儿。

采录地区：沙河

此物生性怪，
专把沙地爱。
人家开花向天哩，
它呀开花向地哩。

采录地区：大名

麻布衣裳白夹里，
大红衬衫裹身体。
白白胖胖一身油，
为了百姓献出去。

采录地区：张家口、唐山

白姑娘，盖红被，
麻麻屋子里边睡。

采录地区：沙河

白屋子，红帐子，
里边住个白胖子。

采录地区：河北全域

葫芦房子麻面墙，
两间小屋亮堂堂。
东屋住的莺莺姐，
西屋住的小红娘。

采录地区：新乐

麻布袍子白布里，
粉红衬衫白身体。

采录地区：井陉

麻布衣裳白夹里，
大红衬衫裹身儿。
白白胖胖香又脆，
逢年过节待客人儿。

采录地区：井陉

麻房屋，红帐帐，
里头睡个白胖胖。

采录地区：石家庄

麻布箱，红里衬，
里面藏着一对鸳鸯枕。

采录地区：邯郸

小胖子，寸把高，
细白麻子水蛇腰。

采录地区：张家口

一个老头一指高，
浑身麻子罗锅腰。

采录地区：井陉

沙滩一老头，

长成三柯溜。

哪天开口笑，

蹦出三个豆。

土里生土里串，

一串串个麻子蛋。

麻子蛋里红包红，

红包红里白学生。

采录地区：沧州


一间麻屋子，

三个红帐子，

住着三个白胖子。

采录地区：井陉、沙河


青藤藤，叶对叶。

开黄花，结地瓜。

采录地区：大名、曲周


么怪么怪，

就它奇怪。

地上开花，

地下结果。

采录地区：大名


谁家媳妇来吊孝，

内穿红衣外披麻。

采录地区：大名、永年


### 炒花生

一伙小马猴，

就怕过年关。

下炒锅，活剥皮，送进鬼门关。

采录地区：石家庄


秋后被装进布袋，

想明春回到田里。

谁知过年关送进炒锅，

再剥两层皮送进人嘴里。

采录地区：大名


## 莲藕

### 莲蓬

象牙罐头紫檀盖，

当中一棵小青菜。

采录地区：张家口


娘们真能生，

一胎十几个。

各睡各的裸，

从来没乱过。

采录地区：磁县


水中生，水中长，

水中有个丑大娘。

一胎养了一二十，

个个都有自己窝。

采录地区：泊头


水生嫂，水生嫂，

麻秆儿身子圆脸盘儿。

只见满脸黑点点儿，

不见鼻子不见眼儿。

采录地区：保定

0186

中国民间文学大系 10-13

水里一个朝天铃，
生着无数大眼睛。

　　　　　采录地区：张家口

水上一个铃，
摇摇没有声。
仔细看一看，
满脸是眼睛。

　　　　　采录地区：张家口

一根竹竿顶个碗，
碗里装着小蛋蛋。

　　　　　采录地区：张家口

青竹竿，马蜂窝，
捉住蜂子扯烂窝。

　　　　　采录地区：衡水

## 莲藕

有丝没有蚕，
有洞没有虫儿。
有伞没有人儿，
有巢没有蜂。

　　　　　采录地区：沙河

有伞没有人打，
有巢没有蜂住。
有丝不是蚕吐的，
有洞不是虫咬的。

　　　　　采录地区：廊坊

两头尖尖织布梭，
俺在泥里住得多。
人人说我是泥鳅，

我比泥鳅眼还多。

　　　　　采录地区：行唐

青竹竿，顶凉棚，
底下卧条白长虫。

　　　　　采录地区：张家口

青竹竿，挑绿旗。
几个娃娃睡泥里，
细皮白肉披蓑衣。

　　　　　采录地区：张家口

生在世上嫩又青，
死在世上被火熏。
死后还魂被水浸，
苦命吓苦命。

　　　　　采录地区：唐山

俺家有条大白虫，
切出段段筛子形。

　　　　　采录地区：磁县

有洞不见虫，
有巢不见蜂。
有丝不见茧，
有伞不见人。

　　　　　采录地区：张家口

白白胖胖一哥哥，
满肚斯文没法说。
不是闺女相不中，
吃亏不该心眼多。

　　　　　采录地区：沙河

两头尖尖像个梭，
俺往泥里盘个窝。

人人说俺像个黄瓜样，
俺比黄瓜窟窿眼子多。

采录地区：行唐

两头尖尖像个梭，
俺去泥里钻个窝。
有人说俺黄瓜样，
可比黄瓜心眼多。

采录地区：衡水

青秆秆，红棚棚，
底下卧条大白虫。

采录地区：磁县

一个东西像把梭，
它在泥里搭个窝。
人人说它像黄瓜，
它比黄瓜心眼多。

采录地区：行唐

水中撑绿伞，
水下瓜弯弯。
折断瓜来看，
千丝万缕连。

采录地区：张家口

头戴圆凉帽，
身住泥水中。
有丝不能织布，
有洞没有蛀虫。

采录地区：张家口

生于污泥，
一尘不染。
中通外直，

不枝不蔓。

采录地区：磁县

身入污色不改，
留下美名洁白。
赴汤蹈火全不怕，
品德高尚有风采。

采录地区：衡水

莲子

兄弟十五六，
长在水榭楼。
本是一娘生，
个人独自宿。

采录地区：唐山

菱角

根像乱丝线，
叶像小菜盆。
开花像雪片，
结籽像馄饨。

采录地区：张家口

样子像小船，
骨头露外边。
头尾两头翘，
嫩肉藏里面。

采录地区：张家口

紫茎绿叶可做菜，
果实可吃街上卖。
两个硬角翘起来，

水中花生人人爱。

采录地区：张家口

方方树，圆圆叶。

白白花，鸟状果。

采录地区：唐山

两头尖尖当腰粗，

我家就在河里宿。

谁能猜到这个谜，

给他一担粳米两头猪。

采录地区：石家庄

小龙船，龙船小，

龙船尖尖两头翘。

水里漂了一秋天，

装来一颗白元宝。

采录地区：廊坊

样子像元宝，

角儿两头翘。

骨头在外面，

白肉里边包。

采录地区：衡水

两头有角，

身上有壳。

生吃熟吃，

味道还可。

采录地区：唐山

一棵草，水上漂。

开白花，结元宝。

采录地区：武强

## 麻

身穿绿衫头顶花，

一心投河没人拉。

谁要把我救上来，

一身衣裳脱给他。

采录地区：行唐

小时青青地里长，

长大发黄水里泡。

剥下白皮作原料，

拧绳做鞋离不了。

采录地区：张家口

青枝绿叶长得高，

砍下压在水里泡。

剥皮晒干供人用，

留下骨头当柴烧。

采录地区：张家口

细节秆，开黄花，

老了跳水没人拉。

谁要把它救上来，

全身衣服脱给他。

采录地区：张家口

根根秸秆比我高，

我把秸秆捆住腰。

坑里沤来水里漂，

剥下皮子当柴烧。

采录地区：行唐

青竹竿，挑白花，

投哩河里没人拉。

谁要把俺救上岸，

俺把皮袄脱给他。

青枝绿叶长哩高，

老了扔哩水里泡。

剥皮晒干打绳用，

剩下骨头当柴烧。

青枝绿叶数它高，

它往黄河走一遭。

衣服当钱卖，

骨头当柴烧。

二八佳人头戴花，

跳进河里盼人拉。

谁要把她捞上岸，

浑身衣裳脱给他。

青枝绿叶数我高，

我去黄河走一遭。

我的皮儿绕街买，

我的骨头当柴烧。

瓦盆儿扣瓦盆儿，

里边住着个小白人儿。

身穿大绿头戴花，

五更跳坑没人拉。

谁要将我拉一把，

我把衣裳脱给他。

## 马铃薯

### 山药蛋

青青茎上长羽毛，

茎顶开花不看好。

等你茎死叶儿落，

挖出块根才是宝。

把蔓地里插，

蔓子地上爬。

地上光长叶，

地下光长瓜。

### 土豆

出生在地下，

长大穿绿纱。

结婚戴白花，

生下圆娃娃。

一物真稀奇，

叫豆不是豆。

全身长疙瘩，

从小住泥里。

圆圆蛋一颗，

当菜也当粮。

能做百样饭，

救人度饥荒。

绿叶绿藤，

土里出生。

当菜当粮，

救活穷人。

采录地区：石家庄


说豆不是豆，

不结豆秧上。

结豆在土里，

当菜又当粮。

采录地区：邯郸、衡水


# 麦子

## 小麦

冬三月，春三月。

也不管俺冷和热，

俺只在家里待三月。

采录地区：石家庄


两头尖，中间裂，

冬春立夏八个月。

走亲待客都是俺，

不知俺哩冷和热。

采录地区：石家庄


两头尖尖当间裂，

俺在地里待八个月。

大事小情都用俺，

谁知道俺冷啊热。

采录地区：石家庄


两头尖尖当间裂，

扔俺地里冻三月，

又受冷来又受热。

采录地区：沙河


两头尖尖一道缝，

又待客来又上供。

采录地区：沙河


两头尖尖中间裂，

俺在地里待唻八个月。

又受冷来又受热，

又送情来又待客。

采录地区：石家庄


心里想开肚里裂，

俺在地里待八个月。

没人心疼俺冷，

光有人心疼俺热。

采录地区：石家庄


一物生来真奇怪，

春夏秋冬在野外，

到了夏季收回来。

采录地区：石家庄


两头尖尖肚儿裂，

出去就是八个月。

又经冷，又经热，

回来孩子有好些。

采录地区：石家庄


两头尖尖肚皮裂，

地里住了九个月。

五黄六月把它收，

人人都说真好吃。

　　　　　　采录地区：肥乡

小时像棵草，

长大黄金宝。

脱皮白又胖，

家家离不了。

　　　　　　采录地区：张家口

两头尖尖肚儿裂，

在家呆不了俩仨月。

看人待客都是我，

谁知道我冷来谁知道我热？

　　　　　　采录地区：石家庄

两头尖尖当间裂，

俺在地里待咪八个月。

人人都说俺好吃，

不知道俺难过不难过。

　　　　　　采录地区：行唐

谁知俺冷？

谁知俺热？

孤孤单单地里待了八个月。

谁料想回家没几天，

就送俺石头缝里受折磨。

　　　　　　采录地区：保定

两头尖尖中间裂，

送到地里八个月。

我家待客它为主，

家里没它难过节。

　　　　　　采录地区：张家口

冬仨月长得像韭菜，

春仨月长得像竹节。

到五月才露出锋芒，

就被磨面做馍馍。

　　　　　　采录地区：永年、沙河

去年秋天撒下种，

长出绿苗过一冬。

开春它还接着长，

等到夏天黄澄澄。

　　　　　　采录地区：石家庄

秋天撒下粒粒籽，

冬天幼芽雪中藏。

春天返青节节高，

夏天成熟一片黄。

　　　　　　采录地区：张家口

中秋节播种，

端午节收割。

有它可以吃馍，

没它你就饿肚子。

　　　　　　采录地区：邯郸

一个大姐两头尖，

客来她当先，

十冬腊月在外边。

　　　　　　采录地区：沙河、行唐

两头尖尖中间裂，

出去呆了冬三月。

从小不怕风雨雪，

随人待戚不能缺。

　　　　　　采录地区：衡水

**麦粒**

两头尖，肚子裂。

我在地里待了八个月，
谁知我冷来谁知我热？

采录地区：沧州


两头尖尖像枣核，
肚皮开裂像毛桃。
哪天被人剥了皮，
做成白面蒸馒头。

采录地区：邯郸


小小三角庵，
住个白神仙。

采录地区：沙河


幼儿不怕冰霜，
长大露出锋芒。
老来粉身碎骨，
仍然洁白无双。

采录地区：承德


斗罢冰霜，
露出锋芒。
就是把俺磨成粉末，
也要永保咱的清白。

采录地区：沧县


小小东西，
白面黄衣。
生在地里，
住进仓里。

采录地区：石家庄


### 麦花

不招蜂引蝶，
不炫目耀眼。

花开花落无声息，
结出肥硕果实。

采录地区：衡水


## 棉花

### 棉花

矮矮树，开黄花，
黄花上头结喇叭。
喇叭又结青蛋蛋，
蛋蛋裂了开白花。

采录地区：井陉


红树皮，结绿桃，
桃子熟了吐白毛。

采录地区：行唐


青枝绿叶一颗桃，
外长骨头里长毛。
一旦哪天毛长大了，
太阳一晒骨头炸。

采录地区：行唐


说它是桃不是桃，
桃子里面长白毛。
到了秋天桃子熟，
光摘白毛不摘桃。

采录地区：行唐


梧桐树梧桐花，
梧桐树上结喇叭。
喇叭树上结葫芦，

葫芦树上头又开花。

采录地区：行唐

说它是桃不是桃，
桃里住着四个白宝宝。
宝宝长大撑破桃，
只摘宝宝不摘桃。

采录地区：成安

像桃不是桃，
比桃还重要。
肚里开白花，
人人离不了。

采录地区：井陉

叫桃不是桃，
桃里生个白宝宝。
哪天宝宝出了窝，
余下只能当柴烧。

采录地区：宁晋

一个桃子真是妙，
外面骨头里面毛。
等到桃子长大了，
里面骨头外面毛。

采录地区：廊坊

像桃不是桃，
桃里住个白宝宝。
哪天宝宝撑破桃，
只要宝宝不要桃。

采录地区：邢台

一棵果树真出奇，
不长苹果不长梨，

只长桃子吃不得。

采录地区：唐山

一棵树三尺高，
不长苹果结仙桃。
仙桃肚里长白毛，
白毛里头长黑枣。

采录地区：唐山

长得像桃儿，
肚里有毛儿。
张开大口儿，
朵朵白云儿。

采录地区：井陉

俺家一地梧桐树，
梧桐树上喇叭花。
喇叭花儿变蛋蛋，
蛋蛋又开花。

采录地区：沙河

梧桐树，梧桐花，
梧桐树上挂喇叭。
喇叭花落结蛋蛋，
蛋蛋长大又开花。

采录地区：元氏

棵儿像梧桐，
花儿像喇叭。
花儿变成小蛋蛋，
蛋蛋老了吐出白花花。

采录地区：石家庄

青枝绿叶一束桃，
里长骨头外长毛。

采录地区：平山

小枣树年年栽，

金花落了银花开。

采录地区：沙河

青枝绿叶一树桃，

外长骨头里长毛。

有朝一日桃子熟，

里长骨头外长毛。

采录地区：沙河、石家庄

红萝卜，利骨桃，

外长骨头里长毛。

有朝一日时运转，

里长骨头外长毛。

采录地区：沙河

一蓬莲，不在盆，

青枝绿叶爱死人。

一个骨朵开两朵，

先开金来后开银。

采录地区：沧州、沙河

一棵鲜花儿不栽盆儿，

青枝儿绿叶儿爱死人儿。

一年连开两回花儿，

先开金来后开银儿。

采录地区：保定

小小树，田里栽，

金花谢了银花开。

采录地区：沧州、张家口

红树枝，结绿桃。

开了花，长白毛。

采录地区：张家口

不是桃树却结桃，

桃子里边长白毛。

到了秋天桃熟了，

只见白毛不见桃。

采录地区：石家庄

远看尖尖桃，

近看南瓜花。

开花又结果，

果实开白花。

采录地区：张家口

小梧桐，三尺高，

梧桐树上结仙桃。

天天太阳来晒我，

里生骨头外长毛。

采录地区：张家口

不是竹子不是麻，

身高三尺长黄花。

黄花谢后结青果，

青果肚里开白花。

采录地区：张家口

青枝绿叶一树桃，

外长骨头里长毛。

有朝一日桃变老，

里长骨头外长毛。

采录地区：张家口、承德

青枝绿叶颗颗桃，

外面骨头里面毛。

待到一天桃子老，

里面骨头外面毛。

采录地区：滦平

嗯家种花在家里，
俺家种花在地里。
先开白粉蓝橙紫，
再开四瓣雪里白。

采录地区：永年

俺家种花在盒里，
嗯家种花在田里。
先开五色白粉紫，
再开四瓣雪花白。

采录地区：成安

粉黄初绽雨沙沙，
待到老时进万家。
知否姹紫嫣红外，
不图虚名就有它。

采录地区：张家口

开了金花开银花，
花结桃来桃夹花。
桃里还有小黑桃，
纺线织布把油榨。

采录地区：衡水

横三竖四一树桃，
里长骨头外长毛。

采录地区：衡水

青枝绿叶紫红根，
倒叫主人费了心。
先开黄金花一朵，
再开银花谢主人。

采录地区：衡水

说它叫花不是花，
落了金花结银花。

花开花落结青果，
青果熟了又开花。

采录地区：衡水

这树长得真奇巧，
里面骨头外长毛，
外长骨头内长毛。
掰开毛来看，
还有小黑桃。

采录地区：衡水

秸似竹竿叶似云，
这朵好花不在盆。
一个骨朵开四瓣，
先开金来后开银。

采录地区：衡水

绿桃桃，红桃桃，
桃桃熟了吐白毛。

采录地区：永年

格杈树，不大高，
结了一串小青桃。
青桃里面长白毛，
肚里还怀着黑宝宝。

采录地区：邯郸

咱村桃树长得怪，
结出桃子没人爱。
皮像骨头肉像虫，
太阳一晒皮裂开，
露出几瓣白毛来。

采录地区：成安

小桃树，三尺高，
仙桃挂得满枝条。

仙桃肚里长白虫，

白虫肚里长黑枣。

采录地区：成安

小枣树，年年栽，

红花落了白花开。

采录地区：行唐

梧桐树，梧桐花，

梧桐树上结喇叭。

喇叭落了结蛋蛋，

蛋蛋张嘴又开花。

采录地区：行唐

像桃不是桃，

肚里长白毛。

剥开毛来看，

还有小黑桃。

采录地区：行唐

像桃不是桃，

里头长白毛。

分开白毛看，

藏着小黑桃。

采录地区：衡水

### 棉花穗子

一个瓶，两头透明。

采录地区：河北全域

像个瓶不是瓶，

盛不了油装不了水，

从上到下是透气哩。

采录地区：永年

### 棉花条[1]

一根白棍，

两头透气。

采录地区：邯郸

[1] 注：为纺花而准备的棉花条，撕一片棉絮，用高粱莛
一卷，抽出高粱莛，就是一个棉花条，在邢台内丘叫
花布剂。

一个白虫，

两头透明。

采录地区：内丘

### 蘑菇

#### 蘑菇

奇怪奇怪真奇怪，

地里长着没叶儿菜。

采录地区：行唐

奇怪奇怪真奇怪，

树根长出独叶儿菜。

采录地区：沙河

茅草地，茅草窝，

雨后长出一片小窝窝。

采录地区：永年、沙河

茅草地，茅草窝，

放着一锅小窝窝。

别家窝窝带眼哩，

你家窝窝为啥指头还带着？

采录地区：永年

金生丽水肉抽芽，

高夏蔡田是我家。

云腾致雨多欢乐，

露结为霜不见它。

采录地区：唐山

小小一把伞，

收不拢，撑得展。

采录地区：沙河

小小一柄伞，

好看真好看。

无法撑开见，

无法收拢闲。

采录地区：唐山

一把小伞，

落在林中。

一旦撑开，

再难合拢。

采录地区：石家庄、衡水

土地一湿一干，

自然现象内含。

小白胖子出现，

老而好似雨伞。

采录地区：晋州

哈里里，哈里里，

一个小棍儿支着里。

采录地区：石家庄

说奇怪，真奇怪，

棚里长出无叶菜。

采录地区：衡水

## 蘑菇、节节草[1]

奇怪奇怪真奇怪，

地里长着没叶儿菜。

蹊跷蹊跷真蹊跷，

地里长着没叶儿草。

采录地区：邯郸

[1]　节节草：小型蕨类植物，没有展开的叶子。

## 荞麦

绿叶叶，红莛莛，

开白花结棱灯儿。

采录地区：石家庄

一棵树，不算大，

红秆绿叶开白花。

采录地区：石家庄

红秆绿叶开白花，

你说它是啥庄稼？

采录地区：衡水

红梗梗，绿叶叶。

开白花，结黑籽。

采录地区：沙河

红梗绿叶开白花。

采录地区：滦南

红树红皮，

绿叶阿弥。

白花落地，

黑籽抡锤。

采录地区：衡水

红莛绿叶小花白，
生长俩月就下来。
一花结个三角庙，
个个里面住着白老道。

采录地区：肥乡

三块儿瓦，一个庙，
里头住着个白老道。

采录地区：沙河

三块板，盖成庙，
里面住着白老道。

采录地区：曲周

三块瓦，盖个庙，
里边住着白老道。

采录地区：沧州、承德、衡水

红树红根，
绿叶娥眉。
白花儿落地，
黑籽儿抡锤。

采录地区：石家庄

三块砖头垒个庙。
里头住个白老道。

采录地区：石家庄

咱家有个秋姑娘，
身穿红，头戴花，
怀抱一个黑娃娃。

采录地区：石家庄

紫金树，紫金柴。
紫金树上开白花，
结黑果。

采录地区：石家庄

红秆绿叶开白花。

采录地区：沙河

红梗子，绿叶子。
开白花，结黑籽。

采录地区：沙河

三块板，盖小房，
里边住着白姑娘。

采录地区：石家庄

青竹竿，挑绿旗。
黑了心，白了皮。

采录地区：张家口

头戴金银花，
身穿紫金纱。
出生一百天，
伏后就回家。

采录地区：张家口

三块板，盖个庙，
里边住个白老道。

采录地区：蔚县

小黑屋，没有门儿，
里边住着小美人儿。

采录地区：承德

三圪垯瓦，盖的个庙，
里头有个白老道。

采录地区：张家口

青梗子，挑绿旗，
脱去黑皮儿穿白衣。

采录地区：承德

红鞭杆，绿鞭梢，
白羊下唻个黑羊羔。

采录地区：行唐

红梗梗透着绿，
绿叶叶透着红。
开了一串串白花花，
结了一粒粒黑籽籽。

采录地区：康保

红莛绿叶白花花，
紫瓦小庙白老道。

采录地区：武安

## 乌米[1]

### 乌米

南边来个黑大黑，
骑黑马戴黑盔，
腰里别个黑棒槌。

采录地区：隆化

[1] 乌米：指高粱、黍子、玉米在孕穗时生的一种黑穗病，
　　一般特指高粱丝黑穗病。感染后生长成的白色棒状物，
　　蔚县称"米疸"或米蛋，幼嫩时可以食用。玉米乌米也
　　可食用，味道尤为鲜美。

### 米疸

远看是绿的，
近看好吃的。
剥开是白的，
咬开是黑的。

采录地区：蔚县

### 玉米黑穗病

白脸奸臣黑了心，
不穿蟒袍光着身。
人家死了都留后，
他要活着人人恨。

采录地区：临漳

### 乌霉棒子穗

脚蹬八宝紫缨绒，
身穿绿衣好几重。
多少姐妹都有籽，
就俺一个扑了空。

采录地区：邯郸

### 烟草

从小精心培养，
长大绳捆索绑。
临老千刀万剐，
最后把它火葬。

采录地区：张家口

青青绿叶不是菜，
有的烤来有的晒。

只能烧着吃，

不能煮着卖。

采录地区：张家口、邢台

弟兄几个真和气，

天天并肩坐一起。

少时穿着绿衣服，

老来都换黄色衣。

采录地区：张家口

青枝绿叶不是菜，

有的烤来有的晒。

腾云驾雾烧着吃，

不能锅里煮熟卖。

采录地区：石家庄

小哩时候绿，

老哩时候黄。

只能烧着吃，

不能饱肚肠。

采录地区：行唐

青枝绿叶也不高，

绳捆索绑好几遭。

千刀万剐不算苦，

临了落个大火烧。

采录地区：石家庄

青枝绿叶不是菜，

不是烤来就是晒。

光能把它烧着吃，

不能煮熟集昂卖。

采录地区：行唐、沙河

青枝绿叶不是菜，

有的烤来有的晒。

只能烧得把它吃，

吃了对人很有害。

采录地区：张家口

玉米棵子腰来高，

大叶宽宽像芭蕉。

种在菜地不是菜，

切成碎末锅里烧。

采录地区：永年

大粗莛子大宽叶，

不吃青菜吃干菜。

只能烧着吃，

不能煮来卖。

采录地区：张家口

大粗梗子大宽叶，

顶上开花又结果。

花呀果呀没人吃，

茎呀叶呀切碎烧着吃！

抢着吃！

采录地区：邯郸

## 莜麦

长得灰绿样，

遍身挂铃铛。

熟了还要炒，

做饭特别香。

采录地区：张家口

## 莠子[1]

那梁有个猴小小，
颠头忽少哭他猴娘猴姥姥。

采录地区：蔚县

[1] 莠子：一年生草本植物，俗称为狗尾草。


## 玉米

玉米

脚在泥土里，
穿着节节衣。
怀抱金娃娃，
头顶白花花。

采录地区：定州

论粗一把，
论长一拃。
用手一摸，
疙里疙瘩。

采录地区：唐山

奇怪奇怪真奇怪，
腰里长出胡须来。
翻开胡须看一看，
粒粒珍珠露出来。

采录地区：张家口

头戴金花，
脚踩泥巴。
怀中抱子，
胡子拉碴。

采录地区：石家庄

小小一蛟龙，
胡须乱蓬蓬。
刀杀不见血，
火烧满身红。

采录地区：衡水

一个娃娃真奇妙，
衣服穿了七八套。
怀中藏着珍珠宝，
头上戴着红缨帽。

采录地区：衡水

一个孩子真俊俏，
衣裳穿了七八套。
怀里藏着黄金宝，
头上戴着红缨帽。

采录地区：邯郸

一物生得怪，
胡须满脑袋。
解开衣服看，
珍珠抱满怀。

采录地区：沧州

长在半中腰，
有皮又有毛。
长有五六寸，
子孙里面包。

采录地区：滦南、滦县、乐亭

头戴花纱帽，
身披绿战袍。
腰中插着榴弹炮，
炮顶一撮毛。

采录地区：沙河

一个老头八十八，

先长胡子后长牙。

采录地区：石家庄、沙河


一个老头生得怪，

牙根长出胡子来。

要看牙口好不好，

还得剥下它衣服来。

采录地区：邯郸


不高不高，

浑身带包。

采录地区：行唐


孩子揣在腰，

有皮也有毛。

长短七八寸，

孙儿在内包。

采录地区：石家庄


青竹竿，头顶星，

身上别着绿鸡翎。

怀揣棒槌红缨系，

金玉藏在黄袍中。

采录地区：行唐


一个老爷子，

头顶红胡子。

脱下绿袍子，

全身金珠子。

采录地区：井陉


红头缨，绿袍子，

腰里别着金棒槌。

采录地区：石家庄


一物生得真奇怪，

腰里长出胡子来。

拔掉胡子剥开看，

露出牙齿一排排。

采录地区：沙河、张家口


娃娃生得俏，

头戴红缨帽。

衣裳七八件，

里包珍珠宝。

采录地区：张家口


一个老头子，

白牙红胡子。

穿衣七八件，

爬杆有本事。

采录地区：张家口


一物生来怪，

头顶长胡才。

解开衣衫后，

珍珠抱满怀。

采录地区：张家口


头戴一朵花，

脚下一把刷，

腰里抱个金娃娃。

采录地区：张家口


小伙长得帅，

黄花做顶戴。

身披海带衣，

腰别狼牙棒。

采录地区：永年

物谜

金线绣来银线嵌，
珍珠玛瑙镶里边。
外面还用翡翠裹，
挂在青纱帐中央。

采录地区：衡水

这物生来就奇怪，
怀里长出犄角来。
犄角上面挂丝线，
犄角里面系玛瑙。

采录地区：石家庄

奇怪奇怪真奇怪，
胡子长在脑袋外。
解开衣服看一看，
颗颗珍珠露出来。

采录地区：元氏

小小一蛟龙，
胡须乱蓬蓬。
刀杀不见血，
火烧满身红。

采录地区：石家庄

千层包千层，
层层包红绒。
红绒包珍珠，
珍珠包朝廷。

采录地区：衡水

穗子棒槌大，
常在腰间插。
剥去几层皮，
行行籽粒像牙齿。

采录地区：石家庄

一个妮子真俊俏，
衣服穿了七八套。
怀里藏着珍珠宝，
头上戴着红缨帽。

采录地区：石家庄

里三层，外三层，
层层里面包黄金。

采录地区：石家庄

长在半中腰，
有皮又有毛。
长有五六寸，
子孙里面包。

采录地区：石家庄

一层一层又一层，
一层里面藏红缨。
红缨里头包金豆，
金豆里面还一层。

采录地区：沧州

奇怪奇怪真奇怪，
腰里长出胡须来。

采录地区：石家庄

林东地里排排兵，
腰间别着红缨缨。

采录地区：宁晋

头顶红缨帽，
身穿小绿袄，
孩子抱在半当腰。

采录地区：隆化

生个孩子掖在腰，

头上顶着红不角儿。

哪天扯破娘衣服，

孩子被人抱走了。

采录地区：曲周

地里生个真奇怪，

腰里长出棒槌来。

解开棒槌衣包看，

只见狼牙一排排。

采录地区：邢台

此物生来就奇怪，

怀揣一个棒槌奶。

解开衣襟看棒槌，

露出排排马牙来。

采录地区：石家庄

此物生来真日怪，

腰里长出大牙来。

口罩戴了七八层，

还有胡子露出来。

采录地区：武安、永年

## 玉米穗子

地里一群孩子娘，

衣服穿了七八层。

怀里揣着珍珠串，

头上戴着红缨缨。

采录地区：围场

一个老头真叫怪，

胡子长在肚皮外。

采录地区：沙河

一层一层又一层，

一层里面包花绒。

花绒里面包金豆，

金豆里面还一层。

采录地区：石家庄

南来一群兵，

个个带红缨。

采录地区：青龙

粗粗一大把，

长长一大拃。

拔光它的牙，

露出它的骨。

采录地区：永年

## 玉米棒

物生在腰，

有皮又有毛。

长短七八寸，

子孙在内包。

采录地区：沙河

一个小小真俊俏，

衣服穿唻七八套。

怀哩揣着珍珠米，

头昂戴着红缨帽。

采录地区：行唐

一个老头，

穿着黄袍。

脱了黄袍，

一身长毛。

拔去黄毛，

白玉金袍。

采录地区：唐山

粗处一大把，
长处一大拃。
穿着一身绿衣服，
长着几根烂头发。

采录地区：石家庄

剥了一层又一层，
层层里边有花绒。
花绒里边有金豆，
金豆里边有一层。

采录地区：石家庄

### 玉米秸

天上一颗星，
地上一个坑，
光棍骑马戴红缨。

采录地区：石家庄

# 枣

### 黑枣

肚里装着好多小饺子，
甜了嘴巴丢了小饺子。

采录地区：石家庄

南边过来个黑汉，
屁股上有块毡片。

采录地区：衡水、行唐

南边过来一个小黑人儿，
头上顶着个洗脸盆儿。
问你在嗯姥娘家吃嘞啥，
吃了一肚子小扁食。

采录地区：石家庄、沙河

南边来了个黑老头儿，
头上顶着洗脸盆儿。

采录地区：石家庄

南边来了个黑小人，
头上顶着洗脸盆。
我说给它摘了吧，
它说它再顶一会儿。

采录地区：滦南

南边来了个猴，
头上顶个洗脸盆。
问它吃的什么饭，
吃了一肚小扁食。

采录地区：沙河

南沿儿来唻个黑小伙儿，
担着一担子小灰碗。

采录地区：行唐

南沿儿来唻个黑小伙儿，
脑袋昂顶着个破席片儿。

采录地区：行唐

南沿儿来唻个小黑儿，
脑袋昂顶着个洗脸盆。

采录地区：行唐

小小黑人真奇怪，
洗脸盆儿头上戴。

心胸宽广大无比，
能把月牙揣起来。

采录地区：衡水

一个娃，穿黑袄。
就和羊粪同大小，
人人吃上都说好。

采录地区：张家口

一个小黑人，
顶着洗脸盆。
给它摘下了，
它说再戴会。

采录地区：衡水

紫色木，紫色匣，
紫色匣里装月牙。

采录地区：衡水

你叔娶了个小婶子儿，
脑袋顶上打补丁儿。
问她嫁妆都有啥？
肚里掏出四个小扁食儿。

采录地区：永年

俺家有个小闺女，
头上顶着洗脸盆。
问你今天吃的啥，
吃一肚子小扁食。

采录地区：石家庄

## 黑枣、白果、栗的、桃

起个五更天不明，
坷垃地里撺旋风。
朋友来了无处坐，

长毛子[1] 来了村外行。

采录地区：石家庄、邯郸

[1] 注：清政府称太平天国义军为长毛子，因为太平天国规
定，不剃额发，不扎辫子，披散头发。

## 红枣

红灯笼，挂高楼。
一刮风，就点头。
青叶红溜溜，
里边一块楸木头。

采录地区：沙河、石家庄

红裤子，绿袄儿，
打扮打扮像小媳儿。

采录地区：石家庄

湿哩胖墩儿墩儿，
干哩肉皮儿皱。
吃咾它的肉，
吐出红骨头。

采录地区：行唐

一个娃，红衣衫。
衙门口里走一遍，
骨头回来肉不见。

采录地区：张家口

一个小小，
穿着红裤子绿袄。
你上哪儿唉？
上衙门。
你还回来不？
骨头回来，肉不回来。

采录地区：石家庄、邢台

俺卷嗯来，

俺学嗯来。

为啥一棍子把俺从树上打下来，

打俺下来俺不怨。

还把俺送到衙门口，

害得俺骨头回来，肉回不来。

采录地区：永年


红灯笼，挂高楼。

刮刮风，点点头。

采录地区：廊坊


姥姥家一棵树，

开黄花，结青球。

白了背，红了皮，

小毛篮，提回家。

肉肉你啃净，

核儿扔回你姥姥家。

采录地区：永年


开黄花儿，结青蛋儿，

长大了红半边儿。

太阳晒成红蛋蛋儿，

里边儿有个尖尖核儿。

采录地区：定州


## 枣

家南树上一帮猴儿，

打一杆子乱磕头儿。

采录地区：沧州


树枝弯弯，

枝头挂满小鸡蛋。

鸡蛋里边包个核儿，

小小核儿两头尖。

采录地区：石家庄


小时绷着青脸皮，

老来皱起红脸皮。

生吃脆生生，

熟吃黏兮兮。

采录地区：廊坊、石家庄


小时胖乎乎，

老来皮肉皱。

吃掉它的肉，

吐出红骨头。

采录地区：衡水、沙河


小时青溜溜，

老时红溜溜。

劈头一棒的，

滴溜滴溜溜。

采录地区：石家庄


一个小小，

穿个红袄。

你上哪里啦，

俺上衙门啦。

骨头回来，

肉不回来。

采录地区：沙河、石家庄


## 枣蒂巴 [1]

一块木头没一分，

上不哩凿子下不哩锛。

采录地区：石家庄

[1] 枣蒂巴：指枣核。

### 枣核

一个棍儿没一寸，
有了一寸不是棍儿。

采录地区：石家庄

一块木也不大，
打不得犁，
做不成耙。
粗拉之人吃咾它，
细致之人扔咾它。

采录地区：行唐

有个棍没一寸儿，
有一寸儿不算棍。

采录地区：定州

### 枣、核桃

肉包骨头，
骨头包肉。

采录地区：衡水、石家庄

### 酸枣

小时青蛋蛋，
老了红蛋蛋。
尝一口，酸溜溜儿。

采录地区：石家庄

远看绿叶红花，
近看白果红果。
弯弯的腰，挪挪的脚，
将将够着。

采录地区：邯郸

五月开了一串小黄花，
六月结了一串绿蛋蛋儿。
八月白了背了，
九月红了嘴了。
摘俺俺不怕，
就怕俺的刺扎了你的手背儿。

采录地区：曲周、邱县

### 芝麻

兄弟多，千万个。
同床睡，共被窝。

采录地区：衡水

长长方方在高楼，
千军万马在里头。
不怕风吹和雨打，
单怕火红辣日头。

采录地区：衡水

开花节节高，
结籽用棒敲。

采录地区：承德、衡水

青竹竿，挑绿瓦，
为了孩子娘挨打。

采录地区：曲周

青竹竿，顶篱笆，
孩子成人娘挨打。
青竹竿，顶绿瓦，
孩子出生娘挨打。

采录地区：鸡泽

青秆子，方秆子。
美丽花，密叶子。
结出籽来像虱子。

采录地区：张家口

千哥哥，万哥哥。
都是一伙米颗颗，
同床睡觉隔被窝。

采录地区：张家口

一根苗，直到梢，
开个花，节节高。
人人说它有福气，
老了还受棒棒敲。

采录地区：张家口

一间庙，四面瓦，
个个青瓦睡籽芽。
哪天籽芽要出窝，
掀翻小庙使劲扩。

采录地区：承德

梧桐树，梧桐窝，
梧桐窝里黄鸟多。
要在身上打一下，
打得黄鸟乱出窝。

采录地区：石家庄

小时青青老了黄，
瓦上加瓦筑高墙。
筑的高墙像座墙，
瓦里流油扑鼻香。

采录地区：衡水

青竹竿，长到梢，
开个花来节节高。

人们夸俺好福气，
老来还受棍棒敲。

采录地区：石家庄

浑身好像霸王鞭，
千军万马藏里边。
打雷闪电都不怕，
就怕日晒大家跑外边。

采录地区：石家庄

刚出土时是个小芽，
长大了开花像喇叭。
结哩果实有棱有角，
棱角里头住着小白娃。

采录地区：石家庄

兄弟多，千万个，
同床睡，共被窝。

采录地区：沙河

狐灵狐灵[1]，
中吃没皮。

采录地区：石家庄、沙河

[1] 注：指光滑光滑的。

四格楞杆子高又高，
杆上鸟窝真不少。
要赶鸟儿它出窝，
放倒杆子棒槌敲。

采录地区：大名、威县

年轻时青叶青秆青奶宝，
到老来黄叶黄秆干瘪宝。
颠倒过来头朝下，
挨了一顿棒槌打，

奶里流出的都是干水花。

采录地区：宁晋

青秸秆，挂兜兜，

黑孩装在青兜兜。

太阳晒得兜开口，

秸秆倒了孩儿丢。

采录地区：青龙、平泉

格楞的瓦对对青，

一对一扣成窝棚。

生了孩子里边睡，

就怕裂开孩受惊。

采录地区：邯郸东部

三　人体类

## 鼻涕

抽抽里，抽抽外，
里边住着咸瓜菜。

采录地区：肥乡

小白马，溜河沿儿，
一抿嚼子就回来。

采录地区：石家庄

开抽屉，拉抽屉，
里头住着黄腥油。

采录地区：石家庄

## 鼻子

半跃空俩抽抽儿，
里边撂的二斤猪肉。

采录地区：石家庄

背脊朝天，
两眼向地。
真猜不着，
指指自己。

采录地区：张家口

大头大，大头大。
人人大头都朝下，
你要不信问你娘。

采录地区：石家庄

大头大，大头大，
谁的大头都冲下。
不信你问问你爸，
你爸大头也冲下。

采录地区：石家庄

大头大，大头大，
有的大头都朝下。
你要不信问恁妈，
恁妈的大头也朝下。

采录地区：井陉

大头大，大头大，
谁的大头也朝下。
你要不知问你娘，
你娘的大头也朝下。

采录地区：成安、张家口

大头大，大头大，
老哩少哩都朝下。
猜不出来问你爷，
你爷爷的大头也朝下。

采录地区：永年

平地一座山，
眼瞅看不见。
平常手到顶，
脚蹬不到边。

采录地区：石家庄

别咯嚷，别咯嚷，
谁的梁子也在上。
看嗯爹梁子底下俩鼠窝，
看嗯娘梁子底下长虫长。

采录地区：石家庄西部

山下有两个山洞，
白天黑夜不住地刮风。
哪一天风停了，

要了你的老命。

采录地区：沙河、石家庄

头大尾尖一座山，

两个地洞穿山间。

如有异物进洞去，

一声响炮赶出关。

采录地区：衡水

头大尾尖一座山，

两个小洞穿山间。

有物钻进小洞去，

一声炮响打外面。

采录地区：张家口

小头小，大头大，

谁哩大头也朝下。

你要不信回家问你妈，

你妈哩大头也朝下。

采录地区：沙河

一个烟囱两个洞，

洞口从不向天空。

有时一阵雨蒙蒙，

有时一阵烟蓬蓬。

采录地区：石家庄

一个烟囱两个孔，

孔口从不向天空。

有时雨蒙蒙，

有时烟蓬蓬。

采录地区：张家口

张家浜，李家浜。

高高的一座墙，

隔开了两条浜。

采录地区：唐山

姊妹俩，一般大，

生了孩子齐摔杀。

采录地区：石家庄

左边一个孔，

右边一个孔。

是香还是臭，

问它它最懂。

采录地区：张家口

左一孔，右一孔，

是香是臭它都懂。

采录地区：石家庄

一头蒜，倒着挂，

感冒就有水流下。

采录地区：沙河

一座山头俩么洞，

进进出出都通风。

采录地区：沙河

左边一个洞，

右边一个洞。

有它能呼吸，

还能闻香臭。

采录地区：张家口

左面洞，右面洞，

板壁无缝万事通。

采录地区：张家口

肉片片瓦，
半也空挂。
扣住俩洞，
害怕水冲。

采录地区：文安


西看人行山，
山下两个洞，
呼哧吹大风。

采录地区：威县


大头大，大头大，
人人大头头朝下。
你非要它反过来，
包你喘气不舒服。

采录地区：广平


生就天下第一关，
一切进口得我验。
你不喘气就算了，
呼气吸气也绕不开我这一关。

采录地区：邯郸


## 辫子

得溜溜，得溜溜，
成天在俺房后头。

采录地区：沙河


千兄弟，万兄弟。
一分家，三兄弟。

采录地区：唐山


## 脖子

下边粗，上边大，
中间只有一大抔。
抔得轻些还好些，
抔得紧些要命了。

采录地区：永年


## 唇、牙、舌

红门楼，白围墙。
里面住着皇娘娘，
既能说，又会唱。

采录地区：石家庄


红门楼，白围墙，
里头住个红姑娘。

采录地区：沙河


红门楼，白院墙，
里面住着耍物郎。

采录地区：石家庄


红门楼，白栅栏，
里面趴个红胖子。

采录地区：隆化


红门楼，白院墙，
里面住着小红娘。

采录地区：永年


红口袋子真奇怪，
里面扳插来回摆。

白将军擒来米与肉，
装了几十年也没装满。

红口袋，真奇怪，
里面扳插来回摆。
白将军拿来馍与菜，
放进去就不能拿出来。

采录地区：磁县

红门楼，白院墙，
里面住个巧姑娘。

采录地区：滦平

## 胆

人身上最大的器官是吗？
谁要猜着咾谁的胆子真大。

采录地区：行唐

## 肚脐

半山坡、半山坡，
坡上有个烟袋锅。

采录地区：石家庄

你躺下看，
山顶有个坑。
你站起来看，
半山腰有个洞。

采录地区：永年、沙河

半崖上一个圪窑，
里边有些黑粪草。

采录地区：石家庄

老杜家，高高坟，
坟上有个牛脚印。

采录地区：石家庄

一个坑，偏偏沿儿，
猜着咾给你个花布衫。

采录地区：行唐

有个眼儿，
指肚儿大。
爹不让抠，
娘不让露。

采录地区：邯郸

人人有个眼，
生来就是瞎。
躺下在山顶，
站起在山腰。

采录地区：肥乡

都说它是眼，
没有眼睛珠。
当初要没它，
娘肚里长不大。

采录地区：鸡泽

杜家山，尖尖顶，
神牛路过踩了一个坑。

采录地区：曲周、徐水

## 肚子

这条布袋有些怪，

布袋口还分上下来。

上边只装不出，

下边只出不进。

采录地区：沙河

俺家有个布袋，

经常系在腰间。

上边口只装不倒，

下边口只出不进。

采录地区：邯郸

## 耳朵

半山昂有两个干匝片[1]，

赶死也不见面儿。

采录地区：行唐

[1] 匝片：指圆形的片片，环绕一周叫一匝。

此物管八面，

人人有两片。

用手摸得着，

自己看不见。

采录地区：石家庄

大哥在州，

二哥在县，

隔着毛山不能见面。

采录地区：行唐

嫡亲两弟兄，

隔住毛山洞，

一辈子不走动。

采录地区：唐山

爹娘生一双胞胎，

没有生下就分开。

左邻右舍同生死，

一直到死没往来。

采录地区：行唐

东边一个唏拉片，

西边一个唏拉片，

隔座山头不见面。

采录地区：行唐

东边有一片，

西边有一片。

虽是紧邻居，

辈辈不见面。

采录地区：沙河

东边住着一片，

西边住着一片。

虽是鸡犬相闻，

就是老死不相往来。

采录地区：沙河

东葫芦片，

西葫芦片，

哥俩永远见不着面。

采录地区：青龙

东庙西庙，

俩小鬼不见面。

采录地区：沙河

东山一个木头片儿，

西山一个木头片儿，

一辈子也见不着面儿。

采录地区：石家庄


东山一块木渣，

西山一块木渣，

就是不能见它。

采录地区：石家庄


东山一片，

西山一片，

姊妹两个永不见面。

采录地区：张家口


东一片，西一片，

大大两眼看不见。

采录地区：石家庄


东一片，西一片，

到死不见面。

采录地区：石家庄


东一片，西一片，

隔着山头不见面。

采录地区：石家庄


姐妹两个一般大，

隔着毛山不说话。

采录地区：石家庄


两把扇，在两边，

摸得着，看不见。

采录地区：沙河


你住在山东，

我住在山西。

虽是鸡犬相闻，

就是老死不曾见面。

采录地区：沙河


兄弟共两个，

一边坐一个。

说话听得见，

老死不见面。

采录地区：沙河


兄弟两地分，

隔山不隔音。

虽然无仇恨，

老死不相认。

采录地区：行唐


兄弟亲两个，

隔着山头住。

生来一模一样，

到死也不见面。

采录地区：井陉


一儿出世在东方，

一儿出世在西方。

二儿自出娘胎后，

彼此永远不来往。

采录地区：唐山


左一边，右一边，

到老不能见一面。

采录地区：井陉


左一片，右一片。

鼻子两边站，

**0220**

老死不见面。

采录地区：石家庄

左一片，右一片，

隔个山头不见面。

你要猜不着，

你再听我说一遍。

采录地区：石家庄

左一片，右一片。

隔着山头不见面，

猜不着对俺说一遍。

采录地区：石家庄

左一片，右一片。

离得很近，

一辈子不见面。

采录地区：石家庄

左一片，右一片，

隔座山头不见面。

采录地区：河北全域

左右两片片，

中间隔道山。

说话听得见，

照镜才见面。

采录地区：石家庄

本是双胞胎，

被山隔离开。

镜中可相见，

老死不往来。

采录地区：邯郸

哥俩守着一座山，

一生不能见一面。

采录地区：石家庄

娘养一对双胞胎，

山左山右两分开。

谁想去见兄弟面，

除非连根拔出来。

采录地区：武安、永年

## 肺

两片叶，胸中挂。

根子在上，叶子在下。

既不结果也不开花。

采录地区：石家庄

两串葡萄胸中挂，

它要发炎你害怕。

采录地区：永年

## 胳肢窝

东旮旯，西旮旯，

旮旯里面藏毛毛。

不怕你看，

就怕你挠。

采录地区：广平、隆尧

东旮旯儿，

西旮旯儿。

旮旯儿里种着韭菜苗儿，

只见它长来不见人收。

采录地区：清苑

左一个旮旯儿，
右一个旮旯儿。
旮旯儿里面躲猫猫，
你说你来逮猫猫，
直痒得咱笑死笑活直不起腰。

采录地区：武安、永年

东旮旯儿，西旮旯儿，
旮旯儿里放着两撮黑毛毛。
要是这会儿你没有，
等你长大你再找。

采录地区：永年

东墙窑，西墙窑，
里面放着几棵干韭菜。

采录地区：行唐

## 骨骼

### 骨骼

两百零六块，
天天随身带。
从来不敢拆，
一拆起不来。

采录地区：石家庄

### 骨架

肉裹着，皮包着，

不敢解开拆散它。

采录地区：永年

都说有三百六十六，
医生说只有二百零六。
你可以拆开数一数，
看看你零件够不够。

采录地区：保定

## 喉咙

上海有座大廊桥，
走过东西多多少。
只好看看勿来挠，
留点下来实难熬。

采录地区：唐山

小时候平平滑滑，
长大长成个疙瘩。
在外还可以摸摸，
在里可不能轻易碰它。

采录地区：邯郸

## 胡须

半亩地，靠嘴边儿，
不撒种儿就出芽。

采录地区：行唐

根朝上，叶朝下。
韭菜种在红土坝，

光见韭菜不见花。

采录地区：石家庄

红门楼，白板搭。

根朝上，梢耷拉。

采录地区：沙河

你不让我露脸儿，

我不让你露头。

采录地区：石家庄、邯郸

远望好像一个小盆盆，

韭菜盆里不生盆外生。

采录地区：石家庄

小时候绒细绒细，

长大了黑粗黑粗。

到后来黑多白少，

再后来白多黑少，

到老了完全白了。

采录地区：邯郸、邢台

你想盖住我的嘴片儿，

我就剪断你的命根儿。

采录地区：魏县

## 脊柱

你坐哩姿势不对，

俺就跟着你受罪。

坏习惯要是不改，

俺就会变成驼背。

它顺溜你也顺溜，

它打弯你就驼背。

采录地区：永年

立着它朝后，

干活它朝天。

躺下它朝下，

不曾朝过前。

采录地区：永年

瘦的它像搓板，

中间有道山梁。

胖的它是肉墩，

中间是道壕沟。

采录地区：邯郸

## 脚

### 脚

三块板儿，

盖了个庙儿，

里边住了个臭爷爷儿。

采录地区：石家庄

十个和尚，

分居两旁。

日同行路，

夜同卧床。

采录地区：张家口

十个和尚，

住在两旁。

白天行路，

夜里卧床。

采录地区：石家庄

十个小和尚，
不住一个房。
白晌同走路，
黑呀同卧床。

采录地区：行唐

兄弟哥十个，
出门分两拨，
五个前面走，
五个要超过。

采录地区：石家庄

一左一右，
一前一后，
坐下之后，
没有前后，
长哩一样，
会跑会走。

采录地区：沙河、永年

一物生哩怪，
前面五瓣蒜，
后面咸鸭蛋。

采录地区：沙河、邯郸

俺有一个大土豆，
长着五个小勃拗。

采录地区：井陉

一个小匣儿，
里面盛着五个豆芽儿。

采录地区：沧州

说是底板，没碾平；
说是脸面，没开窍；
面前边矗着五座山，
板根拖着个疙瘩蛋。

采录地区：正定

说是底板，
没个正形。
说是脸面，
没个眉眼。
前头破成五瓣子，
后头拧成一个大疙瘩。

采录地区：滦县

兄弟十个分两家，
出门总把大车拉。
一前一后追得紧，
除非累了才停下。

采录地区：涿州

兄弟十个生得傻，
分家只要一片瓦。
后院家产它不要，
拉它它都不回头。

采录地区：大名

**脚趾**

十个秃头和尚，
分开站在两旁。
同床同被同睡，
合穿两件衣裳。

采录地区：石家庄

一树根，五把杈，

个个头上扣个瓦。

采录地区：石家庄、沙河

十个哥们个个傻，

个个头上扣个瓦。

采录地区：青龙

一个小屋憋憋憋，

里头住着五个客[1]。

采录地区：石家庄

[1]　客：河北方言读作 qiě。

十个和尚，

分站两行，

阴阳两件衣裳。

可以五个穿一件，

不可换了阴阳。

采录地区：大名、南宫

## 骷髅头

一个葫芦七个洞，

哪个猜到好大胆。

采录地区：蔚县

白灿灿瓢子七个洞，

谁猜对了让谁碰。

采录地区：武安、沙河

## 脸

一圪塔板，七个眼。

采录地区：张家口

一个肉饼，七个窟窿。

采录地区：石家庄

黄布包着一块板，

上下左右七个眼。

采录地区：广平

## 脸上痘

坡前去收青春豆，

带回不少黑瘪豆。

清水洗了三冬夏，

至今还在脸上爬。

采录地区：丛台

## 脉搏

看不出，摸得出。

等到摸不出，

大家眼泪出。

采录地区：唐山

看不出，摸得着。

若是摸不出，

亲人眼泪出。

采录地区：石家庄

快，不高兴，
慢，不高兴。
没了，自己不说啥了，
亲属们开始叫喊了。

采录地区：邯郸

说它没用，
没它咋看咋变了个人。
说它有用，
挡不住灰尘落进眼睛。

采录地区：邢台

## 眉毛

人人有两道，
摸得着看不见。
有它看上眼，
没它真难看。

采录地区：石家庄

小时黑，老了白，
小时短，老了长。
有它像个人样，
没它像个葫芦。

采录地区：成安、徐水

高高山上种韭菜，
不稀不密刚两排。

采录地区：石家庄

山头昂种韭菜，
一左一右种两排。

采录地区：行唐

左一排，右一排。
半山腰里种韭菜，
小时青，老了白。

采录地区：大名

## 屁股

大白脸，榾柮纹。
轻易不说话儿，
说话儿得罪人。

采录地区：石家庄

脸肿得像瓢，
鼻梁塌了一道壕。
嘴里呼呼出臭气，
猜猜这是哪一遭。

采录地区：魏县

全身数它肉厚，
生来数它最懒。

采录地区：永年

虽是同一物，
身价大不同。
高时稳坐江山，
低时就地为席。

采录地区：保定

脸蛋子大，
脸蛋子大，
脸蛋子把鼻子挤没啦。
褰搓小嘴难说话，

说话能把人臭煞。

采录地区：涉县

## 气管

抻一抻，脖子长。

有口痰，堵得慌。

都知有，没见过。

采录地区：石家庄

## 人

儿时四条腿，

长大腿一双。

老来变成一双半，

走路还是不稳当。

采录地区：石家庄

小时四条腿，

长大两条腿。

老了三条腿，

你猜这是谁？

采录地区：张家口

## 乳房

半岸有对葫芦，

孩子抱住不啼哭。

采录地区：石家庄

半打腰儿里有两罐儿糖，

男女老少都得尝一尝。

采录地区：石家庄

俩么布袋一个样，

里面装着白汤汤。

文武百官都吃过，

皇帝从小也要尝。

采录地区：石家庄、沙河

双峰隔小岭，

有路不可行。

采录地区：唐山

小姐请坐，

包子两个。

只需吃饱，

不能咬破。

采录地区：滦南、滦县、乐亭

一个葫芦三寸长，

葫芦里面三年粮，

文武百官都要尝。

采录地区：唐山

一棵树，俩骨嘟，

小孩见了不啼呼。

采录地区：石家庄

一棵树，长俩梨，

小孩看见真着急。

采录地区：沧州、滦平、青龙

一亩地，两座坟。

过不去车，

走不去人。

采录地区：石家庄

一条小路，
两边开俩饭铺。

采录地区：石家庄

左右两块凤凰山，
凤凰山上出仙丹。
士农工商皆尝过，
总统乞丐也要尝。

采录地区：唐山

黑黑如枣，
红红如桃。
好吃真好吃，
店里买不住。

采录地区：唐山

一块地，两个坟。
过不得车，走不得人。

采录地区：定州

头有枣核大，
身有一百斤。
人人都吃过，
吃过不留心。

采录地区：唐山

白坛子，装白糖，
姊妹吃完都说香。

采录地区：石家庄

壁上做酒白汤汤，
不用糯米不用糖。

不管是士农工商，
都要先把它来尝。

采录地区：石家庄

壁上做酒两只缸，
大小官员都来尝。

采录地区：石家庄、沙河

一对荷花绽蕾头，
无根无叶过春秋。
虽然不是盘中物，
肚里饥饿并无愁。

采录地区：唐山

头小得像枣核，
身重得百十斤。
谁都见过，
只是有的吃过，
有的没吃过。

采录地区：肥乡、武邑

老了不能吃，
嫩了不能吃，
不老不嫩长着吃。

采录地区：石家庄

宝宝请坐，
肉包两个。
只许吸汁，
不许咬破。

采录地区：全省

半天空里俩油罐，
不拉风箱做中饭。

采录地区：石家庄

馒头不大，

吃了三年。

不多不少，

还是两个。

你猜不出来，

回家问嗯娘。

嗯娘会说，

朝廷老爷都吃过。

采录地区：石家庄

馒头两个，

谁都吃过。

采录地区：沙河

你娘从你姥姥家带了两个馍馍，

只能自家吃，不许外人看。

采录地区：石家庄

墙上挂两个葫芦，

不用烧火熬糊糊。

采录地区：蔚县

头像馍馍，

身价千金。

朝廷吃过，

一辈子感恩。

采录地区：沙河

一对葫芦挂粉墙，

里边存有万担粮。

不论贫富贵贱，

从小都要尝尝。

采录地区：唐山

寿桃两个，

红嘴鼓着。

只许你吃红嘴，

不许你咬馍馍。

采录地区：邯郸

奇特奇特真奇特，

你娘从你姥姥家带来俩馍。

你们哥几个都吃过，

也没见少了一口馍。

采录地区：邢台

宝宝好，宝宝好，

肉包包，肉包包。

好好吃，不许咬，

猜对了，吃包包。

采录地区：肥乡

## 舌头

不圆也不方，

藏在口中央。

席上饭和菜，

总是它先尝。

采录地区：石家庄

红墙外，白墙内，

里面住着红姑娘。

采录地区：永年

高高山昂一座桥，

一头生根一头摇。

采录地区：行唐

红大门儿，

白门槛儿，

里边住着淘气仔儿。

采录地区：滦南

红门里面没人走，
躺着一块红石头。
翻来动去几十年，
湿淋淋的干不透。

采录地区：石家庄

红门楼，白界墙，
里头住个小姑娘。

采录地区：沙河

红围墙，白屋墙，
中间一个红小娘。

采录地区：唐山

红衙门，白亮窗，
里边住了个巧大娘。

采录地区：石家庄

山洞里面一座桥，
一头固定一头摇。

采录地区：唐山

深山野坳一座桥，
半边儿搭牢半边摇。
千军万马走过桥，
一个好汉不过桥。

采录地区：唐山

无底洞里有座桥，
一头着地一头摇。
百样东西桥上过，
过了桥就没法捞。

采录地区：石家庄

红崖洞里有座桥，
一头锚定一头摇。

采录地区：秦皇岛

无底洞中有座桥，
一头着地一头摇。
好吃东西桥上过，
一过桥头找不着。

采录地区：石家庄

一个墙窑，
里面长个红布条。

采录地区：石家庄

一个小洞有座桥，
一头生根一头摇。

采录地区：沙河

世上你最软，
可成杀人刀。

采录地区：沙河

有个洞，好奇怪，
洞里长出尾巴来。
要想填满洞，
尾巴别摇摆。
它要一摇摆，
填的东西全拜拜。

采录地区：邯郸、石家庄

## 食道

人人有个小石桥，
路过东西真不少。

顺利过桥还要好，

堵住东西不好了。

采录地区：沙河


# 手

## 手

大的两段儿，

小的三段儿。

长长短短，

一共二十八段儿。

采录地区：行唐


大马哥，二马弟。

老三拉着四兄弟，

后边还有个五牛哩。

采录地区：行唐


十个兄弟分两家，

人人头上顶片瓦。

小事分开一家做，

大事齐心也不怕。

采录地区：张家口


五对双胞胎，

分成两边排。

采录地区：石家庄


弟兄五个，

住在一起。

有骨有肉，

长短不齐。

采录地区：张家口、石家庄


五个兄弟，

坐在一起。

有大有小，

长短不齐。

采录地区：石家庄


五兄弟，五姊妹，

左右各住开。

无事不相管，

有事大家一起来。

采录地区：唐山


一棵树，两么杈。

两么杈上十个芽，

要吃要穿全靠它。

采录地区：衡水


一棵树，五柯杈。

个个上面顶着瓦，

要吃要喝全靠它。

采录地区：沙河


## 手、指甲

一棵树，五格杈，

上面扣了五块瓦。

采录地区：沙河


## 手、胳膊肘

你也摸过我的，

我也摸过你的，

就是自己没摸过自己的。

采录地区：行唐

## 手指

大的分两段，
小的分三段。
啪啦拨嘟算一算，
四七是二十八段。

采录地区：唐山

大的两节，
小的三节。
长长短短，
二十八节。

采录地区：行唐

弟兄十个生得傻，
个个头上顶着瓦。

采录地区：行唐

弟兄十个一母生，
算算五对是孪生。
高矮不齐两边站，
仔细一瞅真对称。

采录地区：张家口

举腕来分段，
四七念八段。
大的分两段，
小的分三段。

采录地区：唐山

十个孩子，
一同玩耍，
每个孩子头上戴一片瓦。

采录地区：唐山

十条堤岸八条沟，
条条堤岸盖瓦头。

采录地区：行唐、唐山

我有两棵树，
生了十片叶。
常年不开花，
也没过果子结。

采录地区：唐山

五个兄弟，
生在一起。
有骨有皮，
长短不齐。

采录地区：唐山

五个兄弟，
住在一起。
名字不同，
高矮不齐。

采录地区：张家口

兄弟十个，
两排站立。
有胖有瘦，
高低不一。
没事隔山自住，
有事相互帮助。

采录地区：石家庄

兄弟十个生来傻，
个个头上顶着瓦。

采录地区：石家庄

一拨树，五个杈，
上头结的琉璃瓦。

采录地区：张家口

一棵树五个杈，
上面盖着琉璃瓦。

采录地区：张家口、衡水

一棵树五个杈，
上面扣着五块瓦。

采录地区：井陉

弟兄十个生得傻，
个个头上顶着瓦。
一旦哪天嫌瓦长，
拿来剪刀剪断它。

采录地区：大名、永年

同门两家，
兄弟十个。
不分大小高低，
各住各的瓦房。

采录地区：永年

### 手指、脚趾

全村共有二十个娃，
五个五个哩是一家。
十个灵巧会做活，
十个愚笨地上爬。

采录地区：行唐

一家二十个娃，
高低分两班。
一班常住干净地，

一班常在土地爬。

采录地区：邯郸

### 指甲

穷家娃二十，
都住在山尖。
尽管有靠山，
饿得只剩骨。

采录地区：永年

### 胎儿

双眼合着不见天，
软软垫子睡下边。
一睡就是三百日，
醒来出门不回还。

采录地区：石家庄

有脚不挨地，
有眼不见天。
在家三百日，
一走不知多少年。

采录地区：石家庄

住的是天下第一房，
肉做的垫子肉做帐。

采录地区：永年

房子就那么一间，
合眼一睡三百天。
哪天出了此房间，
别想回去再看看。

采录地区：邯郸

在家三百日，
出外不思家。
脱了红袍袄，
换上青罗纱。

采录地区：张家口

## 瞳仁

一对小小孩童，
站在玉柳丛中。
看尽几多金银财宝，
爱死几多美貌娇妻。

采录地区：石家庄

对面一对凸镜，
细看自己站在其中。
问他这是咋回事，
他说我也在你镜子中。

采录地区：大名

## 头

### 头

俺家有个南瓜，
长着七个窟窿。

采录地区：石家庄

一个葫芦七个洞，
个个洞洞都有用。

采录地区：唐山

葫芦有七洞，
洞洞都有用。
一处被封堵，
面容露苦痛。

采录地区：石家庄

七只鸽子共树枝，
两只听东西，
两只看东西。
两只嗅东西，
一只下来偷东西。

采录地区：唐山

一个菜饼子，
七个窟窿子。

采录地区：沙河

前看是个瓢，
后看是脑勺。
开了七个洞，
洞洞都有用。

采录地区：永年

一个肉球，
七个窟窿。
两个流水不行，
五个不流水不行。

采录地区：邯郸

一个瓜子七个洞，
个个都有用。

采录地区：唐山

一个罐的，七个眼儿，
五个有水两个干。

采录地区：石家庄

一个骨朵,
七个窟窿。
堵住哪个,
都说不行。

　　　　采录地区：石家庄

一个葫芦七个眼,
哭的哭来喊的喊。

　　　　采录地区：石家庄

一个葫芦七个眼,
两两成对一个单。

　　　　采录地区：沙河

一个葫芦七个眼,
听的听来喊的喊。

　　　　采录地区：沙河

一个葫芦七个眼,
又会唱又会喊。

　　　　采录地区：唐山

一个葫芦七呀眼儿,
谁猜着了好大胆儿。

　　　　采录地区：行唐

一个生瓜七个洞,
三个流水两流脓,
还有两个不会动。

　　　　采录地区：唐山

一个树骨嘟七个窟窿,
不动哈不咕哝。

　　　　采录地区：石家庄

一家姓圆,
两家姓看。
两家姓嗅,
一家姓饭。

　　　　采录地区：张家口

一个疙嘟七股泉,
五股流水两股干。

　　　　采录地区：石家庄

　　　都脑[1]

一个带毛骨朵,
五个眼儿流水,
两个眼儿没水。

　　　　采录地区：武安

　　[1]　都脑：武安俗语,指脑袋。

高高山上石头蛋儿,
不知谁凿了七个窟窿眼儿。
两个旱哩,五个有水哩。

　　　　采录地区：涉县

高高山头打了七口井,
两口旱井,五口水井。

　　　　采录地区：邯郸

一块板儿,
七个眼儿,
五个流水俩干眼儿。

　　　　采录地区：石家庄

**0235**

# 头发

## 头发

高高山上一蓬麻，
割了一茬又一茬。

采录地区：河北全域

俺家房上一拨草，
过来过去数不了。

采录地区：张家口

俺家房上一拨葱，
数来数去数不清。

采录地区：蔚县

俺家山上一亩秧，
月月都要出一床。
黑秧变少白变多，
春天稠来秋后稀。

采录地区：石家庄

宝塔尖，一蓬草，
人人过来数不了。

采录地区：张家口

对门山上一片葱，
一屋老小都数不清。

采录地区：石家庄

高高山昂一亩麻，
割了一茬又一茬。

采录地区：行唐

高高山上一堆麻，
横三搅四茬，

割了一茬又一茬。

采录地区：沙河

高高山上一蓬葱，
割了一蓬又一蓬。

采录地区：石家庄

高高山上一蓬麻，
月月割来月月长。
要是天长没人管，
人人见了都笑煞。

采录地区：张家口

高高山上长韭菜，
只见割来不见栽。

采录地区：石家庄

高圪梁上种韭菜，
割了一茬又一茬。

采录地区：石家庄

根底儿不深站得高，
要长要短看爱好。
为求好看长得美，
不怕费功夫花钱多少。

采录地区：沙河

岭东头子一株茅，
风吹日晒也不燥。

采录地区：唐山

圆顶山上长片麻，
割了这茬割那茬。

采录地区：隆化

禾苗长在山峰顶，

不用施肥不浇水。

割了一茬又一茬，

做饭炒菜不用它。

采录地区：石家庄

高高山上一团麻，

月月割了月月发。

采录地区：青龙

高圪梁上野生麻，

割了一茬又一茬。

采录地区：永年

一小山，三面坡，

野青韭菜长得黑。

只见有人割韭菜，

不见有人当菜吃。

采录地区：滦县

高圪梁山长韭菜，

只见割来不用栽。

采录地区：永年

### 小辫儿

小不点，你别闹，

说个谜儿让你道。

你藏你哥一个毽儿，

藏得那是高又高。

采录地区：永年

### 唾液

俺家有口潭，

中间有泉眼。

一见酸物件，

它就哗哗流。

采录地区：石家庄

### 胃

一个小口袋，

能装饭和菜。

你可别乱装，

乱装它就坏。

采录地区：石家庄

### 小孩囟门

小时大，大时小，

长大以后没有了。

采录地区：石家庄

大了，小了。

小了，大了。

大了，没了。

采录地区：宣化

### 小孩衣胞

人在它里头，

它在人里头。

人不在它里头，

它也不在人里头。

采录地区：邯郸

## 小腿

蹲着有头，

站着没头。

肚在后头，

背在前头。

采录地区：石家庄

圪柔圪柔，

脊梁朝前，

肚子朝后。

采录地区：石家庄

筋是筋，肉是肉，

脊梁朝前肚朝后。

采录地区：张家口

紧箍紧，咒箍咒，

脊背朝前肚朝后。

采录地区：宣化

南面上来个勾圪勾，

脊背迎前肚迎后。

采录地区：蔚县

人是一样的人，

肉是一样的肉，

脊梁骨朝前肚子朝后。

采录地区：滦南

稀奇古怪，

古怪稀奇。

前面脊背，

后面肚皮。

采录地区：唐山

小伙儿生来长得丑，

脊梁朝前肚朝后。

采录地区：石家庄

有头无尾，

有脚无手。

肚皮生在后头，

脊背生在前头。

采录地区：唐山

圪蹴蹴[1]，圪蹴蹴，

脊梁朝前肚朝后。

采录地区：永年

[1]　圪蹴蹴：永年方言，指蹲下。

孱头[1]孱头真孱头，

脊梁朝前肚朝后。

采录地区：永年

[1]　孱头：指窝囊。

南边来了对怪老头，

脊梁朝前肚朝后。

采录地区：保定

颠倒倒，倒倒颠。

肚子朝后，

脊梁朝前。

采录地区：大名

## 膝盖

圪蹴蹴，圪蹴蹴，

圪蹴那它像狮子头。

采录地区：永年、沙河

## 心脏

不大不大，

两室两房。

白天黑夜总是忙，

一旦清闲了，

人就见阎王。

采录地区：石家庄

人身上有一怪，

跳呀跳呀停不下来。

都说拳头大，

都说像个桃，

没人敢拿出来给人瞧。

采录地区：邯郸

拳头大来像个桃，

住在小屋日夜跳。

要是一日不跳了，

他的一生也完了。

采录地区：沙河

## 牙齿

城门里，城门外，

城门里头栽白菜。

采录地区：石家庄

两排大石头，

排在大门口。

许多东西运进来，

碾得细来磨得匀，

碾细磨匀好养人。

采录地区：衡水

门槛里，门槛外，

门槛里边栽白菜。

采录地区：邯郸

三十二位小星宿，

身体瘦到剩骨头。

切肉不用刀，

碎豆不用磨。

采录地区：石家庄

上下两排兵，

把守在洞门。

哪个闯进去，

打得碎粉粉。

采录地区：石家庄

同胞兄弟三十多，

先生弟弟后生哥。

小事交给弟弟办，

有了大事找哥哥。

采录地区：张家口

先有弟弟后有哥，

有了弟弟扛门事，

有了大事找它哥。

采录地区：石家庄

小屋子，矮又矮。

白石头，上下排。

采录地区：永年、沙河

小小一块街，

拉拉排排挂招牌。

采录地区：唐山

兄弟三十多，

分在两排坐。

小事来了弟弟管，

大事来了找哥哥。

采录地区：唐山

兄弟三十多，

先生弟弟后生哥。

全身洁白挂银子，

大事来时交哥哥。

采录地区：石家庄

一家弟兄三十多，

先生弟弟后生哥。

平时弟弟顶门户，

遇到困难找哥哥。

采录地区：宣化

一家兄弟多，

上下并排坐。

谁要进门来，

决不轻放过。

采录地区：滦南

一母生了三十个，

先生弟弟后生哥。

不管啥事弟先去，

弟弟不行还有哥。

采录地区：滦县、乐亭

一母所生哥们多，

先有弟弟后有哥。

弟弟专把大门口，

进门大事靠哥哥。

采录地区：青龙

一母所生兄弟多，

先生弟弟后生哥。

弟弟把守当门卫，

有了大事找哥哥。

采录地区：石家庄

一奶同胞兄弟多，

先有兄弟后有哥。

兄弟就在门前站，

有了大事找哥哥。

采录地区：衡水

兄弟聚齐三十二，

一间红屋住一块儿。

分工合作不怕累，

软的硬的能弄碎。

工作完毕洗洗澡，

洁白卫生要搞好。

采录地区：石家庄

一家弟兄三十多，

哥哥都在后堂坐。

顶守门户小兄弟，

处理大事是哥哥。

采录地区：邯郸

衙门口，三十二，
罗圈站立是两排。
谁要敢把衙门进，
切碎磨烂难出来。

采录地区：保定

白家兄弟三十二，
只有骨头没肉皮。
谁敢从它家门过，
定把你打成稀巴泥。

采录地区：永年、临漳

## 眼睛

### 眼睛

两扇窗户圆又圆，
上班开着休息关。
能装万景好河山，
不容沙粒藏里边。

采录地区：张家口

天生一个手电筒，
看得见别人看不见自己。

采录地区：复兴

此物胸怀大，
容得下天地万物。
此物心眼小，
容不下一粒沙子。

采录地区：邯郸

白罐子，藏黑枣。
日里开，夜里关。

采录地区：石家庄

白晌忙忙碌碌，
夜里茅草盖屋。

采录地区：石家庄

白天东瞧西望，
黑夜里毛对毛。

采录地区：衡水

白天骨碌骨碌，
夜里茅草盖屋。

采录地区：石家庄

上边毛，下边毛。
白天毛打毛，
黑夜毛对毛。

采录地区：青龙、张家口

一双亲兄弟，
住在山两边。
想见兄弟俩，
除非镜里边。

采录地区：邯郸

悬崖上，两个洞，
洞中有水清又清。
千军万马蹚水过，
不见水滴溅出洞。

采录地区：永年

小时候又黑又亮，
到老了又暗又黄。
不放大还好些，

放大哏屁着凉。

采录地区：邯郸

白天葡萄又葡萄，

黑夜毛毛对毛毛。

采录地区：石家庄

白天推窗望远，

晚晌茅草盖满。

采录地区：唐山

半山崖里一座房，

千人万马里边藏。

要问房子有多大，

一粒沙子搁不下。

采录地区：石家庄

滴溜溜，转溜溜。

糜子面，包黑豆。

采录地区：沙河

东庙嘞，西庙嘞。

俩小鬼，黑黑嘞。

采录地区：沙河、石家庄

浮头毛，底啊毛，

当间夹了个黑葡萄。

采录地区：行唐

橄榄橄榄两头尖，

吃了夜饭看不见。

采录地区：唐山

关箱子，开箱子。

箱里有面小镜子，

镜里有个小影子。

采录地区：沙河

和合二神仙，

茅草住半边。

送客百里外，

不出大门前。

采录地区：沙河

核桃圆，核桃尖，

自己开门自己关。

采录地区：唐山

黑布圈，白布尖，

眨巴眨巴呐看看。

采录地区：蔚县

黑线球，白线裹。

猜不着，看看我。

采录地区：石家庄

黑枣核儿，两头尖，

当中一个活神仙。

采录地区：沙河

开窗落窗，

里边住个娇姑娘。

采录地区：隆化

开门关门，

里边住着仙女。

采录地区：石家庄

开门关门，

里头住着闲人。

采录地区：唐山

开皮箱，盖皮箱，
里面藏一个花姑娘。

采录地区：沧州

开皮箱，扣皮箱，
里边坐着一个豆姑娘。

采录地区：沧州

两房同样宽，
大门常开关。
房里能容物，
不让沙砾钻。

采录地区：石家庄

两个船，两头尖，
当中坐着活神仙。

采录地区：唐山

两个葡萄水灵灵，
世间万物观分明。
白天出来溜溜转，
晚上睡在皮坎中。

采录地区：石家庄

两间房子一样宽，
大门常开也常关。
房子可容千万人，
难容沙砾在里边。

采录地区：滦平

宁波船，两头尖，
当中有个活神仙。

采录地区：唐山

青果核，两头尖，
中间夹个活神仙。

采录地区：唐山

清早开门，
黑夜闭门。
走近一看，
里面有人。

采录地区：石家庄

上边草，下边草，
里面藏着黑葡萄。

采录地区：沧州

上边毛，下边毛，
一到晚上毛擦毛。

采录地区：井陉

上边毛，下边毛。
中间夹个水葡萄，
到了黄昏毛对毛。

采录地区：张家口

上边毛，下边毛，
中间夹着个小葡萄。
你要猜不着，
请你朝我瞧一瞧。

采录地区：行唐

上边毛，下边毛，
中间一个黑葡萄。

采录地区：张家口、滦平

上边毛，下边毛，
中间有颗黑葡萄。
西瞧东望全靠它，

没它如同进黑洞。

采录地区：衡水

上毛碰下毛，
盖个黑葡萄。
日里还好过，
夜间却难熬。

采录地区：唐山

上面短短草，
下面短短草，
中间夹个黑葡萄。

采录地区：唐山

上有毛，下有毛，
黑来睡觉毛对毛。

采录地区：沙河

上长毛，下长毛，
中间结着一对黑葡萄。

采录地区：沙河

桃核圆，桃核尖。
自己开门自己关，
到了夜晚看不见。

采录地区：唐山

掀窗落窗，
里面住个娇姑娘。

采录地区：沙河

小小玻璃窗，
书童里边藏。
四面都看到，
书童不出房。

采录地区：沙河

圆圆一个球，
长在沟里头。
上下都有毛，
没它人人愁。

采录地区：石家庄

早上开门，
晚上关门。
走近一看，
门里有人。

采录地区：沙河

这屋那屋，
叽里咕噜。

采录地区：隆化

桃核圆，桃核尖，
自己开门自己关。
橄榄橄榄两头尖，
到了夜晚看不见。

采录地区：张家口

娘养一对双胞胎，
山梁左右两分开。
看见他人千千万，
就是难见兄弟面。

采录地区：武安、永年

**眼睫毛**

日里忙忙碌碌，
夜里茅草盖屋。

采录地区：唐山

上边长毛往下长，
下边长毛往上长。

瞪眼要看看不见，

闭眼不看挨着了。

采录地区：沙河

上边生毛往下长，

下边生毛往上长。

歪着向外还可以，

歪着向里受不了。

采录地区：邯郸

### 眼仁

金楼打银楼，

银楼打金楼。

不出门的桃花女，

不出门也风流。

采录地区：石家庄

# 眼泪

不哭不笑它不出，

一哭一笑它下来。

采录地区：石家庄

藏得巧，躲得妙，

住在人的两个玻璃窖。

采录地区：石家庄、沙河

俺家两湖水，

有风不起浪。

就怕人哭笑，

波浪漫堤墙。

采录地区：丛台

### 婴儿

只会哇哇，

不会说话。

也不能坐，

也不能爬。

采录地区：邯郸

有嘴没有牙，

有脚不会爬。

有喉不说话，

有手不会拿。

采录地区：唐山

有口没有牙，

有脚只会爬。

有音不讲话，

有手不会拿。

采录地区：唐山

### 腰

窈窕小美女，

盈盈没一抔。

山东黑大汉，

浑如大草篓。

采录地区：大名

都说大人有小孩儿没有，

小孩也没把镰刀挂耳朵上，

那割麦时镰刀别在哪？

采录地区：邯郸

# 嘴巴

## 嘴巴

俺家一个红木碗，
永远它也填不满。
一旦填满了，
全家齐叫唤。

　　　采录地区：行唐

俺家有个红罐，
里边放着杂货菜。

　　　采录地区：石家庄

俺家有个红木碗，
白馍红肉填不满。

　　　采录地区：武安

半山昂有个红木碗，
赶死也添不满。

　　　采录地区：行唐

红碗不大软又软，
米饭馒头填不满。
红门框，白门槛，
里面住着一个淘气的崽。

　　　采录地区：滦南

红门楼，白栅栏，
里边住个胖娃娃。

　　　采录地区：行唐

红墙白帐子，
里面住个傻胖子。

　　　采录地区：石家庄

红门楼，白看墙，
里面住着个红姑娘。
只有郎中那个郎，
才能细看红姑娘。

　　　采录地区：永年

半空嘞有个抽斗，
白挡板里边，
放着一块红肉。

　　　采录地区：沙河

红大门，白院墙，
里头住着个杨儿郎。

　　　采录地区：蔚县

红街门，白院墙，
里面住着一个巧大娘。

　　　采录地区：石家庄

红门楼，白板搭，
里头住着个傻娃娃。

　　　采录地区：石家庄

红门楼，白门槛。
锁不住，关不严。

　　　采录地区：蔚县

上门槛，下门槛，
里面住着淘气板。

　　　采录地区：石家庄

一个小宠，
里边排着两溜儿小白砖。

　　　采录地区：石家庄

肉做的门楼，

骨做的墙，

里面住着一个红衣娘。

采录地区：石家庄

红门帘，白簸箕，

小孩里面躲着你。

采录地区：沙河、石家庄

红门楼，白门槛，

锁不住，关不严。

红门楼，白板打，

里边住着傻娃娃。

不出门，光说话。

采录地区：行唐

红街门，白看墙，

里面住着个杀物狼。

采录地区：沙河

半岸有个抽屉，

里边放着半两肉。

采录地区：沙河

恁家真奇怪，

有门横着开。

红帘上下卷，

白门上下开。

采录地区：石家庄

红红一朵花，

里边住着小白娃。

采录地区：沙河

二扇红墙门，

中有白栅栏。

当中住一个，

乃是懒伯伯。

采录地区：唐山

有的比作樱桃，

有的比作血盆。

有的说它大如海，

有的说它利如刀。

采录地区：邯郸

红帘子，上下开，

白椽子，只两排。

朱红仙女住在内，

要想出阁没有期。

采录地区：石家庄

红门道，白蚊帐，

里头有个懒和尚。

采录地区：唐山

红墙门，白格子，

小娘房里唱曲子。

采录地区：唐山

上垂红围帐，

下竖红隔墙。

白玉屏儿挡又挡，

挡不住红娘的春心荡。

采录地区：丛台

## 口腔、舌头

红板哒，白板哒，

里头盛着红酸蜡。

采录地区：沧州

## 口水

看到了，不能吃，
看不到能吃。

采录地区：石家庄

看不见它，
和食儿咽。
看见它，食儿难咽。

采录地区：邯山

醒着不流，睡觉流。
吃饱不流，饿了流。
好人不流，病人流。

采录地区：永年

# 1

## 水果类

### 荸荠

乌金纸，包白糖。
又好玩，又好尝。
里面藏着一胖将。

采录地区：唐山

小红碗碗盛白饭，
埋在泥里不会烂。

采录地区：衡水、张家口

形像栗子，
又像马蹄。
生吃做菜，
甜像雪梨。

采录地区：张家口

一个坛子三道箍，
里面装满白豆腐。

采录地区：张家口

青的树，青的皮。
也无叶，也无枝。
没有开花会结子，
你说稀奇不稀奇。

采录地区：唐山

### 佛手

一团幽香美难言，
色如丹桂味如莲。
真身已到西天去，
十指尖尖留人间。

采录地区：张家口

### 桂圆

不用车盘圆得古怪，
不用枝子黄得古怪，
不见天日黑得古怪。

采录地区：滦县、乐亭

坐在山上是青的，
落在地下是黄的。
不用刀削是圆的，
不放蜜糖是甜的。

采录地区：张家口

# 红姑娘

## 红姑娘

四块瓦，盖个庙，
里面住个红老道。

## 洋菇娘儿

三块瓦，盖个楼，
里面住着红眼猴。

# 橘子

小小红坛子，
装满红饺子。
吃掉红饺子，
吐出白珠子。

远看黄灿灿，
近看麻子脸。
怀揣小饺子，
不吃皮专吃馅。

红包袱，包梳子，
梳子里面包珠子。

红衬被面白被里，
十多个娃娃睡一起，

有甜有酸逗人喜。

看看圆光光，
摸摸麻不拉叽。
包着一肚小月牙，
吃一口酸溜溜。

一个黄坛子，
装满红饺子。
吃了红饺子，
吐出白珠子。

黄家公主真不幸，
两大将军亲来抓。
十个小兵脱其袍，
吃了扁食，扔掉外套。

一根金线吊金球，
生在树上好风流。
十个将军抓住它，
脱了黄袍万事休。

红包袱，包红蒜。
又好吃，又好看。

小小坛子，装满饺子。
吃掉饺子，吐出珠子。

看看圆，摸摸麻，

包着一肚小月牙。

采录地区：廊坊

兄弟五六个，

黄罗帐里坐。

多汁味鲜美，

人人爱吃。

采录地区：石家庄

姊妹六七个，

黄罗帐里生。

一朝要嫁人，

罗帐被扯破。

采录地区：大名

兄弟五六个，

黄罗帐里坐。

罗帐一撕破，

被抓送肉锅。

采录地区：石家庄

## 梨

春天白花开，

秋天吐香甜。

上小下面大，

黄皮生小点。

采录地区：石家庄

村南有一狼，

穿着一身黄。

问我叫什么？

"我叫顿儿"，

屁股里插着棍。

采录地区：衡水

春天一树白花，

夏天一树绿蛋。

秋天一树黄锤，

啃一口黄锤流水。

采录地区：魏县

黄包袱，包黑豆。

尝一口，甜水流。

采录地区：张家口

黄包袱，包黑豆，

漫天云里打滴溜。

采录地区：石家庄

黄外衣，点黑豆。

尝一只，甜水流。

采录地区：廊坊

铜锤，铁把儿。

猜不赢，锤你几下。

采录地区：蔚县、石家庄

铜勺铁把，

拿起来讲价。

采录地区：沙河、行唐

一个黄小儿，

穿着黄裤黄袄；

"你叫啥？"

"俺叫蛋儿，

"头上顶着干柴把儿。"

采录地区：邯郸

黄包袱，包豆豆。

咬一口，甜水流。

采录地区：石家庄

骨朵骨朵铜锤，

硬疙瘩硬铁把。

你要猜准了，

可以分给你一半。

采录地区：魏县

## 荔枝

红关公，白刘备。

黑张飞，三结义。

采录地区：张家口

脱了红袍子，

是个白胖子。

去了白胖子，

是个黑圆子。

采录地区：张家口、石家庄

南方白胖妞，

披件疙瘩袍。

怀个黑孩子，

猜准了送给你。

采录地区：邯郸

## 梅子

小小果，圆黑球。

咬一口，皱眉头。

采录地区：张家口

## 苹果

红红脸，圆又圆。

亲一口，脆又甜。

采录地区：廊坊

衣服有绿又有红，

味道酸酸又甜甜。

多多和它做朋友，

小脸红红人人爱。

采录地区：廊坊

柯杈树，树柯杈，

开花结了不少果娃娃。

秋来一树红黄绿，

谁人吃了谁人夸。

采录地区：邯郸

## 葡萄

冬天盘卧龙，

夏天搭天棚。

胡子往上长，

马奶[1] 往下生。

采录地区：张家口

[1] 马奶：指马奶葡萄，系张家口宣化特产。

冬天蟠龙卧，

夏天枝叶开。

龙须往上长，
珍珠往下排。

采录地区：蔚县、石家庄

门帘高高挂，
花迎宝扇开。
珍珠串串连，
颗颗像牛奶。

采录地区：石家庄

破房子，烂屋子，
滴篓当啷哩眼珠子。

采录地区：滦平、沧州

弯曲曲一棵藤，
藤上挂着串串铃。
房前屋后把它种，
有绿有紫亮晶晶。

采录地区：张家口

弯弯树，弯弯藤，
藤上挂满水晶铃。

采录地区：张家口

须儿卷，藤儿弯。
根根绕在架上面，
果实串串珍珠圆。

采录地区：张家口

一根绳，盘满棚。
开黄花，结小铃。

采录地区：张家口

有顶没墙破屋子，
顶上挂满眼珠子。

采录地区：张家口

远看溜溜紫玛瑙，
近看溜溜圆珍珠。
摸它一把水溜溜，
咬它一口甜滋滋。

采录地区：石家庄

弯弯曲曲有丈余，
浑身上下长青丝。
风吹好像龙摆尾，
露出无数夜明珠。

采录地区：沙河

破房子，漏屋子，
滴溜嘟噜挂珠子。

采录地区：沙河、隆化

弯弯树，弯弯藤，
弯弯藤挂水晶铃。

采录地区：石家庄

曲里拐弯青藤爬满架，
滴里嘟噜珍珠上面挂。

采录地区：隆化

上看是蟠龙行天，
下看是龙爪抓地，
中间看宝珠高挂。
你要知道是个啥，
管你吃够不许拿。

采录地区：邯郸

青珠子，紫珠子，
滴里嘟噜一屋子。

采录地区：永年

## 桑葚

小时青，老来红，

一旦红了招玩童。

手舞竹竿请下地，

吃完两手红彤彤。

采录地区：沙河

小时青青长大红，

脱了红袍换紫绫。

采录地区：唐山、张家口

一棵树，矮不矮。

上边长的全是奶。

采录地区：沧州、石家庄

小时青，大咾红，

老了身穿紫红绫。

采录地区：行唐

黑紫黑紫，

像堆鸟屎。

孩子吃了一嘴紫，

大人吃了紫一嘴。

采录地区：永年

珍珠摞珍珠，

摞成一嘟噜。

青时只能看，

红了才能吃。

采录地区：永年

## 沙棘

弯曲枝，弯曲叶，

弯曲树上起黄阁。

吃到嘴里"叭嗒"，

嘴巴歪来，眼睛斜。

采录地区：张家口

## 梢瓜

### 梢瓜

一个老婆两头尖，

生了孩子有一千。

打发孩子顺风走，

剩下老皮一聚敛[1]。

采录地区：石家庄

[1] 聚敛：指聚一起收敛起来。

一个老婆两头尖，

肚里小孩有一千。

小孩长大顺风跑，

剩下老婆一举敛。

采录地区：沙河

一个老婆两头尖，

大人孩子有一千。

气哩老婆开了肚，

大人孩子上了天。

采录地区：行唐

### 地老瓜儿

一个老婆七十三，

养下儿女万万千。

长大儿女归山去，

剩下老婆一聚敛。

采录地区：石家庄

## 沙果

沟边路边经常见，

蔓儿上挂着几个两头尖。

摘下嫩的先吃了，

摘下干的放老杆。

采录地区：武安、永年

## 桑瓜

一个娘们两头尖，

肚里孩子有一千。

等到孩子出生时，

纷纷扬扬飞上天。

采录地区：肥乡

两头尖尖像枣核，

嫩时吃来像沙果，

老了要吃像套子。

干了掰开你再看，

剥出一群小伞兵。

采录地区：沙河、永年

两头尖，中间圆。

肚子一碰，

白毛上天。

采录地区：永年

## 石榴

黄皮包着红珍珠，

颗颗珍珠有骨头。

不能穿来不能戴，

甜滋滋来酸溜溜。

采录地区：沙河

黑瓷盖，红瓷缸，

红瓷缸里藏蜜浆。

圆圆黄瓷瓶，

肚大口儿小。

打开瓷瓶来，

装满红珠宝。

采录地区：衡水

红砖摞红砖，

不知摞几千。

采录地区：沧州

花包袱，包衣服，

衣服里面包珍珠。

采录地区：张家口

吃一口，吐一口，

珠宝装在包里头。

采录地区：谈固

黄皮抱着红珍珠，

珍珠里面有骨头。

不能穿来不能戴，

入口甜滋滋来酸溜溜。

采录地区：廊坊

黄食盒，十八格，
里头装着红玛瑙。

采录地区：衡水

金格橱，银格橱，
格格橱里放珍珠。

采录地区：张家口

千姐妹，万姐妹。
同床睡，各盖被。

采录地区：张家口

青枝绿叶开红花，
我家园中也有它。
生下许多小娃娃，
张开红嘴露红牙。

采录地区：廊坊

青枝绿叶开红花，
张开黄嘴露红牙，
生出许多小娃娃。

采录地区：张家口

身穿红衣颜色美，
龇牙开口又咧嘴。
肚里珍珠数不清，
粒粒珍珠甜蜜蜜。

采录地区：廊坊

兄弟姊妹同床睡，
各盖各哩被。

采录地区：行唐

远看刘家穷，
近瞧刘家富。
外面朱红墙，

里面藏珍珠。

采录地区：张家口

远看青竹林，
近看挂红瓶。
红瓶十二格，
格格出金银。

采录地区：张家口

远看像铜铃，
近看挂油瓶。
油瓶分格格，
格格装金银。

采录地区：蔚县

千姐妹，万姐妹。
住的是黄金殿，
盖的是黄金被。

采录地区：永年

刘家挂灯笼，
个个灯笼黄皮封。
一天黄皮裂了口，
露出里面红珍珠。

采录地区：武安

## 柿子

### 柿子

南边来了个红汉，
屁股坐了个毡片子。

采录地区：沙河

红包袱，包软蛋。

又好吃，又好看。

采录地区：石家庄

红灯笼，挂高楼。

天不冷，人不收。

采录地区：石家庄

红灯笼，绿宝龛，

你挑着我好看。

采录地区：沙河

红灯笼，绿草盖，

大哥挑了二哥卖。

采录地区：沙河

红灯笼，挂满树，

绿把儿细腰腆大肚。

采录地区：怀来

红灯笼，绿宝盖，

哥哥挑了兄弟卖。

采录地区：石家庄

红红瓶子绿绿盖，

十人见它九人爱。

采录地区：唐山

黄澄澄像灯笼，

有的软来有的硬。

采录地区：定州

绿盖红缸，

里头装满蜜浆。

采录地区：石家庄

天上有一个红火炭，

又好吃，又好看。

采录地区：石家庄

奇怪真奇怪，

屁股昂长个盖。

穿着红衣服，

软硬有人买。

采录地区：行唐

身体圆圆没有毛，

不是橘子不是桃。

云里雾里过几夜，

脱掉绿衣换黄袍。

采录地区：张家口

说是柿子味道甜，

西红柿子比它酸。

早吃你会涩舌头，

要想吃它在冬天。

采录地区：张家口

红灯笼，绿宝盖，

笼子装着四个橘子瓣。

秋天要吃涩死你，

冬天来吃甜蜜蜜。

采录地区：邯郸

**柿饼**

小时青蛋蛋，

长大红艳艳。

脱去小红袄，

穿上白布衫。

采录地区：涉县

本来小脸红通通，
谁知秋来落了一脸霜冷冷。

采录地区：武安

南边过来个红脸汉子，
头上顶着个干毡片子。

采录地区：滦县

## 桃子

粉脸红唇模样美，
偏偏是个大歪嘴。

采录地区：石家庄

胖娃没手脚，
尖嘴一身毛。
背上有道沟，
肚里好味道。

采录地区：张家口

胖娃娃，没手脚，
红尖嘴儿一身毛。
背上浅浅一道沟，
肚里血红好味道。

采录地区：蔚县

青布帐，白布帐。
麻脸婆，坐中央。

采录地区：张家口

圆圆的身体红嘴头，
背上一道小沟沟。
浑身披满细细的毛，

肚里坐着个木老头。

采录地区：石家庄

三月一树红花，
六月一树仙果。
南极仙摘去献寿，
孙猴子看见海吃。

采录地区：邯郸

树上结果数它大，
就是个个嘴儿歪。

采录地区：成安

红脸庞，谁不爱，
就是毛长猴儿腮。
摸它一把不要紧，
再摸自己痒死人。

采录地区：邢台

刘关张结义其下，
春三月大开其花。
结果子个个歪嘴，
孙猴子偷偷吃它。

采录地区：行唐

为护心形宝，
变成撑拙佬。
内裹红绒白袄，
外披白毛红单。

采录地区：邯郸

## 西瓜

看看是绿的，
破开是红的。
吃在嘴里是甜的，
吐出籽来是黑的。

采录地区：张家口

生到圆城糖县，
你俩打架俺没见。
一步迈到牙门口，
光留仁籽叫你看。

采录地区：沙河

看着绿，杀了红。
吃着甜，唾出黑。

采录地区：蔚县

绿手巾，包红饭，
又好吃又好看。

采录地区：石家庄、元氏

皮是绿哩，瓤是红哩。
吃里稀哩，吐里硬哩。

采录地区：行唐

皮又绿，大又圆，
红瓤黑籽甜又甜。
夏天用它来解渴，
拿到集上好卖钱。

采录地区：肥乡

身穿绿衣裳，
肚里水汪汪。
生的籽儿多，
个个黑脸膛。

采录地区：滦平

房后一棵草，
开黄花，结元宝。
刀子切，勺子舀。

采录地区：石家庄

身穿绿衣裳，
肚子水汪汪。
数它生的孩子多，
个个都是黑脸庞。

采录地区：张家口

外面是绿的，
里面是红的。
吃着是甜的，
吐的是黑的。

采录地区：元氏

外面是绿的，
切开是红的。
吃时是稀的，
吐出是干的。

采录地区：石家庄

想吃时是绿的，
吃到嘴里是红的，
吐出来时是黑的。

采录地区：石家庄

像个枕头圆不溜丢，
青皮红肉甜得可口。

采录地区：隆化

长蔓蔓，丈把长，
孩子一天一个样。
小时带花一身毛，
大时长成老獾脸。

采录地区：沧州

长蔓蔓，就地滚，
半腰拖个大地雷。
谁要踏爆大地雷，
定会溅他一身红血水。

采录地区：成安

俺地有个恐龙蛋，
口渴见了最生馋。
打破蛋喝了血，
吐出骨头一片片。

采录地区：徐水

一条青龙就地爬，
怀揣大奶一个俩，
开开大奶啃红肉。
青奶皮，黑奶核，
噼里啪啦全扔啦。

采录地区：邯郸

没毛瓜，獾脸皮，
切开一兜黄东西。
是黄哩，俺吃了，
是黑哩，还给你。

采录地区：大名

## 香蕉

几个兄弟一个样，

弯弯身子软心肠。
看看个个像牛角，
吃到嘴里甜又香。

采录地区：廊坊

黄金布，包银条，
中间弯弯两头翘。

采录地区：承德

黄金皮，白雪瓤，
弟兄几个站两行。
吃掉他的白雪瓤，
扔掉他的黄金衣。

采录地区：石家庄

黄衣服，包银条。
中间弯，两头翘。

采录地区：衡水、张家口

姐妹十几个，
一个挨一个。
黄衣裹着白胳膊，
家住在哪里？
"南国！"

采录地区：衡水

身穿黄衣裳，
弯弯像月亮。
兄弟排一起，
个个甜蜜蜜。

采录地区：石家庄

弯弯儿不是镰刀，
翘翘儿不是牛角。
一旦抓它在手，

撕开脸皮就咬。

采录地区：廊坊

弯弯的月儿小小的船，
小小的船儿两头尖。

采录地区：廊坊

兄弟多个真和气，
规规矩矩排一起。
少年都穿绿色衣，
老来都穿黄色衣。

采录地区：廊坊

一群孩子排成行，
黄黄身子软心肠。
看着像那弯弯月，
吃到嘴里甜又香。

采录地区：衡水

生的青，熟的黄，
剥掉黄皮露雪瓤。
吃上几个能充饥，
吃得多了会拉稀。

采录地区：邯郸

姐妹十几个，
本是一根生。
一说要嫁人，
挽起黄袖子，
露出白胳膊。

采录地区：永年

## 杏

花瓣白里带红晕，
农家二月赏花春。
五月麦黄它也黄，
味甜多汁人爱尝。

采录地区：石家庄

农家二月赏新春，
花瓣白里带红晕。
五月麦黄它也黄，
又酸又甜给孩儿娘。

采录地区：石家庄

碗碗扣碗碗，
里头包的个红眼眼。

采录地区：张家口

帽头扣帽头，
扣着和尚头。
敲开和尚头，
露出美人眼。

采录地区：永年

春来二月花，
麦熟五月黄。
酸的流口水，
甜的蜜一样。

采录地区：邯郸、邢台

## 椰子

海南宝岛是老家，
不怕日晒风雨打。

四季棉衣不离身，

肚里有水又有茶。

采录地区：石家庄

## 杨梅

远看红脸好相貌，

近看一脸红疙瘩。

虽说个儿小，

解渴本领大。

采录地区：廊坊

## 樱桃

体圆似球，

色红如血。

皮亮如珠，

汁甜如蜜。

采录地区：石家庄

体圆像球，

色红如血。

皮亮似珠，

汁甜赛蜜。

采录地区：张家口

# 2

## 蔬菜类

## 白菜

### 白菜

立秋出门到小雪，

一气走了仨多月。

走时黑瘦衣服单，

回来白胖层层剥。

采录地区：石家庄

白纸扇，绿沿边。

会猜猜到黄昏头，

不会猜猜到五更头。

采录地区：唐山

秋风紧，雪花飘，

俺把扇子抱回家。

白玉扇骨绿绢面，

一套足有十七八，
里面小来外面大。

采录地区：邯郸

小扇子十七八，
里面小外面大。
白柄绿扇面，
人人爱吃它。

采录地区：滦平

小时候一把青绿无拘束，
到大些被晒得，
里边白来外面绿。
知道一被捆绑不是好事，
没几天就嫁给了雪地皮。

采录地区：永年

一套扇子十七八，
白净扇骨绿绢面，
里面小来外边大。
没人用它来扇风，
只好下锅熬菜吃。

采录地区：永年

### 白菜、菠菜

金香白玉板，
红嘴绿鹦哥。
要是猜准了，
给你熬菜吃。

采录地区：石家庄

### 北瓜

有的圆来有的长，
有的青来有的黄。
肚子里边有金网，
颗颗珍珠里边藏。

采录地区：定州

老青蔓儿开黄花儿，
挂了几个格楞子瓜儿。
面的拿去熬米粥，
脆的拿去炖大碗儿。

采录地区：魏县

### 菠菜

绿鹦哥，红嘴巴。

采录地区：滦南

小时候雪压冰冻，
只有几个惨绿的叶。
开了春返劲儿长高，
大绿叶子一蓬笼。
拔几棵回家做汤，
割一捆送到了市场。

采录地区：魏县

### 春笋

头戴尖尖帽，
身穿节节衣。
每年二三月，

出土笑嘻嘻。

采录地区：石家庄

## 葱

### 葱

头戴尖尖帽，

身穿大绿袍。

腿穿水白裤，

脚底一撮毛。

采录地区：张家口

一个老头模样奇，

白色裤子绿上衣。

身体空实各一半，

胡子长在脚板底。

采录地区：张家口

一头青来一头白，

白的全靠土儿埋。

小时就像针一棵，

长大变成大布袋。

采录地区：石家庄

一头实，一头空。

一头白，一头青。

采录地区：张家口

远望青灵灵，

近望灵灵青。

当它竹头没有节，

当它木头没有心。

采录地区：石家庄

从小长大靠沟岸，

未曾吃俺把毛掀。

把俺放在杀床上，

小佳人提刀泪涟涟。

采录地区：石家庄

一截儿白来一截儿青，

一截儿实来一截儿空，

一截儿地上一截儿土中。

采录地区：沙河、定州

来看青嫩嫩，

出地七八寸。

好像竹子不有节，

好像木头不有心。

采录地区：唐山

生在土里，

长在沟中。

一头实，一头空。

一头白，一头青。

采录地区：石家庄

半截白，半截青，

半截实来半截空。

半截长地上，

半截在地中。

采录地区：石家庄

半截儿青，

半截儿白。

青哩长在地上头，

白哩就在土里埋。

采录地区：沙河

上身穿青衣，

下身穿白裤。

脚底生了毛，

站着不走路。

采录地区：沙河

头上戴着尖尖帽，

身上穿着绿大袍。

腿上穿着白单裤，

脚心底下一堆毛。

采录地区：沙河

上身颜色绿，

下身里外白。

上身常在外，

下身土中埋。

上身在外中间空，

下身土里中不通。

性辣生食鼻受罪，

不打不骂掉眼泪。

采录地区：张家口

尖青身空裤腿白，

一层一层任你掰。

要想看看俺的心窝肉，

全脱了衣裤你也找不出来。

采录地区：邯郸、廊坊

冻不死，难晒干，

生吃熟吃都新鲜。

你要不相信？

请你切开看。

保你眼泪流不干。

采录地区：石家庄

头顶尖尖帽，

脚踩一撮毛。

下罩小白裤，

身穿青绿袍。

采录地区：石家庄

上身空心塔，

下身白玉管。

脚底长胡须，

却是大药料。

采录地区：永年

一物生来真奇怪，

上半截青来下半截白。

熟吃只能提鲜味，

生吃能让你流眼泪。

采录地区：大名

## 打籽葱

头戴开花帽，

身穿绿青袍。

腿上穿着白苴裤，

正脚心里一撮毛。

采录地区：行唐

## 葱头[1]

吃在嘴里味道像葱，

看看果实圆圆胖墩。

外表形状大致像蒜，

比蒜稍大没有分瓣。

采录地区：石家庄

[1] 葱头：也称洋葱。

不是葱，不是蒜，

一层一层裹紫缎。

说葱长得短，

说蒜不分瓣儿。

采录地区：隆化

像葱没有葱高，

像蒜它不分瓣。

紫片层层，味道辛辣。

采录地区：石家庄

热带海边有家，

不怕风吹雨打。

四季棉衣不脱，

肚里有肉有茶。

采录地区：张家口

不是葱，不是蒜，

一层层裹紫缎。

说葱长得矮，

像蒜不分瓣。

采录地区：张家口、石家庄

说它是蒜，

没有分瓣儿。

说它是葱，

像个蔓菁。

采录地区：邯郸

长在地面，像葱，没人吃。

长在地下，像蒜，

就是不分瓣。

采录地区：成安

## 大叶菜

青的青，紫的紫，

采回家里馏[1]苦力。

开水焯，蒜汁拌，

端上一盘下酒饭。

采录地区：邯郸

[1] 馏：蒸的意思。

春天雨后长得快，

大叶片片真可爱。

采回家里做凉菜，

就是做馅儿也不赖。

采录地区：邯郸、石家庄

## 冬瓜

一场大风从西起，

谁能知风何处去？

此物之名自可知。

采录地区：唐山

灰丢丢叶，

灰丢丢蔓，

半腰开花结瓜瓜。

白毛毛核桃一点点儿，

白霜霜木桶吃半年。

采录地区：武安

胖和尚，披绿袄，

浑身上下长白毛。

采录地区：石家庄

绿枕头，中间空，
里面的棉絮蓬又松。

灰叶叶，灰蔓蔓，
半腰生了个毛孩孩。
抱起毛孩背回家，
剁巴剁巴熬菜啦。

## 豆腐

南沿来个白大姐，
又没骨头又没血。

土里生，水里捞。
石头缝里走一遭，
摇身一变白又净。

在娘家生得圆润，
到婆家泡得胀肿。
过年关推到石头缝里，
遭火煮修成白骨精。

土里生来水里泡，
石头缝里走一遭。
白白净净没骨头，
人人爱吃营养高。

土里下种，
水里开花。
袋里团圆，
案上分家。

土里长，水里捞，
石头缝里走一遭。
一下变得白又美，
没有骨头营养高。

又白又方，
又嫩又香。
做菜做汤，
豆子是它爹娘。

四四方方一块铁，
细皮嫩肉色气白。
若是有人用刀割，
光流水来不流血。

一块白石头，
立坐并不高。
立嘛立不牢，
坐嘛坐不牢。

谁家媳妇命运孬，
千难万苦志不摇。
东海水牢淹不死，
西岳石磨成浆膏。
老君炉中轮番煮，
细网滤过毒水浇。

百般摧残心不死，

浴火重生品更高。

柔软白嫩美天下，

夫子惊叹赞奇妙！

采录地区：宣化

白白净净美娇娘，

惨遭冰冻变枯黄。

水泽消尽一身洞，

味道也是大变样。

采录地区：邯郸

土中生长水中开花，

沙布团圆板上分家。

白白嫩嫩四四方方，

用刀切开两面光光。

三岁幼童八旬老翁，

即使没牙都爱吃它。

采录地区：石家庄

## 豆角

### 豆角

一棵树，不高高，

上面结的小刀刀。

采录地区：张家口

白白净净，

四四方方。

生吃也香，

熟吃也香。

采录地区：隆化

青叶叶，细蔓蔓，

爬上窗栅开花花儿。

钻进棚里搭眼看，

像线绳挂了一串串。

采录地区：保定、邯郸

四四方方，

白白净净。

熬菜清炒，

都说好吃。

采录地区：石家庄

破屋子，烂房子，

滴篓当啷净肠子。

采录地区：行唐

一棵树多老高，

滴噜嘟噜挂小刀。

采录地区：青龙

## 冻豆腐

### 眉豆、长豆角、芸豆角

本来一身嫩白，

受了风寒变黄。

浑身丝窝眼儿，

整得口味变样。

采录地区：隆化

长蔓蔓儿顺杆爬，

大姐爬得高，

眉毛当空照。

二姐不高兴，

中国民间文学大系 10-13

泪流尺把长。

三姐心态好，

长短正正好。

采录地区：邯郸

## 长豆角

藤儿短，苗不高，

只有条条是佳肴。

红绿颜色全都有，

节节分段锅里炒。

采录地区：石家庄

细蔓蔓儿，爬架架，

结了几个青条条。

采录地区：大名、泊头

## 豆须子

一根半根，

千根万根。

开花长籽，

不长叶子。

采录地区：石家庄

## 豆芽

### 豆芽

身体苗条白生生，

头上金钗两瓣分。

问她衣服何处去？

绿袍脱在水晶宫。

采录地区：张家口

生来不落地，

有叶不开花。

街上有人卖，

园里不种它。

采录地区：张家口、唐山

鸭子嘴，蛇子尾，

不吃粮食光喝水。

采录地区：石家庄

有根不用泥，

有叶不开花。

都说它是菜，

菜园不种它。

采录地区：承德、衡水

俺家媳妇一条腿，

摘了帽子张着嘴。

采录地区：张家口

饼子钩，弯把耧。

摘了帽，吐舌头。

采录地区：石家庄

脖子柯溜一条腿，

脱掉帽子张开嘴。

采录地区：沙河

担长钩，柯溜溜。

张着嘴，吞舌头。

采录地区：沙河

歪脖子咧嘴一条腿，
不晒太阳光喝水。

采录地区：永年

刀不切，自来菜。
地不种，盆里来。

采录地区：邯郸

水中泡一泡，
生了根，戴绿帽。
等到两瓣花儿开，
脱了帽子变成菜。

采录地区：石家庄

一个老头一条腿，
摘了帽子咧开嘴。

采录地区：蔚县

珍珠脑袋白玉身，
不长绿叶不生根。
人人都说是好菜，
田园里边摘不来。

采录地区：邯郸

生了根须子，老了。
长出绿叶叶，老了。
刚脱绿衣衫，
白嫩白嫩。
有人要了，好吃！

采录地区：永年

每天用水浇，
出来弯着腰。
一个老汉一条腿，
顶着帽子张开嘴。

采录地区：石家庄

生根不着地，
有叶不开花。
天天光喝水，
菜园不种它。

采录地区：石家庄

不用泥土栽，
不用日头晒。
不用去施肥，
长出好蔬菜。

采录地区：石家庄

菜是好菜，
不是莲叶，
不是地瓜。
市上有卖，
不在地栽。

采录地区：邯郸

生根不落地，
有梗不开花。
世上有人卖，
专门吃它芽。

采录地区：石家庄

有根不着地，
有菜不开花。
城里城外有，
家家不种它。

采录地区：滦南、滦县、乐亭

一个小伙儿长得俊，
从小就在水里混。

采录地区：衡水

## 绿豆芽

白马卧懒蹄，
过水不沾泥。

采录地区：沙河

## 海带

冬天幼苗夏成熟，
滔滔海水是活土。
根浮水面随浪晃，
身潜水中漫起舞。

采录地区：蔚县

这菜真叫怪，
水里长得快。
身体黑又亮，
像条黑皮带。

采录地区：石家庄

这种菜真叫怪，
盐水里面长得快。
出水还是青绿色，
一干变成黑皮带。

采录地区：邯郸

## 胡萝卜

红鞭杆儿，绿穗头儿。
谁要猜着算能手儿，
送给他一把红小豆儿。

采录地区：衡水

红鞭杆，绿穗头，
谁要猜着给他一把金豆。

采录地区：沧州

红黄脚，土里埋，
绿色裤子土外摆。

采录地区：张家口

红公鸡，绿尾巴，
一头扎在地底下。

采录地区：张家口

头戴绿草帽，
身穿大红袍。
一头钻地下，
一头迎风摇。

采录地区：石家庄、涉县

红鞭杆，绿穗头，
谁要猜着给他一把金绿豆。

采录地区：沧州

红公鸡，披绿绸，
一头钻到地里头。

采录地区：行唐

地豆地豆，
红皮白肉。

采录地区：滦南

红公鸡，绿尾巴，
一头栽到地底下。

采录地区：涉县、衡水、滦南

红鞭杆，绿穗头，
猜着给你两把绿豆。

采录地区：衡水

红公鸡，绿尾巴。
身体钻到地底下，
又甜又脆营养大。

采录地区：石家庄

红公鸡，绿尾巴，
身子钻到地底下。
想要捉住它，
揪住尾巴用力拔。

采录地区：承德

## 葫芦

大梨桃，穿绿袍，
切上一刀变俩瓢。

采录地区：石家庄

一条蛇，四面窜，
背上背着芭蕉扇。
溜沟走，溜沟站，
开黄花，结绿蛋。

采录地区：蔚县

## 黄瓜

架上爬秧结绿瓜，
瓜头顶上开黄花。
生着吃了鲜又脆，

炒熟做菜味更佳。

采录地区：河北全域

破个闷，对打对。
开黄花，结棒槌。

采录地区：保定

身体瘦长，
有青有黄。
自从出世，
浑身长刺。

采录地区：石家庄、张家口

生来爱爬架，
上架结个瓜。
身上长小刺，
头顶戴黄花。

采录地区：石家庄

一条藤，爬着行。
开黄花，结青龙。

采录地区：张家口

有绿有黄，
又细又长。
自从出生，
满身是疮。

采录地区：衡水

身体瘦长，
有绿有黄。
自从出世，
遍身生疮。

采录地区：沙河

颜色黄，个瘦长。
身上刺多，
清香脆凉。

采录地区：沙河

破个谜，咕嘚嘚。
开黄花，结棒槌。

采录地区：沙河

喜欢爬棚架，
开朵小黄花。
果实像个小青龙，
老来穿上黄马褂。

采录地区：石家庄

青格灵灵蔓儿，
黄格莹莹花儿。
结个小瓜瓜，
浑身长刺的。

采录地区：邯郸

青藤藤，爬架架，
半腰结了个刺刺瓜。
黄花没掉被摘走，
谁能吃到谁人夸。

采录地区：永年

绿屋子，木房子，
里边挂着羊肠子。

采录地区：隆化

## 姜

一个黄妈妈，

生来手段辣。
老了更厉害，
小孩最怕它。

采录地区：张家口

## 茭白

远看青苗一片，
近看绿枝根根。
不见开花结果，
只见怀孕在身。

采录地区：张家口

家住水村泥塘，
身穿湖绿衣裳。
不见受胎怀孕，
只见大肚啷当。

采录地区：唐山

## 韭菜

叶儿像麦苗，
春秋两头鲜。

采录地区：石家庄

像麦苗不是麦苗，
吃地上不吃地下。
闻闻青味，
尝尝辣味。
春秋吃，新鲜。
夏天吃，像草。

采录地区：永年

## 苦瓜

身子长，个不大，
满身长着小疙瘩。

采录地区：石家庄

疙瘩瓜，一拃多。
明知苦，还要吃。

采录地区：邯郸

## 苦苦菜

旱地哩，没草哩，
长着一棵棵带刺哩。
明知它苦不好吃，
也得采回填肚子。

采录地区：永年、沙河

俺在旱地苦挤哩，
你是春荒受饥哩。
俺叶带刺味又苦，
你还把俺当作好吃哩！

采录地区：滦县

## 辣椒

红布袋，绿柏穗，
里头装着碎银子。

采录地区：石家庄

红布袋，绿布袋。
有人怕，有人爱。

采录地区：沙河

红袋儿，绿盖儿，
里面装着白籽儿。

采录地区：石家庄

红灯笼，绿灯笼，
只能吃来不照明。
大人吃它直冒汗，
小孩吃它喊嘴疼。

采录地区：石家庄

红缸缸，绿底底，
里边装把碎米米。

采录地区：承德

红缸绿底儿，
里头装把小米儿。

采录地区：衡水、张家口

绿的叶儿绿枝儿，
白马下个绿马驹儿。
绿马驹儿叫咮咮儿，
秋天变成了红马驹儿。

采录地区：张家口

小时绿，老了红。
像个小布袋，
儿女都在布袋中。

采录地区：石家庄

小时绿葱葱，
长大红通通。
剥开皮来看，

一包白虫虫。

采录地区：张家口

红绿灯笼秧上挂，

有人爱吃有人怕。

采录地区：石家庄、滦平

小时绿娃娃，

长大红娃娃。

惹着红娃娃，

张嘴叫妈妈。

采录地区：石家庄

一棵树，也不高，

树上结着杀人刀。

杀了大人还要好，

杀着小孩呛不了。

采录地区：沙河

有棵小树不大高，

叶底藏着大尖刀。

冒青光的还好些，

冒红光的够你瞧。

采录地区：鸡泽、永年

有棵小树青扑棱，

树上挂满小灯笼。

青灯笼青光油油，

红灯笼红光悠悠。

采录地区：邯郸

青布袋，红布袋，

个个布袋挂起来。

你要敢生吃，

管你随便摘。

采录地区：永年

一个小树儿不高儿，

上面挂着小红刀儿。

采录地区：保定、沙河

红肚绿尾，

满肚小米。

采录地区：怀来

红袋子，绿盖子，

里面装着碎银子。

采录地区：永年

## 萝卜

### 萝卜

朝南上来一群猪，

你看哪个尾巴粗。

采录地区：蔚县

吃得香，咬得脆，

打上饱嗝不如屁。

采录地区：石家庄、宣化

一群白绵羊，

个个尾巴长。

采录地区：沙河

你家一群大白虫，

个个衔着绿菜缨。

采录地区：邯郸、保定

地里牵出一群小白猪，
一个比一个尾巴粗。

采录地区：石家庄

白公鸡，绿尾巴，
脑袋扎在地底下。

采录地区：元氏、涉县

### 白萝卜丝

紧推慢推，
屙到床下一大堆。
晒干，剁烂，
包成包子吃了。

采录地区：永年

### 木耳

娘死三年才生我，
我死三年娘还在。
是木头又不能生火，
是耳朵又不会听话。

采录地区：新乐

一物生来真奇怪，
它是世上一盘菜。
娘死以后它才生，
它死以后娘还在。

采录地区：蔚县

### 南瓜

一条青龙地上爬，
青龙身上结瓜瓜。
瓜瓜个个胖乎乎，
爱作馅来吃咾它。

采录地区：行唐

青磨盘，黄磨盘，
长在老龙怀里边。

采录地区：邯郸

一棵草，满地窜。
开黄花，结大蛋。
背上背着芭蕉扇。

采录地区：石家庄、沙河

### 茄子

小包头，老脱头，
越老越脱头。

采录地区：唐山

一棵树，矬不矬，
上边挂着木菠萝。

采录地区：沧州

一棵树，长不高，
上面结着小黑猫。

采录地区：张家口

一物开紫花，
紫果结芝麻。

采录地区：石家庄

紫楞树，紫楞花。
紫楞树上长出毛罐瓜，
毛罐瓜里盛芝麻。

采录地区：衡水

紫色树，紫色花，
紫色瓜里面盛芝麻。

采录地区：石家庄、沙河

紫色树，开紫花。
紫花谢了结紫瓜，
紫瓜熟了装芝麻。

采录地区：邯郸、张家口

一棵树，俩么杈，
上头结着紫疙瘩。

采录地区：石家庄

一棵树，也不高，
树上挂着牛蛋包。

采录地区：沙河

一棵树圆圈转，
顶昂结着紫蛋蛋。

采录地区：行唐

一棵树，也不高，
上边挂着紫小瓢。

采录地区：石家庄

梧桐树，梧桐花，
梧桐树上结瓜瓜。
瓜里结莲蓬，
莲蓬里面长芝麻。

采录地区：石家庄

紫色树，紫色花，
紫色葫芦里盛芝麻。

采录地区：石家庄

紫金树，紫金花，
紫金树上结喇叭。
喇叭花里结葫芦，
葫芦里边结芝麻。

采录地区：邯郸

上打伞，下打伞。
开了花，结黑碗。

采录地区：石家庄

紫红的树，
紫色的花，
紫不溜丢的果子挂枝杈。

采录地区：隆化

紫皮树开紫花，
结个葫芦紫花色。
青皮树开青花，
结个葫芦是青色。
不管紫色和青色，
葫芦里都装白芝麻。

采录地区：邯郸

紫树紫叶开紫花，
紫花结个紫娃娃。

采录地区：定州

## 芹菜

空芯杆，绿碎叶，

你要猜着咾吃一半。

采录地区：行唐

空心哩，实心哩，
叶叶天生破碎哩。
你要猜出这个谜，
拿来炒肉给你吃。

采录地区：邯郸

## 青衣菜、蓟草

青竹竿，竹竿青，
大火着在北京城。
官啦闺女来救火，
圪针扎哩手心疼。

采录地区：沙河、石家庄

## 扫帚苗

小时韭叶细，
到大瓮来粗。
小时能吃大时用，
不用播种不用耕。

采录地区：行唐

看叶细如猪毛，
看梗很像蒿子。
捋来开水走走，
蒜调是味好菜。

采录地区：邯郸

春天生来一团青，
秋来经霜一团红。
小时可以当菜吃，
老来只能扫地用。

采录地区：武安、沙河

## 食用菌

当春不下子，
四季不开花。
嫩着很好吃，
老了不好吃。

采录地区：唐山

茅草地树林中，
雨后地面长一丛。
白净有肉可采吃，
吃了红黑要你命。

采录地区：涉县

## 蒜

### 蒜

弟兄七八个，
围着柱子坐。
一人要分家，
衣服全扯破。

采录地区：沧州

姐儿们七八个，
守着光棍过。

挂着白帐子，

盖着红被窝。

采录地区：滦南


姐妹七八个，

围着柱子坐。

大家一分手，

衣服就扯破。

采录地区：张家口、承德


兄弟六七个，

围在一起住。

老了要分家，

围墙都打破。

采录地区：石家庄


全家七八口，

一个帐篷住。

一人要出门，

破开帐篷肚。

采录地区：沙河


同胞兄弟五六个，

天天围着柱子坐。

但是一到分家日，

弟兄衣服全撕破。

采录地区：沙河


姊妹七八个，

靠着光棍过。

脱了白绫衣，

等着挨家伙。

采录地区：石家庄


姐妹几个很团结，

住在一起很甜蜜。

脱光衣服好身材，

细腻圆润胖又白。

性格泼辣又独特，

姐妹分离被人杀。

采录地区：张家口


四个六个本一房，

围着柱子过时光。

不想被人拆了房，

拿去切成碎模样。

采录地区：永年


一家孩子多，

围着柱子坐。

采录地区：石家庄


紫皮皮，白皮皮，

皮皮里住着几个白胖子。

采录地区：永年


强拆了俺家，

硬剥了俺皮，

还把俺捣成烂泥。

只要俺的骨气在，

也要整你个泪戚戚汗济济。

采录地区：邯郸


姊妹七八个，

共穿一身衣。

褪去紫衣裙，

露出白肚皮。

采录地区：怀来


**野蒜**


坟堆前，老沟边儿，

长出一堆小麦叶。

粗心哩看不见，

细心哩好喜欢。

挖出疙瘩根来尝一尝，

辣得你两眼泪汪汪。

采录地区：永年

好像麦子叶，

揪住往根挖。

提起小圆蛋，

捣碎调味佳。

采录地区：邯郸

## 丝瓜

上搭棚，下搭棚。

开黄花，结小龙。

采录地区：唐山

远看黄花朵朵，

近看丝丝络络。

敢到跟前走过，

忙跷脚来摘我。

采录地区：滦南

长蔓蔓，开黄花。

细长的果实当菜吃，

老瓢用来把锅刷。

采录地区：沙河、石家庄

长蔓蔓，上高棚，

黄花开罢挂青龙。

斩条小龙炒菜吃，

老龙一肚子黑疙瘩。

采录地区：永年

破屋子，烂房子，

里面挂着猪肠子。

采录地区：石家庄、沙河

不搭架，不搭棚，

顺沟沿，长得凶。

开黄花，结青龙，

老丝瓢，裹灰虫。

采录地区：武安、赞皇

## 倭瓜

一条青龙，

爬到关东。

下个青蛋，

晒个通红。

采录地区：沙河

青龙一条，

卧在沟边。

嬔个青蛋，

红了才吃。

采录地区：永年

## 西红柿

### 西红柿

黑漆盖，红漆缸，

红漆缸里藏蜜浆。

采录地区：石家庄

像柿子，没有盖。
像苹果，惹人爱。
能当水果能当菜。

采录地区：石家庄

圆圆脸儿像苹果，
又酸又甜营养多。
既能做菜吃，
又能当水果。

采录地区：石家庄

小时青青老来红，
圆圆脸庞像灯笼。
营养丰富都爱吃，
又当果品又当菜。

采录地区：衡水

好像柿子没有盖，
好像苹果惹人爱。
味道酸甜营养多，
能当水果能当菜。

采录地区：衡水

说是"柿子"，
不是树上结的。
说是洋哩，这是真哩。
青的酸死活人，
红的爽甜可口。

采录地区：邯郸

### 番茄

绿枝叶，红脸蛋，

又甜又酸味道鲜。
茄子要是遇见她，
黑锅本领全完蛋。

采录地区：行唐、沙河

脸儿像苹果，
甜酸营养多。
能当蔬菜用，
又能当水果。

采录地区：张家口

绿枝枝，绿叶叶，
结了不少绿蛋蛋。
哪天熟成红蛋蛋，
生着来吃酸又甜。

采录地区：邯郸

叫它柿子没有盖，
又当水果又当菜。

采录地区：张家口

### 野韭花

山坡野草间，
白花晃人眼。
一采一大篮，
做酱吃一年。

采录地区：武安

一丛丛，一片片，
长在山坡野草间。
早春采上一大把，
回家洗净炒鸡蛋。

采录地区：涉县

## 芋头

白胖子，披蓑衣。
生吃是脆的，
熟吃是面的。

采录地区：雄安

## 猪毛菜

此物长得俏，
茎上长青毛。
采回一把来，
就是下酒菜。

采录地区：邢台

人家长叶，
有圆有长。
它自长叶，
没个叶样。
可人烧它，
都说好香。

采录地区：邯郸、保定

小时候针大，
长大了斗大。
活着会坐着，
死了会扭搭。

采录地区：沙河

此物不好玩，
只长针来不长叶。
五月一场大雨后，
采来针针做凉菜。

采录地区：邯郸

一小针大，
长大瓮大。
嗔着不给说媳妇，
气得满山直蹦跶。

采录地区：石家庄

叶细如鬃毛，
棵像扫帚苗。
将回家来开水走，
走过用蒜再调调。

采录地区：邯郸

# 3

## 面点类

### 包子

一个小白罐，
盖着个弯弯盖，
里头装着杂烩馅。

采录地区：石家庄

瞎白瞎胖，
肚脐朝上。

采录地区：永年

白宝盆，螺丝盖儿，
里面放着香香菜儿。

采录地区：张家口

金丝罐罐，
纽丝盖盖，

里面包的香油菜菜。

采录地区：张家口

圆圆肚子扭扭嘴，
香油肉菜住里头。

采录地区：蔚县

小白罐，弯弯盖，
里面装着杂烩菜。

采录地区：张家口

白胖，白胖，
肚脐眼儿朝上。

采录地区：张家口、石家庄

小白罐儿，
圆圆的盖儿。
里头鼓鼓的都是馅儿，
跳出蒸笼就着蒜瓣儿。

采录地区：隆化

纽纽盖，白净罐，
里面装有好吃的馅。

采录地区：临西

不是馍馍，
上头有纽纽。
不是馒头，
里头有菜馅。

采录地区：景县

# 饼

## 烙饼

油篓对油篓，

里面住着大黄狗。

要吃黄狗肉，

就怕咬着手指头。

采录地区：石家庄

## 饼斋[1]

油篓扣油篓，

油篓里边卧着个大黄狗。

采录地区：石家庄

[1] 饼斋：石家庄当地人对饼的叫法。

## 小锅饽饽

油篓油篓，

里面爬一只大黄狗。

采录地区：滦平

## 烧饼

小圆盘，不是瓷。

拿起来，就能吃。

采录地区：张家口

圆的像小圆盘，

长的像牛舌头。

吃得少了还可以，

吃得多了渴死你。

采录地区：邯郸、隆尧

## 芝麻烧饼

四方哩，片片哩，

虱子爬哩满满哩。

采录地区：行唐

圆圆扁扁，

虱子爬得满满。

咬一口浑身温暖。

采录地区：石家庄

圆圆的扁扁的，

虱子爬得满满的。

咬一口，焦焦的。

采录地区：大名

圆圆滴，扁扁滴，

虱子扒得满满滴。

采录地区：蔚县、井陉

焦咯嘣，爬虱子。

嚼一嚼，香咧咧。

采录地区：大名

## 饸饹

莜面和成一团团，

床子压成千条线，

蒸熟也得卤水蘸。

采录地区：张家口

红薯面，蒸成团，

放到床上压成线。

开水锅里走一走，

捞出再把卤汁添。

采录地区：永年

谁知捞出来进了鬼门关。

采录地区：石家庄

## 馄饨

小白船儿怪模样，

里边住着肉姑娘。

喜欢游泳圆池里，

一个波浪把身藏。

采录地区：唐山

白片片抱住肉坨坨，

举身跳进开水锅。

下沉沉，上漂漂，

捞出来送过奈河桥。

采录地区：邯郸

白纸包松香，

头在海中央。

无风三尺浪，

铁丝绸未张。

采录地区：唐山

白布包麝香，

丢在海中央。

听见海水响，

快把网儿张。

采录地区：石家庄

白片片，绿蛋蛋。

白片片抱住绿蛋蛋，

一起跳进大温泉。

都是想洗个干净澡，

## 煎饼

黑爹白娘[1]，

养个孩子焦黄。

采录地区：石家庄

[1] 注：指铁锅是黑的，糊糊面是白的。

爹是黑的娘是白的，

爹是干的娘是湿的。

养了个儿子，

软不拉叽黄不拉叽的。

采录地区：永年

## 苦累[1]

焖熟土豆剥去皮，

用心捣成扑碎碎。

再撒莜面拌一起，

你猜这是甚东西。

采录地区：张家口

[1] 苦累：张家口一些地区用莜面和土豆做成的面食。

调好菜，拌上面，

锅里蒸熟蘸上蒜。

采录地区：永年

## 面包

不露脸。

采录地区：石家庄

虚胖虚胖，
外面光光，
里边糖糠。

采录地区：邯郸

## 面条

一个白片片，
能变千条线。
是线不做活，
只在碗里见。

采录地区：石家庄、邯郸

抓来团团，
捏成棒槌。
拉成条条，
拽成细线。

采录地区：武安

先是一大片片，
后来变成条条棉线。
开水锅里煮一煮，
农家上等好饭。

采录地区：石家庄

团团片片条条，
开水锅里走一遭，
捞起装进草包。

采录地区：石家庄

小麦磨成面，
和成一团团。
擀成一大片，
切成千条线。
下到锅里突碌碌转，
就是农家好茶饭。

采录地区：张家口

本来一大片，
切成千条线。
是线不缝衣，
只在锅里见。

采录地区：张家口

## 年糕

三角四棱，
滴溜溜的圆。
冰凉梆硬，
热乎乎哩黏。

采录地区：行唐

经得了三九四九，
练就了梆梆硬功。
就怕遇到热乎乎的，
生起黏乎的恋情。

采录地区：成安

## 山药丸子

土豆擦成短条线，
拌上莜面团成蛋。

蒸熟再把卤汁蘸，
就是农家稀罕饭。

采录地区：张家口

## 莜面

### 莜面窝窝[1]

莜面开水和，
巧妇来搓薄。
手指绕成卷，
好似马蜂窝。

采录地区：张家口

[1] 莜面窝窝：张家口地区用莜面做成的面食，形状像中空的手指，俗称窝窝。

远看像个塔，
近闻香喷喷，
吃来甜丝丝。

采录地区：石家庄

### 莜面

像是蜂窝没有蜜，
它比蜂窝大几倍。
蒸熟有股醇香味，
耐饿能走三十里。

采录地区：张家口

地里成熟不算，
还得炒熟磨面。
做成窝窝丝丝，
蒸熟才能吃饭。

采录地区：张家口

## 元宵

白白的，圆圆的，
下到锅里黏黏的。
吃到嘴里甜甜的，
正月十五有卖的。

采录地区：张家口

花红柳绿一团团，
滚了一身白面面。
开水锅里煮一煮，
捞出分碗端上桌。

采录地区：邯郸

白糖梅子真稀奇，
也没核儿也没皮。
正月十五沿街卖，
过了十五没人提。

采录地区：张家口

心中甜蜜芳香，
身上洁白如玉。
白沙滩上打滚，
清水池中沐浴。

采录地区：张家口

腹中香甜如蜜，
心中花红柳绿。
白沙滩上打滚，
清水池中沐浴。

采录地区：张家口

身上洁白如玉，
心中十分甜蜜。
白沙滩上打滚，

清水池中沐浴。

采录地区：张家口

一个小馅滚成球，
开水一煮就黏口，
正月十五家家有。

采录地区：隆化

## 月饼

俺家有个圆陀螺，
外面芝麻里面馅儿。
中秋先供月奶奶，
随着西瓜一起吃。

采录地区：石家庄

俺家有个面陀螺，
身盖大印进灶火。
有咸有甜随意吃，
吃前先得供月婆。

采录地区：徐水

年年下半年，
疤脸卖铜钱。
胭脂抹上面，
膏药贴反面。

采录地区：唐山

甜的有边，
咸的开花。
盖上大印，
送进灶火。

采录地区：永年

又扁又圆，
又香又甜。

采录地区：石家庄

又圆又扁，
有甜有咸。
身盖大印，
中秋露脸。

采录地区：隆化

## 炸糕

黄圆蛋，英雄汉，
跳进油锅迎考验。
任你刀砍和油炸，
跳上桌子色更显。

采录地区：张家口

南来一群大黄狗，
扎一枪，咬一口。

采录地区：滦平

## 粽子

### 粽子

仁尖似楼房，
珍珠裹红娘。
想吃红娘肉，
解带脱衣裳。

采录地区：石家庄

三角四楼房，

珍珠配黄香。

想吃黄香肉，

还得解带脱衣裳。

采录地区：邯郸


我在深山坳里坳，

相公请我去看潮。

我向娘子讨把米，

娘子反手缚我腰。

采录地区：唐山


三角尖尖草束腰，

浪荡锅中走一遭。

若是有人送甜蜜，

早晚落得赤条条。

采录地区：滦南、滦县（今滦州）、乐亭


三角四棱形，

腰上系绳绳。

要吃小黏肉，

解扣扒衣衫。

采录地区：承德


竹叶窝里白胖子，

腰里扎根细绳子。

端阳节日要吃它，

解开带子衣脱去。

采录地区：沙河


它是田家女，

穿着竹家衣。

下水来洗澡，

上岸才脱皮。

采录地区：张家口


一个牛头四只角，

糖泡筷戳下肚了。

采录地区：唐山


生在塘边叶儿飘，

弄到人间用水浇。

得到人间一把米，

用草绳子绑住腰。

采录地区：张家口


三角四棱长，

珍珠里面藏。

要吃珍珠肉，

解带扒衣裳。

采录地区：张家口


珍珠白姑娘，

许配竹叶郎。

穿衣去洗澡，

脱衣上牙床。

采录地区：张家口


本是田家女，

苇叶作嫁衣。

洗完热水澡，

衣带全脱去。

采录地区：永年、邱县


三角四楼房，

里面住皇娘。

想吃皇娘肉，

解带脱衣裳。

采录地区：衡水


小伙穿着一身青，

腰间扎着马莲绳。

头天住在锅家店，

二天到了进口城。

采录地区：石家庄

三角四楼房，

里面儿住着个黄娘娘。

想吃黄娘肉，

解带儿脱衣裳儿。

采录地区：定州、沙河

珍珠嫁个绿衣郎，

下水去洗澡，

起来脱衣裳。

采录地区：唐山

三角四方楼，

枕巾包黄娘。

想吃黄娘肉，

解带脱衣裳。

采录地区：沙河

一个汉子本性黏，

腰上扎根白马莲。

头天住在郭家店，

二天进了古北口[1]。

采录地区：滦平

[1]　注：滦平在古北口外。

三角形，苇叶皮。

米做囊，包内里。

咬起来，黏不叽。

采录地区：隆化

生在塘边自自在在，

来到农家水浸水泡。

虽然给了我一把米充饥，

却落得个草绳捆腰。

采录地区：邯郸

白家姑娘姊妹多，

五月出嫁苇叶郎。

欢欢喜喜去洗澡，

出来遇到五郎将，

拆散强送上牙床。

采录地区：磁县、永年

生在江南湖地，

打在北国幽州。

里面红娘做伴，

外边青布蒙头。

采录地区：沙河

俺本是米家小姐，

许配给苇府儿郎。

虽有红枣陪嫁，

还得过水锅送上牙床。

采录地区：邯郸

### 粽的[1]

三角似楼房，

珍珠包黄粮。

要吃黄粮肉，

先得脱衣裳。

采录地区：谈固

[1]　粽的：谈固方言，指粽子。

# 4

## 其它类

### 冰棍

一个胖姑娘，
穿着花衣裳。
生来就冤枉，
衙门去告状。
进门衣裳先脱光，
官司没打赢，
死咾骨头扔在马路旁。

采录地区：行唐

一个傻姑娘，
出来喊冤枉。
没进衙门口，
衣服被脱光。
嫩肉吃干净，
骨头扔一旁。

采录地区：灵寿

### 蛋

#### 鸡蛋

俺家一个瓶，
里边装着黄杏。

采录地区：石家庄

奇怪奇怪真奇怪，
骨头长在肉肉外。
你要猜出这个谜，
钻进鸡窝捡了来。

采录地区：张家口

白墙没缝，
里面有个黄杏。

采录地区：张家口、衡水

俺家有个罐儿，
装着两样菜。

采录地区：沙河

薄薄一层白皮子，
白皮子里包银子。
银子里面包金子，
不是果子像果子。

采录地区：石家庄

打个坛子没有口，
里面装着两样油。

采录地区：衡水

爹娘生我怪稀奇，
人家都是皮包骨，
我却生来骨包皮。

采录地区：石家庄

黄米面，白米面，
瓷瓷顶顶一瓦罐。

　　　　　采录地区：沙河


金箍拢，银箍拢。
打得开，箍勿拢。

　　　　　采录地区：唐山


金瓮瓮，银瓮瓮，
里糊外裱没缝缝。

　　　　　采录地区：蔚县


圆乎乎好东西，
爹娘生我怪稀奇。
人家都是皮包骨，
我却生来骨包皮。

　　　　　采录地区：石家庄


扁圆形，白蛋蛋，
小小生命藏里边。

　　　　　采录地区：石家庄


粉白墙，粉白洞，
粉白老汉卖黄杏。

　　　　　采录地区：沙河


跑堂的，你过来，
我跟你要一样菜。
听不着，看不见，
骨头包肉，肉包面。

　　　　　采录地区：行唐


圆不丢丢一个球，
一头大来一头小。
打开生哩是糊糊，

用火一煮成块了。

　　　　　采录地区：吴桥


大白二青小三黄，
弟兄三人一个娘。
青黄都被人吃了，
剩下大白无人尝。

　　　　　采录地区：衡水


金弹银边子，
两头不出气。
中间打一记，
黄水落满地。

　　　　　采录地区：张家口


金吊筒，银吊筒。
跌碎了，箍不拢。

　　　　　采录地区：唐山


金镶银，银包金，
白白绢片包金银。

　　　　　采录地区：张家口


石灰墙没有缝，
里头包着大黄杏。

　　　　　采录地区：蔚县


稀奇真稀奇，
娘生怪东西。
人家皮包骨，
它是骨包皮。

　　　　　采录地区：张家口


稀奇稀奇真稀奇，
皮肉长在骨头里。

　　　　　采录地区：永年

稀奇真稀奇，

天生怪东西。

人家肉包骨，

它是骨裹肉。

采录地区：大名

屠头 [1] 屠头真屠头，

光见骨头不见肉。

从外打破流白水，

从里打破露出头。

采录地区：邯郸

[1]　屠头：指软弱无能的人。

咱家有个小罐，

里头腌嘞小菜。

采录地区：肥乡

你说怪，俺也怪，

俺娘生俺没脑袋。

别人都是皮包骨，

偏偏还是骨头长在外。

采录地区：永年

奇怪奇怪真奇怪，

肉皮在里骨在外。

采录地区：成安

### 鸟蛋

天窝大，地窝小，

媞下不许人来瞧。

你要不看它孵着，

你要一看它飞了。

采录地区：邯郸、邢台

## 酒

眼见是一碗水，

都说是粮食做的。

把它当凉水喝吧，

还烫嗓窝眼子。

采录地区：沙河

是水不解渴，

是粮当水喝。

采录地区：石家庄

清冷冷一碗水，

热辣辣烫嗓子。

采录地区：永年

都说是粮食做的，

看不见一点粮食影子。

谁都不愿意多喝，

都努力劝别人多喝。

采录地区：邯郸、衡水

## 糖

### 砂糖

一物甜得奇，

吃时不用洗。

不洗还能吃，

一洗便成水。

采录地区：石家庄

看时黑白分明，

尝时甜味一样。

在岸上还能找到，

一入水没了消息。

采录地区：邯郸

## 糖块

甜滋滋一个小姑娘，

衙门去告状，

进门衣裳先脱光。

采录地区：石家庄

## 盐

不是淀粉不是糖，

细细粉末里边装。

身价不高作用大，

人人每天都要尝。

采录地区：唐山

白白一片似雪花，

落在水里不见它。

单独吃它会皱眉，

不吃它时活不下。

采录地区：张家口

白花花不是糖，

细粉粉不是雪。

都说它来自水中，

见了水丢了性命。

采录地区：邯郸

白白一片似雪花，

落在水里不见它。

一日三餐离不了，

单独入口叫哇哇。

采录地区：张家口

家住大海，

漫上岸来。

太阳一晒，

浑身洁白。

采录地区：滦平、张家口

取之于水，

用之于食。

不可多用，

不可不吃。

采录地区：唐山

生在水中，

就怕水冲。

放到水里，

无影无踪。

采录地区：张家口

原是水中生，

不敢水中行。

人人需要我，

无我活不成。

采录地区：张家口

家住大海，

走上岸来。

太阳一晒，

身体变白。

采录地区：张家口

生在水里怕水冲，

一到水中就无踪。

采录地区：石家庄

春天不下种，

四季不开花。

吃起来咸味，

嚼起来无渣。

采录地区：石家庄


生在水中，

偏怕水冲。

一到水里，

无影无踪。

采录地区：沙河


似雪比雪硬，

泡在水中不见影，

炒菜做饭都得用。

采录地区：沙河


像面比面粗，

像雪比雪硬，

都说它来自水中。

可它一见水，

就不见了踪影。

采录地区：石家庄


本是水里生，

入水就没影。

厨师依靠它，

口味往上升。

采录地区：隆化


新的来自大海，

老的来自井底。

没它厨师无能，

多吃有害身体。

采录地区：廊坊


**饮料**

摇摇瓶子是水儿，

看看颜色水果的。

倒到杯里品品吧，

孩子举杯喝了去。

采录地区：永年

# 五　生产交通类

# 1 生产工具器械

## 桪子[1]

同高同矮同短长，
身犯何事遭绳绑。
千家万户都用它，
也常闲来也常忙。

采录地区：唐山

[1] 桪子：农家织布劳作时缠线用的工具。

## 把刎[1]

小小一把刀，
身有两寸高。
攥在手掌里，

就把穗头削。

采录地区：唐山

[1] 把刎：一种生产工具。

## 刨子[1]

### 刨子

咯嘣咯嘣，
俩耳朵支棱。
肚底下吃草，
脊梁上屙粪。

采录地区：张家口

[1] 刨子：木工用具。

下边吃，上边屙，
上去揪住俩耳朵。

采录地区：石家庄

两个翅膀一颗牙，
不会跑来只会爬。
生来爱管不平事，
口吐朵朵白莲花。

采录地区：张家口

紧推慢推，
上面屙了一大堆。

采录地区：广安

下边吃，上边屙，
俩手揪住俩耳朵。

采录地区：广安

## 推刨

头戴纱帽翅，
专管不平事。
平事它不管，
专管不平哩事。

采录地区：行唐

一个清官带着仨帽翅，
好事它不管，
光管不平事。

采录地区：石家庄

一匹小木马，
一边吃来一边拉。
见木就吃木，
见铁就回话。

采录地区：石家庄

有翅不会飞，
没腿它会爬。

采录地区：石家庄

两个翅膀一个牙，
不会飞来只会爬。
生来爱管不平事，
口吐千朵白云花。

采录地区：石家庄

奓耳的狗，蹭地走。
肚子上吃，背上呕。

采录地区：蔚县

两只翅膀一颗牙，
不会飞来只会爬。
出来好管不平事，
口吐朵朵白云花。

采录地区：石家庄

半腰横着纱帽翅，
一刀透着前后心。
在家还算安静人，
出门爱管不平事。

采录地区：沙河

底下吃，上边屙，
头上长着大耳朵。
生来真古怪，
不走平路爱坎坷。

采录地区：成安

底下吃，上头屙，
伸手抓住两耳朵。

采录地区：沙河

咯嘣咯嘣，
俩耳朵支棱。
肚底下吃草，
脊梁上屙粪。

采录地区：沙河

古怪古怪太古怪，
背上拉出屎来。

采录地区：衡水

横着纱帽翅，
别着利刃刀。
前走走，后退退，
专管一些不平事。

采录地区：沙河、石家庄

两个翅膀一个牙，

不会飞来光会爬。

生来爱管不平事，

口吐千朵白云花。

采录地区：临漳

两只圆翅膀，

一片大板牙。

有翅不会飞，

干活就是爬。

只管不平事，

背上吐白花。

采录地区：石家庄

身有双翅不飞腾，

不怕阻力向前冲。

边吃边吐金花飞，

专向人间铲不平。

采录地区：衡水

小老虎，就地爬。

肚子上长钢牙，

脊梁骨上冒黄花。

采录地区：滦南

一鸟不一样，

一飞飞树上。

爱吃就张口，

拉屎从背上。

采录地区：唐山

一匹马，

肚子下吃，

背子上屙。

采录地区：石家庄

咱家有个傻小子，

干活揪住他俩耳朵。

啃的是木桩，

吐的是木屑。

采录地区：石家庄

猪头羊耳朵，

下面吃进，上面吐出。

采录地区：石家庄

嘴长肚皮外，

不吃人间饭。

哪里不平啃哪里，

肚里吃饱背上出。

采录地区：衡水

大耳朵驴真可恼，

脊梁骨子上拉粪，

肚子上吃草。

采录地区：滦南

大黄狗，遛墙头。

跌下来，肠肚流。

采录地区：蔚县

两个翅膀一个牙，

不会走道光会爬。

生来爱管不平事，

哪有不平去找他。

采录地区：行唐

头戴纱帽翅儿，

当官不识字儿。

平事儿他不管，

专管不平事儿。

采录地区：行唐

## 扳子

一物生性硬，
嘴小力无穷。
咬嘛嘛就动，
不动嘴不松。

采录地区：石家庄

一物生性倔，
嘴上显力量。
咬谁谁得动，
不听嘴不松。

采录地区：邯郸

## 背篓

远看像个门儿，
近看不是门儿。
是门儿不是门儿，
进去半个人儿。

采录地区：定州

远看是个券门，
近看门下有筐。

采录地区：永年

小小券门，
只进半人。
谁进了券门，
券门就随着这个人。

采录地区：永年

## 锛子

### 锛子

远看像板镢，
它比镢子快。
木头有疙疔，
它给砍下来。

采录地区：张家口

模样像镢头，
可比镢头快。
木料大不平，
由它锛下来。

采录地区：邯郸

四楞头，大扁嘴。
腰里长个眼，
眼里长条腿。

采录地区：张家口

扁扁身子一面牙，
鲁班爷爷发明它。
不论是夏还是冬，
走路伴着雪花下。

采录地区：石家庄

扁扁身子一面牙，
走起路来飘雪花。

采录地区：张家口

### 锛斧

又像板锻又像锤，
不去刨地不打碓。
小工离了无所谓，

大工离了眼发黑。

采录地区：行唐

俩大板牙，

一纵一横。

木匠用它，

又砍又锛。

采录地区：永年

## 扁担

两头尖，中间扁，

干起活来腰弯弯。

采录地区：定州

生在山里本是个圆家伙，

死到凡间成了个扁家伙。

放倒歇歇是个直家伙，

干起活来成了个弯家伙。

采录地区：青龙

一物真荒唐，

闲时站着忙时躺。

采录地区：邯郸

说荒唐不荒唐，

停下歇歇挺直身，

站起干活弯成弓模样。

采录地区：曲周

一走两头颤，

下面坠俩蛋。

采录地区：石家庄

闲的时候站着，

忙的时候躺着。

采录地区：沙河

生在树上，

落在肩上。

干活躺下，

休息靠墙。

采录地区：张家口

躺着干活两头弓，

站着歇息直挺挺。

采录地区：隆化

## 拨锤[1]

上不着天，

下不着地。

中间滴溜，

两头唱戏。

采录地区：石家庄

[1] 拨锤：打绳用的工具。

破谜儿猜，

破谜儿猜，

一个娃儿俩脑袋。

采录地区：沙河

## 布介[1]

一捆小白葱，

无根无叶肚里空。

爬上铁钉唧唧嗡，
白嫩身子变丝绳。

采录地区：唐山

[1] 布介：即棉花搓成的棉条。

## 杈子

一物生得巧，
个个头儿尖。
尾巴也不短，
就会把场翻。

采录地区：石家庄

此物生得怪，
三个角角在脑袋。
要是猜不出它是啥，
打麦场上你自来。

采录地区：永年

## 插秧机

不用梭子不用纱，
不在工厂在农家。
农民用它织绿毯，
织得田野美如画。

采录地区：张家口

一物生来牙齿多，
爱在水里唱山歌。
咔嚓咔嚓走过去，
留下行行绿秧禾。

采录地区：衡水、张家口

## 抽水机

一条龙王在渡江，
口吐珍珠亮堂堂。
颗颗珍珠流田里，
流得秋日粮满仓。

采录地区：衡水

一条铁龙本领大，
一座水库能喝下。
庄稼见了点头笑，
有它干旱全不怕。

采录地区：石家庄

一头牛，两个头，
一头喝水一头流。
流进块块丰产田，
苗儿乐得直拍手。

采录地区：石家庄

一头牛，俩么头，
这头喝水那边流。

采录地区：石家庄

长身圆胸膛，
嘴在水里张。
尾巴甩在渠，
旱涝都能防。

采录地区：石家庄

长腰身，圆胸膛，
嘴巴常在河边张。
喝水能把旱涝防，
口唱歌儿粮满仓。

采录地区：衡水

俺队上有条龙，
不长不短五丈多。
伸头井里去喝水，
喝得多，尿得多。
庄稼乐呵呵。

采录地区：永年

## 锄头

柯溜脖子，
片片子嘴，
光啃青草不喝水。

采录地区：沙河

老长带老弯，
老弯带老宽。
老宽没啥带，
光往地里钻。

采录地区：临漳

手拿钩镰枪，
前去上战场。
一阵冲锋后，
草寇全杀光。

采录地区：石家庄

头大身长脖子细，
他到田间学武艺。
杀了曹操一家人，
单单留下苗光义。

采录地区：沧州

腿长头重嘴扁，
在家常站墙边。

田间工作啃地，
除草松土领先。

采录地区：张家口

一杆长柄枪，
常在农家藏。
弯的一头杀草兵，
直的一头撸得忙。

采录地区：唐山

一块板儿，
板上有眼儿。
眼中有钩儿，
钩上有杆儿。

采录地区：张家口

有江不留水，
有裤子穿不进腿。
怪他娘的气，
鼻子咬住嘴。

采录地区：石家庄

有鼻子没有嘴，[1]
有裤子没有腿。
这事真奇怪，
鼻子咬住嘴。

采录地区：武安

[1] 注：锄头连接锄柄的部位叫"锄裤"，锄板连接锄钩
的部位叫"锄鼻子"，锄钩连接锄板的部位叫"锄嘴"，
"锄嘴"是装在"锄鼻子"里的。

长缰扯短裤，
小鼻子咬大嘴。

采录地区：邯郸

一物生来脑袋大，
做起活来头朝下。

整天总在地里爬，
生产劳动功劳大。

采录地区：石家庄

有胳膊没腿，
有江没水。
这玩意真奇怪，
鼻子咬住了一个嘴。

采录地区：行唐

## 捶布石

俺家有个厚鳖盖，
垫上棉布捶不坏。

采录地区：邯郸

## 锤笼[1]

论长一拃，
论粗一把。
常在屁股后闹腾，
哪天不挨顿死打？

采录地区：武安

[1] 锤笼：錾子后头的粗柄。

长长一大拃，
粗粗一大把。
见不平就想拱拱，
哪天不挨顿死打？

采录地区：石家庄

# 锤子

## 锤子

头像鼓，一条腿。
谁敢不听话，
就是一顿打。

采录地区：沙河

一个老头脾气犟又硬，
向来不怕钉子碰，
越硬它越碰。

采录地区：沙河

枕头头，圆眼嘴，
嘴里边伸出一条腿。

采录地区：沙河、井陉、行唐

铁头大哥生来怪，
腰里长根木头腿。
听说哪里有钉子，
非要一头碰上去。

采录地区：永年

一物生得愣，
就爱硬碰硬。
如果没有我，
钢钎没冲劲。

采录地区：张家口

一物生性愣，
就爱硬碰硬。
如果没有它，
农具打不成。

采录地区：永年

## 打油锤

一生傻大头，
越紧他越打。
打得打不动，
打出油花花。

采录地区：永年

## 锉

### 锉

身扁平，麻满脸，
尾巴尖，木把连。
铁不平，它去舔，
舔过后，光脸面。

采录地区：张家口

长了一身圆疙瘩，
锉来蹭去找光滑。

采录地区：隆化

有一特种兵，
浑身长疙疗。
哪有不平事，
它去给磨平。

采录地区：涉县

### 钢锉

小小身子钢骨架，
有圆有扁满身牙。
生来就有硬本领，

专门爱啃铁疙瘩。

采录地区：张家口

铁杆小骨架，
长了一身牙。
拿刀来见我，
让你刀开花。

采录地区：峰峰

这个小孩钢骨架，
浑身上下长满牙。
天生就有硬本领，
专门啃咬铁疙瘩。

采录地区：衡水

## 打井机

硬汉劲头大，
铁臂高骨架。
铁锥钻地球，
要把银龙拉。

采录地区：张家口

## 大吊车

巨人体格壮，
胳膊粗又长。
提起万千重，
听哨纪律强。

采录地区：张家口

## 弹棉花槌

奇怪奇怪真奇怪，
一个孩子俩脑袋。

采录地区：行唐

## 钉子

铁打硬小孩，
锋利尖脚底。
扁帽头上戴，
能钻又能挤。

采录地区：张家口

怪模怪样一家人，
个个都是尖脚底。
头上顶着扁平帽，
换来锤打才打实。

采录地区：邯郸

## 碇子

谜，谜，两头细。
中间挽个纂，
两头不挨地。

采录地区：石家庄

肚大粗腰身，
穿着两条裙。
动转坐车子，
私访是责任。

采录地区：石家庄

闷儿，闷儿，
两头不着地。
中间打个结，
向外冒两尖。

采录地区：永年

## 碓臼

半山坡上有个坑，
常听有鬼在里哼。
问它哼啥哩，
说为啥教俺光头来打夯。

采录地区：行唐

## 砘子[1]

### 砘子

从南来了个胖老婆，
呼噜呼噜就念佛。

采录地区：沙河、石家庄

[1] 砘子：耩地覆土以后用来轧实松土的石制农具。

两边石头轱辘，
中间木头相连。
把地种好以后，
用它镇压一遍。

采录地区：石家庄

两个小孩一般大，
走着路子说着话。

采录地区：石家庄

三个轱辘兄弟，

一个木头心眼。

人在前边插种掩土，

它在后头滚过压实。

　　　　采录地区：邯郸

## 石砘子

木匠穿着铁匠鞋，

后边石匠跟着学。

　　　　采录地区：石家庄

南边过来两秀才，

唧唧扭扭唱过来。

　　　　采录地区：石家庄

## 砘咕噜[1]

朝南来了三只雁，

咯咕咯咕进了院。

　　　　采录地区：张家口

[1]　注：山黄犁前面种小麦，后面三个砘咕噜打压平地面，就叫砘咕噜。

哥俩一般大，

出门就说话。

　　　　采录地区：沧州

## 石磙子

东场西场，

俩小鬼哭娘。

　　　　采录地区：沙河

小奴家生在山上，

经人家介绍许配给东方。

小两口在一起谈个小唱，

怕只怕九月重阳。

奴丈夫回家里遮风避雨，

撇下俺小奴家苦受风霜。

　　　　采录地区：涉县

从夏场到秋场，

叫麦爹喊麦娘。

俩小鬼跌跟头，

吱吱呀呀像哭丧。

　　　　采录地区：永年

## 二齿挠

孪生子，尖对尖。

打茬子，肩并肩。

　　　　采录地区：沙河、石家庄

## 翻斗水车

推着转，拉着转。

上来装满水，

下去底朝天。

　　　　采录地区：定州

横着转，竖着转。

转上来装满水，

转下去底儿朝天。

　　　　采录地区：永年

一群鹅，赶下河，

喝的喝水，爬的爬坡。

　　　　采录地区：石家庄

长长一条街，
沿路挂招牌。
下雨没水吃，
天旱水满街。

采录地区：张家口

此物骨节多，
天旱才下河。
手摇或脚踩，
它都唱水歌。

采录地区：张家口

河边一大汉，
手摇六把扇。
浇地是能手，
提水上河岸。

采录地区：张家口

不哒儿，不哒儿，
转过一节一节。
上一节哗哗流水，
下一节滴滴流泪。

采录地区：邯郸

## 纺车

### 纺车

八个小孩去打架，
一条长虫撵回来。

采录地区：石家庄

南边飞来一只雁，
腰里插着二十四根箭。

听到嗡嗡响，
卧下媷个蛋。

采录地区：永年

南院瘦老婆儿，
腰里绳拴二十四块板。
坐那嗡嗡响，
脚头肿了个大疙瘩。

采录地区：邯郸

车儿不走只会转，
右手摇车左拉棉。
车儿嗡嗡转个不停，
锭子上缠满了细白的棉线。

采录地区：石家庄

磨盘大哩轱辘，
唱起曲来像哭。
你要问它哭什么？
绳子缠住脊梁骨。

采录地区：行唐

那边一只雁，
白尾抻长线。
飞着嗡嗡响，
停下下个蛋。

采录地区：唐山

南沿来了一个雁，
腰里披着八根线。
走动道来嗡嗡响，
卧下来咾就下蛋。

采录地区：行唐

三尺梃，二尺板，

不多不少十八个眼。

采录地区：保定

腰里缠着八根线，

走起路来嗡嗡响，

骷出[1]下了个白鸡蛋。

采录地区：石家庄

[1] 骷出：河北方言，象声词。

牵着棉花嗡嗡响，

缕缕白线缕缕长。

采录地区：隆化

我家有个雁，

腰里披了二十四根箭。

走路呜呜响，

卧下下个蛋。

采录地区：肥乡

一个老婆儿不害羞，

白日黑呀叫家[1]抠。

采录地区：行唐

[1] 家：河北方言读作 rá，意思是人家。

远看一只雁，

近看连轴转。

腰里披着八根箭，

扑棱扑棱下个蛋。

采录地区：行唐

一条绳，

扔到北京城。

磨子响，碾子行。

采录地区：石家庄

从南来了一只雁，

腰里插着六根箭。

听着呜呜响，

趴着下个蛋。

采录地区：滦南

一个猴，两半的头。

你在那坐，俺在里头。

采录地区：沙河

墙上飞来雁，

落在自家院。

翅膀嗡嗡转，

停住就下蛋。

采录地区：青龙

远看一个雁，

听哩呜呜响。

卧下媿个蛋。

采录地区：行唐

俺家有只雁，

腰插二十四根箭。

听见嗡嗡响，

卧下媿个蛋。

采录地区：行唐

车儿不走只会转，

右手摇车左拉棉。

车儿嗡嗡转不停，

锭子缠满细棉线。

采录地区：行唐

从南边飞来一只雁，

腰里插着二十四根箭。

听见嗡嗡响，

卧下媐了个蛋。

采录地区：行唐

从南来了一个雁，

腰里插着二十四根箭。

走路嗡嗡响，

坐了那里下了一个大白蛋。

采录地区：行唐

### 纺车上的穗子

迷迷两头细，

中间挽个纂，

两头不着地。

采录地区：石家庄

俺家有个坷垃，

越拉越大。

采录地区：沙河、行唐

闷儿，闷儿，

两头透气。

谜儿，谜儿，

两头儿细。

采录地区：行唐

谜儿，谜儿，

两头细。

当中挽个圈，

两头不着地。

采录地区：沙河、行唐

### 聚卷[1]

一根白棍，

两头透气。

采录地区：石家庄

[1] 聚卷：过去纺线时用棉花搓成的棍状的东西，也称花条、棉卷、聚绝儿。

一个脓管儿，

当间儿有眼儿。

采录地区：行唐

一个棉管管，

中间有眼眼儿。

采录地区：永年

俺家有个细狗，

有毛没骨头。

采录地区：永年

### 粪叉

木把把，铁头顶，

头上长着角五根。

有角不抵头，

专供出圈用。

采录地区：行唐

粗木棒，铁脑袋，

毛尾[1]四根竖起来。

成天立着头朝下，

让它出圈才躺下来。

采录地区：永年

[1] 毛尾：指头发。

**粪筐**

两人抬俺到田边,
本想瓜果装个满。
谁知装满臭烘烘,
刚刚倒掉又装上。

采录地区：石家庄

挑俺到田边,
看见瓜果心里甜。
谁知装上一筐粪,
挑到地里肥稼田。

采录地区：武安

**风箱**

### 风箱

刘备双剑进古城,
张飞胡子闹哄哄。
巧嘴八哥诸葛亮,
周郎定计满堂红。

采录地区：石家庄

张飞胡子直愣愣,
刘备双剑赛愣愣。
能说会道诸葛亮,
气嘞周瑜满肚红。

采录地区：石家庄

长长方方一座城,
里面住着毛先生。
两个相公去请他,

哼哼哼哼不出城。

采录地区：石家庄

毛丫头,绳子系,
关在屋里出不去。
只要有人一拉锯,
她就呼呼生大气。

采录地区：衡水

外面没毛,
里面有毛。
看看没风,
动动有风。

采录地区：石家庄

抽抽斗,撺抽斗,
里头坐着毛丫头。

采录地区：邯郸

六块板,对一幅。
毛二姐,在织布。

采录地区：石家庄、沙河

里抽抽儿外抽抽儿,
里面住着个毛丫头儿。

采录地区：定州

开抽抽,拉抽抽,
里边住着个毛丫头。

采录地区：行唐

肚里长毛没有腿,
生就两张呱嗒嘴。
舌头不住来回动,
全靠别人拉拔推。

采录地区：行唐

一个鸡儿靠墙跟儿，

不捅它不念气儿。

采录地区：行唐

## 鞴[1]

一间房，黑洞洞。

两个小孩儿耍棍棍，

只是为了一阵风。

采录地区：张家口

[1] 鞴：张家口地区方言读作 bāi，即风箱。

说你怪，你真怪。

推进去，拉出来。

采录地区：张家口

## 缝纫机

一只公鸡站桌上，

穿针引线点头忙。

嘴里吐出五彩线，

做出各式新衣裳。

采录地区：张家口

闲时好像小桌子，

忙时好像开车子。

哒哒哒哒唱得欢，

歌声装满一屋子。

采录地区：衡水

## 斧头

### 斧头

前面两个角，

后面四个角。

当中八个角，

八六一十四个角。

采录地区：衡水

嘴儿扁，脑袋方，

上下飞舞工作忙。

修桌椅，造门窗，

叮叮当当把歌唱。

采录地区：衡水

扁扁头，鸭子嘴。

肚上长个眼，

眼里长条腿。

采录地区：张家口

四方头，扁扁嘴，

腰里长着一条腿。

采录地区：邯郸、衡水

四方头，扁扁嘴。

腰窝一个洞，

洞中一条腿。

采录地区：邢台

四方头，铲子嘴，

眼里长出一条腿。

采录地区：宣化

四方头，大扁嘴。

腰里长着眼，

眼里伸着腿。

采录地区：石家庄

四楞子脑袋扁扁嘴，

腰里别着一条腿。

采录地区：石家庄

四楞子脑袋，

扁扁哩嘴，

爬上树来树倒霉。

采录地区：行唐

铁头木尾鸡，

不吃菜和米。

专把木头啃，

木匠不能离。

采录地区：衡水

嘴儿扁，脑袋方，

上下飞舞忙又忙。

修桌椅，造门窗，

整整齐齐爱漂亮。

采录地区：张家口

一头利刃一头方，

劈柴钉钉有用场。

采录地区：隆化

此物生得怪，

四楞子大脑袋。

下巴像刀刃，

眼里长根腿出来。

采录地区：邯郸

## 斧子

铁斑鸠，木尾巴，

上老树上拉屄屄。

采录地区：行唐

一个东西木尾巴，

到了树上拉屄屄。

采录地区：石家庄、沙河

## 盖[1]

### 盖

头有铁钩供拉牵，

提拿木尾在后边。

两翅全用木棍编，

平耙土地它领先。

采录地区：石家庄

[1] 盖：用于平整土地或覆土盖种的一种农具。

像把梳子五尺三，

槐木梁长出金条来。

别往家里妆台想，

春天耙地由它来。

采录地区：邯郸

此物生来常被欺，

前边被牵有犟驴。

背上还遭有人踩，

身下坷垃也让它气。

采录地区：邯郸

一把梳子宽七尺，

槐木框子柳条齿。

梳妆台上见不着，

梳得畦陇平又直。

采录地区：唐山

### 盖、耙

头有铁钩供拉牵，

提拿木尾在后边。

两翅全用木棍编，

平耙土地它领先。

采录地区：石家庄

硬木作梳梁，

荆条作梳齿。

开春打坷垃，

农汉不着急。

采录地区：永年

### 高炉

老公公，不服老，

牙口不济胃口好。

吞食矿石千万吨，

化作钢水普天照。

采录地区：衡水

### 镐头

一条腿，头两头，

用时就去土里抠。

采录地区：石家庄

### 固轮子

本生在深山高岗，

能工巧匠造成双。

有时二物合一处，

又扁又圆又四方。

采录地区：沙河、石家庄

### 拐子[1]

木匠能，木匠能，

木匠割累放不了平。

采录地区：石家庄

[1] 拐子：拐线用的工具。

木匠造了个拐打拐，

要想放平实不能。

这头平了那头竖，

这头竖了那头平。

采录地区：永年

### 礤子

闷儿闷儿，

两头不着地儿。

中间变戏法，

两头唱小戏儿。

采录地区：隆化

## 铧子

一个小猪不吃食儿，

可地拱紫泥儿。

采录地区：隆化

## 滑车

一个圆木里边空，

两头安着手把柄。

圆木上边绕满绳，

摇动把柄满桶的清水往上升。

采录地区：石家庄

## 灰抹子

### 灰抹子

一只铁脚八寸长，

会爬墙来会上房。

抬房盖屋它常去，

它到哪里哪里光。

采录地区：行唐

铁身子，木把子，

专为找平出力气。

采录地区：隆化

铁板板，木把把，

哪有不平哪有它。

采录地区：邯郸

### 抹泥板

瓜籽瓜籽，

满墙打滚。

采录地区：沧州、石家庄

## 耪子[1]

从南来了一条狗，

撅着尾巴闷着头。

嘴巴用力去拱地，

尾巴不离人的手。

采录地区：唐山

[1] 耪子：一种旱地开沟松土的农具。用于播种前开沟起垄或庄稼后期锄草。

南来一只大狸猫，

撅着尾巴拱着腰。

采录地区：青龙

头戴青盔腰别簪，

护心明镜胸前安。

谁要呼使我，

我把地来翻。

采录地区：行唐

## 旧式弹棉花轧车

铁山靠木山，

一对白猫往里钻。

一边下雹子，

一边下雪片。

采录地区：衡水

## 锯子

心直口快，

满嘴铁牙。

刺啦刺啦，

替人分家。

采录地区：石家庄

风匣变风匣，

两边来推拉。

采录地区：沙河、石家庄

木弓铁作弦，

拉弓不射箭。

沙沙连声响，

雪花飘眼前。

采录地区：隆化

铁条一边全是齿，

木工用它做木器。

将它放在木板上，

来回拉动木分离。

采录地区：石家庄

一件东西来回走，

只有牙齿没有口。

采录地区：行唐、井陉

一条乌龙蛇，

牙齿有几十。

出门起大风，

转来下白雪。

采录地区：石家庄

远看一座碑，

近看两人推。

只见雪花落，

不见雪花飞。

采录地区：石家庄

一条蛇，扁巴巴。

爬上树，落雪花。

采录地区：石家庄

哧啦哧啦，

你推我拉。

为人分家，

磨损我牙。

采录地区：永年

一物瞎奇怪，

牙齿长一排。

自己没有口，

非给人开口。

采录地区：永年

满身都是牙，

用时两头拉。

谁也说不拢，

总是闹分家。

采录地区：承德、张家口

## 栲栳

### 栲栳

俺本生在柳家巷，

遇强人剥了个净光。

被捆绑送到井家来，

原想有口水喝。

不料想，

一鼻梁锁住嘴巴。

采录地区：石家庄、邯郸

柳条肚子木鼻梁，

木鼻梁长在嘴片上。

铁环环长绳绳，

拴住它扔进井窟窿。

采录地区：邯郸

### 柳灌斗

圆圆嘴，一道鼻梁，

毛长在背上。

采录地区：石家庄

## 犁

### 犁

曲流棍曲流柴，

曲流棍上挂银牌。

你要能猜着这个谜，

敢把世界翻上来。

采录地区：石家庄

弯着身子一条腿，

腿昂长着尖尖嘴。

一到地里它更忙，

不吃饭来不喝汤。

采录地区：行唐

一个老头背块铁，

沟里走，沟里歇。

采录地区：石家庄

柯溜树，柯溜柴，

柯溜树上挂银牌。

谁要猜着这个谜，

我把地皮翻过来。

采录地区：武安

铁公鸡，木尾巴，

一头钻到地底下。

采录地区：蔚县

弯腰树，弯腰台，

弯腰树上挂银牌。

谁要猜破我的谜，

我把世界翻过来。

采录地区：石家庄

腰弯铁嘴巴，

常在地里爬。

牛儿拉它走，

地面开泥花。

采录地区：张家口

一个老汉背块铁，

沟里走来沟里歇。

采录地区：石家庄

一人老头腰弓弓，

过来过去要人送。

采录地区：张家口

柯溜老头柯溜翁，

趴在地里要人拉，

你越拉他越啃地。

采录地区：邯郸

### 犁杖

南边来个大黑猫，

撅着尾巴猫着腰。

采录地区：隆化

### 镰刀

身弯嘴快尾翘，

专吃麦子水稻。

农民喜欢用它，

收割庄稼需要。

采录地区：张家口

一拃长的薄铁片，

下边开刃右卷环。

环中装上木头把，

砍秸割草好干活。

采录地区：石家庄

木尾巴，铁脑袋，

嘴巴锋利真叫快。

夏秋常往地里跑，

又吃庄稼又吃菜。

采录地区：石家庄

铁脑袋，像月牙，

木身子，弯尾巴。

人民公社小社员，

下地劳动用到它。

采录地区：石家庄

远看像个七，

近看两瓣哩。

铁头像月牙，

木把打弯哩。

割草割麦子，

靠它干活哩。

采录地区：永年

铁片片作头，

木把把作身。

往前一钩往回一拉，

就能割下一大把。

采录地区：邯郸

### 粮堆、场面、扫帚

尖顶山，平顶案，

毛头妮子绕世界转。

采录地区：石家庄

### 笼头[1]

#### 笼头

嘴上罩张网，

不吃草和粮。

[1]　笼头：给牲口戴的箍嘴。

一道花院墙，

摆到街市上。

想吃买不下，

买下吃不上。

采录地区：沙河

### 嚼子

远看饺子形，

近看净窟窿。

为它好吃才去买，

买来它又吃不成。

采录地区：石家庄

买来了，不能吃。

买不来，就要吃。

采录地区：石家庄

扣环像馒头，

反转笊篱头。

没它随便吃，

有它吃不成。

采录地区：邯郸

### 牛笼头

干时吃不着，

就是能喝水。

采录地区：石家庄、沙河

要吃离开，

不吃挨嘴。

采录地区：石家庄

### 牛嘴兜

会吃罩起来，

罩好吃不来。

要吃得拿开，

不吃拿拢来。

采录地区：唐山

### 耧

#### 耧

格斜斜，格斜斜，

木匠穿了铁匠鞋。

采录地区：沙河

木匠穿铁匠鞋，

后边跟着石匠来。

采录地区：沙河

南沿来个邋遢猴，

虱子虮蚤往下流。

有人问俺稀呀稠，

俺又不是卖饭哩，

你为什么问俺稀呀稠？

采录地区：行唐

上边漏斗装种子，

下边铁脚钻地中。

一边走动一边摇晃，

为的是下籽均匀，

不稠也不稀。

采录地区：沙河、石家庄

小黄牛窝着腰，

光吃粮食不长膘。

采录地区：沙河、沧州

摇一摇，扭一扭，

两个小脚拱出两道沟。

采录地区：沙河

远看是头牛，

近看是个楼。

走时候噶得响，

嘴吃腿中流。

采录地区：沙河

两只小脚往前扭，

虮子顺着裤腿溜。

溜进土沟不见了，

也不知稀来也不知稠。

采录地区：永年

三只小脚往前扭，

谷子麦子顺腿流，

要问籽籽从哪儿来？

怀里揣着一个斗。

采录地区：邯郸

摇一摇，扭一扭，

小脚拱出两道沟。

谷籽麦籽丢沟里，

就等夏秋大丰收。

采录地区：永年

前边有牛拉，

后边有人摇。

也不知中间是啥宝，

怀里抱着黄金斗。

脚上穿着白银鞋，

咯溜刺啦随着走。

采录地区：永年

### 种耤

上边漏斗装种子，

下边铁脚钻入地。

一边走动一边摇晃，

为的是下籽均匀不稠不稀。

采录地区：石家庄

### 双腿儿耧

小脚儿娘，小脚儿娘。

干完活儿，就靠墙。

采录地区：保定

### 碌碡

两头不沾地，

中间唱小戏。

采录地区：滦平

一块大石头，

浑身光溜溜。

套上木架子，

毛驴拉着走。

采录地区：沙河

山上石大哥，

一身肉沟沟。

扛上木架子，

满场转悠悠。

采录地区：永年


生在高山，

住在平地。

不在朝中，

常见万岁。

采录地区：石家庄


**辘轳**


奇怪奇怪真奇怪，

肠子缠在肚皮外。

说它奇怪还就是怪，

脑袋上长出个尾巴来。

采录地区：井陉


奇怪奇怪真奇怪，

肠子长在肚皮外。

一条弯腿任人摇，

上得慢来下得快。

采录地区：石家庄


奇怪奇怪真奇怪，

肠子长在肚皮外，

一个尾巴三条腿。

采录地区：井陉


一个小孩儿真奇怪，

肠肚子绕在脑袋外。

采录地区：石家庄


石桩头，套木杆，

三条腿踩在井边边。

肠肚子拴着栲栳头，

上来下去来浇园。

采录地区：邯郸


小个子长得真奇怪，

一身长着两脑袋。

一脑袋让人拧着转，

一脑袋让长脖子送到井下来。

采录地区：武安


一个物件生哩鬼，

三只胳膊三条腿。

爬到井边就喝水，

人家喝水灌肠肚，

它喝水只能装满嘴。

采录地区：邯郸


一个小伙生得鬼，

三条胳膊三条腿，

爬到井边就喝水。

采录地区：永年


一物生来真奇怪，

肠子长在肚皮外。

歪歪斜斜三条腿，

尾巴弯弯守井台。

采录地区：石家庄


奇怪奇怪真奇怪，

肠子长在肚皮外。

眼里长着一条腿，

拽着肠子紧着拽。

采录地区：石家庄

奇怪奇怪真奇怪，
肠子长到肚皮外。
头上犄角弯又弯，
依靠木杠穿心怀。

采录地区：行唐

下雨刮风它不怕，
干活就往井上趴。

采录地区：行唐

一个小伙生得巧，
三个腿来三个脚。

采录地区：行唐

奇怪奇怪真奇怪，
肠子长在肚皮外。
身子中间有个洞，
穿个棍棍挑起来。

采录地区：永年

## 罗

### 罗

马尾巴作底木作帮，
坐到床上任你晃。
细的我就放它去，
粗的留它在裤裆。

采录地区：石家庄

又扁又圆用手掐，
满天星星掉雪花。

采录地区：怀来

马尾巴织木帮底儿，
坐在床上想眯会儿。
谁想被你死摇晃，
晃得俺浑身像个筛糠。

采录地区：永年

### 罗床子

两座断桥架两端，
两根长棍紧相连。
人人都说俺床好，
罗来罗去不见郎。

采录地区：石家庄

说俺是个床，
不见美人躺。
只有罗老鳏，
来俺床上晃。

采录地区：邯郸

### 箩筐

一个盆，
朝天开着四面门。

采录地区：沙河、石家庄

一个盆，浑身漏水。
沿边竖起四根棍，
就像开了四面门。

采录地区：永年

## 螺丝钉

小小零件人人夸，
哪里需要哪安家。
严守岗位不松劲，
个个机器都用它。

采录地区：河北全域

旋转舞场舞伴俩，
身材身量都不差。
男士独立如一刀，
女士旋转十字花。

采录地区：邯郸

## 骆驼鼻具

长在地底下，
生在树上头。
常在肉里住，
就是不吃肉。

采录地区：石家庄

## 门钉锹

这头像那头，
那头像这头。
两头像中间，
中间像两头。

采录地区：行唐

两个鼻子两个眼，
这头鼻子咬住眼。

那头眼眶咬鼻子，
不知是啥大门看。

采录地区：永年

## 络子

### 络子

方方四，四四方。
外面放东西，
里面空荡荡。

采录地区：石家庄

八根棍，垒成城，
城外围了千圈兵。
你把小城转个遍，
空空城里无一兵。

采录地区：永年

### 经布的络子

弟兄四个墩墩，
腰里别着白手巾。

采录地区：石家庄

像板凳，没有面，
四根腿，杵在那儿。
被捆绑来干活，
老长线系腰窝。

采录地区：邯郸

### 绕线儿的络子

一亩地，四垄儿，

当中挖的个小井儿。

采录地区：石家庄

## 墨斗

不黑不出门，

黑了就出门。

不黑不回来，

黑了就回来。

采录地区：行唐、邯郸

黑墙黑门黑大街，

黑娘生个黑娃娃。

一生不做曲流事，

出门弹弹就回家。

采录地区：行唐

十亩地，一板长。

一头浇园子，

一头开染房。

采录地区：行唐

一个黑媒婆，

会走不会说。

去时为牵线，

回来摇脑壳。

采录地区：行唐

一间屋，两家住。

一家开染房，

一家开绳铺。

采录地区：河北全域

一去咕呱叫，

回来叫咕呱。

一辈子不做曲流事，

不黑不回家。

采录地区：邯郸、行唐

一去光明路，

回来摸着黑。

不做邪心事，

别人讲是非。

采录地区：行唐

一去呵啦啦儿，

回来吱扭扭儿。

一辈子不做弯里事，

不黑不回家。

采录地区：行唐、沙河

一只小船，

一人掌舵。

去时拽纤，

回时摇橹。

采录地区：行唐

有辘轳无井，

有井无盘。

有辘轳无杆，

绳湿扒扒沟干。

采录地区：行唐

出去呱呱叫，

回来叫呱呱。

不管天早晚，

见黑就回家。

采录地区：行唐

房子两间不住人，

辘轳染缸坐房中。

黑线走出染缸门，

不弯不曲一路平。

采录地区：沙河、井陉


木匠盖了两间房，

一间房里绾麻绳，

一间屋里做染坊。

采录地区：沙河


去时呱呱叫，

来时叫呱呱，

不到黑了不回家。

采录地区：衡水


三间房子，两架梁。

一头摇辘轳，

一边开染坊。

采录地区：沙河


三间屋，扭不转。

一边开染坊，

一边绞辘轳。

采录地区：沙河


谁家盖起综合厂，

卖墨卖绳开染坊。

建造高楼离不了，

木匠无它开不了张。

采录地区：井陉


头像枣核大，

脖子丈二长。

屁股上安辘辘，

肚子上开染坊。

采录地区：石家庄


小小屋，两间住。

一间开染坊，

一间绞辘轳。

采录地区：石家庄


小小一条船，

一个摇橹一人牵。

采录地区：石家庄


一个物件像条船，

一人摇橹一人牵。

去时牵牵去，

回时摇橹回。

采录地区：青龙


一家染坊真少见，

不染布匹光染线。

染出线线有啥用？

不许天下有弯弯。

采录地区：石家庄


一间房，两家住，

没房顶来缺窗户。

一家开的黑染坊，

一家开的麻绳铺。

采录地区：石家庄


一间屋，两家住。

一家开染坊，

一家开绳铺。

采录地区：石家庄

一间屋儿，
扭不转滚儿。
一边开染坊，
一边搅落轮儿。

采录地区：石家庄

一去呱呱叫，
回来叫呱呱。
无论天早晚，
一黑就回家。

采录地区：唐山

一去光明路，
回来摸着黑。
不做邪心事，
不怕别人讲是非。

采录地区：石家庄

一头黑驴驮铁，
驮到定州不歇。
去时呼儿喊叫，
回时扭扭捏捏。

采录地区：石家庄

一屋分开两家住，
隔墙有个小窗户。
一家开的黑染坊，
一家开的线绳铺。

采录地区：张家口

一物半尺长，
可有大用场。
一头浇园子，
一头开染坊。

采录地区：衡水

一只小船把橹摇，
不过河流过木桥。
一人前面来拉纤，
不走弯路走直道。

采录地区：张家口

一拽哗啦啦，
一搅呱呱呱。
不黑不出门，
一黑就回家。

采录地区：石家庄

木头上边抻直线，
拽着木匠团团转。

采录地区：承德

一家染坊真少见，
不染布匹光染线。
染出线线有啥用？
建造楼台与宫殿。

采录地区：衡水

我有一张琴，
丝线藏在心。
时时马上弹，
弹尽天下音。

采录地区：行唐

头没枣核大，
脖子有丈八。
屁股后脚辘辘，
肚子里开染房。

采录地区：永年

墨家有一琴，
只有弦一根。

拉直弹一弹，

弹罢就回家。

采录地区：邯郸

绞车上，线绳长，

拉着绳子过染坊。

过了染坊上板桥，

一黑就被叫回家。

采录地区：邯郸

我有一张琴，

琴弦只一根。

黑时弹一弹，

弹尽天下曲。

采录地区：邯郸

两间房，三堵墙。

一间摇辘轳，

一间开染坊。

采录地区：张家口

木匠盖了两间房，

一间房里绾麻绳，

一间房里做染坊。

采录地区：宣化

## 木头车轱辘

你说牛就算牛，

一个物件两头油。

采录地区：行唐

## 碾棍

弯弯曲曲一根柴，

亲亲热热搂在怀。

采录地区：隆化

## 碾米机

大口朝天，

小口朝地。

吞进稻谷，

吐出白米。

采录地区：张家口

## 石碾子

石头山，石头峪。

走一天，出不去。

采录地区：滦平、青龙

上圆没有一处平，

下圆本平弄不平。

下圆不动上圆动，

为此不知多少皇女脱了衣。

采录地区：石家庄

一堆黄泥土，

拿米筑城墙。

一阵轰轰响，

个个脱衣裳。

采录地区：唐山

又圆又四方，

他婶子赶不上他大娘。

采录地区：石家庄


一亩地，垄垄斜，

中间住了个木爷爷。

采录地区：沙河


外头正圆里四方，

一个轱辘往前蹚。

紧赶猛追拼命跑，

他婶子追不上他大娘。

采录地区：行唐


石头圆来木头方，

框上石头上石炕。

滚呀滚呀滚不到头，

只滚得黄女脱衣裳。

采录地区：邯郸


## 牛扣角儿

像弓不是弓，

弓背穿大绳。

大绳拖成套，

拉啥它都行。

采录地区：张家口


## 牛酿子[1]

弯弯一张弓，

弓背被掏空。

弓弦串弓背，

耕牛奋力行。

采录地区：唐山

[1] 牛酿子：即牛拉套时，套在脖子上的弯木。


## 锹

### 铁锹

一条腿，头平板，

有时就到土里铲。

采录地区：石家庄


木身子，长又长，

铁脑袋，扁又方。

开河渠，栽树秧，

样样靠它来帮忙。

采录地区：石家庄


铁头木尾巴，

人人喜欢它。

搬山又造田，

它的贡献大。

采录地区：石家庄


### 木锹

长棍棍，木板板，

钉到一起去干活。

你要不知这是啥，

打麦场上转一圈。

采录地区：邯郸

小方板，一头翘，
装上木板乩兄靠。
扬场铲雪它好用，
铲土翻地是怂包。

采录地区：邯郸

方脑袋，尾巴长，
常在麦场边上躺。
一时来了风一阵，
看它飞到半空上。

采录地区：邢台

### 木锨

长木板，钉长把，
扬场攒堆全靠它。

采录地区：邯郸

### 耙

前八后九，
两头都有。
猜着算罢，
猜不着也算罢。

采录地区：衡水、张家口

一架木梯子，
两排大铁牙。
人踩上边让牛拉，
打碎坷垃碾坪沟。

采录地区：邯郸

前有铁鼻子让牛拉，
人站上边把头儿牵。

一身全是木棍编，
碾碎坷垃平沟坎。

采录地区：石家庄

又大又长一把梳，
不给人梳给地梳，
越梳土壤越疏松。

采录地区：石家庄

### 筛子

#### 筛子

败家经，骨头轻。
乌珠红眼睛，
麻皮生满身。

采录地区：唐山

一物生得奇，
浑身都是眼。
张嘴吃进去，
顺眼流出去。

采录地区：邯郸

#### 竹筛子

俺家有个老海碗，
阴天下雨下不满。

采录地区：邯郸

## 扇车[1]

### 风车

远看像匹马，
近看没尾巴。
肚里哗哗响，
嘴里吐黄沙。

采录地区：石家庄

[1] 扇车：碾米后扇谷皮的机器。

### 扇车

远看一匹马，
近看没尾巴。
肚里咕隆响，
嘴里吐黄沙。

采录地区：武安、蔚县

远看一头牛，
近看没有头。
嘴里流黄沙，
肚里滚绣球。

采录地区：行唐

一物生得挺奇怪，
大嘴长在脊梁背。
屁股流出的是好米，
腰里窟窿吹出的是秕糠。

采录地区：永年

空空树，树空空，
树叶不动刮黄风。

采录地区：邯郸

远看像条牛，
近看没有头。
风儿上面吹，
珍珠下面流。

采录地区：张家口

远看是头牛，
近看没有头。
大风呼呼刮，
珍珠往下流。

采录地区：滦平

一个老汉一身钉，
嗡喽嗡喽刮大风。

采录地区：石家庄

远看像头牛，
近看没有头。
黄风往上起，
珍珠往下流。

采录地区：清河

远看像头牛，
近看葫芦头。
嘴里喷黄沙，
肚子滚绣球。

采录地区：承德

远看一匹马，
近看没尾巴。
嘴里吃珍珠，
屁股冒黄沙。

采录地区：石家庄

远看好像车，
近看好像马。

肚里刮大风，

嘴里吐黄沙。

远看像匹马，

近看无尾巴。

肚里咯咯响，

嘴里吐黄沙。

采录地区：石家庄

## 石臼

天上一个玲玲鸟，

地上一个玲玲窠。

伸手去摸子，

又怕玲玲啄。

采录地区：蔚县

上悬一个木碓碓，

下定一个石窝窝。

想去窝窝里掏点吧，

又怕碓碓砸着我。

采录地区：涉县

## 石磨

石磨

一亩地，二亩斜，

当中坐着一个铁爷爷。

采录地区：井陉、沙河

俺家有个怪东西，

眼吃食，腰屙屎。

采录地区：邯郸

我肚对你肚，

我肚有你一骨碌[1]。

采录地区：沙河

[1] 一骨碌：一截。

石头层层不见山，

道路弯弯走不完。

雷声隆隆不下雨，

大雪纷纷不觉寒。

采录地区：张家口

奇巧奇巧真奇巧，

眼里吃饭肚里饱。

采录地区：张家口

上石压下石，

白胡子老头钻进里，

不见出来光见泪儿。

采录地区：沙河、石家庄

眼里吃饭肚子里嚼，

胳肢窝里拉屎猜不着。

采录地区：滦南

嘴上吃饭肚子饱，

肋巴拉屎怎么好？

采录地区：隆化

眼睛吃饭，肚子饱。

腰里流脓，怎么好？

采录地区：石家庄

姐姐花肚皮，

妹妹花肚皮。

肚皮对肚皮，

肚脐对肚脐。

采录地区：石家庄、唐山

石家生了哥两个，

一个圆得墩一个墩得圆。

男女老幼围他转，

只为吃上一口饭。

采录地区：唐山

嘴在肚皮上，

牙在肚皮里。

粗的能嚼细，

干的能嚼稀。

采录地区：隆化

肚子对肚子，

一挤一股子。

采录地区：衡水

你肚对我肚，

你肚里有我一半物。

采录地区：石家庄

上边转，下不转，

碾得老汉吐白沫。

采录地区：蔚县

上一扇，下一扇，

下扇不动上扇转。

转呀转，

五谷进去变成面。

采录地区：石家庄

石头层层不见山，

路途弯弯走不完。

雷声隆隆无闪电，

大雪纷纷不觉寒。

采录地区：平山

下边不动上边动，

累得两口心发慄。

有时中间吐白沫，

有时半山飘雪花。

采录地区：石家庄

眼睛吃饭肚子饱，

肋叉子拉屎怎么好。

采录地区：滦平

一亩地，垄垄斜，

中间住了个铁爷爷。

采录地区：沙河

石头垒垒不见山，

路途短短走不完。

雷声隆隆不下雨，

雪花飘飘不觉寒。

采录地区：石家庄

上一扇，下一扇。

上边两个眼，

推着呜呜转。

采录地区：石家庄

石轱辘自圆，

只有半身转。

眼里吃五谷，

肚中白沫翻。

采录地区：唐山

石头层层不是山，
紧赶老驴走不完。
呼呼响雷不下雨，
大雪纷纷山腰间。

采录地区：邯郸

### 磨油石磨

上转下不转，
中间有明眼。
硬的吃进去，
出来滩一片。

采录地区：石家庄

### 豆腐磨

石头爹，石头娘，
石头爹驮着石头娘。
只见石头娘转圈圈，
不见石头爹动窝窝。

采录地区：涉县

山对山，肚对肚。
转圆圈，冒白沫。

采录地区：沙河、石家庄

### 水磨

磐石转转而不颠，
路途遥遥而不远。
雷声隆隆而不雨，
雪花飘飘而不寒。

采录地区：行唐

### 挑筐

哥俩前后一般高，
只要走路腰对腰。
没有活计呆个够，
有了活计让人挑。

采录地区：青龙

### 铁锭子

谜谜，两头细。
中间安了个老婆攥，
两头不挨地。

采录地区：石家庄、沙河

黑老婆，两头尖。
上身三道沟，
皮裙一点点。
被线牵着不停转，
停下就得媵个蛋。

采录地区：永年、沙河

谁家媳妇生来丑？
两头尖来中间粗。
肚皮打成三道沟，
小裙只有一兜兜。
被绳捆着转呀转，
不生下孩子不能闲。

采录地区：石家庄

像个锥子两头尖，
中间串了俩圈圈。
硬的三道沟，
软的一片片。

被人绑着团团转，
生下个线疙瘩才能闲。

采录地区：保定

## 耙子

### 铁齿耙

钢牙铁齿全朝下，
露出牙床朝天上。
大鱼大肉它不吃，
专爱去地啃坷垃。

采录地区：石家庄

铁丝钩，整一排，
两块木板夹起来。
长把把，抓起来，
叶叶末末拢起来。

采录地区：邯郸

九根钉，钉一排，
长把把，拉起来。
高处土，低地来，
八戒爱用你去猜。

采录地区：邯郸

### 竹耙子

竹片片，弯成钩，
并在一起成一排。
粮堆上面有草末，
全靠它来扒出来。

采录地区：永年

### 笊扒

东搂西搂南北搂，
只因贫穷不住搂。
有一天下了点毛毛雪，
可想搂也得住了搂。

采录地区：石家庄

小铁板，不大点，
打上裤，装上把。
左扒扒，右刮刮，
草死苗留顶呱呱。

采录地区：永年

呲着牙，满地爬。

采录地区：曲周

### 三齿挠

弟兄仨，个个尖，
一着干活刨得欢。

采录地区：沙河、石家庄

### 土坯模具

四块板，一个方。
切不得菜，擀不得汤。

采录地区：沧州

插住门儿，
顶住门儿，
腰里掖着捣蒜槌儿。

头儿一抬，腰一缠，

使了老头儿一身汗。

采录地区：石家庄

## 瓦刀

一把刀，也不快，

不削水果不切菜。

伙房里面没有俺，

经常出门在室外。

采录地区：行唐

一把刀，真不快，

削不了苹果切不了菜。

修房盖屋要用它，

劈砖抹灰有能耐。

采录地区：邯郸

## 油匠栓

不圆不方扁身躯，

穿着锃明亮光衣。

胡须好似猛一老，

搞好工作两层皮。

采录地区：晋州

## 渔网

嘴有城门大，

牙有七八斤。

浑身都是眼，

尾巴就一根。

采录地区：石家庄

嘴大一间房，

牙有七八斤。

吞下半湖水，

提起没几滴。

采录地区：石家庄

## 凿子

凿子

一物别无用，

生来爱钻洞。

钻洞就挨打，

越打越钻洞。

采录地区：石家庄

木身铁嘴巴，

一手把它抓。

为了挖洞眼，

乐意被人打。

采录地区：张家口

铁身长一拃，

木身二寸八。

用它挖窟窿，

就照头上打。

采录地区：张家口

头戴金箍尾巴长，

主人奋臂用力扬。

铁齿钢牙爱啃木，
鲁班赐名啃木郎。

采录地区：行唐

一个小伙爱挖窟，
因为挖窟戴金箍。
戴上金箍净挨打，
越是挨打越挖窟。

采录地区：行唐

### 石匠凿子

粗粗哩一把，
长长哩一拃。
吃了一些硬哩，
挨了一顿好打。

采录地区：沙河、石家庄

粗有一把，
长有一拃。
耕了一辈的冷地，
挨了一辈的好打。

采录地区：沙河

### 轧棉花机

一个狗顺墙走，
吃羊毛，拉黑豆。

采录地区：定州

一头老牛，
卧在槽头。
吃了羊毛，

拉哩黑豆。

采录地区：永年

### 铡刀

铁打铁麒麟，
尾巴翘凛凛。
口吃四季草，
一年保太平。

采录地区：唐山

一物钢铁身，
牙齿肚里吞。
吃饭只会咬，
剩饭牲口吞。

采录地区：张家口

一物生得怪，
牙长肚皮外。
鼻子咬住嘴，
就把尾巴拽。

采录地区：石家庄

长牙一颗，
短牙一丛。
咬碎柴草给驴骡，
自己不吃不喝。

采录地区：隆化

一物生来真奇怪，
牙齿长在嘴巴外。
农民经常把它喂，
光见吃草不吃菜。

采录地区：石家庄

一只老虎地上卧，
背上架起一把刀。
谁要从它身上过，
立马断身成碎料。

采录地区：石家庄

一个虎，一个豹，
一个趴着一个跳。

采录地区：保定

一虎一豹，
一蹦一抱。

采录地区：隆化

有张床，满是钉，
一把大刀竖当中。
有谁敢把床来上，
定把它切成段段葱。

采录地区：邯郸

一物好奇怪，
牙齿长在外。
农民把他喂，
吃草不吃菜。

采录地区：张家口

奇怪，奇怪，真奇怪，
嘴片子朝里牙朝外。

采录地区：石家庄

## 刮板

厚铁片，二尺长，
装上裤，咬住缰。

刮畦沿，刮水沟，
刮起的沿沿俊丢丢。

采录地区：永年

## 织布机

### 织布机

俺家有座木头庙，
紧走慢走走不到。

采录地区：邯郸

上房咕咚咚，
下房苇子坑。
白马吃青草，
娘娘用脚蹬。

采录地区：沧州

像庙不是庙，
脚踏莲花落。
没水能行船，
卷起几丈帆。

采录地区：石家庄

远看是座庙，
近看蒙大罩。
脚蹬两块板，
手打莲花落。

采录地区：邯郸

远看是座庙，
近看像神道。
脚踩莲花板，

手打莲花落。

采录地区：永年

远看像座塔，

近看像座庙。

脚打莲花板，

手打莲花落。

采录地区：石家庄

远看一座城，

近看就来到。

脚蹬莲花板，

手打莲花落。

采录地区：石家庄

远看一座庙，

近看没神道。

脚蹬莲花板，

手打莲花落。

采录地区：沙河

远看一座庙，

近看神来到。

脚蹬莲花瓣，

手打莲花落。

越蹬越拍越打越热闹。

采录地区：石家庄

远看一座山，

近看一头牛。

脚踩莲花板，

手把木绣球。

采录地区：青龙

像船不下水，

像庙不藏鬼。

姑娘上边坐，

木鱼来回飞。

采录地区：行唐

远看像座庙，

近看女人闹。

脚蹬莲花板，

手打莲花落。

采录地区：石家庄

远看一座庙，

近看白老道。

脚踏呱嗒板儿，

手打莲花落。

采录地区：行唐

## 织布梭

半空一只雁，

吃竹筒，扁挂面。

采录地区：石家庄

一个雁，两头串。

吃包子，吐挂面。

采录地区：肥乡

一条梭鱼两尖头，

挖出肚肠还会游。

采录地区：唐山

扁扁长长一道沟，

娘们打开塞里头。

又是猫来又是瞅，

又是张嘴打血流。[1]

采录地区：曲周

[1] 注：猫，曲周方言，看的意思。打血流，曲周方言，意思是出气的样子。

两头尖尖中间跑，
舌头不吐用嘴咬。

采录地区：沙河、石家庄

好像游鱼不下水，
又像小船无帆桅。
姑娘媳妇不离手，
左抛右拽来回飞。

采录地区：行唐

论模样像半个枣核，
张大嘴吞一个穗子。
小屁眼儿吐一根挂面，
逐来追去不超过三尺。

采录地区：邯郸

### 织布杼

身体玲珑像长梯，
阴阳两面能接续。
有它线顺根根清，
没它乱麻就得停。

采录地区：晋州

### 织布缯

竹竿四根，
绳套百八。
提上落下，
张口穿梭。

采录地区：邯郸

### 织布盛子

有辐没有圈，
有轴架半天。
有线轴上缠，
天天辗[1]几圈。
哪天线辗完，
姑娘媳妇笑开颜。

采录地区：武安

[1] 辗：将缠卷起来的线再舒展开。

此物生来就奇怪，
两头翅膀长八根。
排排长线绕腰间，
只能滚来不能飞。

采录地区：邯郸

### 种地的簸梭

有眼睛没有嘴，
有胳膊没有腿。
溜一辈子沟子，
跑一辈子冤腿。

采录地区：石家庄

### 钻

#### 钻

头戴木帽子，
脚穿铁鞋子。
腰里束绳子，

工作转圈子。

采录地区：张家口

### 木工钻

上扇子不转下扇子转，
猜着水碾子水磨都不算。

采录地区：石家庄

墙头上一个箍，
斑鸠在里边哭。
问斑鸠哭啥的，
长虫缠着我的腿筋骨。

采录地区：石家庄

头戴木帽子，
脚穿铁靴子。
腰缚皮带子，
走路兜圈子。

采录地区：唐山

### 牵钻

外国来个怪，
帽子戴两块。
脚又生得尖，
走路要人牵。

采录地区：蔚县

# 2

## 交通运输工具

## 船

### 轮船

不着地，不腾空，
天天水中行。
不怕风浪大，
就怕水不行。

采录地区：行唐

不着地，不悬空。
高高一座楼，
造在水当中。

采录地区：衡水

此物有大也有小，
大都树木来制造。
生来就是水上漂，

跨洋过海任逍遥。

采录地区：石家庄

晃荡车，晃荡走，
晃荡到北京不摆油。

采录地区：衡水

尖头大肚没脖颈，
过河游水淹半身。
水上送客又载物，
地上寸步也难行。

采录地区：沙河、石家庄

艄公有个呆木头，
日勿归家夜勿收。
两只青龙碰鼻头，
一支伸来一支钩。

采录地区：唐山

不用砖瓦起高楼，
铁壳地板尖尖头。
载人运货容量大，
江河湖海任它游。

采录地区：张家口

水面一座楼，
没腿到处走。
要到四海去，
它是好帮手。

采录地区：张家口

不着地，不腾空。
高高一丈楼，
浮在水当中。

采录地区：石家庄

楼房宽又长，
烟囱头顶装。
有时过江湖，
有时进海洋。

采录地区：张家口

两头尖，中间坑，
铁梁铁板来造成。
后头装上嘎嘣嘣，
把煤运到天津城。

采录地区：邯郸

不就地，不腾飞，
把货运到天津卫。
去时顺水要用桨，
回来撑篙拉纤绳。

采录地区：峰峰

## 木船

一只木鞋丈余长，
不能蹈火能踏洋。
终日水里过日子，
不见走在路中央。

采录地区：石家庄

走都走，捎都捎，
该物件两头翘。

采录地区：行唐

弯弯像月亮，
漂在水中央。
上面有窝棚，
避雨又遮阳。

采录地区：永年

一根木头挖个坑，

漂漂荡荡在水中。

采录地区：邯郸

一物生得怪，

两头翘起来。

只在水中行，

不到路上来。

采录地区：磁县

## 轿子

一座房子不算大，

两条木棍横腰跨。

四抬八抬晃摇摇，

新娘官郎从里下。

采录地区：唐山

远看像个人，

近看像木林。

木林张开嘴，

一嘴吞个人。

采录地区：石家庄

远看像座山，

近看忽闪闪。

老婆压汉子，

倒找二百钱。

采录地区：石家庄

一间小屋四尺方，

两根木杠挎腰上。

屋里人走路不着地，

屋外人就地跑得慌。

采录地区：邯郸、保定

远看像小庙，

近看花布围。

坐个新娘子，

让人抬着飞。

采录地区：永年

远看忽闪闪，

近看衙门官。

给钱的坐上面，

得钱的就地窜。

采录地区：邯郸

## 人力车

### 小推车

你不推来它不转，

一推你就出身汗。

采录地区：沙河、石家庄

### 马车

骒马架上辕，

车厢装满货。

长鞭一甩嘚儿驾，

跑起运输挣钱多。

采录地区：邯郸

### 排子车

有驴套驴，

没驴人拉。

轻轻松松，

拉货到家。

采录地区：魏县

### 独轮车

红鸡公，逞路啼。

不吃路边草，

单啃路上泥。

采录地区：蔚县

木轱辘，十二辐，

窗户棂子架上头。

两手一把来回推，

肥料到地粮回家。

采录地区：永年

远看二层小楼，

近看一轮俩把。

庄稼个子长粪筐，

轻轻推起来回走。

采录地区：涉县

一条腿圆又圆，

骑在上面转圈圈。

采录地区：沙河

一个车轱辘两条腿，

又推粮食又推煤。

采录地区：永年

### 三轮车

三个轱辘一个箱，

拉土拉煤手脚忙。

会骑的怎么都灵活，

不会骑的就地转圈圈。

采录地区：邯郸

### 黄包车

远看沙发带长把儿，

近看俩轮俩细腿儿。

坐沙发的翘着二郎腿儿，

拉车的细腿像狗腿儿。

采录地区：保定

## 自行车

### 自行车

哥儿俩一般高，

出门儿就赛跑。

老是等距离，

总也追不到。

采录地区：沙河

脚蹬哩，手攥哩，

骨碌骨碌转嘞。

采录地区：石家庄

两个轱辘一根梁，

上面骑人走得忙，

见人挡道响铃铛。

采录地区：张家口

手推它就走，

脚蹬它就跑。

见人叮当响，

还是挺礼貌。

采录地区：行唐

手推它也走，
脚蹬它也走。
见人叮当叫，
拐弯扭过头。

采录地区：行唐

无头无尾，
走路如飞。
常年不吃食，
捉来当马骑。

采录地区：唐山

小黑驴，不吃草，
瘦得只剩骨头了。
有人骑，遍地跑，
没人骑就要倒。

采录地区：青龙

毛驴不吃草，
骑它它就跑。

采录地区：沙河

一匹怪马，
两只圆角。
踩它肚子，
攥它双角。
站着不牢，
骑上飞跑。

采录地区：永年

一匹马可真好，
不长尾巴不长脚，
不喝水来不吃草。

你不骑它它站着，
骑上它就绕地跑。

采录地区：行唐

一条怪牛，
两条圆腿。
骑它肚上，
抓它双角。

采录地区：石家庄

一头毛驴真奇巧，
不吃粮食不吃草，
你骑它来它就跑。

采录地区：石家庄

远看是条龙，
近看铁制成。
和它交朋友，
帮你赶路程。

采录地区：石家庄

远看像条龙，
近看铁丝拧。
走道龙驮鳖，
过河鳖驮龙。

采录地区：石家庄

坐着飞奔，
站着不牢。
两脚离地，
满路飞跑。

采录地区：衡水

坐着能走，
站着就倒。
两脚离地，

满街乱跑。

有角角，没有头。
有轱辘，不喝酒。
抓住角角骑到背上，
两脚一蹬，骨碌一转，
跑得飞快，小巷能钻。

### 脚踏车

又要好，又要巧。
又要马儿不吃草，
又要马儿会得跑。

### 车梯

用着时候闲着，
闲着时候用着。

一个东西也不大，
使动它咾挂起来，
不使咾把它放下。
用它时它歇着，
不用它时它用着。

# 3

## 冷兵器

### 匕首

像剑比剑小，
能将自身保。
要是近格斗，
有它胜拳脚。

短短一把剑，
常在暗处藏。
何时一出鞘，
近敌把命丧。

## 长矛

论杆有丈八，
说尖为蛇行。
张飞舞起它，
吓退曹家兵。

采录地区：邯郸

## 大刀

横扫一大片，
顺劈成两半。
许褚战马超，
关羽笑半天。

采录地区：邯郸

士兵上战场，
衙役行死刑。
常用它来砍，
砍上就玩完。

采录地区：邯郸

## 盾牌

远看是猛兽，
近看是硬板。
长矛难刺穿，
弓箭射不透。

采录地区：邯郸

## 棍棒

光光就一根，
没尖也没刃。
赵匡胤盘龙齐天下，
孙悟空金箍惊三界。

采录地区：邯郸

## 剑

两侧有刃前头尖，
脊梁如钢韧柔弯。
昆仑以它论输赢，
行义凭它走三关。

采录地区：邯郸

## 红缨枪

说剑有裤，
裤套长杆。
孙策逞勇，
赵云为神。

采录地区：邯郸

## 弓箭

看像圆，实为扁。
撒开手，就上天。

采录地区：河北全域

**翘**[1]

两头尖，中间圆，

独自一个城下站。

猛地一刀劈下来，

蹦跶蹦跶几丈远。

采录地区：张家口

[1] 翘：古代的一种攻城器具，可以投掷石头和人。

# 六　日常生活用品类

# 1

## 被服饰品类

### 被褥

#### 被子

四四方方一软板，
这面拽，那面喊。

采录地区：石家庄

有个四角怪，
专把人来爱。
冷了把人裹，
热了铺摊开。

采录地区：永年

一个物件四个角，
白晌饿着黑呀饱。
热咾谁也不理哈，

冷咾没它受不了。

采录地区：行唐

一物生来四个角，
白天饿来夜间饱。
夏天没它还能过，
冬天没它受不了。

采录地区：张家口

#### 褥子

天天陪你睡，
挨着你屁股贴着你背。

采录地区：永年、沙河

#### 床单

在娘家白白净净，
到婆家黑蓝黑蓝。
到哪天有了忽斓[1]，
煮青锅里熬煮半天。

采录地区：大名

[1] 忽斓：大名方言，指一片片的印迹。

#### 卧单[1]

三幅布，两道缝。
盖得了肚子，
挡不住蚊子。

采录地区：邯郸

[1] 卧单：睡觉盖身的小夹被。

# 耳坠

庙这边，庙那边，
两个小孩打秋千。

采录地区：石家庄

南沿来，北沿来，
俩么小鬼上吊来。

采录地区：石家庄

山西脚，山东脚，
两个小妮儿打吊吊。

采录地区：武安

山这边儿，
山那边儿，
两个小孩打秋千。

采录地区：邯郸、衡水

东面来，西面来，
俩小鬼上吊来。

采录地区：石家庄

东庙西庙，
两小鬼上吊。

采录地区：石家庄

树东枝，树西枝，
吊着两个吊死鬼。

采录地区：石家庄

# 假发

## 假发

自家小子不会长，
一个儿子配鸳鸯。
两个儿子同打扮，
不知哪个是亲养。

采录地区：行唐

## 被锡[1]

一位姑娘白如霜，
日轻夜重实难当。
若要姑娘病体好，
且戴三月桃花浪。

采录地区：唐山

[1]　被锡：古代女人的假发。

## 髢髢[1]

毛尾长，珠花贵，
戴到头上好富贵。
小伙子买来他不戴，
大姑娘坐轿才戴哩。

采录地区：武安

[1]　髢髢：古代女人的假发或头饰。

# 假胡子

## 假胡子

远看是口袋，
近看是口袋。

不是布口袋，

不是装粮袋。

## 髫口

有长哩有短哩，

白哩红哩花的哩。

黑哩年轻白哩老，

红绿一戴成响马。

## 戒指

一棵树五杈股，

上面爬着个小黄老虎。

说它行，它无名。

金腰带，银腰带。

只要戴上不愿摘。

## 拉链

两条铁轨一样长，

有牙有缝排两行。

一辆小车过去后，

两行结合变一行。

长长一条街，

房子对面排。

走过一辆车，

两排变一排。

两条铁路一样长，

整整齐齐铺成行。

只要一辆小车过，

两行马上变一行。

一件东西来回走，

只有牙齿没有口。

左一排，右一排，

两排牙齿密又挨。

你不拉它它不咬，

一旦咬住扯不开。

长长一条街，

房屋对门开。

一辆小车过，

门都关起来。

牙将站两排，

看见骨头来。

争着向前抱，

咬到一起来。

你咬住我，

我咬住你，

任人拉扯也扯不开。

# 帽子

## 帽子

一个布袋不大，
装不满也盛不下。
时常不用它，
用它口朝下。

　　　　采录地区：石家庄

一物生得巧，
地位比人高。
白天一肚毛，
夜里空肚熬。

　　　　采录地区：张家口

一个东西生得巧，
坐的位子比人高。
不用它时肚里空，
要用它时一肚子毛。

　　　　采录地区：石家庄

一物生来身份贵，
人人尊它居首位。
别当它是皇帝佬，
它比皇帝大一辈。

　　　　采录地区：张家口

像个栲栳头，小点。
像个小布袋，浅些。
问它有啥用，
专门扣脑袋。

　　　　采录地区：大名

一路被人捧，
时常用头顶。

位在人头上，
受用却很糟，
只能吃一肚子毛。

　　　　采录地区：邯郸

## 蒲帽

奇怪奇怪真奇怪，
肠子长到肚皮外。
有人拿它当蒲扇，
有人把它头上戴。

　　　　采录地区：保定

## 清官帽[1]

半个西瓜半个红，
上头瓜藤盘条龙。
夏天看见人人怕，
冬天有点暖烘烘。

　　　　采录地区：唐山

[1] 清官帽：清代男子的官帽，有礼帽、便帽之别。礼帽俗称"大帽子"，其制有二式：一为冬天所戴，名为暖帽；一为夏天所戴，名为凉帽。

## 毡帽

毛蛋对毛窝，
对在一起真暖和。

　　　　采录地区：唐山

外面有毛里面光，
老头戴上脸放光。

　　　　采录地区：滦南

外面毛，硬撅撅，
里面毛，软叽叽。
摘下外面毛，

露出里面毛，

急得老头喘粗气。

## 草帽

金色辫子长又长，

不分男女盘头上。

不用梳来不用洗，

只等晴天晒太阳。

帽子不小，

不沿官边。

麦秸编就，

专给老农。

金色辫子长，

男女盘头上。

从来不梳洗，

只等晒太阳。

少时青，老时黄，

盘起辫子挡太阳。

黄莛莛，莛莛黄，

盘起辫子晒太阳。

黄皮一身头上盖，

为的遮住老爷太阳晒，

有时也把雨担待。

## 相公帽[1]

帽子有翅儿，

翅头吊穗儿。

帽子长沿儿，

护住脖杆儿。

[1] 相公帽：古代书生戴的帽子。

## 尿垫子

老哩用，小哩用。

常人不用，病人用。

## 纽扣

### 纽扣

一户几口人，

各有各的门。

谁要进错门，

就会笑死人。

兄弟五六人，

各进一道门。

哪个进错了，

出来笑死人。

豆儿大个西瓜，
见天起来抠捏。

采录地区：石家庄

小玩意，用处大。
分公母，样式杂。
上衣下裤都用它。

采录地区：青龙

兄弟几个各有家，
晚上出门早回家。
一家挨着一家住，
走错家门笑掉牙。

采录地区：张家口

骨朵骨朵眼儿，
猜不着摸摸你胸前儿。

采录地区：邯郸

一只小猴，
关着门，露出头。

采录地区：石家庄

兄弟几个各有家，
晚上出门早回家。
一家挨着一家住，
走错家门笑掉牙。

采录地区：石家庄

咱家有个猴，
扒着窗户露着头。

采录地区：石家庄

一对夫妻，
同命相依。
白天结合，
晚上分离。

采录地区：石家庄

弟兄五人，
各进各门。
要是串门，
会笑死人。

采录地区：石家庄

一家五姐妹，
各走各的门。
如要走错门，
它会笑死人。

采录地区：石家庄

一家五口人，
不能去串门，
串门笑死人。

采录地区：石家庄

## 和衿[1]

一个鼻儿，一个蛋，
一天摸索两三遍。

采录地区：石家庄

[1] 和衿：中式服装上的盘扣。

## 疙瘩盘扣

东山一个猴，
西山一个猴。
白天在一起，
晚上在两头。

采录地区：滦平

一个疙瘩偻，

一个扒眼猴。

白天在一块儿，

晚上上两头儿。

采录地区：石家庄

老爹疙瘩偻，

老妈翻眼猴。

白天在一起，

晚上在两头。

采录地区：滦平、石家庄

老爷子疙瘩偻儿，

老娘子蔫巴猴儿。

白天在一块堆儿，

黑夜里在两头儿。

采录地区：青龙

它妈是个翻眼猴，

它爹是个疙瘩偻。

白天在一块，

晚上在两头。

采录地区：石家庄

猴猴，扒着窗户露着头。

采录地区：石家庄、永年

俺家有伙小孙猴儿，

扒开窗户露出头儿。

采录地区：邯郸

豆儿大个瓜瓜，

见天起来抠捏。

采录地区：张家口

一个猴儿，

扒着窗户露着头儿。

采录地区：沙河、石家庄

一对夫妻真古怪，

白天相亲又相爱。

不知犯了啥毛病，

晚上睡觉就分开。

采录地区：石家庄

铺陈[1]

铺陈

烂布子贴上墙，

小女人着了忙。

合着她爹的脚，

纳成烧饼模样。

采录地区：广平

[1] 铺陈：农村过去做布鞋底用的旧碎布称为铺陈，将这些铺陈一层层抹上浆糊晒干后用于纳鞋底。

裹脚布

老长老长，

跟着婆娘。

采录地区：肃宁

褯褓

见个孩子，

就用它裹。

就是皇帝老子，

也是被它裹过。

采录地区：永年

咱家有个包，
不包衣服不包菜，
见个孩子包起来。

采录地区：武安、魏县

## 手套

左手十个，
右手十个。
扔掉十个，
还有十个。

采录地区：青龙、张家口

十加十等于十，
十减十等于十。

采录地区：石家庄

稀奇稀奇真稀奇，
没有骨和肉，
只有一层皮。

采录地区：石家庄

十个外面裹，
十个里面藏。
冬天人人爱，
夏天锁进箱。

采录地区：张家口

看似一双手，
十个手指头。
看看光是皮，

摸摸没骨头。

采录地区：张家口、衡水

十个客人十间屋，
冷了进去暖了出。

采录地区：石家庄

兄弟五个人，
各进一道门。
哪个走错了，
出来笑死人。

采录地区：平山

左套五个，
右套五个，
为叫十个都不冻着。

采录地区：隆化

兄弟十人一个妈，
生来不合住两家。
两间房子同样美，
各住各屋不许差。

采录地区：石家庄

夫夫妻妻五家人，
各家各走自家门。
黑灯瞎火走错门，
被人看见笑死人。

采录地区：永年

看似像手不是手，
光有皮来没骨头。

采录地区：邯郸

## 手镯

金哩黄，银哩白，
玉哩颜色说不来。
穷家嫁妆陪不起，
富家戴着穷不来。

采录地区：邯郸

## 袜子

两么小口袋，
每天随身带。
白晌胀鼓鼓，
黑呀空乎乎。

采录地区：行唐

布袋不直伸脚一提，
满满乎乎都说合适。

采录地区：武安

弯弯曲曲两个桶，
黑天消，白天肿。

采录地区：滦平、石家庄

一对鸽子笑嘻嘻，
白天饱，黑夜饥。

采录地区：沙河、石家庄

两只小口袋，
天天随身带。
要是少一只，
就把人笑坏。

采录地区：张家口

气气筒，气气筒，
拔来橛子黑窟窿。

采录地区：沙河、石家庄

成双配对俩口袋，
天天出门随身带。
哪天忘了带一只，
赶紧把带的收起来。

采录地区：邯郸

两个布袋子，
不曾抒直过。
东方人用来装肉，
西方人圣诞装糖果。

采录地区：大名

## 鞋

### 鞋

小匣儿小匣儿，
后头装着梨，
前头装麻丫儿。

采录地区：保定

一对小小船，
乘客载十员。
无水走天下，
有水不开船。

采录地区：石家庄

一对鸽子绕地走，
白天饱来夜里饥。

采录地区：衡水

稀奇古怪两只船，

没有桨来没有帆。

白天载人四处走，

夜晚横卧在床前。

采录地区：石家庄

小船一双，

实在能装。

白天运人，

晚上空舱。

采录地区：衡水

白天走千里，

黑夜卧在炕沿底。

采录地区：沙河、石家庄

天明喽跟着你走，

黑介个儿睡炕沿儿下。

采录地区：定州

俺有两个盆儿，

天天把脚抱。

哪天不用它抱脚，

你的小命就没了。

采录地区：沧州

俺有两只船，

晚上脱掉清早穿。

采录地区：河北全域

一个篓子，

里边住着五口子。

采录地区：张家口

一对小篓儿，

个个小篓里边，

都住着五口儿。

采录地区：衡水

一个坑，四指深。

跳进去，正合身。

采录地区：承德

蚂蚁机，就地飞。

白天饱，黑夜饥。

采录地区：保定

小匣儿，小匣儿，

里面盛着五根豆芽。

采录地区：沧州

小匣小匣，

里面装着五个哒儿。

采录地区：隆化、隆尧

姊妹二人站柜台，

左右不远不分开。

遇见能人游天下，

遇见尿人脚下踩。

采录地区：曲周

两只小船，

没有帆篷。

十个客人，

白天行动，

来云匆匆。

夜深人静，

客去船空。

采录地区：衡水

踢拉拉，踢拉拉，

炕沿儿底下卧下吧。

    采录地区：保定


不论大小，

五个一窝。

用脚踩住，

再用手摸。

脸面有好有坏，

腰身有高有矬。

    采录地区：唐山


小船一双，

只渡一人。

    采录地区：石家庄


小院不大，

房子一间。

住了一家，

孩子五个。

    采录地区：石家庄


一对小小船，

客人有十员。

无水走天下，

有水不开船。

    采录地区：石家庄


白天到处转，

晚上睡炕沿。

    采录地区：沙河


两只小船配成双，

十个兄弟坐中央。

白天来来又往往，

夜晚休息睡一旁。

    采录地区：石家庄


俩弟兄，分不开。

要走一起走，

要来一起来。

    采录地区：沙河


一对鸽，咕啼咕啼，

白天饱晚上饿。

    采录地区：沙河、石家庄


两只小船人人有，

十个旅客船里走。

用时到处把船开，

不用船只空悠悠。

    采录地区：青龙


一个小匣子，

里面装五个小搭子。

    采录地区：青龙


提溜白，提溜白，

白天走了黑夜来。

白天走了千里地，

黑夜住在炕沿底。

    采录地区：蔚县


两只小船，

没有船篷。

十个客人，

坐在船中。

白天行动，

来去匆匆。

夜深人静，

客去船空。

一对亲兄弟，
出进不分离。
起床肚子饱，
睡觉肚子饥。

采录地区：张家口

一对小小船，
实在很能干。
白天运人走，
黑夜靠床边。

采录地区：承德

一对小船各西东，
十个客人坐当中。
白天来往运客忙，
夜晚客去船自空。

采录地区：张家口

一对乌鸦真稀奇，
白天饱来夜间饥。
没有翅膀没有脚，
走跑总是挨地皮。

采录地区：张家口

两只燕子着地飞，
一同外出一同归。
皇帝老儿要我送，
千金小姐要我随。

采录地区：张家口

两船没帆篷，
十客坐船中。
白天去行动，

夜深船儿空。

采录地区：张家口

一个花篓的，
里边住着五口的。

采录地区：石家庄、沙河

弟兄两个一般大，
它家住在床底下。
从来不出门儿，
主人出门跟在脚底下。

采录地区：沙河

一对燕子擦地飞，
白晌饱，黑呀饥。

采录地区：行唐

一个屋儿窄又窄，
里面住着五个客。
白晌跟人游四方，
黑呀床头地下歇。

采录地区：行唐

炕沿前，两个坑，
里面住着臭烘烘。

采录地区：行唐

小小两只船，
没桨又没帆。
白天带它到处走，
黑夜停在床跟前。

采录地区：沙河

一间小屋装着大小五口，
东西南北哪儿都走。

采录地区：隆化

泥鳅入洞,

顺坡道滑溜。

采录地区:行唐、沙河

一对鸳鸯着地移,

只吃沙泥不吃米。

采录地区:唐山

青天白日,

往来匆匆。

夜深人静,

客去船空。

采录地区:滦南、滦县、乐亭

白天走千里,

夜晚卧在炕沿底。

采录地区:张家口

哥俩一般大,

人人都用它。

晚上在一起,

白天就分家。

采录地区:行唐

两只小船,

不在水中。

紧跟着人,

走西串东。

采录地区:行唐

一对小船,

载客十名。

没水就走,

有水不行。

采录地区:张家口

一对小船,

载客十个。

没水就走,

有水绕开。

采录地区:邯郸

## 皮鞋

头上亮光光,

用皮做成双。

背上绑绳子,

驮人走四方。

采录地区:张家口

浑身亮光光,

用时要成双。

背上系带子,

带你走四方。

采录地区:石家庄

同胞兄弟俩,

小脸一样亮。

一旦被绳绑,

让人踩脚下。

采录地区:徐水

## 凉鞋

前边露着五瓣蒜,

后边露着大鸭蛋。

采录地区:河北全域

冬天没人穿,

夏天人人爱。

前边露五个猴头,

后面露一个光腚。

采录地区：邯郸

前边露着五瓣蒜，
后边露着河光蛋。
破成窟窿挨窟窿，
人们都还抢着穿。

采录地区：石家庄

## 黑布鞋

黑牛白肚底，
白天走千里，
黑夜卧在炕沿底。

采录地区：张家口

黑毛驴，白肚底。
白天走千里，
黑夜卧在炕沿底。

采录地区：张家口

俺家小狗是一对儿，
黑脸黑背白肚皮儿。
白天跟着四处转，
夜里卧在床前地儿。

采录地区：邯郸

一对小黑驴，
都是白肚皮。
白天驮人走路，
夜里卧在床跟。

采录地区：邯郸

## 虎头鞋

乍一看，王字当头。

细一看，装着孩子。

采录地区：磁县、临漳

朝下看，老虎下山。
往上看，哈哈打千。

采录地区：永年

老虎一对，
吓怕小鬼。
张口吃人，
专咬孩们。

采录地区：武安

## 老婆儿鞋

前头尖后头圆，
屁股后头挂门帘。

采录地区：石家庄

一间屋憋不憋，
里面盛着五位客[1]。

采录地区：行唐

[1] 客：行唐方言读作 qiě，指亲戚。

牛粪卷摊一摊，
前边尖，后边圆，
圆处倒挂一个小门帘。

采录地区：曲周

远看像坟头，
近看是小屋。
前头住着五瓣蒜，
后头住的个山药蛋。

采录地区：平山

## 靰鞡鞋

老头老头你别笑，
破个谜儿你不知道。
什么解下它不走，
绳子一绑它就跑。

采录地区：青龙

## 雨鞋

一只黑母鸡，
吃泥不吃米。
落雨吃个饱，
晴天饿肚皮。

采录地区：衡水

两只摆渡船，
来回在水间。
晴天少人坐，
雨天客不完。

采录地区：衡水

一对好兄弟，
天天在一起。
雨天总出门，
晴天在家里。

采录地区：石家庄

两只小小摆渡船，
来回并行在水间。
说好同渡一个人，
再来一脚也不沾。

采录地区：永年

一对小船儿，
只载一个人儿。

浅水还能过，
深水船灌水儿。

采录地区：邯郸

## 草鞋

少年青青老来黄，
十分拷打配成双。
送君千里终须别，
辞旧迎新抛路旁。

采录地区：唐山

自小青青到老黄，
几番遭打结成双。
送君千里终须别，
弃旧迎新扔路旁。

采录地区：唐山

从小青，长大黄，
能工巧匠制成双。
我送主人千万里，
主人却弃我路上。

采录地区：滦南

潮落水草黄，
手织做成双。
送君走百里，
用旧丢路旁。

采录地区：张家口

一只黄猫，
六个耳朵。
放它不走，
捆倒飞跑。

采录地区：蔚县

两个小草篓，
里边住着十口。

采录地区：石家庄

青春少年时，
敲打配成双。
受尽折磨还不算，
还被别人论短长。
有朝一日肝肠断，
弃旧换新抛路旁。

采录地区：石家庄

俺家有席篓子，
里面住着五口子。

采录地区：邯郸

## 木屐

见秦王高高坐起，
见禹王出外游玩。
见子路谈天说地，
见仲尼默默无言。

采录地区：唐山

小木橛，钉鞋底，
上面钉个皮带绳，
雨天走路不怕水。

采录地区：永年

## 钉鞋[1]

牛家小姑配新郎，
雨天出门晴天藏。
逢泥泥上起小孔，

逢石石上响叮当。

采录地区：唐山、石家庄

[1] 钉鞋：一种专用的鞋子，类似木屐，只是鞋板下钉了多个小木柱，不是现代的跑鞋。

## 孝鞋

黑鞋箍白布，
穿上就要哭。

采录地区：邯郸

箍全箍半箍鞋头，
老少三代看了哭。

采录地区：永年

## 围巾

温温柔柔一条龙，
把它盘在脖子中，
让它陪我过一冬。

采录地区：石家庄

宽有一拃，
长有四尺。
柔柔软软，
温温和和。
你猜不着，
去脖子上摸。

采录地区：邯郸

## 腰带

### 腰带

用它绑住，人跑了。
把它解开，人倒了。

采录地区：石家庄

上面一个圆圈，
下面两个圆圈。
怕它逃走，
用时再加一个圆圈。

采录地区：石家庄

绑人，人跑了。
松绑，人倒了。

采录地区：邯郸

### 老式腰带

可宽可窄身上用，
可长可短占着一个洞。

采录地区：青龙

## 衣服

### 衣服

既保暖，又御寒，
穿在身上还好看。

采录地区：石家庄

人人身上有件宝，
冷咾多来热咾少。

冷咾就用它取暖，
热咾就用它打扮。

采录地区：行唐

生没带来，
死要带去。
见人让它陪，
不见人放下它。

采录地区：邯郸

### 上衣

有臂没有手，
有颈没有头。
夜间屋里住，
白天跟人走。

采录地区：张家口

### 大衣

天热挂起它，
天冷想起它。
进屋脱了它，
出门穿上它。
虽是随身的，
就是不贴心。

采录地区：邯郸

### 长衫

上台阶，掂起前边。
坐椅子，掀开后边。
麦汉们不穿它，
读书人拿它摆活。

采录地区：武安、永年

## 旗袍

上身穿上紧巴巴，
下身开叉大拉拉。
老嬷嬷穿着宽大大，
小格格穿上笑哈哈。

采录地区：承德

## 夹袄

外一层新布做哩，
里一层旧布连哩。
天热穿它出汗，
天冷穿它哆嗦。

采录地区：永年

## 大襟儿

短了短了，
苫不住屁股。
长了长了，
绊住了膝盖。

采录地区：永年

## 护背

龟盖龟盖，
背在后边。
你要不知这是啥，
村后窑场去看看。

采录地区：永年、沙河

## 马甲

没有领子没有袖，
浑身都是小兜兜。

不见将军穿，
参谋都喜欢。

采录地区：涉县

## 肚罩儿

跷跷蹊，蹊蹊跷，
扳了脖的搂了腰。

采录地区：石家庄

说相好，真相好，
任它搂着脖子搂着腰。

采录地区：武安

## 捂嘴子[1]

一物做得巧，
有它吃不了。
没它能吃饱，
少它闹不好。

采录地区：张家口

[1] 捂嘴子：小孩吃饭时，怕弄脏衣服戴的围嘴。

## 护襟儿

挂在脖子上，
系带在身后。
吃饭戴上它，
不吃摘了它。

采录地区：邯郸

吃饭戴上，
吃罢摘了。
小孩别笑，
你刚摘了。

采录地区：大名

## 裤子

进哩一个门，
出来两个门。
要怕它逃跑，
脖子用绳勒。

采录地区：行唐

俺家有个破草篓，
跳进里面就能走。

采录地区：永年

你家有个破草篓，
跳在里面就能走。
扔了草篓你试试，
人人笑你不知羞。

采录地区：永年

一间房三么门，
里头住着半个人。

采录地区：石家庄

此物生来三个口，
不论穷富家家有。
虽说不是值钱宝，
一时没有要丢丑。

采录地区：邯郸

一物两圪杈，
遮羞就数它。
有它走天下，
没有它爬也不敢爬。

采录地区：石家庄

一物三个门，
能装半个人。

夜间随手放，
白天不离身。

采录地区：青龙

一物三个门，
只装半个人。
外出不用它，
可要笑死人。

采录地区：青龙

有腿没有手，
有腰没有头。
腿上再加腿，
立即就能走。

采录地区：青龙

一物三个口，
贫富家家有。
有它富不了，
没它丢了丑。

采录地区：石家庄

一物三个口，
人人都需有。
有它不算富，
没它大丢丑。

采录地区：张家口

一物生来三个口，
不论穷富家家有。
富哩有它不算富，
穷哩没它就丢丑。

采录地区：行唐

一物生来三个口，
男女老少都要有。

有它不算富，

没它丢了丑。

采录地区：石家庄

一物三个口，

有脚没有手。

谁若没有它，

不能见朋友。

采录地区：衡水

一物三个口，

只见两条腿，

不见两只手。

采录地区：石家庄

一物三口，

有腿无手。

谁要没它，

难见亲友。

采录地区：张家口

长长一只篓，

上下三个口。

没它不出门，

有它到处走。

采录地区：张家口

一大口两小口品字形状，

三皇姑用它来遮盖阴阳。

贫和贱富与贵各不一样，

上至君下至民不离身旁。

采录地区：石家庄

一物共有三个口，

一大两小人人有。

晚上陪你去睡觉，

清早与你来报道。

采录地区：石家庄

## 开裆裤

站起来合上，

蹲下去张开。

离着屁股不远儿，

请你不要瞎猜。

采录地区：行唐

## 背心

俺有一物，

长有四嘴。

一大一小分高下，

左右两个是一样。

采录地区：石家庄

一物四个口，

人人都得有。

只要一穿它，

露出头和手。

采录地区：张家口

一物瞎奇怪，

专把人来吃。

俩嘴咬胳膊，

还有一张嘴，

专门吞脑袋。

采录地区：邯郸

## 皮袄

白天铺，黑夜盖。

天阴下雨毛朝外，

数九寒天冻不坏。

采录地区：张家口

又能铺又能盖，
穿上出门冻不坏。

采录地区：邯郸

### 羊皮袄

一物生得怪，
毛朝里，肉朝外。

采录地区：平山

### 缎袍

半截黑花皮，
穿身分高低。
工人用不着，
文士常难离。

采录地区：滦南、滦县、乐亭

### 马褂

半截黑画皮，
身穿分高低。
农人用不着，
文人难分离。

采录地区：石家庄

### 大斗篷

头里戴凉帽，
身里出毛毛，
脚里缚稻草。

采录地区：唐山

说斗不是斗，
只有个帽壳篓。
余下扑棱着，
没有一个扣。

采录地区：永年

### 簪子

高高山下一捆柴，
插上扁担没人抬。

采录地区：青龙

高高山上一盘麻，
有棍插着没人拿。

采录地区：邯郸

### 遮耳 [1]

姐俩一般齐，
穿着绣花衣。
各护小女婿，
眼下两分离。

采录地区：沙河、石家庄

[1] 遮耳：指冬天戴的护耳。

小孩小孩你别怪，
要是你不把它来戴，
让你耳朵冻成琉璃咯嘣，
掉到地上找不来。

采录地区：涉县、永年

# 枕头

## 布枕

八角四棱，
结线对缝。
听过花言巧语，
听过伤心悲恸。

采录地区：衡水

人人肩上扛袋粮，
白天不扛晚上扛。

采录地区：衡水

皎皎晴天，
一轮明月。
两个对言，
一个不说。

采录地区：唐山

一物生来两头齐，
吃了一口永不饥。
常在房中听言语，
不在人前瞎叽叽。

采录地区：唐山

八角四方中间圆，
五色丝线中间连。
三宫六院他去过，
姑娘小姐房间他也经常站。
好言好语他听过，
悲痛哩话也听得见。

采录地区：行唐

一个谜咕嘚嘚，
两头开花不秀穗。

采录地区：沙河、石家庄

又圆又四方，
红花悠绿在两旁。
有在绣楼陪小姐，
有在朝里陪君王。

采录地区：石家庄

又圆又四方，
有花绣在正顶上。
有的是小姐陪公子，
有的是小姐陪君王。

采录地区：石家庄

经常扔在床上，
黑呀让人压扛。
绣花姑娘来做，
一肚子荞麦皮糠。

采录地区：行唐

软奔哈，硬奔哈，
天天晚上要找它。

采录地区：沙河

一头牛，
光吃草不拉粪，
越睡越瘦越有油。

采录地区：元氏

一个冬瓜，
两头开花。

采录地区：元氏

人人肩上扛袋粮，

白天不扛晚上扛。

采录地区：沙河

四棱布袋不装粮，

秕谷荞皮里边藏。

晚上睡觉用上它，

一觉睡到大天亮。

采录地区：石家庄

一物生来两头齐，

吃了一口永不饥。

常在房中听言语，

不在人前瞎叽叽。

采录地区：石家庄、沙河

花牛大肚，

八个角，两个头。

采录地区：石家庄

一个冬瓜，

两头堵撒[1]。

采录地区：沧州、衡水

[1] 堵撒：河北方言，是指堵住的意思。

## 瓷枕

有方哩，有圆哩。

有猫哩，有孩哩。

热咾就用，

冷咾不用。

摸摸凉哩，

彭城烧哩。

采录地区：峰峰、磁县

## 猫瓷枕

俺爷养着一只猫，

摸摸是凉的，

捋捋没有毛。

夏天拿来当枕头，

冬天扔它墙旮旯。

采录地区：邯郸、峰峰

## 枕巾

当闺女绣了一对儿，

进新房各自配对儿。

到九天晒晒老爷儿，

一个是油污惨惨，

一个是泪痕斑斑。

采录地区：邯郸、保定

# 2

**餐厨用品**

## 案板

家有甲乙两面光，
每逢使用动刀杖。
乙方吃些杂烂味，
甲方吃的五谷瓤。

采录地区：石家庄

### 案板、擀圆的面、擀面杖、切面刀

长长哩炕，
圆圆哩被。
一个木猴在里头睡，
一个铁猴去打的劫，
吓里个肉猴往回退。

采录地区：石家庄

### 案板、面片、擀杖、刀

四方炕，卷羊被，
一个木猴在里睡。
一个铁猴去截道，
吓哩肉猴往后捎。

采录地区：行唐

方方正正的炕，
圆圆薄薄的被。
木猴睡罢叠起被，
铁猴拆被肉猴退。

采录地区：邯郸

## 冰棍模子

四方好像一座城，
城内卧下一盘龙。
张口要喝滚开水，
下到肚里化成冰。

采录地区：唐山

## 擦子

一块板板，
净是眼眼。
白胖小孩，
一屁股坐上。
紧推慢推，
屙了一大堆。

采录地区：石家庄

小孩白胖，

坐在床上。

紧推慢推，

屙到床下一大堆。

采录地区：永年

一个小子白胖，

坐在姥娘床上。

紧推慢推，

屙得床下一大堆。

采录地区：鸡泽

## 菜刀

### 菜刀

薄薄嘴唇无牙齿，

敢啃骨头敢咬鱼。

山珍海味口中过，

不贪半点肥自己。

采录地区：石家庄

让菜成段儿，

叫肉成条儿，

菜板子天天听它唠叨。

采录地区：隆化

背儿硬，口儿薄。

山珍海味吃不少，

就是不长一点膘。

采录地区：永年

## 厨刀

铁板板，木把把。

上边窄棱平整，

下边锋利光滑。

只要立灶做饭，

家家都要用它。

采录地区：石家庄

## 茶壶

### 茶壶

大大肚子尖尖嘴，

不吃别哩光喝水。

采录地区：行唐

滴滴伢，尖滴帽。

来着客，屙泼尿。

采录地区：蔚县

右一趟，左一趟，

一歪身子就尿炕。

采录地区：滦南

白胖白胖，

嘴嘴往上。

采录地区：沙河、石家庄

小猪白胖白胖，

小小尾巴朝上。

采录地区：石家庄

像鸡没有脚，

会立不会叫。

客来上桌子，

低头有礼貌。

采录地区：石家庄

大肚皮，不害臊，

来了客人就撒尿。

采录地区：保定

一鸡没有脚，

立着不会叫。

吃水不吃米，

喝水它来倒。

采录地区：张家口

南沿来了一个胖大嫂，

提着裤子绕街跑。

大嫂大嫂你干啥，

找个茅子尿个泡。

采录地区：石家庄

有嘴不能说，

有肚不吃馍。

虽说无胃病，

黄水吐得多。

采录地区：沙河、定州

一物没有腿，

来去让人提。

张口喝白水，

满嘴吐黄汤。

采录地区：石家庄

大口进，小口出。

肚子有，倒不出。

采录地区：元氏

家里有只没脚的鸡，

昼不叫来夜不啼。

对待客人最热情，

点头哈腰把礼行。

采录地区：张家口

丈夫高，媳妇矬。

丈夫一撒尿，

媳妇立马用嘴去接着。

采录地区：滦南

细嘴大肚子，

大口吃进小口吐。

采录地区：隆化

小孩白胖，

坐在桌上。

你要喝水，

他就尿上。

采录地区：广平

有嘴不能说，

有肚不吃馍。

虽说无胃病，

黄水儿吐得多。

采录地区：石家庄

有嘴不能说，

肚圆如弥勒。

见人就点头，

口水就流出。

采录地区：石家庄

**0380**

一个小孩不害臊，

客人来了就撒尿。

采录地区：沙河

一只没脚鸡，

蹲着不会啼。

吃水不吃米，

客来敬个礼。

采录地区：石家庄

### 瓷茶壶

脖长嘴小肚子大，

头戴圆帽身披花，

主宾喝水需要它。

采录地区：张家口

### 大水壶

一物生来个不高，

站着尿尿怕闪腰。

采录地区：滦南

### 小茶壶

龙头凤尾鸭子嘴，

看得不沉，

拿起来咧嘴。

采录地区：滦南

### 白茶壶

我家有个白鸽子，

亲亲来了上桌的。

采录地区：石家庄

## 炊帚

### 炊帚

须缕缕，须缕缕。

可把的，大粗的。

采录地区：滦南、滦县、乐亭

一头根来一头梢，

捆来绑去好几遭。

男人离开还好些，

女人没它用手搅。

采录地区：石家庄

每天三餐泪水多，

又住平来又住坡。

有心无常死了吧，

两个小鬼紧跟着。

采录地区：石家庄

往里走干沙沙，

往出走水啦啦。

采录地区：沙河

### 锅刷子

一个疯子，

在你家锅里洗脚丫子。

采录地区：石家庄

一头有毛一头光，

妇人带它进厨房。

男人离开还好些，

妇人离开心发慌。

采录地区：曲周

# 缸

## 面缸

从外看，彭城烧哩。
往里看，粮食磨哩。

采录地区：磁县

它肚里有，
一家不慌。
它肚里没，
一家心慌。

采录地区：曲周

南沿儿过来一个胡子，
不吭声进了嗯家橱子。
年前贪吃饱了一肚子，
到如今三月肚里没了一点儿货。
它没喊饿，
急得嗯爹直拨拉胡子。

采录地区：邯郸、邢台

## 瓦缸子

九沟十八窑，
买来铛铛货。
磨好米和面，
先给它来吃。

采录地区：广平、永年

## 杂粮瓦缸

去趟老沟窑，
扛来大肚婆。
五谷杂粮尽她吃，
动不动就喊饿。

采录地区：永年、沙河

# 大瓮

## 大瓮

黑裤子，白腰子，
肚子里边装吃滴。

采录地区：蔚县

有嘴没都脑，
有下身没腿。
秋天吃得饱饱，
春来肚子空空。

采录地区：武安

黑裤的，白腰的，
谁要是猜不着是个小兔羔。

采录地区：沙河、石家庄

俺家有个笨大笨，
翻转皮袄搧大领。

采录地区：沙河、石家庄

## 水瓮

彭城来了个大老三，
一屁股坐在你家灶间。
清水喝了两三担，
天明还得你去担。

采录地区：磁县

### 水缸

黑裤白腰，
猜不着是个狼羔。

采录地区：沙河、石家庄

白边边，黑腰腰。
你要猜着了，
叫你喝个饱。

采录地区：石家庄

黑袄白领子，
谁猜出叫我大婶子。

采录地区：张家口

### 风箱

#### 风匣

鼓变鼓，两头堵。

采录地区：石家庄

破闷儿，破闷儿，
狮子两对儿。
长虫两条，
肚里长毛儿。

采录地区：石家庄

毛家巷有个风俗，
前后门紧紧关闭。
光棍汉随便出入，
拐子头不能进去。

采录地区：石家庄

大口地吃，
小口地吐，
光棍会吹猪。

采录地区：滦南

一间小屋窄憋憋，
里面住着毛它爹。
毛它爹一蹬腿，
毛它娘呱嗒嘴。

采录地区：石家庄、沧州

刘备双剑进古城，
张飞呲毛在其中。
能说会道诸葛亮，
三气周瑜满堂红。

采录地区：唐山

两扇大门一开一闭，
两个光棍常来常去。
能让毛老爷进去，
不让拐子进去。

采录地区：滦南

毛丫头，绳子系，
关在屋里出不去。
只要有人一拉锯，
它就呼呼生大气。

采录地区：石家庄

南边来了个玃，
来了都往俺灶火里钻。
扯住它两条腿，
俩耳朵扑扇扇。

采录地区：石家庄

木头褥子木头被，

木头奶奶里头睡。

木头爷爷一蹬腿，

木头奶奶就张嘴。

　　　　采录地区：石家庄


刘备双剑入古城，

张飞恼恨在心中。

能善巧语诸葛亮，

三气周瑜满堂红。

　　　　采录地区：蔚县、新乐


刘备双剑刺团城，

张飞里面毛烘烘。

孔明两门打竹板，

关公气得脸通红。

　　　　采录地区：石家庄


刘备背剑去进城，

红毛张飞坐当中。

两头跪下诸葛亮，

关公出来满脸红。

　　　　采录地区：曲周


长长方方一座城，

里面住着毛先生。

两个相公去请他，

哼哼哼哼不出城。

　　　　采录地区：石家庄


一推就缩，

一拉就长。

小嘴呱嗒嗒，

灶火亮堂堂。

　　　　采录地区：石家庄


一间小屋黑洞洞，

树叶不动刮狂风。

　　　　采录地区：曲周


刘备双剑进炉棚，

张飞气恼在胸中。

两头劝说诸葛亮，

三气周瑜满堂红。

　　　　采录地区：石家庄


我家有个黑洞洞，

天天起来刮旋风。

　　　　采录地区：张家口


毛丫头，绳子系，

关在屋里不出去。

只要有人一拉锯，

她就呼呼生大气。

　　　　采录地区：石家庄


南边来了个獾，

就往灶火里钻。

拽住两条腿，

耳朵扑哦闪闪。

　　　　采录地区：石家庄


上下两个眼儿，

眼里插着杆儿。

当中一圈毛儿，

两头活动板儿。

　　　　采录地区：唐山


眼儿里插着杆儿，

两头活动板儿。

中间一圈毛儿，

底下肚脐眼儿。

一头怪驴，

没头没蹄。

一对肠子，

出来进去。

不吃不喝，

光吸空气。

不拉不尿，

光顾放屁。

采录地区：唐山

破闷，破闷，

光棍一对。

大门开闭，

进去出来。

带着毛家伙，

直喘大粗气。

采录地区：永年

南边来了个獾，

钻进俺灶火间。

拽住它两条腿，

它就拉，我就拽，

只弄得两头呼呼大喘气。

采录地区：邯郸

## 盖锅的拍子

一块布八个角，

谁猜着了给谁半升枣。

采录地区：石家庄

一领席八个角，

谁猜着了叫你吃个桃。

采录地区：石家庄

## 擀面杖

一根木棒，

又光又圆。

中间粗来两头细。

常与案板搞合作，

面团变成了面片片。

采录地区：石家庄、沙河

俺家一根奇大奇，

中间粗来两头细。

本想把人赶远些，

不想被人缠住身。

采录地区：石家庄

破闷，破闷，

一个光棍。

专拣软面团欺负，

不料想被面饼缠住自己。

采录地区：邯郸

## 羹匙

一只雀子，

跳上桌子。

你提它尾巴，

它打你嘴巴。

采录地区：沧州

一只小鸡，
卧在盘跟。
你提它尾巴，
它啄你嘴巴。

采录地区：衡水

俺家有个没把子瓢，
天天用它做饭吃。
生来不怕开水煮，
有水就不怕大火烫。

采录地区：邯郸

半个西瓜皮，
口朝上面搁。
上头不怕水，
下头不怕火。

采录地区：衡水

## 鼓风机

一个老头矮又矮，
天天被人用脚踩。

采录地区：石家庄、沙河

底尖，口圆，
让你猜一天。

采录地区：石家庄

## 锅

### 锅

水深火热都不怕，
家家户户都用它。

采录地区：石家庄

不怕水来不怕火，
谁家都有，
不光一个。

采录地区：石家庄

上不怕水淹，
下不怕火烧。
一日三餐都用它，
家家户户不能少。

采录地区：石家庄

一物有了病，
全家不得安。
一贴补膏药，
病好全家安。

采录地区：石家庄

上不怕水，
下不怕火。
家家厨房，
都有一个。

采录地区：青龙、石家庄

俺家有个白哥哥，
娶唻一个黑老婆，
不怕水来不怕火。

采录地区：沙河

水火都不怕，
家家厨房都有它。

采录地区：石家庄

水火浇油都不怕，
家家厨房都有它。

有个媳妇屋里坐，
不怕烟来不怕火。

采录地区：宣化

### 砂锅

沙土是爹娘，
窑火烧成型。
不怕火煮汤，
就怕铜勺碰。

采录地区：永年

### 锅盖

铁箱子，木盖子。
红绸子，绿缎子。

采录地区：隆化

圪梁梁，圪梁梁，
鼻子长到脊梁上。

采录地区：石家庄、沙河

格囊，格囊，
鼻的长到脊梁。

采录地区：石家庄

咯娘娘咯娘娘，
鼻子长到脊梁上。

采录地区：沙河

怨不得爹，
怨不得娘，

生就哩鼻子长在了脊梁上。

采录地区：武安

### 铁锅

黑脸老大娘，
有肚没脊梁。

采录地区：涉县

### 铁锅、锅盖

黑牛卧，红牛舔，
头上顶个大木板。

采录地区：石家庄

### 铁锅、锅盖、笊篱、烧火棍

大肚子婆婆，
瘪肚子公公。
点头的嫂子，
光棍子哥哥。

采录地区：石家庄

### 合折锅[1]

南沿儿来唻个大黑牛，
腆着肚子抹着油。

采录地区：行唐

[1] 合折锅：做合折（也称锅贴、摊黄）用的锅。

黑爹黑娘，
生个孩子焦黄。

采录地区：石家庄

**物谜**

### 火锅

一座砖瓦窑，
窑内终日烧。
烧得鱼虾跳，
男女提网捞。

采录地区：唐山

荤菜搁素菜，
双手端上来。
当中有火山，
四面就是海。

采录地区：唐山

平地起楼台，
风吹柳云开。
平地拍酒席，
中夜等客来。
哀哉哀哉，
早知当前也不来。

采录地区：唐山

中间是火山，
周围是大海。
海里宝贝多，
大家捞出来。

采录地区：辛集

一个铜锅火上坐，
放进各种好食料，
锅下燃烧木炭火。
亲朋欢聚周围坐，
品尝美味乐呵呵。

采录地区：石家庄

中间是火山，
四周有水淹。
水中宝贝多，
捞上解解馋。

采录地区：张家口

俺家有个海，
中间把窑开。
海中鱼虾多，
捞起就能吃。

采录地区：邯郸

### 烙糕锅

油篓身上扣油篓，
里边趴个大黄狗。
有心想吃黄狗肉，
又怕黄狗咬了手。

采录地区：隆化

南边来个黑老头，
腆着肚膏着油。

采录地区：隆化

南边来个黑老头儿，
腆着肚子抹着油。

采录地区：沙河、石家庄

黑帽盔，卷帽檐，
够你小伙猜半年儿。

采录地区：沙河、石家庄

### 破锅

一个有病一家不安，

一点补药此病得痊。

采录地区：唐山

### 摊煎饼锅

南边来了个黑妮，

挨墙靠壁。

采录地区：石家庄

### 鏊子[1]

俺房后头一盘磨，

人人过来不敢坐。

采录地区：石家庄

[1] 鏊子：烙饼用的铁锅，一般为平底。

炕头灶上，

有一圆凳。

上放黄垫，

没人敢坐。

采录地区：邯郸

### 饸饹床子

一个老头八十八，

骑着锅台拉屁屁。

采录地区：沧州、承德

半天有眼井，

无水有窟窿。

送进棉花团，

纺出许多绳。

采录地区：沙河

## 火炉

### 火炉

一个罐，红彤彤，

光管看不许抠。

你要用手抠一抠，

烧唠你哩小指头。

采录地区：行唐

有个老头八十八，

吃老糊饭屙疙瘩。

采录地区：石家庄

吃黑的，屙红的，

这个小孩儿怪能哩。

采录地区：石家庄

俺家有头老猪，

吃的是黑苦力。

到肚里化成红火炭，

屙出来成了扭扭虫。

采录地区：邯郸

勤恳服务热心肠，

温暖如春把人帮。

天冷屋里来取暖，

天热外面去乘凉。

采录地区：张家口

四四方方一座城，

吃黑枣拉山里红。

采录地区：石家庄

四四方方一座城，

中点烟火红彤彤。

进去都是黑大汉，
出来变成孩儿红。

采录地区：石家庄


勤恳服务心里红，
待人接物挺热情。
天热外边去度夏，
天冷屋里来过冬。

采录地区：石家庄


大圆桶，小圆桶，
圆桶内心火样红。
上面吃的是黑疙瘩，
下面拉的是灰坷垃。

采录地区：邯郸


大圆桶，小圆桶，
大圆桶套着小圆桶。
中间圈着三轱辘，
上黑下灰中间红。

采录地区：峰峰


外边方方里边圆，
里面住着个红脸汉。
谁要猜中这个谜，
吃喝不愁是个活神仙。

采录地区：沙河、石家庄


## 炉子

铁头铁脚铁身材，
身上窟窿废气排。
不喝水来吃黑粮，
天生一副热心肠。

采录地区：张家口


炕头前，砖砌成，
一身留着三窟窿。
口里吃下的是黑的，
下边屙哩是灰的。
啥时肚里不红彤，
肚脐眼里捅三捅。

采录地区：邯郸


## 灶火

一个老牛卧一卧，
什么草儿都吃过。

采录地区：定州


一个老牛盘头卧，
什么草都吃过。

采录地区：张家口


四方嘴，扁扁腰，
撅起尾巴一丈高。

采录地区：石家庄


## 灶口、炕、烟囱

红嘴大肚黑尾巴，
肚上驮着一大家。

采录地区：石家庄


## 灶门儿、火炕、烟囱

大红嘴，扁扁腰，
尾巴翘得大老高。

采录地区：沙河、石家庄

### 火爨[1]

奇怪奇怪真奇怪，

一个小孩儿仁脑袋。

采录地区：石家庄

[1]　火爨：过去煮水用的器具，用泥捏成。

### 籴子

小铁桶，弓子把儿，

火里烧水快又快。

采录地区：永年

### 烤红薯炉

街头一个瓮，

里面炭火红。

放进些硬邦邦，

拿出来些软稀松。

采录地区：邯郸

### 煤球炉子

一个老头儿八十八，

吃的黑米饭，

拉的土坷垃。

采录地区：保定

## 酒具

### 酒壶

俺家有个灰鸽鸽，

客人来了上桌桌。

采录地区：井陉

### 酒瓶

墙上一个黑行子，

有肚子无肠子。

采录地区：石家庄

## 酒盅

### 酒盅

南边来了一群鸽的，

扑啦啦落俺一桌的。

采录地区：石家庄

此物不大，

上桌陪客。

好酒它先尝，

客人喝剩下。

采录地区：邯郸

### 酒壶、酒盅

老大身高肚阔，

老二身小微弱。

老二陪人吃喝，

老大低头供桌。

采录地区：唐山

# 筷子

哥俩长得一模样，
顿顿吃饭一起尝。

采录地区：石家庄

兄弟两个一样高，
千家万户都需要。
若是哪天不在家，
一日三餐很糟糕。

采录地区：石家庄

两个懒汉一般大，
进进出出把手拉。
每逢吃饭他先到，
做活时候不见他。

采录地区：衡水

一对儿奴仆等主来，
五员虎将一起来。
奴仆先尝山珍味，
主人再嚼滋味哉。

采录地区：唐山

困倒等客来，
客来就扑开。
连忙放进洞，
尝出味道来。

采录地区：唐山

两个姐妹一般高，
形影不离感情好。
有鱼有肉，一块儿尝，
从不计较闹争吵。

采录地区：石家庄

哥俩长得一模一样，
顿顿吃饭他俩先尝。

采录地区：石家庄

尾圆圆，头方方，
出双入对结鸳鸯。

采录地区：沧州

哥俩一般高，
每天三出操。
人人都需要，
团结互助好。

采录地区：滦平

哥俩一起来赴宴，
高低一样人喜欢。

采录地区：石家庄

姐妹俩长得一模一样，
下身较细上身着较胖。
每天几次让人们去亲，
木头脑瓜子从不动心。
每次亲完浴池里洗澡，
全身摸遍也从不烦恼。
姐妹俩工作永不分离，
单身跳舞绝对是不行。

采录地区：张家口

人家哥俩齐摸高，
一起吃饭人不笑。
我家哥俩闹笑话，
一高一低出洋相。

采录地区：石家庄

哥俩一般大，
轻易不说话。

一旦去说话，
必定要打架。

俺家有对好伙计，
顿顿吃饭在一起。

采录地区：邯郸


弟兄两个一样长，
同吃同住同眠床。

采录地区：石家庄


弟兄两个并排站，
上头方方，下头圆圆。
一日三餐都用它，
右手是它的好伙伴。

采录地区：石家庄


兄弟俩，一般长。
出出进进总成双，
光吃稠哩不喝汤。

采录地区：行唐


身体细又长，
兄弟总成双。
只会吃菜，
不会喝汤。

采录地区：张家口


姐妹一般长，
出门总成双。
苦辣酸甜香，
总是她先尝。

采录地区：保定


两个兄弟一般高，
一日三餐不长膘。

采录地区：张家口


兄弟二人好，
吃饭在一道。
谁要闹分裂，
成了独木桥。

采录地区：张家口


姐妹一般长，
结伴爱成双。
酸甜苦辣咸，
二人一同尝。

采录地区：张家口


姐妹一般长，
同住一间房。
冷热都经过，
咸淡一起尝。

采录地区：沙河


姐妹两个一般长，
进进出出总成双。
甜酸苦辣一齐尝，
只吃饭菜不喝汤。

采录地区：张家口


哥俩一般大，
出门就打架。

采录地区：石家庄


两个老头一般高，
一到吃饭就摔跤。

采录地区：石家庄、滦平

两个姐妹赤条条，
五个汉子抱住腰。
抱得久了，肚里有了。

哥俩一般高，
一天三出操。
人人都需要，
团结互助好。

　　　　　　采录地区：石家庄

用了就找，
找了就咬。
一根不够用，
半拉使不了。

　　　　　　采录地区：青龙

哥俩生来一般高，
山珍海味一起挑。
只要一个想偷懒，
叫你啥也吃不着。

　　　　　　采录地区：石家庄

一对媳妇儿一般齐，
吃荤吃素吃不肥。

　　　　　　采录地区：沙河

兄弟两个一样长，
光吃菜饭不喝汤。

　　　　　　采录地区：沙河

姐妹二人一般大，
二人商议一起嫁。
因为两家争彩礼，
先将媒人打几下。

　　　　　　采录地区：唐山

身体细长，
姐妹成双，
光吃稠哩汤里捞。

　　　　　　采录地区：行唐

身体细长，
兄弟成双。
只爱吃菜，
不爱喝汤。

　　　　　　采录地区：衡水

兄弟两个一般高，
同父同母是同胞。
要说吃饭齐下手，
吃光稠哩汤里捞。

　　　　　　采录地区：行唐

弟兄两个一般高，
顿顿吃饭都先挑。
山珍海味吃个遍，
不见长得半点膘。

　　　　　　采录地区：邯郸

两个瘦高个，
顿顿先上桌。
只挑饭和菜，
不喝一口汤。

　　　　　　采录地区：永年

一双哑鸟拖细米，
一拖拖到衙门里。
衙门就把门来关，
吓哩哑鸟往回返。

　　　　　　采录地区：石家庄

俩么小小一般高，

人家吃饭你摔跤。

人家吃饱了，

你也摔倒了。

　　　　采录地区：石家庄


姐妹俩一般高，

干吃肉不上膘。

　　　　采录地区：石家庄


两人好行，

独木难过。

　　　　采录地区：石家庄


一样粗，一样长。

一头圆，一头方。

一头热，一头凉。

　　　　采录地区：石家庄


## 篮子

### 菜篮子

空肚上街，

满肚回来。

又吃鱼肉，

又吃蔬菜。

　　　　采录地区：张家口


相跟着老奶奶去上街，

白菜萝卜它都吃。

就是鱼肉吞下肚，

回家也得吐出来。

　　　　采录地区：邯郸


### 荆条扛篮

在娘家姊妹三千，

来婆家个个拧弯。

常年是冷食填肚，

不曾吃过一顿热饭。

　　　　采录地区：石家庄


本在山上修仙，

一牵手来到人间。

春吃新鲜蔬菜，

秋享香瓜果鲜。

　　　　采录地区：永年


### 竹篮

俺本竹家秀女，

修成仙家宝器。

常存馒头供充饥，

时奉仙桃满寿席。

　　　　采录地区：石家庄


俺本竹仙修成，

腹有干粮供应。

求俺给口水喝，

那真不行不行。

　　　　采录地区：永年


## 漏斗

### 漏斗

无论喝进多少，

永远不会满足。

采录地区：青龙

嘴大肚子小，
怎么喂也喂不饱。

采录地区：沙河、石家庄

大口朝天，
小口朝地。
吃啥屙啥，
全不消化。

采录地区：张家口

此物真热怪，
大口朝天开。
不管吃下啥，
转眼屙出来。

采录地区：邯郸

## 漏勺

一个小子一条腿，
后脖子上头流口水。

采录地区：沙河、石家庄

学蜘蛛织个网，
留个长马下厨房。
只给主人捞饺子，
不让喝口饺子汤。

采录地区：魏县

俺家有个老大碗，
天天下雨接不满。

采录地区：涉县

俺家有个带把碗，
锅里舀汤舀不满。

采录地区：邯郸

## 笊篱

细白身体巧编排，
粉饰一番婆家来。
寒水热汤劳作苦，
冷热不均度岁月。

采录地区：石家庄

丑媳妇，麻子脸，
辫子拖到屁股蛋。
别的营生不会做，
淘米捞物水漏完。

采录地区：沙河、石家庄

白白个碗，
有个把把。
面条饺子，
它先吃起。

采录地区：邯郸

咱家有个碗，
浑身破眼眼。
有个长把把，
人人都愿握。
咱家捞面条，
嗯家捞饺子，
都得请它来忙活。

采录地区：邯郸、邢台

## 铁笊篱

俺家有个铁瓢，

不盛东西还好些，
盛点汤水全漏了。

采录地区：石家庄

俺本一块儿白铁板，
被你打成勺一般。
成勺俺就成勺吧，
还被你捅了一身窟窿眼。

采录地区：武安

## 柳条笊篱

俺们领家纤纤女，
被人剥去绿裤衣。
捆绑到家下厨房，
开水锅里捞东西。

采录地区：邯郸

## 炉台、锅、笊篱、勺子

泥台台，铁香炉，
疤妮子领来个秃葫芦。

采录地区：井陉

## 笓篱

俺家媳妇一条腿，
浑身有缝流黄水。

采录地区：张家口

## 炉具

### 火钳

一对斑鸡，
飞到火洞。
不吃五谷杂粮，
只吃火球。

采录地区：石家庄

像剪子没刀，
像钳子嘴长。
不拔钉子不裁剪，
专去炉中夹火炭。

采录地区：邯郸

一只黑狗，
两头开口。
一头咬柴，
一头咬手。

采录地区：张家口

一家俩光棍，
两个光棍一个样。
忙时一起帮烧火，
闲时火旁乘乘凉。

采录地区：石家庄

### 火箸

一根针，不纫线。
绫罗绸缎它不穿，
爱穿炉中红火炭。

采录地区：石家庄

### 捅条

一根针，立墙根儿。

采录地区：怀来

一根针，靠炉眼儿。
看你哪个不顺眼，
立马给你来一针。

采录地区：魏县

眼神不冲，
它来捅捅。

采录地区：邯郸

### 烧火棍子

一物不短也不长，
一头热来一头凉。
凉的手中可以拿，
热的常进灶火膛。

采录地区：青龙

光棍一根，
常在灶根。
黑的一头常遭冷水，
净的一头常在手中。

采录地区：大名

### 烧火杖

此物生得丑，
用在妇人手。
卖去没人要，
买去还没有。

采录地区：唐山

### 笼

#### 食笼

红公鸡，绿绫子，
扑棱扑棱四层子。

采录地区：石家庄

牛鼻环，穿杠子，
抬起一个木瓮子。
木瓮子，有四层，
供飨酒肉在其中。

采录地区：武安

### 筛面罗

麻阴天，下小雪，
拍个巴掌，尥个蹶。

采录地区：石家庄

### 暖壶

#### 暖壶

红衣裳，绿衣裳，
有的瘦，有的胖。
凉肚皮，热心肠，
整天为你服务忙。

采录地区：宣化

一位热心郎，
闪着琉璃光。
穿着竹笼缎，

躬身献清汤。

采录地区：唐山

竹皮墙，铁皮墙，

墙里有个玻璃房。

玻璃房，亮堂堂，

里边热来外边凉。

采录地区：保定、邯郸

红院墙，绿院墙，

里面有间玻璃房。

打开房门往里看，

就是一个热水塘。

采录地区：邯郸

## 保温瓶

一位白姑娘，

穿着竹衣裳。

吃了冰凌不消化，

喝了开水怕着凉。

采录地区：衡水

玻璃房，水银墙。

屋里热，外边凉。

采录地区：张家口

小小玻璃房，

外面小围墙。

房里热烘烘，

外面冰冰凉。

采录地区：张家口

银光壁，水晶宫。

夹层玻璃不透风，

专把温暖送给人。

采录地区：张家口

圆圆玻璃房，

外面起围墙。

屋里热腾腾，

墙外冰冰凉。

采录地区：石家庄

小小玻璃房，

四面有围墙。

房内暖洋洋，

墙外冰冰凉。

采录地区：石家庄

外面冷冰冰，

里面热心肠。

一夜到天亮，

肚里仍不凉。

采录地区：石家庄

老娘老娘热心肠，

顶块木头不着凉。

采录地区：滦平

玻璃身子没心肠，

一腔热情暖十方。

穿金戴花罩竹筐，

初心不改好心肠。

采录地区：邯郸、保定

小小玻璃房，

外面罩围墙。

屋里热烘烘，

墙外冰冰凉。

采录地区：石家庄

### 暖壶盖

一个小孩粗轱辘墩,
啥也不想干,
愿在水库当个负责人。

采录地区：石家庄

### 盘子

俺家有个大脸汉,
顿顿饭菜他争先。
一日只忙三顿饭,
饭后洗罢半日闲。

采录地区：石家庄

此物受人捧,
全凭一张脸。
吃饭他争先,
饭后没事干。

采录地区：邯郸

### 劈柴

此木樵夫采,
集聚城市来。
连营七百里,
刘备遭此灾。

采录地区：唐山

此物树上来,
斧刀劈成段。
送进灶火间,

用它来做饭。

采录地区：邱县

### 烧水壶

#### 烧水壶

嘴尖肚大个不高,
生来不怕炉火烧。
量你水多还是少,
一进我肚难逍遥。

采录地区：石家庄

小东西不高,
屁股不怕火烧。
大口大口喝生水,
尖嘴小口吐开水。

采录地区：邯郸

#### 铜壶

有只大黄狗,
常在桌上走。
背上吃东西,
嘴巴往外流。

采录地区：石家庄

#### 铁壶

嘴里出，口里让,
常年穿着黑衣裳。

采录地区：石家庄

一个娃娃胖墩墩，
火烧屁股不念声。

采录地区：石家庄

# 勺子

## 勺子

俺家有个牛，
一天三洗头。

采录地区：石家庄

前头是个钵钵儿，
后头有个长圪把儿。
一日三餐忙活，
舀起来倒了，
倒了再舀起来。

采录地区：石家庄

西山上来了个秃秃，
跳进俺家煮饭锅。
一天洗了三锅水，
不见头上有一个虱子。

采录地区：永年

一个小碗尾巴长，
平时不干活，
吃饭它先上。

采录地区：石家庄

南沿来唻一只雁，
跳进锅里煮不烂。

采录地区：石家庄

南边来了一只猴儿，
跳到俺锅里洗洗头儿。

采录地区：沙河

东边飞来一只雁，
掉进锅里煮不烂。

采录地区：沙河

一个小碗尾巴长，
能盛饭来能盛汤。
盛上又倒了，
倒了再盛上。

采录地区：石家庄

## 汤匙

一只鸟，桌上飞。
不吃稠，专喝稀。

采录地区：张家口

一只鸟飞上桌儿，
捉住尾巴跳下河。

采录地区：沙河、石家庄

一个鸽鸽，
落在饭桌。
你抓它尾巴，
它就跳进汤河。

采录地区：磁县

## 马勺

一个猴，
在你家锅里点点头。

采录地区：石家庄

### 铁勺

南沿儿来个黑小子，
有头没脑子。

采录地区：蔚县

南边来个黑小子，
趴在锅台要饺子。

采录地区：青龙

朝南来了一个黑小子，
有头没脑子。

采录地区：张家口

### 铜勺子

俺家一个黄牛，
天天叫我给它洗洗头。

采录地区：沙河

俺家有个黄丫头，
只有脑勺没有脸面。

采录地区：武安

### 水杯

一个东西不算大，
喝起水了离不了它。

采录地区：石家庄

### 水瓢

#### 水瓢

一个老头九十九，
天天在瓮里喝着酒。

采录地区：石家庄

她娘生了她姐仨，
青枝去拿药，
绿叶去找她。
剩下白玉华，
自家守着她。

采录地区：行唐

#### 葫芦瓢

生在园，死在园，
鲁班师傅拆姻缘。
满房儿女见不到，
恩爱夫妻不团圆。

采录地区：蔚县

俺来就圆圆满满，
生生拆成两瓣。
一半忙在厨房，
一半去了茅坑。

采录地区：永年

### 掏灰耙

别胡想，在厨房，
公爹上了儿媳的床。

采录地区：滦南

扒灰短，扒灰长，

公爹与儿媳入洞房。

采录地区：滦南


一条腿的板凳坐不得，

是掏火耙不说给你。

采录地区：滦南


# 桶

## 水桶

两个小鬼一般高，

俺到下边转三遭。

回来咋办？

回来是回来，

泪也少掉不了。

采录地区：行唐


两个小孩一般高，

走着路子尿着泡。

采录地区：石家庄


两个小小一般高，

腰中绑着丝线绦。

俺问小小干嘛去，

俺们阴间走一遭。

采录地区：石家庄


弟兄俩一般高，

腰里压着黑丝绦。

他们到阴间走一遭，

不知泪点掉多少。

采录地区：石家庄


两个孩子一般高，

你在岸上等等我。

我去阴间走一遭，

我回来你再去。

采录地区：石家庄


两个相公一般高，

走到龙宫溜一遭，

回来不知珍珠有多少。

采录地区：沙河、石家庄


一对媳妇儿姓赵，

外头跑回家里尿尿。

采录地区：蔚县


## 水筲[1]

姊妹两个一般高，

腰里系着金丝绦。

你在上边等等我，

我到下面跑一遭。

采录地区：武安

[1] 水筲：指木制水桶。


弟兄两个一般高，

腰里系着金丝绦。

哥在阳间等着你，

弟去阴间走一遭。

采录地区：石家庄


哥儿俩一般儿高，

腰里束着铁褡包。

采录地区：保定、隆化


哥俩一般高，

出门就摔跤。

摔跤就跳井，
跳井就没影。

两小孩，一模大。
走着路，说着话。

兄弟两个一模样，
前后井里走一趟。
下去喝了一肚子水，
回来泪珠掉两行。

### 筲罐

弟兄两个一般大，
身穿一件木袈裟。
常到井池去耍水，
还把清水带回家。

姊妹两个一般高，
大大嘴，粗粗腰。
你在此间等一等，
我到下边走一遭。

### 吊桶

黄鼠狼，尾巴长，
日翻筋斗夜乘凉。

你也拉，我也拉。
灌满水，倒掉它。

### 碗

一棵树，五个枝，
上边架着个白小盆。

一个小小白胖，
一天出来三趟。

一个小孩，
白胖白胖。
吃了饭，屁股朝上。[1]

[1] 注：指碗空了，扣着放。

看颜色，白如雪。
说身子，硬如铁。
天天忙着三顿饭，
饭后才能歇一歇。

颜色白如雪，
身子硬如铁。
一日洗三遍，
夜晚柜中歇。

身子干净硬似铁，
洗净以后柜中歇。

采录地区：张家口

口大底小，
一天能洗三个澡。

采录地区：行唐

骨墩底，骨墩底，
骨墩底上面有个盆。
有它三顿饭吃得了，
没它三顿饭吃不得。

采录地区：邯郸

## 药吊子

大公鸡，往东去，
干啥去？
给它妈治病去！
治好治不好哇？
治不好也治舒坦喽。

采录地区：石家庄

## 药斗子

像大衣柜，
靠着墙站。
像五斗橱，
排排相连。
不见放一件衣物，
只放些草木片片。

采录地区：石家庄

一个大柜靠墙站，
小小抽屉排上边。
里边装啥外头写上名字，
抓取时准确方便。

采录地区：石家庄

抽抽摞抽抽，
抽抽靠抽抽。
你家没有我家没有，
中医堂里去瞅瞅。

采录地区：永年

## 蒸笼

### 蒸笼

楼台接楼台，
层层接起来。
上面白云起，
下面红花开。

采录地区：石家庄

楼台接楼台，
层层摞起来。
上边雾气走，
下边面食熟。

采录地区：张家口

楼台接楼台，
层层叠起来。
上面飘白雾，
下面水花开。

采录地区：石家庄

兄弟四五个，

个个都有货。

大哥没有得，[1]

就是气不过。

　　　采录地区：蔚县

　　　[1]　注：此处指大哥是蒸笼盖。


### 笼屉

墙上挂，水上漂。

谁猜到，吃块糕。

　　　采录地区：张家口


四四方方一座城，

城里城外拿秦琼。

拿住秦琼还好些，

拿不住秦琼把脸红。

　　　采录地区：邯郸


### 箅子[1]

下边小火煮汤，

上面冰凉干粮。

猜不出是啥，

回家问问嗯娘。

　　　采录地区：永年、沙河

　　　[1]　箅子：有空隙而能起间隔作用的器具，这里指蒸食物用
　　　　　的蒸屉。


高粱秆，纵横排，

穿针引线编起来。

　　　采录地区：石家庄、邯郸


娘家高粱地，

捆绑到婆家。

压平像板板，

扔在厨房间。


擀面条包饺子，

做窝头蒸馍馍，

样样都让她来驮。

　　　采录地区：石家庄


### 甑[1]

粗看是个瓦罐，

近看底上净眼。

喜欢汤水热菜，

窝头饼子解冻。

　　　采录地区：武安

　　　[1]　甑：古代蒸饭的瓦器，底部有许多小孔，也称瓦笼屉。


上一层，下一层，

中间尽是圆窟窿。

黏糕馒头菜窝窝，

放到里边，

马上变得热腾腾来香喷喷。

　　　采录地区：石家庄

# 3

## 中药类

### 苍耳

不大不大，
浑身净把儿。

采录地区：石家庄

不点儿不点儿，
浑身净眼儿。
不大不大，
浑身净把儿。

采录地区：沙河、石家庄

生生熟熟，
像个枣核。
浑身是刺，
不敢手拿。

采录地区：永年

### 穿山龙

说龙不是龙，
穿山也不行。
本来林中草，
主治风湿痛。

采录地区：张家口

### 蚕茧

枣样大，鸡蛋圆。
肉当菜，皮卖钱。

采录地区：张家口

### 蝉蜕

有翅没长羽毛，
有皮不见血肉。
五黄六月爬在树身，
就因是味药料，
大人孩子都来找寻。

采录地区：魏县

远看是知了，
近看是知了。
树上摘下来，
只是空壳了。

采录地区：永年、沙河

## 车前子

长在大路边，
不怕车轮压。
抽出小穗穗，
结些黑米粒儿。

采录地区：邯郸

## 膏药

### 膏药

三角四棱滴溜圆，
冰凉梆硬热乎乎地黏。

采录地区：石家庄

你说哪疼？
剪个啥形。
热乎乎贴上，
凉滋滋的不疼。

采录地区：永年

呼啦啦干，
浓格焉焉。
三角四方，
有扁有圆。

采录地区：沙河、石家庄

三角四方扁头圆，
三天两头粘一粘。
你要猜中这个谜，
赏你五斤猪肉酒二坛。

采录地区：石家庄

有黑有白有放光，
有圆有扁有四方。
人身上下都可到，
没毛病处不到访。

采录地区：石家庄

又扁又圆又四方，
时常贴到人身上。

采录地区：滦南

### 狗皮膏药

又圆又四方，
又黑又喷香。
不是铜打的，
像是铁包的。

采录地区：蔚县

### 老式膏药

三角四方滴溜圆，
光光拔凉，
热乎乎儿哩黏。

采录地区：行唐

## 虎骨

活是兽中王，
死后骨价昂。
驱风壮筋骨，
泡酒销远洋。

采录地区：张家口

**全蝎**

八腿生两旁，

尾巴当作枪。

若人中了风，

服它保健康。

采录地区：张家口

六条腿，两把钳。

旮里旯旯找个遍，

抓来晒干好卖钱。

采录地区：永年、鸡泽

**酸枣仁**

果在刺中央，

秋来满山岗。

核仁是良药，

安神作用强。

采录地区：衡水

**蛇蜕**

远看一条白绳，

近看一条白蛇。

看见也不害怕，

拿起来搓戌粉末。

采录地区：邯郸

**五倍子**

父亲已经四十岁，

生了个儿子才八岁。

采录地区：张家口

**药**

不要以为用处不大，

身体不适必需用它。

虽然不能当饭吃，

除妖降魔威力大。

采录地区：石家庄

**土鳖**

像鳖不是鳖，

潮湿地方多。

提灯顺沟找，

一晚一百多。

采录地区：永年、武安

**枸杞子**

顺青藤，挂红灯，

顺着沟边摘红灯。

摘来红灯水浇灭，

灭火水是好药材。

采录地区：邯郸

# 4

## 日用杂物类

我起不吭声，
让你去栽葱[1]。

采录地区：永年

[1] 栽葱：意思是摔倒在地上。

一匹马，四条腿，
没有头来没有尾。
人来骑它它不动，
不吃草料不喝水。

采录地区：石家庄

## 板凳

### 板凳

没有头没有尾，
可它长有四条腿。

采录地区：怀来

有面没有口，
有脚没有手。
虽有四只脚，
自己不会走。

采录地区：石家庄

### 长板凳

有面也有腿，
正好坐俩人。

## 簸箕

嘴大舌长胸脯高，
四方肚脐杨柳腰。
佳人把俺怀中抱，
好似春风把扇摇。

采录地区：衡水

高高山上一簇条，
能工巧匠系得牢。
米王就在朝中坐，
要把糠王赶出朝。

采录地区：石家庄

一物本姓柳，
端在妇人手。
诚实君子都拢来，
虚伪小人叫他走。

采录地区：石家庄

俺本生在柳家，
一出门就被脱了衣裳。
被捆绑送到婆家，

不装米面就放馍。

采录地区：沙河

顶着肚脐扇高低，
吐出糟糠留下米。

采录地区：隆化

一排白柳条，
被绳捆绑牢。
一面木板夹，
三面锁起边。
此物掂一掂，
虚实立马现。

采录地区：邯郸

## 捕鼠器

### 捕鼠器

痛哀哉，痛哀哉。
晓得这般痛，
先前不该来。

采录地区：唐山

### 捕鼠夹

铁嘴没长牙，
嘴里有肉渣。
单等小偷来，
来就抓住它。

采录地区：张家口

张开大铁嘴，
设下小机关。

小贼来偷食，
立马给夹扁。

采录地区：永年

### 老鼠夹

四四方方一座台，
摆上杯筷等客来。
还未喝上半杯酒，
电闪雷鸣打下来。

采录地区：石家庄

### 捕鼠笼

四四方方一块台，
大小酒席摆起来。
刚刚吃得头碗菜，
雷公闪电打下来。
苦哀哉，痛哀哉。
早知这样苦，
原先不该来。

采录地区：唐山

四面无窗门半开，
摆好点心等贼来。
贼人吃完回头走，
房门紧闭出不来。

采录地区：张家口

## 口袋

### 布袋

哥哥没骨头，

空着肚子站不住。

采录地区：石家庄

两个角，一个口，

吃饱让人扛着走。

采录地区：石家庄

此物家家有，

生就没骨头。

让它吃饱能站住，

肚子一空就倒下。

采录地区：邯郸

### 口袋

一件东西，

不长不短。

用它就硬，

不用就软。

采录地区：石家庄

### 口袋、衫马子、枕头

大哥一个嘴，

二哥两个嘴。

三哥没有嘴，

吃得滚瓜肉肥。

采录地区：隆化、曲周

## 麻袋

### 麻袋

嘴大没牙，

肚大没肠。

又能吃棉，

又能吃粮。

采录地区：石家庄

### 粮食口袋

大肚哥哥没骨头，

有时胖来有时瘦。

空着肚子站不住，

吃饱靠人扛着走。

采录地区：青龙

## 苍蝇拍

小小一张网，

握在我手中。

不捞水中鱼，

专打飞来虫。

采录地区：石家庄

不大一张网，

把有尺半长。

不打水中鱼，

专打空中虫。

采录地区：邯郸

小小网儿四方方，

从不捕鱼撒入江。

东拍西打一阵响，

打得飞贼一命丧。

采录地区：石家庄

一张网儿四四方，

从不捕鱼撒河江。

噼噼啪啪一阵响，

打得飞贼把命丧。

采录地区：张家口

## 秤

### 秤

也有铁，也有铜，

也有木头也有绳。

采录地区：石家庄

这东西，知重轻。

要问重和轻，

看它身上星。

采录地区：唐山

物轻用手提，

物重两人抬。

欲知物轻重，

看看星星儿就明白。

采录地区：石家庄

头上挂铁钩，

满身是斑点儿，

专和分量动心眼。

采录地区：隆化

伸直腰杆子，

提着大盘子。

公平多点子，

不怕揪辫子。

采录地区：张家口

### 大秤

浑身冒星一将军，

时常带着一铁锤。

谁要不知轻与重，

就请将军来评一评。

采录地区：石家庄

### 油灯、杆秤

白龙夜走江湖，

头顶一轮明月。

乌龙躲身墙角，

身披万点金星。

采录地区：石家庄

### 天平

一个老汉，

肩上挑担。

为人公平，

偏心不干。

采录地区：张家口

### 杆秤

木杆一根三尺长，

杆上星星点点亮。

提起鼻子挂上砣，

钩起杂物论斤两。

采录地区：邯郸

### 戥子

高了高了，
低了低了。
平了平了，
正好正好。

采录地区：邯郸、邢台

想比小东西轻重，
放到它身上量量。

采录地区：永年、武安

### 尺子

躺着一尺长，
站着一尺高。
我已说破了，
你还猜不着。

采录地区：石家庄

看来有分寸，
满身带斯文。
可是不律己，
专门量别人。

采录地区：张家口

一个木条光又平，
长线短线刻满身。
裁衣作图都用它，
长短几何算得清。

采录地区：石家庄

报长报短，
从不手软。

采录地区：隆化

生来公平，
拿在手中。
要问长短，
它最分明。

采录地区：滦平

站得一尺高，
睡下一尺长。
我已说出它，
你还猜不着。

采录地区：沙河、石家庄

### 抽屉

体本东方甲乙郎，
投师换胎内外光。
四面生长八个甲，
脑袋有味名不香。

采录地区：唐山

### 床

一个物件四条腿，
上沿顶着像簸箕，
一到黑呀孩子老婆都上哩。

采录地区：行唐

有头还有尾，

长着四条腿。

它走不就人，

就人它就睡。

　　　　采录地区：武安

## 褡裢

### 褡裢

上坡，下坡，

一个兔子两个窝。

　　　　采录地区：石家庄

和布袋一个娘，

长得不一样。

布袋两脚它四脚，

布袋一个口它俩口。

　　　　采录地区：涉县

### 捎马[1]

上台儿，下台儿，

一个兔子俩窝儿。

　　　　采录地区：石家庄

　　[1]　捎马：河北方言中对褡裢的俗称。

### 上马的

上坡，下坡，

一个兔子俩窝。

　　　　采录地区：石家庄

## 火镰

### 火镰

皮家闺女来怀家定亲，

谁的媒人？

钉老帽的媒人。

　　　　采录地区：曲周

白花花的石头，

黑生生的棉，

要与铁片儿结姻缘。

谁知挨了三顿打，

带着火气回家转。

　　　　采录地区：石家庄

模样像镰不去收割，

常年背上背个布袋。

袋子装着白石头和老套子，

石头镰刀打三个回合，

却让老套子着了火。

　　　　采录地区：永年

### 火镰包

世人评说一西厢，

张生厢外称刚强。

莺莺靠山里边卧，

拷打山坡觅红娘。

　　　　采录地区：晋州

### 火镰、火石、火头

三物本来同一姓，

一个软弱两个硬。

软的只等硬的来，

两个硬的对头碰。

采录地区：唐山

## 顶针

不点儿，不点儿，
浑身净眼。

采录地区：河北全域

里面光，外面麻，
当中抱个胖娃娃。

采录地区：沧州、张家口

麻汉子，本领大。
女人戴上，绣天涯。

采录地区：滦南

娘们手中一个宝，
缝缝补补离不了。
戒指没它用处大，
要比心眼它不少。

采录地区：怀来

铁圈小又巧，
浑身麻点俏。
只会做针线，
下地用不着。

采录地区：沧州、张家口

外麻里光，
套一肉桩。
快枪戳来，
由它抵挡。

采录地区：沧州、张家口

外麻里光，
住在闺房。
姑娘怕针扎，
拿它来抵挡。

采录地区：石家庄

外面麻来里面光，
陪着姑娘住绣房。
千针万扎怕疼痛，
主人请它来抵挡。

采录地区：石家庄

外面麻子里面光，
一根肉棍去伸张。

采录地区：滦南、滦县、乐亭

一个圆圈圈儿，
浑身都是眼儿。
你要想从眼儿里过，
你去问问针尖能过不能过。

采录地区：石家庄

外面麻点里面光，
顶着针鼻缝衣裳。

采录地区：隆化、永年

不大点儿，
不大点儿，
浑身尽是麻子眼。

采录地区：张家口

营生筐，营生筐，
筐外麻来里面光。
你要猜中这个谜，
让它帮你做衣裳。

采录地区：永年

## 钉子

铁打汉，脚底尖。
头戴扁平帽，
会挤又会钻。

采录地区：石家庄

一个铁打汉，
脚底尖又尖。
头戴扁平帽，
会挤也会钻。

采录地区：行唐

一头尖，一头圆。
尖的去打洞，
圆的挨锤揎。

采录地区：永年

## 斗

这东西，肚子大。
要问米多少，
请它量一下。

采录地区：唐山

四四方方一木盆，
底小口大心公平。
倒满粮食再抹平，
交易双方都称心。[1]

采录地区：石家庄

[1] 注：民间谚语云："因为心不公，置下斗和秤。"

四块木板作挡墙，
钉住底板不能晃。

比升子，大了不少，
还长着一个大鼻梁。

采录地区：武安

上面方，底下方，
上下大小不一样。
大的咬住木梁的，
小的背板给挡上。

采录地区：永年

## 升子[1]

### 升子

虚方方，实方方。
四块方板作挡墙，
没有一块直堂堂。

采录地区：永年

[1] 升子：一种民间称量或盛装粮食的工具。

上虚方，下实方，
四块木板作挡墙。
没有一块直又方，
个个都是棺材样。

采录地区：永年

### 半升子[1]

牛蹄蹄，俩半半，
谁猜到，好汉汉。

采录地区：张家口

[1] 半升子：能盛半升的木头小匣子，民间俗称半升子。

## 耳勺

一根小粗棒，
钢盔顶头上。
见眼它就趔，
里边揉得忙。
时间不算长，
拔出顶着霜。

采录地区：滦南、滦县、乐亭

此勺来自小人国，
来到俺这上不得桌。
只能小窟窿眼里走一走，
挖出一些白疙瘩。

采录地区：永年

## 镜子

四四方方一个柜，
放银子摆宝贝。

采录地区：石家庄

此物有方有圆，
天天在你面前。
给你生个一奶同胞，
不给你找一点麻烦。

采录地区：邯郸

水晶宫外偶然立，
有人向我笑嘻嘻。
我要不嘻嘻，
他也不嘻嘻。

采录地区：唐山

四四方方一座城，
里面住个小白龙。
小白龙看我，
我看小白龙。

采录地区：石家庄

外面有，里面也有，
里面的东西拿不走。
你若把它打，
马上有人来还手。

采录地区：张家口

石流石，沙拉玉。
出不来，进不去。

采录地区：张家口、石家庄

姊妹俩，一样容，
想拉手，万不能。

采录地区：石家庄

关关雎鸠围困城，
在河之洲喜相逢。
窈窕淑女来相会，
君子好逑难带身。

采录地区：滦南、滦县、乐亭

有件怪货，
针穿不过。
人能进去，
它却不破。

采录地区：衡水

我哭它也哭，
我笑它也笑。
要问它是谁，

咱俩都知道。

采录地区：石家庄

你哭他就哭，

你笑他就笑。

想问他是谁，

只有你知道。

采录地区：石家庄

光光亮亮，

摆在桌上。

朝它望去，

和你一样。

采录地区：石家庄、邯郸

四四方方一座城，

城内有位张美容。

美容城里把我看，

我在外面观美容。

采录地区：石家庄

你哭他也哭，

你笑他露牙。

别问他是谁，

问也不回答。

采录地区：石家庄

南面而立，

北面而朝。

像忧亦忧，

长喜而喜。

采录地区：唐山

我从大街过，

买件稀罕货。

人可穿得过，

针尖锥不过。

采录地区：衡水

你喜他也喜，

你愁他也愁。

你打他还手，

你去他也走。

采录地区：滦南

我哭他也哭，

我笑他也笑。

当面看见他，

背后找不到。

采录地区：张家口

脸儿亮光光，

坐在桌子上。

妹妹要照相，

就请它帮忙。

采录地区：张家口、石家庄

这屋亮，那屋亮，

两个媳妇相衣裳。

采录地区：邯郸

青石板，板石青，

青石板上出妖精。

采录地区：蔚县

你哭她也哭，

你笑她也笑。

要问她是谁，

谁看谁知道。

采录地区：张家口

一间房子亮堂堂，
里边住着美娇娘。

采录地区：石家庄

姑娘媳妇对着脸，
描眉画唇不走偏。

采录地区：隆化

明净如水，
实是奇怪。
人能进去，
手出不来。

采录地区：邯郸

此物真嚣张，
气死丑婆娘。
摔它十八瓣，
就有十八个丑婆娘。

采录地区：廊坊

此物真荒唐，
气煞丑姑娘。
我嘴大鼻子歪，
你为啥和我一个样？

采录地区：永年

看看在里面，
翻转找不见。
明明在里面，
就是摸不见。

采录地区：磁县

你哭他就哭，
你笑他就笑。
你问他是谁，

他说你知道。

采录地区：青龙、邱县

你笑他也笑，
你恼他也恼，
你想逮他逮不到。

采录地区：石家庄

外面有，里面也有，
里面的东西拿不走。
你若把它打，
马上有人来还手。

采录地区：石家庄

兄弟二人面对面，
一样衣服一样脸。
哥哥会说话，
弟弟是哑巴。

采录地区：青龙

又平又光，站在桌上。
你来看他，跟你一样。

采录地区：石家庄

窗子里，窗子外，
两个媳妇儿做买卖。

采录地区：石家庄

看看活像我，
实在不是我。
叫他也不应，
骂他也不怒。

采录地区：唐山

偶站水晶宫前，
有人向我笑憨憨。

我要不嘻嘻，

嘻嘻就不见。

采录地区：石家庄

## 肥皂

蛋糕盒内藏，

能用不能尝。

和水是朋友，

去污能力强。

采录地区：张家口

看看像块糕，

不能用嘴咬。

洗洗衣服洗洗手，

生出好多白泡泡。

采录地区：石家庄

像块蛋糕盒中装，

能看能用不能尝。

它和清水是朋友，

卫生模范人赞扬。

采录地区：石家庄

一个物件像块糕，

只能洗衣不能咬。

揉搓一会起泡泡，

用水一冲不见了。

采录地区：石家庄

一块白面糕又白又光，

不能吃来光能洗衣裳。

采录地区：石家庄

## 拐杖

### 拐棍

生在青山叶满杈，

死在凡间一把抓。

上山下河都靠你，

亲生儿女不如它。

采录地区：蔚县

### 拐杖

身子直直，

脖子弯弯。

主人出门，

伴在身边，

只伴老人，

不伴青年。

采录地区：石家庄

看是一条腿，

年轻不需要，

老了不离手。

采录地区：张家口

在娘家青枝绿叶，

在婆家又黄又瘦。

嫁了一个丈夫，

要我不离左右。

采录地区：衡水

## 花瓶

长脖子小口，

装水坐高楼。
数它爱打扮，
鲜花插满头。

采录地区：张家口

细长脖子没脑袋，
一身华衣坐高台。
为让他人笑开怀，
口中常衔鲜花来。

采录地区：武安

栽秧不生根，
花开不落粉。
不招蜂和蝶，
不用洗水勤。

采录地区：唐山

是个瓶，
不装油盐酱醋。
天天为人做嫁衣，
装几枝松兰梅竹。

采录地区：邯郸

小小竹筒颜色华，
立时三刻会开花。
梅兰竹菊样样有，
只好看来不好拿。

采录地区：唐山

## 火柴

头戴红帽，
身穿白袍。
擦了黄墙，

变了火光。

采录地区：唐山

一个四方盒，
住兵一大伙。
头顶小钢盔，
没手没有脚。
轻易不出来，
出来就发火。

采录地区：衡水

一个四方窝，
住着一大伙。
请出一个去，
出门就发火。

采录地区：衡水

一根棍儿，
顶个黍米粒儿。

采录地区：滦南

四四方方一座城，
里面住着百万兵。
拿出一个去打仗，
打破脑袋不回城。

采录地区：石家庄

细高挑，好汉子，
脑瓜顶顶个火炭子。

采录地区：石家庄

四四方方一座城，
里面住着百十兵。
个个头戴红纱帽，
哧溜一下放光明。

采录地区：滦平

四四方方一座城，
里面住着上百兵。
每天出门去打仗，
一擦冒烟就牺牲。

采录地区：青龙

百根木棍，
藏在盒中。
盒旁一擦，
烧个干净。

采录地区：石家庄

四四方方一座城，
城里住着兵一营，
开城一次少兵一名。

采录地区：井陉

方方正正一座城，
里面住着百万兵。
个个戴着小红帽，
不知哪个是朝廷。

采录地区：石家庄

咱家有个小抽屉，
里面住着小兄弟。
个个戴着小红帽，
都是一奶娘生的。

采录地区：石家庄

方方正正一座城，
里面住着好多兵。
住在城里都还好，
一出城来就冒火。

采录地区：沙河

四四方方一座城，
里边住的百万兵。
个个戴着红缨帽，
个个出来用火攻。

采录地区：行唐

猛将百余人，
无事不出城。
出城就放火，
引火自烧身。

采录地区：沙河、平山

一群小媳妇，
头顶红包袱。
擦到黑墙上，
首先烧了头。

采录地区：沙河

大头娃娃是一国，
要买买一窝，
从不买一个。

采录地区：沙河

红头黑面仇恨多，
见面就将火光锉。

采录地区：石家庄

一屋娃娃，
乌黑脑瓜。
出门一滑，
开朵红花。

采录地区：石家庄

四四方方一座城，
里边住着十万兵，
个个戴着红缨帽儿。

**0423**

出城就放火，
放火就活不成。

一个小孩二指高，
头上顶着红脑包。

采录地区：石家庄

四四方方一座城，
里面住着十万兵。
漂亮桃花女，
配了胡延庆。

采录地区：青龙

一座军营百个兵，
列好队伍等命令。
一旦需要就出击，
牺牲自己换光明。

采录地区：石家庄

兄弟全是瘦长个，
长着一色小脑壳。
平时挤着不吭声，
出门办事就发火。

采录地区：石家庄

兄弟几十个，
同在一房坐。
一旦谁出门，
必遭烧身祸。

采录地区：石家庄

满屋娃娃，
圆脑瓜瓜。
出门滑一跤，

开出一朵红花。

采录地区：张家口

小小一座城，
住了一营兵。
走出城门外，
头上点红灯。

采录地区：石家庄

有兵百余名，
就是不出城。
出城就放火，
放火就没命。

采录地区：张家口

一头圆，一头方，
平日住在木头房。
遇到事情他来办，
办完事情就命亡。

采录地区：曲周

猛将百余人，
无事不出城。
出城就放火，
引火自烧身。

采录地区：石家庄

四四方方一座城，
城里住着百万兵。
开开城门一次，
就出一个小兵。

采录地区：石家庄

一个个长方体的小匣匣，
里边装着红绿头头的小娃娃。
娃娃出门用头擦擦划划，

火花一闪牺牲了自己为了他。

采录地区：石家庄

四四方方一座城，
里边住着跑马兵。
出一个，杀一个。
杀完废了这人这城。

采录地区：石家庄

四四方方一座城，
里边住着百万兵。
出来滑一跤，
命归鄪都城。

采录地区：宣化

红头白尾巴，
一擦就起火。

采录地区：隆化

四四方方一座城，
里面住着百万兵。
个个戴着红缨帽，
不知哪个能称雄。

采录地区：石家庄

四四方方一座城，
城里住着百万兵。
甘愿牺牲自己命，
也要给人送光明。

采录地区：邯郸、永年

### 洋焌灯儿

一群小孩寸把长，
脑袋大来屁股方。
个个都怕碰脑袋，

要是一碰放火光。

采录地区：石家庄

二寸长，一寸宽，
当间一溜白沙滩。[1]

采录地区：石家庄

[1] 注：旧时的火柴，划火的地方是一层白沙。

### 洋取灯

小抽抽一个，
小小孩一伙，
揪出一个去头撞墙。
撞墙就着火，
小火一着没了命。

采录地区：邯郸

### 火罐

此物本是土里生，
要吃南方火丙丁。
它的本事有多大？
咬住人肉不放松。

采录地区：沙河

此物肚大嘴小，
就怕心里发火。
一旦咬住你肉，
让你一片红肿。

采录地区：邯郸

嘴大肚子空，
叼口肉，不放松。

采录地区：石家庄

左手一个小罐罐，

右手一把红突隆。

反手按到人身上，

咬住人肉不放松。

采录地区：石家庄

嘴巴大，肚里空。

嘴咬肉，病咬走。

采录地区：沙河、石家庄

小罐罐，有神通，

罐中无药也无灵。

火苗一燎扣身上，

顿觉浑身都轻松。

采录地区：邯郸

## 鸡毛掸子

浑身毛，一条腿，

不怕灰尘只怕水。

采录地区：石家庄

一根竹木竿，

鸡毛上头黏。

家具上边走一走，

干净光亮又新鲜。

采录地区：石家庄

一位姑娘懒梳妆，

扶墙靠壁过时光。

脚小伶仃走一阵，

屋中家具亮光光。

采录地区：唐山

一只花公鸡，

不吃也不啼。

桌上走一遍，

灰尘无影子。

采录地区：张家口

此物生得怪，

干死的杆杆上生出鸡毛来。

采录地区：永年

## 剪子

### 剪子

俺家巧儿嘴巴歪，

你想破家她就裁。

采录地区：石家庄

罗圈腿儿，

刀子嘴儿，

绿豆眼儿长在肚脐上。

采录地区：沧州

光嘴老鸦，

双脚盘花。

不吃饭菜，

只咬布纱。

采录地区：张家口

黑狗子，靠墙走。

走一步，咬一口。

采录地区：沙河、石家庄

家巧儿嘴歪，

你破我裁。

采录地区：蔚县

姐俩一模样，

就像照镜子。

她们要亲近，

谁拦谁得破。

采录地区：石家庄

两家头右身左，

反动特务结合。

尖头口含利刃，

净做破坏工作。

采录地区：石家庄

两人很亲密，

彼此不分离。

它们一团聚，

东西就分离。

采录地区：石家庄

小黑狗，沿街走。

走一步，咬一口。

采录地区：唐山

兄弟俩弯腰，

个子一样高。

一旦舞大刀，

哥俩互相咬。

采录地区：张家口

一棵树，两个杈，

要什么花开什么花。

采录地区：石家庄

一块铁，四下裂，

猜不着是老鳖。

采录地区：石家庄

一只小铁狗，

生来不愿走。

要它走一走，

它要咬一口。

采录地区：衡水

鱼儿眼，鸭子嘴，

白天晚上都蜷着腿。

采录地区：滦南

黑嘴姑娘不吃饭，

光吃布匹和绸缎。

采录地区：衡水

尖尖嘴，罗圈腿。

光吃布，不喝水。

采录地区：邢台、石家庄

嘴是尖尖牙是钢，

叫她上房陪姑娘。

姑娘嫌她蹺腿小，

眼蛋长在腿肚上。

采录地区：石家庄

小铁狗，找道走，

走一步唻咬一口。

采录地区：衡水

俺家有个破家鬼，

你撑开他的腿。

他就张开他的嘴，

你要多碎他就给咬多碎。

采录地区：永年

## 剪子、针、顶针

大姐破家恶鬼，

二姐成家立器，

三姐顶杠受气。

采录地区：石家庄

## 篓子

### 篓子

底圆，口四方，

不对你说猜一后晌。

采录地区：石家庄

### 荆条篓子

窟窿窟窿，

一身窟窿。

挑水不行，

放物还中。

采录地区：邯郸

### 挎篓

半路一道圆券门，

清清楚楚有门槛。

本想钻过券门是大院，

谁知跳到大坑溜。

采录地区：永年

## 杌子[1]

圆眼对扁眼，

扁眼对圆眼。

圆眼拿出来给了扁眼，

让圆眼起身。

采录地区：石家庄、沙河

[1] 杌子：旧时剃头匠用的工具。

## 席子

### 炕席

南边来只羊，

四个犄角顶着墙。

采录地区：隆化

一纹一纹压一纹，

四个犄角不顶人。

采录地区：沧州

卷起一个桶，

放开四个角。

站着立不稳，

躺下抵着墙。

采录地区：邯郸

南边来个大绵羊，

四个犄角顶着墙。

采录地区：滦平

### 席子

横着有纹，

竖着也有纹，

你猜猜这是个嘛东西。

采录地区：石家庄

田草苗，百圪节。

谁猜着，活一百。

采录地区：宣化

没横纹、没竖纹，

只有斜纹，

你猜是啥东西？

采录地区：鸡泽

## 凉席

一块板，八百缝。

也没反，也没正。

采录地区：衡水

## 苇席

从小青枝绿叶，

长大满身花纹。

常听缠绵私语，

常看男女裸人。

采录地区：石家庄

起小青枝绿叶，

长大手指编纹。

听过甜言蜜语，

见过美貌佳人。

采录地区：石家庄

俺家养了个大绵羊，

四个犄角顶着墙。

采录地区：石家庄

## 蜡烛

一根棍，尺许长，

想人时，泪成行。

采录地区：滦南

远看是点心，

近看是点心。

虽然是点心，

充饥可不行。

采录地区：衡水、张家口

默默守夜孤单，

眼泪汪汪不断。

待到更深人睡，

直到红心泪干。

采录地区：张家口

红娘子，上高楼。

心里疼，眼泪流。

采录地区：沙河、石家庄

红娘子，白娘子。

一到黑莫影，

心头就着火。

眼泪流干了，

自己也完了。

采录地区：沙河、石家庄

从小生来六寸长，

一到天黑请进房。

满天星斗它流水，

只能见短不见长。

采录地区：石家庄

红娘子，白娘子。

一到黑，没影子。

心里就着急，

头顶一冒火，

眼泪流到死。

采录地区：邯郸


小娘子白又白，

屋里一黑登高台。

相思化作心头火，

泪滴点点到天明。

采录地区：大名


红娘子，上高台，

五个小子扶上来。

一阵心头热，

眼泪落满怀。

采录地区：沧州、邯郸


## 抹布

生前荣华真荣华，

于今败了不成家。

客人来了先请我，

吃尽油盐酱醋茶。

采录地区：唐山


一物四四方，

五味它都尝。

为了别人净，

自己一身脏。

采录地区：张家口


出生富贵家，

家贫穿破纱。

感谢嫂嫂来照顾，

谢你油盐酱醋茶。

采录地区：张家口


不擦还干净，

越擦越脏。

干净了别人，

肮脏了自己。

采录地区：石家庄


出身原来是富家，

一败贫穷穿破纱。

多承嫂嫂来照顾，

谢你油盐酱醋茶。

采录地区：唐山


小小一物件，

吃饭先上桌。

主人一来到，

哈在一边歇。

采录地区：石家庄


一物生来不成材，

朋友不到它先来。

朋友来了不见它，

朋友走了它又来。

采录地区：石家庄


此物生来特勤快，

碗筷没上它先来。

人们吃罢抹嘴去，

又到桌面来显摆。

采录地区：邯郸

想当年人前荣光，
到如今受尽无常。
有用时上上桌面，
吃尽酸甜苦辣残羹剩汤。

采录地区：邯郸

## 帘子

### 门帘

红竹竿挑簸箕，
你躲躲我过去。

采录地区：石家庄

撩撩簸箕，
悄悄过去。

采录地区：衡水

出也摸摸，
进也摸摸。
只能竖着，
不能横着。

采录地区：石家庄

出一摸，进一摸，
横着不行能竖着。

采录地区：曲周

### 红门帘

大红布，挂起来。
双喜大字在门前，
梅兰松竹闹起来。
你要猜中这个谜，

让你媳妇抱你来。

采录地区：邯郸

### 竹帘子

竹算子一排，
绳绳吊起来。
看不见门里，
看得见门外。

采录地区：永年

## 晾衣杆

家住青山青里青，
一刀杀去取我命。
绫罗绸缎都穿过，
老来还要火伤命。

采录地区：唐山

一位先生本姓郎，
穿红着绿过时光。
千金小姐来扶侍，
永远不得做新郎。

采录地区：唐山

此物生得细又长，
穿完男装穿女装。
虽然不知冷和暖，
也把棉被裹身上。

采录地区：唐山

在山青莛莛，
出山没我命。
红绿衣裳都穿过，

要做新郎万不能。

采录地区：唐山

深山大侠独脚魈，
没有爹娘和哥嫂。
流落山下改名姓，
日日为人撑衣袍。

采录地区：唐山

这边系，那边吊，
把俺挂在阳光下。
绫罗绸缎虽然好，
破衣烂衫俺不嫌。

采录地区：邯郸

## 晾衣竹篙

我在娘家青青秀秀，
我在婆家黄皮寡瘦。
遇到一个不良之嫂，
把我放在外面日晒夜露。

采录地区：蔚县

## 柳盆

说俺是盆不盛水，
俺是要吃干粮的。
俺不是铜铁哩，
俺是柳条编的。

采录地区：行唐

绳勒紧，枷扣住，
像个盆子见婆母。
馒头包子尽俺吃，
就是不给一口水。

采录地区：邯郸

不是铜，不是铁，
白净柳条弯弯曲。
绳勒紧，枷扣死，
陪着娘儿做饭去。

采录地区：涉县

## 笼子

### 笼子

四四方方一座城，
城里城外拿秦琼。
拿住秦琼还好些，
拿不住秦琼把脸红。

采录地区：邯郸

### 鸟笼子

远看像座楼，
近看没有头。
让朋友管顿饭，
咔吧扣里头。

采录地区：石家庄

远看像座楼，
近看有朋友。
朋友好像请吃饭，

谁知朋友害朋友。

采录地区：石家庄

方方正正一楼台，

台中摆菜请客来。

本想朋友敬朋友，

谁知主人计算咱。

采录地区：成安

漂漂亮亮一亭台，

摆好菜肴等客来。

本想朋友敬朋友，

不成想朋友把我关起来。

采录地区：永年

### 捉黄鼬斗子

四四方方一座台，

台上摆菜等客来。

客来没吃一口菜，

天上轰雷打下来。

早知主人摞其者，

后悔先前不该来。

采录地区：永年

### 马镫

弟兄两个一般大，

常在别人脚底下。

走路不着地，

将军喜欢他。

采录地区：成安

哥俩一般大，

吊在马鞍下。

下雨不沾泥，

踩在脚底下。

采录地区：青龙

两么物件一般大，

常常就在腰里挂。

走道从来不沾泥，

就在你哩脚底下。

采录地区：行唐

兄弟两个一般大，

时常就在腰里拎。

说他走路不着地，

一走总在脚底下。

采录地区：张家口、衡水

### 马扎

一物生来真奇怪，

站立并死坐下劈开。

采录地区：沧州

站起来抿住，

圪蹴下支开。

离屁股挺近，

你不能瞎猜。

采录地区：张家口

站起来合住，

坐下就张开。

离屁股不远，

别往身上猜。

## 毛篓的

上圆底四方，
扣在墙头上。

采录地区：石家庄

## 磨刀石

它在地上坐着不动，
刀在它背上来回滚动。
走上几十遭遭，
刀儿光滑锋利。

采录地区：石家庄

他在地上坐着不动，
刀在他背上来回滚动。
不见他喊冤叫屈，
倒是刀见好就收。

采录地区：石家庄

任凭蹭来蹭去，
专管刀刃尖利。

采录地区：隆化

此物瞎硬，
没人去碰。
刀刃来蹭，
越蹭越薄。

采录地区：永年

## 木炭

生在深山长在林，
入了洞内没有魂。
三魂七魄归西去，
留下骨头卖与人。

采录地区：唐山

人家越长越大，
他越长越小。

采录地区：石家庄

二小二小穿红袄，
人越长越大，
它越长越小。

采录地区：石家庄

## 木头橛子

上不着天，
下不着地，
还有三寸在墙里。

采录地区：沙河、石家庄

这孩子没娘，
让他钻墙。
锤打屁股，
钉在墙上。

采录地区：邯郸

## 痒痒挠

青骨一根形似手，
多数用在老人手。

采录地区：唐山

一条腿五个指，
有时就去身上使。

采录地区：石家庄

## 尿壶

### 尿罐

破谜猜，破谜猜，
白晌走咾黑呀来。

采录地区：元氏

臭奴才，臭奴才，
白天走了黑夜来。

采录地区：宣化

提溜拐，提溜拐，
白天走了黑夜来。

采录地区：蔚县

一个乖乖，
提绳歪歪。
天明走了，
黑夜又来。

采录地区：永年

破闷，破闷，
俺家有个带绳儿哩。

天明送它走，
天黑接回来。

采录地区：永年

俺家有个祖奶奶，
早上走了黑了来。

采录地区：沙河、石家庄

### 脚盆

傻乖乖，俏乖乖，
白晌走咾黑呀来。

采录地区：行唐

一个奴才，
白晌走咾黑呀回来。

采录地区：行唐

一个物件，
肚子大哩头歪，
白晌走咾黑呀回来。

采录地区：行唐

### 尿壶

老黑老黑朝天张嘴，
想吃面肉，
喝了一肚子光水。

采录地区：石家庄

远看是个鬼，
近看没有腿。
想要吃口肉，
闹一肚子乌涂水。

采录地区：石家庄

## 尿盆

咱家有个老奶奶，
清早走咾黄昂来。

采录地区：石家庄

咱家有个老腻摆，
一到黄昏他就来。

采录地区：沙河、石家庄

俺家有个小二孩，
早起走了晚上来。

采录地区：石家庄

一个小红娘，
白天暗中藏。
夜晚来陪伴，
清晨归他乡。

采录地区：石家庄

家家都有个臭奴才，
白天走了黑夜来。

采录地区：沙河、井陉

一个老头九十九，
炕沿跟前蹲一宿。

采录地区：沙河、井陉

俺家有个胖小孩，
清早走了后晌来。

采录地区：武安

俺家有个小乖乖，
清早走了黑夜来。

采录地区：井陉

## 夜壶

黑乖乖，白乖乖。
白天走，黑价来。

采录地区：石家庄

远看像个冬瓜，
近看像个西瓜。
老头儿用着它，
老婆儿不用它。

采录地区：石家庄

一个老头九十九，
夜里起来喝壶酒。

采录地区：石家庄

壮又壮，胖又胖，
又会吹箫又会唱。

采录地区：唐山

一物卷卷嘴，
无脚又无腿。
男人重重喜，
女人频皱眉。

采录地区：行唐

## 尿桶

南边有个毛二孩，
白天走，晚上来。

采录地区：石家庄

## 便壶

有鼻子有嘴，
没胳膊没腿。

白天不吃饭，

晚上光喝水。

采录地区：涉县

弯曲像条龙，

口含一点红。

吞云吐雾气，

保人不被叮。

采录地区：张家口

## 盘香

### 盘香

半天一条黄龙挂，

口含朱砂一点红。

云儿飘飘不下雨，

落花飘落在地上。

采录地区：唐山

### 喷壶

头似莲蓬身似瓶，

有人带我进花丛。

花儿见我微微笑，

我见花儿泪淋淋。

采录地区：张家口

盘卧一条青龙，

口含一点朱红。

上望一丛云雾，

下看一地灰虫。

采录地区：邯郸

口似莲蓬身似瓶，

主人端我到花丛。

因我带来蒙蒙雨，

花儿见我笑盈盈。

采录地区：邯郸

### 蚊香

像龙不是龙，

头顶戴红帽。

夏秋好伴侣，

睡个安稳觉。

采录地区：石家庄

### 气门芯

有一可堪之物，

从小糊而糊涂。

用它把守关口，

坚决光进不出。

采录地区：晋州

一圈一圈摆好阵，

放出烟雾熏敌人。

敌人见它绕着走，

昏昏迷迷丧了命。

采录地区：张家口

## 伞

一根棍儿，顶房梁。
嘎得儿锁，盖上房。

采录地区：滦南

一根柱，八根梁。
支起来，像间房。

采录地区：宣化

一根柱子千根梁，
不用砖瓦盖成房。
有雨用它来挡雨，
没雨用它遮太阳。

采录地区：石家庄

一根支柱，
数根横梁，
不用木头盖成起脊房。

采录地区：石家庄

俺房后边一蓬麻，
七十二圪杈。
风来就撮住，
雨来就开花。

采录地区：石家庄

一根柱子百根梁，
不用砖瓦盖成房。

采录地区：石家庄

平时合拢一把把，
用时打开像个家。
有它不怕倾盆雨，
遮阳防晒也用它。

采录地区：石家庄

远看是坟堆，
近看能盖人。
晴天不怕晒，
雨天不怕淋。

采录地区：张家口

远看像个坟，
张口吃个人。

采录地区：石家庄

远看像个坟，
坟中有活人。
雨停太阳出，
活人出了坟。

采录地区：邯郸

此物像凉亭，
只有一柱顶。
亭随行人走，
走在细雨中。

采录地区：永年

风声一起，
满船红火。
打作一团，
自家并伙。

采录地区：滦南、滦县、乐亭

远看像座亭，
近看无窗棂。
上边流雨水，
下边有人行。

采录地区：承德

远看一座小洋楼，
近看一个大面头。

人在雨里走，
水在上面流。

采录地区：石家庄

竹竿扎，桐油擦。
晴天不常见，
下雨开了花。

采录地区：衡水

一间房屋，
手上建筑。
拔了橛子，
靠着柱子。

采录地区：唐山

独柱造个楼，
不用一砖头。
人在水下走，
水在人上流。

采录地区：衡水

在外肥肥胖胖，
回家瘦瘦长长。
倚墙靠壁，
眼泪汪汪。

采录地区：唐山

独柱造个亭，
没瓦没砖头。
人在水下走，
水在人上流。

采录地区：石家庄

竹竿儿，桐油擦。
晴天它不见，

下雨就开花。

采录地区：沙河、石家庄

晴天儿它歇着，
下雨天儿它干活。
人在水里走，
水在头上流。

采录地区：石家庄

竹子身，纸衣裳，
晴天家中藏。
最喜阴雨天，
工作格外忙。

采录地区：石家庄

不用似根棍，
用时半个球。
人在底下走，
水在上边流。

采录地区：张家口

有朵花，人喜爱，
有时凋谢有时开。
雨天开在大街上，
花根就在手中栽。

采录地区：张家口

一棵树，八撇丫。
一落雨，就开花。

采录地区：蔚县

独木造高楼，
没瓦没砖头。
不见砖头缝，
水在人上流。

采录地区：青龙

一朵花儿乖，

它在空中开。

雨天随人走，

根儿手中栽。

采录地区：沙河、石家庄

没用一块瓦，

独木起高亭。

随处可遮阳，

挡雨不挡风。

采录地区：石家庄

上头有宝盖遮天，

四周无围栏遮挡。

独木一根柱中央，

人行雨落各自便。

采录地区：石家庄

一拨麻，手中拿。

雨一淋，就开花。

采录地区：张家口

花儿真奇怪，

花枝绕杆开。

晴天家里闲，

雨天出门外。

采录地区：张家口

远看像座亭，

近看没窗棂。

上面流着水，

下面有行人。

采录地区：张家口

耳朵大，墙上挂，

眼泪流到脚底下。

采录地区：青龙

**书架**

身体不高容量大，

保存书籍是行家。

古今中外来聚会，

腹中知识多又杂。

采录地区：石家庄

像墙不是墙，

木板书垒成。

如你有此物，

谁见谁奉承。

采录地区：邯郸

**笤帚**

### 扫帚

本是地里一棵草，

秋后红了一大抱。

捆住根，压扁头，

扫场扫地扫过道。

采录地区：永年

在娘家，青枝绿叶，

到婆家，捆绑成团。

上房客堂不让进，

天天院里扫垃圾。

采录地区：邯郸

不惜一身脏，
墙角把身藏。
出来走一走，
地面光又光。

采录地区：张家口

一个老婆儿九十八，
天天早晨绕地昂爬。

采录地区：行唐

千只脚，万只脚。
立不定，倒墙脚。

采录地区：唐山

院内一个哨兵，
墙角孤单伶仃。
常常忙活一通，
主人迎来清明。

采录地区：唐山

俺家有个披毛狗，
屋子脏了遍地走。

采录地区：鸡泽

自小青枝绿叶，
长大白老横纹。
腰中紧系黄丝带，
摔摔落叶把它裁。

采录地区：邢台

一物不才，
比客先来。
客来它不见，

客走又出来。

采录地区：石家庄

一个老头八十八，
天天起来满屋爬。

采录地区：石家庄

虽有千条腿，
自己走不了。
只要被拿起，
满屋绕着跑。

采录地区：沙河、石家庄

小时候青青儿，
大了红红儿。
做完生活儿，
竖到墙根儿。

采录地区：涉县

生下来圆，
长大了扁，
行走生风把头点。
腰中系着几道绳，
临死落在火焰山。

采录地区：石家庄

小时青青，
大了红红。
做罢营生，
竖到墙根。

采录地区：沙河、石家庄

一条腿，无数脚，
每天都在地上跑。

采录地区：行唐

千只脚，万只脚。

站不稳，靠墙角。

采录地区：永年

千脚不多，

万脚不少。

站立不稳，

倒在旮旯。

采录地区：邯郸

春来青青一根菜，

秋深红红一大蓬。

被人压扁捆绑住，

天天一早搞卫生。

采录地区：大名

虽有千条腿，

自己走不了。

让人把住它，

能把院落扫。

采录地区：鸡泽

小时青青，

大了红红。

系上腰绳，

压成扁平。

巡罢院落，

墙根稍停。

采录地区：邯郸

秸禾围成一只脚，

走遍圪低旮旯。

屋内屋外干干净净，

全是它的功劳。

采录地区：石家庄

一个老头一只脚，

旮旮旯旯都走到。

采录地区：石家庄

一个小猴，

满地磕头。

采录地区：石家庄

一物生来二尺长，

一头有毛一头光。

主人要赶土地爷，

我在前头跑得忙。

采录地区：石家庄

俺家有个黄草鸡，

噼里啪啦一早起。

采录地区：井陉

俺家有个黄虎，

撅着尾巴啃土。

采录地区：石家庄

## 笤帚

俺家有个皮毛狗，

早起晚上炕上走。

采录地区：石家庄

一个大公鸡，

满地里找东西。

采录地区：保定

千条腿，万只脚，

天天靠在门旮旯。

采录地区：沙河、石家庄

俺家有个黄猴，
每天起来叩头。

采录地区：张家口、定州

南边来了个黄老虎，
天天早起刨刨土。

采录地区：石家庄

一个大黄狗，
可屋里地啊走。

采录地区：石家庄

俺家有个黄草鸡，
噗里噗啦一早起。

采录地区：邯郸、石家庄

俺家有个刺毛狗，
天天来家旮哩旯旮儿走一走。

采录地区：行唐

黄老婆儿一只脚，
早起走遍小旮旯儿，
最后藏在旮旯儿。

采录地区：邯郸

千条腿，万只脚。
有事屋里走一遭，
没事靠在门旮旯儿。

采录地区：永年

俺家有个黄毛狗，
一早跟着我来走。
旮哩旯哩走个遍，
最后卧在炕洞口。

采录地区：武安

**黍子笤帚**

黄虎儿黄虎儿，
绕地刨土儿。

采录地区：石家庄

一个黄草鸡，
清早起来满炕飞。

采录地区：石家庄

俺家有个黄草鸡，
天天起来舔地皮。

采录地区：石家庄

俺家有个黄丫头，
天天帮俺把炕收。
东呼啦，西呼啦，
离开些，
你把它坐在了屁股下。

采录地区：永年

黄草鸡，尾巴长，
天天早起它最忙。
里扫扫，外扫扫，
地上垃圾不见了。

采录地区：邯郸

**扫炕笤帚**

公鸡公鸡，
可炕作揖。

采录地区：石家庄

不见鸡头，
只见鸡尾。
满炕呼啦，

主人愿意。

采录地区：邯郸

### 胍笤帚[1]的呱哒板

姐妹七八个，

都在板上坐。

她爹一哆嗦，

姐妹乱吆喝。

采录地区：行唐

[1] 胍笤帚：也作"括笤帚"，是将黍子穗茎制作成笤帚的一种工艺，一般称"缚笤帚"。

# 扇子

### 扇子

不动无风动有风，

有风不动无风动。

采录地区：衡水

此物生风，

拿在手中。

有人来借，

等到立冬。

采录地区：石家庄

有皮无肉，

几根瘦骨。

摇摇摆摆，

风头出足。

采录地区：滦南、滦县、乐亭

动动有凉风，

日日在手中。

年年六七月，

夜夜打蚊虫。

采录地区：滦南、滦县、乐亭

动动有凉风，

日日在手中。

白天旺火炉，

夜来赶蚊虫。

采录地区：行唐

有风身勿动，

一动就生风。

人家不用它，

要等起秋风。

采录地区：行唐

此物人人都待见，

常被大家来把玩。

天气凉了睡懒觉，

天气热了不偷懒。

采录地区：行唐

没风身不动，

一动就生风。

若要它不动，

除非起秋风。

采录地区：行唐

有风不动无风动，

不动无风动有风。

采录地区：行唐

有风的时候不用它，

寒冷的时候不用它，

炎热的时候才用它。

用它的时候就有风，

用它的时候握手中。

采录地区：石家庄

打开似弦月，

收拢兜里装。

来时荷花开，

去时菊花放。

采录地区：张家口

有风身不动，

一动就生风。

只怕秋风起，

凄凉入冷宫。

采录地区：张家口

擅长兴风不作浪，

喜欢玩火不成灾。

桃花开时来相会，

菊花黄时就离开。

采录地区：平山

一摇就生风，

撵走热烘烘。

采录地区：隆化

大叶片上一手柄，

只有天热人才用。

用手来回扇一扇，

借来寒冬西北风。

采录地区：石家庄

俺本江南一娇女，

梳妆打扮嫁这里。

扇火扑蚊都是俺，

一到秋冬少人理。

采录地区：石家庄

像大饼，有把，

像扇鼓，不响。

摇它，有风，

想借它，秋冬。

采录地区：永年

## 蒲扇

家在河湖边，

被人捆绑来。

天热不离手，

天冷忘了咱。

采录地区：石家庄

山上长棵树，

树叶圆又长。

树干拔地起，

摇摆使人凉。

采录地区：张家口

## 折扇

纸竹姻缘会剪刀，

名写花草笔头蘸。

桃花开来有相会，

菊花开来面勿朝。

采录地区：滦南、滦县、乐亭

打开半个月亮，

收起兜里可装。

来时石榴花开，

去时菊花开放。

采录地区：衡水

剪刀做媒纸竹配，

名家书画裱洞房，

谁知命运在人手。

桃花开时喜相会，

菊花开来就抛弃。

采录地区：石家庄

此物半圆不四方，

好像鸡儿晒翅膀。

也在绣楼陪小姐，

也在人间闹市上。

采录地区：石家庄

一条百褶裙，

挂在竹林中。

裙上画儿美，

裙动就生风。

采录地区：张家口

叠卷白玉软，

翻展新月弯。

来去自有时，

秋凉且休闲。

采录地区：隆化

## 牲口嚼子[1]

吃着时候闲着，

不吃时候用着。

采录地区：石家庄

[1] 牲口嚼子：给马牛等牲口戴在嘴上的套子，防止它们乱吃东西。

## 理发推子

一只青蛙顺头爬，

唧唧喻喻割一茬。

采录地区：唐山

一个头来两个尾，

捏动尾巴就张嘴。

两排利齿横着长，

只吃毛发不喝水。

采录地区：张家口

有腿没脊梁，

有牙没嘴唇。

上山吃草，

下山嘴吹。

采录地区：石家庄

一物长得鬇[1]，

有牙没有唇。

常被抓住腿，

上山啃草根。

采录地区：魏县

[1] 鬇：丑的意思。

## 梳子

### 梳子

弯弯脊背长长牙，

多在女人手中拿。

不会唱歌不说话，

只爱顺着头发爬。

采录地区：唐山

驼背哥哥，

牙齿真多。

从你头上，

缓缓走过。

采录地区：张家口

一条腿二十齿，

每天都上头上使。

采录地区：石家庄

## 木梳

一面光，一面刺，

家家都有的好玩意儿。

男人离开还好些，

女人离开用手挠。

采录地区：石家庄

一面有齿一面光，

常陪娘子在高堂。

男人用它帮女人，

帮得女人心发慌。

采录地区：邯郸

一面有齿一面光，

常陪娘子在高堂。

男人用它帮女人，

头上不痒心里痒。

采录地区：隆尧

## 拢子

毛从毛里过，

胯从胯里过。

你要不相信，

回去问你妈，

你妈也用它。

采录地区：石家庄

## 篦子

千刀剐，万刀裁，

哥们无数一顺排。

绳子绑定身难动，

两块竹板夹起来。

五虎上将来拿我，

君子喜欢家人爱。

一气毛贼撵在外，

再有毛贼我再来。

采录地区：青龙

墙头一把草，

黑牛往里跑。

一把没抓住，

得回篦大嫂。

采录地区：石家庄

青竹竿儿，

破细篾儿，

俺上高高山昂捉虫意儿。

采录地区：行唐

夹板两片，

竹地一排。

常上高山，

草中捉虫。

采录地区：永年

# 锁子

## 锁子

一个狗，跟门走。
捅捅它，张开口。
采录地区：石家庄、沙河

铁大哥把门守，
客人来看看走，
主人来就开口。
采录地区：石家庄

一个小猪儿不吃糠，
屁股眼儿里攘一枪。
主人在家它歇着，
主人外出它上岗。
采录地区：行唐、沧州、井陉

没人时，用到它，
有人时，不用它。
出门时，用到它，
进来后，不用它。
采录地区：衡水

一只狗，沿壁走，
打一枪，张开口。
采录地区：唐山

为奴舍身看家门，
丈夫出外跟主人。
君子见俺扬长去，
只怕小人坏奴身。
采录地区：唐山

一只狗，站门口。
打一枪，就开口。
采录地区：石家庄、沙河

丈夫随主出门走，
留下奴妇看家门。
有的光棍儿调戏我，
不是我夫我不从。
采录地区：石家庄

铁哥把门口，
客人来了看看走，
主人来了才开口。
采录地区：张家口

铁打心肠一枝花，
我是主人好管家。
主人一来我开心，
不是主人不理它。
采录地区：石家庄

有个铁将军，
天天站门口。
生人来了就拦住，
主人来了才开口。
采录地区：石家庄

铁褥子铁被，
铁大奶奶里边睡。
铁大爷踹了她一脚，
铁大奶奶往外跑。
采录地区：保定

小猪小猪不吃糠，
叭，给你一枪。
采录地区：沧州

一只小铁狗，

守在大门口。

客人来串门，

见了它就走。

采录地区：张家口

铁帮铁底一枝花，

丈夫出外俺守家。

多少男人来调戏，

不是本夫不配他。

采录地区：沙河、石家庄

铁板褥，铁板被，

铁板老头里头睡。

铁板老婆踹一脚，

铁板老头往外退。

采录地区：保定、衡水

没人时用着它，

有人时不用它。

出门时不带它，

回来时打开它。

采录地区：青龙

买只小猪儿不吃糠儿，

冲着腚眼儿啪儿一枪儿。

采录地区：沧州

铁打的心肠一枝花，

我是主人好管家。

主人一来我开心，

不是主人不理他。

采录地区：张家口

空心树，实心丫，

主人不在我当家。

采录地区：蔚县

一位铁甲老将军，

为了主人守太平。

主人在家它闲着，

主人上班它门外。

采录地区：石家庄

嘎巴爷，嘎巴被，

嘎巴奶奶在里睡。

嘎巴爷爷踹一脚，

嘎巴奶奶往外跑。

采录地区：石家庄

## 锁和钥匙

头上一只眼，

腿上一排牙，

回家先求它。

采录地区：石家庄

钉前钉后钉家庄，

钉家庄闺女长了个疮。

哪个村也给看不好，

钉家庄的大姐看好了。

采录地区：衡水

嘎巴枕头嘎巴被，

嘎巴老娘在里睡。

嘎巴老爷踢一脚，

嘎巴老娘往外跑。

采录地区：青龙

奴家本是一枝花，

丈夫不在自当家。

别的男人来调戏，

不是丈夫不认他。

采录地区：青龙

### 锁头

俺家有个小猪，

不吃粗糠，不吃细糠，

从它屁股上攮一枪。

采录地区：涉县

### 梯子

长的长，短的短。

脚去踏，手去摸。

采录地区：唐山

长的少，短的多。

脚去踩，手去摸。

采录地区：隆化、张家口

竖的少，横的多。

横的用脚踩，

竖的用手摸。

采录地区：滦南、滦县、乐亭

脚蹬哩，手攥哩。

俺哩谜，在院里。

采录地区：行唐

两边长又长，

中间短又短，

用时踩着短哩就是俺。

采录地区：石家庄

两边竖，中间横，

踩摸哩，抟竖哩。

爬高哩，上低哩，

没俺你是不中的。

采录地区：临漳

两个兄弟一样长，

一蹬一蹬往上长，

专为登高出力量。

采录地区：隆化

长的少，短的多。

上一级，摸一摸。

采录地区：石家庄、沙河

竖着两根柱子，

横卧许多椽子。

不远不近排开，

登高爬低靠它。

采录地区：石家庄

### 剃头刀

铁头木尾铜托腰，

布织司里走一遭。

毛兵宰了无数万，

特来吃曹操一刀。

采录地区：滦南、滦县、乐亭

铁刃木把不算长，
敢叫头光光。

采录地区：隆化

连铁带木一道沟，
祖祖辈辈把俺留。
虽说皇上比俺大，
也得月月把俺用，
用俺还得低下头。

采录地区：石家庄

铁头木尾铜托腰，
布织司里走一遭。
毛兵宰了无数万，
头头都得挨此刀。

采录地区：石家庄

钢头钢托木把把，
合住不足一拃长。
要想头面有光彩，
在它面前都要把头低下来。

采录地区：邯郸

## 铁锚[1]

一物生来不大，
人人见了害怕。
不用放在桌上，
用着放在地下。

采录地区：唐山

[1] 铁锚：农家从井底捞取水桶的设备。

一物生来尾巴多，
三个五个八九个。

它去黄泉走一遭，
带回一个大家伙。

采录地区：永年

## 袜板

木脚一只不走路，
专把袜子当屋住。
袜子破了它进去，
撑展袜子供缝补。

采录地区：石家庄

## 蚊帐

纱做四方城，
关门不点灯。
贼在城外嚷，
主人睡安心。

采录地区：张家口

一间小房四面墙，
没有门来没有窗。
蝇子蚊子进不去，
它的主人睡得香。

采录地区：石家庄

纱做墙，布做顶，
方方正正像座城。
城外兵马闹哄哄，
城里主人响鼾声。

采录地区：邯郸

四四方方一座城，
里面安静有伏兵。
敌军多次来攻城，
城门牢固难成功。

　　　　采录地区：沧州


大屋套小屋，
有门无窗户。

　　　　采录地区：沧州


大屋套小屋，
小屋没窗户。
冬天你不用，
夏天在里住。

　　　　采录地区：青龙


远望一条裙，
近望又无门。
外面兵马闹哄哄，
里边照睡一群人。

　　　　采录地区：蔚县


城里死了人，
城外闭了门。
白蛾来吊孝，
打死不开门。

　　　　采录地区：石家庄


四四方方一座城，
黑呀关门不点灯。
闲人城外瞎嚷嚷，
只听主人打鼾声。

　　　　采录地区：行唐


大屋套小屋，
小屋没空的。

我说你不信，
你还在里住。

　　　　采录地区：衡水


四方四角一座坟，
里面住着活死人。

　　　　采录地区：石家庄


## 洗脸盆

### 洗脸盆

俺家有个小水塘，
端起放到高台上。
伸手塘里捞三捞，
捞起抹到干脸上。

　　　　采录地区：石家庄


有方有圆肚里空，
有面镜子在当中。
老少用着都低头，
弯腰撅腚还打躬。

　　　　采录地区：石家庄


圆圆一物，
水倒其中。
挽袖低头，
抹脸干净。

　　　　采录地区：沙河


一个小盔肚子空，
常常喝水在腹中。
老婆孩子爱干净，

必须向它鞠个躬。

采录地区：石家庄

又扁又圆肚中空，

有面镜子在当中。

人人见它就低头，

搓手搓脸三鞠躬。

采录地区：张家口

又圆又扁肚里空，

活动镜子在当中。

人人见了都低头，

天天到此都鞠躬。

采录地区：衡水

又圆又扁肚里空，

一面镜子在当中。

男女老少都用它，

擦手抹脸又鞠躬。

采录地区：行唐

俺家有面水做的镜，

全家人见它就鞠躬。

搓搓手，擦擦脸，

起身见人才干净。

采录地区：邯郸

### 洗脸盆架

六耳六脚六龙头，

六龙头上有水水不流。

人人见我都作揖，

皇帝见我也低头。

采录地区：蔚县

上面有水下面空，

一轮明月在当中。

文武百官来见驾，

皇上见了也鞠躬。

采录地区：张家口

桥上有水桥下空，

桥下无水似灯笼。

文武百官都去拜，

皇帝来了也鞠躬。

采录地区：石家庄

## 香烟

### 纸烟

生不能吃，

熟不能吃，

一边烧着一边吃。

采录地区：肥乡

蒸蒸不能吃，

煮煮也不能吃，

一边烧着一边吃。

采录地区：石家庄

一物二寸长，

里面有毛外面光。

一头热，一头凉，

只见短来不见长。

采录地区：张家口

兄弟二十个住在一起，

穿着白色的裤子黄色的上衣。

个别人吃它为的是解瘾，

他人解了瘾牺牲了自己。

不定时地吃它既不解渴又不解饥，

有些人对它还十分地着迷。

采录地区：张家口

生着不能吃，

熟了不能吃。

煮煮炒炒不能吃，

一边烧着一边吃。

采录地区：石家庄

纸里包，纸里裹，

北京南京都有我。

虽说县官比我大，

县官也得陪着我。

采录地区：石家庄

千刀万剐纸里包，

命里犯东火里烧。

采录地区：唐山

白棍棍，二寸长，

里面黄丝外面光。

爱吃的人不见有个饱，

不爱吃的人闻闻都心慌。

采录地区：邯郸

## 纸吹[1]

头戴黑纱帽，

身穿黄缎袍。

但见客人到，

换了红缎袍。

采录地区：唐山

[1] 纸吹：唐山方言，指纸烟。

## 箱子

四四方方一座城，

弟兄大小不相同。

衣物书籍它都管，

世间珠宝腹内容。

采录地区：唐山

四角四棱，

四轱辘转动。

书籍衣物，

一股脑装入。

采录地区：涉县

四四方方一小房，

没有门来没有窗。

掀开房顶装进物，

值不值钱都能放。

采录地区：磁县

## 绣花框

一大一小俩竹圈，

一片布料夹中间。

两圈严实布绷紧，

绣起花来真方便。

采录地区：石家庄

大竹圈，小竹圈，

一块布料糊中间。

绣花姑娘把住它，

绣出朵朵疙瘩花。

采录地区：徐水

## 牙膏

不是糕点糖，
洁白芬芳装。
不能吃和喝，
每天都要尝。

采录地区：张家口

头戴一帽，
身穿花衫。
清早起来，
口吐白蚕。

采录地区：石家庄

圆筒白浆糊，
早晚挤一股。
兄弟三十二，
都说有好处。

采录地区：张家口

圆筒装着白糊糊，
每天早晚挤一股。
三十二个小兄弟，
都说用它有好处。

采录地区：石家庄

白泥里边装，
发甜不是糖。
能闻不能吃，
每天都要尝。

采录地区：沙河

白糊糊，小筒装。
明知不能吃，
天天都尝尝。

采录地区：广平

圆筒装糊糊，
早晚吃一股。
舌头说好味，
胃口喊冤枉。

采录地区：曲周

## 牙刷

小小扫帚，
一手拿牢。
白石缝里，
天天打扫。

采录地区：石家庄

小小扫帚，
早晚抓牢。
白石缝里，
天天打扫。

采录地区：沙河、张家口

一个小孩真是棒，
早晚嘴里走两趟。

采录地区：沙河、石家庄

一根小棍三寸长，
一头有毛一头光。
喜爱干净成洁癖，
或早或晚打扫忙。

采录地区：石家庄

一条腿无数毛，
每天都去口中挠。

采录地区：石家庄

半边有毛半边光，

生拉活扯上牙床。

上得牙床不自在，

一拉一扯冒白浆。

　　　　采录地区：石家庄

## 烟锅

### 烟锅

一头直来一头弯，

插到嘴里冒白烟。

　　　　采录地区：滦平

白玉嘴，铜锅头，

噙在嘴里慢慢抽。

看这头白雾蒙蒙，

看那头点点红星。

　　　　采录地区：邯郸

一支木杆中通透，

玉嘴铜锅安两头。

一种叶末锅里燃，

吸尽烟味瘾过够。

　　　　采录地区：石家庄

头大脖歪肚里空，

李逵下界去搬兵，

后门上跑了小闯君。

　　　　采录地区：石家庄

一根棍弯弯弯，

搁了嘴里冒青烟。

　　　　采录地区：衡水

头大尾小腹内空，

北方壬癸在其中。

南方丙丁甲乙用，

七星台上借东风。

　　　　采录地区：唐山

### 烟袋锅

一根棍，两头透气。

一头生火，一头冒烟。

　　　　采录地区：石家庄

一头直一头弯，

一头装驴粪，

一头冒蓝烟。

　　　　采录地区：石家庄

### 烟斗

一根空心杆，

常装火药弹。

不能打猎用，

嘴咂作消遣。

　　　　采录地区：滦南、滦县、乐亭

南沿来了一盘炉，

打不了镢子扛不了锄。

拉哩紧咾费了炭，

拉哩慢了落了炉。

　　　　采录地区：行唐

黑枣大点锅，

当中窝点火。

从铜匠门口进，

从玉石嘴里出。

　　　　采录地区：石家庄

一头直，一头弯，

肠子肚子当价拴。

一头通到水帘洞，

一头通到火焰山。

采录地区：沙河、石家庄

一根木管嘴中衔，

一头直来一头弯。

一头挑着火龙阵，

一头袅袅冒青烟。

采录地区：行唐

### 长杆烟袋

一头重，一头轻，

穆桂英，站当中。

孟良焦赞去放火，

一头撞死小燕青。

采录地区：沙河、石家庄

### 水烟袋

外国进来一只船，

船里有水船外干。

孔明定下烧船计，

光烧货物不烧船。

采录地区：邯郸

水进铜湾路不通，

关公憋得脸通红。

张飞正好来了瘾，

孔明放火烧华容。

采录地区：蔚县

老而无腰把头低，

灯笼走穗胸前系。

锅中烧火锅下水，

气闷不舒搞呼吸。

采录地区：石家庄

一股火，一股烟。

雷声隆隆，

电光闪闪。

采录地区：唐山

外国进来一只船，

船里有水船外干。

只见船头冒大火，

光烧货物不烧船。

采录地区：石家庄

外国进来一只船，

船里有水船外干。

船头点着星星火，

桅杆冒起缕缕烟。

采录地区：石家庄

水上漂来一只船，

船里有水船外干。

一时船头失了火，

却见火大不烧船。

采录地区：石家庄

歪拧圪巴一只船，

顶上架火底下泔。

采录地区：石家庄

### 烟筒板子[1]

我家有个黑老汉，

搧出舌头叫我看。

采录地区：河北全域

[1]　烟筒板子：插在火炉烟筒上的一块铁片，类似闸阀。烧火时，把铁片拔出一些，使烟道通畅，烧完火后，把铁片插严，防止外面的冷空气从烟道侵入，也可让火势减弱。

# 眼镜

## 眼镜

冰清玉洁嫩阿姑，
嫩夫不嫁嫁老夫。
贴到老夫一块肉，
老夫做出嫩功夫。

采录地区：唐山

稀奇真稀奇，
鼻头当马骑。

采录地区：唐山

又圆又亮，
左右成双。
脚踩两耳，
腰骑鼻梁。

采录地区：承德、衡水

又圆又亮，
左右一样。
脚蹬两耳，
腰跨鼻梁。

采录地区：沧州

远看两个零，
近看两个零。

有人用了行不得，
有人不用不得行。

采录地区：石家庄

不用它挡，看不清。
用它挡住，看清了。

采录地区：永年

一个物件真稀奇，
拿人鼻子当马骑。

采录地区：石家庄

两片磨石不觉重，
两个车轮不会动。
近看隔了一层水，
远看两个大窟窿。

采录地区：唐山

弯弯一根藤，
串着两块银。
踩着鼻子上，
万物看得清。

采录地区：唐山

稀奇鼓，两面鼓，
稀奇怪，两条带。
稀奇真稀奇，
鼻子当马骑。

采录地区：唐山

坐你鼻子，
蹬你耳朵。
又圆又亮，
不离都脑[1]。

采录地区：武安

[1]　都脑：武安方言，指脑袋。

### 老花镜

一物生来像俩零，
专门欺人俩眼睛。
有人用它受不了，
有人不用还不行。

采录地区：石家庄


没它放远看不清，
有它拿近看不清。
年轻人用它受不了，
老年人不用还不行。

采录地区：邯郸

### 眼镜、眼镜盒

一只大蚌真稀奇，
不沾沙来不沾泥。
打开大蚌仔细看，
两只螃蟹两条腿。

采录地区：张家口

# 衣柜

### 衣柜

方方一木房，
四周没有窗。
开门看一看，
全都是衣裳。

采录地区：石家庄

一棵树，崩了肚，
里头开了个杂货铺。

采录地区：石家庄


此物常常靠墙根，
任由你掀她衣和襟儿。
容得下你的闲散物，
由着你随心放进拿出。

采录地区：邯郸


靠墙立小庙，
两厢不开窗。
开门看一看，
全是新衣裳。

采录地区：邯郸


大屋里面有小屋，
小屋里没有开窗户。
敞开屋门往里看，
屋里全是好衣服。

采录地区：邯郸

### 躺柜

挨墙靠北儿，
一动一张嘴儿。

采录地区：隆化


墙根卧着一头驴，
也可躺来也可骑。
有时掀开驴鞍鞯，
肚里藏了不少好东西。

采录地区：永年

### 红木柜

家里有头大红牛，
没腿没尾又没头。

### 衣篓

方不方，圆不圆，
破衣烂衫往里填。
你要猜不准这个谜，
扣你里边别动弹。

## 衣架

### 衣帽架

主人脱衣它穿衣，
主人脱帽它戴帽。

你脱帽子去吃饭，
它戴帽子靠边站。
你脱衣服床上躺，
它穿衣服去站岗。
你脱光衣服最怕羞，
它脱光衣服最风流。

人脱衣服，
它穿衣服。
人脱帽子，
它戴帽子。

### 晾衣架

弯弯像弓，
射不得箭。
弓背有钩，
专挂衣裳。

## 椅子

### 椅子

背后还有一个背，
腿边还有四条腿。
走路睡觉用不着，
吃饭写字离不了。

方正脸庞，
看着后背。
长贴屁股，
长了四腿。

背后有背，
腿边有腿。
坐着舒服，
唯有它陪。

### 罗圈椅

柯溜扁拐不成材，

能工巧匠做出来。

人人说俺是貂蝉女，

见了相公搂在怀。

采录地区：石家庄

# 油灯

### 油灯

红公鸡，绿尾巴。

不吃粗糠细米米，

就喝香油辣水水。

采录地区：蔚县

一个蚂蚁枣，

三间屋子搁不了。

采录地区：沧州

俺家媳妇儿一只眼，

圪几旮旯都看见。

采录地区：蔚县

一物生来没多大，

三间房子放不下。

白天没人理它，

黑夜是它的天下。

采录地区：宣化

一个红枣个儿不大，

一间房子盛不下。

采录地区：滦南、沧州

一颗小红枣，

一屋盛不了。

只要一开门，

它就往外跑。

采录地区：石家庄

有个媳妇一只眼，

犄角旮旯都看见。

采录地区：张家口

一个东西也不大，

三间房子盛不下。

窗户缝里探着头，

门槛底下露尾巴。

采录地区：行唐

豆来大，扣来大，

三间房子盛不下。

采录地区：井陉

### 煤油灯

豆儿来大，

豆儿来大，

三间屋子盛不下。

采录地区：石家庄

肚里有芯，

一捻就亮。

采录地区：石家庄

一个豆，大不大，

一间屋里盛不下。

一个豆，小不小，

一个屋里盛不了。

采录地区：滦南

小小池塘在家家，
水底沿藤岸开花。
水干藤枯花又落，
并无结子又无瓜。

采录地区：唐山

斑疙瘩红嘴头，
不吃粮食光吃油。

采录地区：石家庄

俺家有个小闺妮儿，
整天咕嘟着个小红嘴，
光喝稀汤来不吃稠哩。

采录地区：行唐

一个猫也不大，
三间屋子盛不下，
开开门露尾巴。

采录地区：石家庄

一个小妮儿，
咕嘟着红嘴。
不吃任何东西，
就是爱喝油水。

采录地区：石家庄

扣儿大，豆儿大，
三间房着不下。

采录地区：河北全域

一穗谷，照满屋。

采录地区：石家庄

一颗谷子，
洒满屋子。

采录地区：滦平

有个媳妇一只眼，
白天不亮黑夜亮。

采录地区：石家庄

一个小小枣，
满房盛不了，
开门往外跑。

采录地区：张家口、沧州、衡水

一物不算大，
三间屋子装不下。

采录地区：武安、定州

大屁股，拧紧腰。
不对你笑，你猜不着。

采录地区：石家庄

一条白蛇在乌江，
乌江两岸放明光。
白蛇食得乌江水，
乌江无水蛇自亡。

采录地区：滦南、滦县、乐亭

一条白蛇在长江，
白蛇头上放明光。
长江显了底，
白蛇立即见阎王。

采录地区：曲周

白蛇游过清水塘，
一朵莲花开岸上。

采录地区：石家庄

一个枣，
三间屋子着不了。

采录地区：沧州、邯郸、清河

藤上结小瓜，
连到千万家。
年年瓜不长，
夜夜瓜开花。

采录地区：张家口

白蛇一条在乌江，
半夜三更放明光。

采录地区：邯郸

### 纱灯

大肚子，露青筋。
得嘛病，火烧心。

采录地区：石家庄

彩纱随竹马，
个大肚子空。
十字架上插蜡烛，
摇摇摆摆到天明。

采录地区：邯郸

### 油灯碗

小小池塘是我家，
水底有藤藤开花。
水干藤枯花也落，
不结果子不结瓜。

采录地区：张家口

### 雨衣

出门一件大衫，
回家挂在墙上。

不知有何委屈，
泪水直流到脚下。

采录地区：沧州

雨天回来，
挂在门外。
大哭不止，
泪流不断。

采录地区：邯郸

### 浴盆

家有一个坑，
如椅又如床。
常堆百斤肉，
非猪更非羊。

采录地区：滦南、滦县、乐亭

家中有密室，
平地起大坑。
坑中有热水，
能洗不能喝。

采录地区：邯郸

### 鱼缸

方方正正玻璃房，
里边住着花姑娘。
不怕水淹怕水脏。

采录地区：衡水

## 熨斗

### 熨斗

小小船儿衣上走，
来回游走波浪无。

采录地区：青龙

小小船儿衣上走，
来回游走衣无皱。

采录地区：滦平

铁打一只船，
不推不动弹。
下过蒙蒙雨，
船到水就干。

采录地区：衡水

铁打一只船，
不推不动弹。
开船就起雾，
船过水就干。

采录地区：隆化

铜船木橹，
每载红火。
天降微雨，
布阵摇过。

采录地区：唐山

有了热气就仗胆，
专叫衣裳平展展。

采录地区：隆化

铁船里边热，
快走别停着。

布面要平整，
它的功劳多。

采录地区：张家口

铁打一只脚，
常在女人窝。
衣裳不平整，
让它踩三脚。

采录地区：邯郸

平展展不用它，
都是屹皱才用它。
用它时雨蒙蒙，
不用时干生生。

采录地区：磁县

### 烙铁

底似镜，口似盆，
甲乙丙丁里边存。
壬癸头前领着路，
庚辛一过太平春。

采录地区：石家庄

架势尖头日脑，
歪脖长身翘翘。
工作开展前进，
热爱妇女领导。

采录地区：晋州

一个老头背着四两铁，
沟里走沟里歇。

采录地区：石家庄

跋拉鞋，跋拉片，
跋拉片长个长尾巴。

跐拉片火里走一遭，
沟沟坎坎都平了。

采录地区：邯郸

# 针

## 针

光棍光，光棍光，
光棍爱穿花衣裳。
绸子缎子都穿过，
临了剥俺赤屁股光。

采录地区：成安、石家庄

光棍光，光棍光，
眼睛长在头顶昂。
姐姐用它来绣花，
俺娘用它缝衣裳。

采录地区：行唐

光棍光，光棍长，
光棍光穿新衣裳。
绫罗绸缎都穿过，
穿哩一身明光光。

采录地区：肥乡

光光棍儿，棍儿光光，
光棍儿爱钻花衣裳。
绸子缎子都穿过，
屁股上长个窟窿疮。

采录地区：青龙

宁宁儿，星星儿，
屁股眼里穿绳儿。

采录地区：石家庄

头尖尖，尾圆圆，
穿过多少绫罗缎。

采录地区：张家口

稀奇古怪牛，
耳朵大过头。
头在前头走，
耳朵在后头。

采录地区：沙河

细细的一根光灿灿，
一头有眼一头尖。
线是它的好伙伴，
缝衣补袜一起干。

采录地区：沙河

小白鸽，长尾巴。
走一步，啄一下。

采录地区：武安

小小身躯白如银，
光认衣服不认人。

采录地区：石家庄

一个光棍光又光，
常陪小姐在绣房。
见过好多新媳妇，
穿过好多新衣裳。

采录地区：石家庄

一物真稀奇，
鼻子比头大。

没事做尚且罢了，
有事做就得拧住鼻子，
把头塞进去。

采录地区：石家庄

有眼无眉真好汉，
城镇乡村都走遍。
看过多少好美女，
穿了无数呢绸缎。

采录地区：张家口

有眼无珠浑身光，
既穿绿来又穿黄。
跟上懒人光睡觉，
跟上勤人一辈的忙。

采录地区：石家庄

有眼无珠身昂光，
既穿绿来又穿黄。
跟着懒婆俺就睡，
跟着勤婆俺就忙。

采录地区：行唐

有眼无珠通身光，
穿红穿绿又穿黄。
守着懒人它睡觉，
守着勤人它就忙。

采录地区：石家庄

光棍光，光棍光，
光棍好穿新衣裳。
绸子缎子都穿过，
鼻子顶到头顶上。

采录地区：行唐

光光棍，棍光光，
穿过多少好衣裳。
见过多少好姑娘，
就是不能配成双。

采录地区：衡水

尖尖身细白如银，
论秤没有半毫分。
眼睛长在屁股上，
光认衣裳不认人。

采录地区：行唐、衡水

身材细小钻缝走，
缝制新的也补旧。

采录地区：隆化

光棍光，光棍光，
光棍眼睛长在屁股上。

采录地区：永年

光棍光，光棍光，
光棍尾巴那么长。
别说破衣服穿几层，
就是新被子也钻半炕。

采录地区：武安

有眼无珠常光身，
总是走进绣房门。
穿的是绫罗绸缎，
见的是美女红娘。

采录地区：唐山

## 针线包

小小一个包，
却是传家宝。

缝补需要它，

勤俭精神好。

采录地区：衡水

## 针线布袋

一个屋两家住，

一家啊开粉坊，

一家啊开面铺。

采录地区：石家庄、沙河

你拉拉，我摆摆。

伸手一弹，

就卷起来。

采录地区：永年

## 营生筐子[1]

像盆不是盆，

常在女人群。

剪子尺子针，

新鞋旧衣裳。

要啥它都有，

就怕你不干。

采录地区：永年

[1] 营生筐子：过去装针头线脑的筐子。

## 指甲刀

一只小铁猴，

有嘴没有头。

帮你讲卫生，

咬脚又咬手。

采录地区：张家口

## 钟表

### 钟表

跟着时间转，

绕着圆圈走。

不快也不慢，

日夜不停留。

采录地区：石家庄

小小骏马不停蹄，

日日夜夜不休息。

蹄声哒哒似战鼓，

提醒人们争朝夕。

采录地区：沙河、石家庄

小小圆圆运动场，

三个选手比赛忙。

跑的路程分长短，

终点时间一个样。

采录地区：沙河

### 座钟

远看像座山，

近看像个庙，

里面住着一老道。

采录地区：石家庄

会走没有腿，

会说没有嘴。

坐着像泰山，

站着像石碑。

采录地区：行唐

看看像座庙，
只听嘀嗒闹。
吊锤左右摆，
到点当当叫。

采录地区：邯郸

## 时钟

没脚会走路，
说话不用口。
发出命令来，
人人都遵守。

采录地区：石家庄

辛苦辛苦真辛苦，
白天黑夜把数数。
虽然数了一辈子，
超过十二不会数。

采录地区：石家庄

声音有节奏，
绕着圆圈走。
不快也不慢，
日夜不停留。

采录地区：永年

一物生在空，
顷刻不说话，
说话人心惊。

采录地区：沧州

一腿长，一腿短，
不紧不慢转圈圈。

采录地区：滦南

骏马不停蹄，
日夜不休息。
蹄声响哒哒，
让人争朝夕。

采录地区：张家口

兄弟三人城内转，
昼夜不停常比赛。
三人速度不相同，
连走几年不出城。

采录地区：石家庄

走一圈点，
昼夜往前赶。

采录地区：隆化

一个姑娘跑，
两个后生赶，
十二个小孩围住看。

采录地区：石家庄

兄弟三人城内转，
昼夜不停常比赛。
老大个矮走得慢，
老二不快不慢行。
老三腿长飞快跑，
连走几年也不出城。

采录地区：张家口

圆圆一城堡，
三个大领导，
列兵围一圈。
老大一天巡视两圈，
老二一小时巡视一圈，
老三一分钟就巡视一圈。

采录地区：邯郸

## 时针

走路不歇息，
只走十二里。
有人来问我，
请看我日记。

采录地区：唐山

## 挂钟

二人同走路，
一摆走一步。
常年不停歇，
从未出门户。

采录地区：张家口

## 闹钟

家养只巧公鸡，
不吃不喝按时啼。

采录地区：石家庄

短腿圆脸膛，
耳朵上面长。
肚子有时唱，
提醒早起床。

采录地区：张家口

俺家有只大公鸡，
不喝水来不吃米，
平时卧在高台上。
让它啥时叫，
它就啥时啼。

采录地区：邯郸

金斗扣锯斗，
里边窝着个大黄狗。

采录地区：石家庄

## 表

弟弟长，哥哥短，
两人赛跑大家看。
弟弟跑了十二圈，
哥哥一圈才跑完。

采录地区：衡水

小小运动场，
三人比赛忙。
跑路有长短，
用时都一样。

采录地区：张家口

老懒对老懒，
来到大碾盘。
小懒转了十二圈，
大懒一圈才跑完。

采录地区：邯郸

## 手表

兄弟三人方上路，
有快有慢不争步。
走了三百六十五，
没有走出玻璃铺。

采录地区：衡水

听听滴滴答答，
看看分分秒秒，
像是手镯却有声音。

采录地区：张家口

弟弟腿长哥哥腿短，

弟弟跑出六十里，

哥哥一步就到站。

兄弟生命诚宝贵，

难逃人家小手腕。

采录地区：石家庄

### 跑表

说是表，

不计日月时辰。

说不是表，

只计分分秒秒。

采录地区：邯郸

### 锥子

有个媳妇一条腿，

谁见谁张嘴。

采录地区：石家庄

### 桌子

### 桌子

有脸没眼四条腿，

既没脑袋也没嘴。

虽说有腿不能动，

不吃饭菜不喝水。

采录地区：沙河、唐山

有面有腿，

没口没手。

有面吃喝写画，

有腿站立不走。

房中摆设一件，

方的长的都有。

采录地区：石家庄

有面没口，

有腿没手。

家里实用，

啥样都有。

采录地区：石家庄

有面无口，

有脚无手。

做得文章，

吃得烧酒。

采录地区：沙河

有面儿没介口，

有脚没介手。

虽然长着四条腿，

只会站来不会走。

采录地区：石家庄

有面无口，

有脚无手。

又好吃饭，

又好吃酒。

采录地区：隆化、衡水、唐山

四个兄弟一般高，

买顶帽子合戴了。

采录地区：邯郸

有面没有口，

有脚没有手。

虽有四只脚，

自己不会走。

　　　　采录地区：滦平


光有腿没有手，

挺大面子没有口，

吃饭写字家家有。

　　　　采录地区：隆化


## 餐桌


有面无口，

有脚无手。

听人讲话，

陪人吃酒。

　　　　采录地区：石家庄


脸面不小，

不见有嘴。

没见有脚，

光见有腿。

酒菜就在面前，

吃不得一口，

客人能走他不能走。

　　　　采录地区：临漳


光有面来没有口，

光有腿来没有手。

不光能要饭，

还要来喝酒。

　　　　采录地区：张家口


一张大脸四条腿，

没有鼻眼没有嘴。


有腿不曾走一步，

没嘴尝遍好饭菜。

　　　　采录地区：石家庄


有腿没手，

有脸没口。

无论穷富，

家家都有。

吃点残饭，

喝点剩酒。

　　　　采录地区：青龙


有脸没有口，

有脚没有手。

白长四条腿，

自己不会走。

　　　　采录地区：石家庄


脸儿仰面朝天，

就是没有五官。

有脚不能行走，

没手能端饭碗。

　　　　采录地区：石家庄


仰面朝天，

没生五官。

看人吃饭，

自个儿不端。

　　　　采录地区：邯郸


## 竹篙


在娘家青枝绿叶，

到婆家面黄肌瘦。

不提起也就罢了，

一提起泪洒江河。

采录地区：沧州、衡水

不上船青枝绿叶，

一上船面黄肌瘦。

使俺时抱住硬挺，

用罢时浑身流汗。

采录地区：邯郸

## 竹竿

主人叫我居中靠，

身体好像一乘桥。

桥下无船又无水，

桥上从来无人跑。

采录地区：唐山

# 后记

《中国民间文学大系·谜语·河北卷》是河北省民间文艺家协会在新时代承担的一项国家重大文化工程。该工程由中国文联总负责，由中国民协具体组织实施。该卷是河北省民协组织全省民间文艺工作者在全面调研和搜集整理的基础上，严格按照科学性、广泛性、地域性、代表性的"四性"原则编纂而成。

河北省民协在接到《中国民间文学大系·谜语·河北卷》的编纂任务后，即刻成立领导小组和编委会，组织有关专家投入到前期筹备工作中，并于 2018 年 9 月 4 日在石家庄召开了编纂工作会。对谜语卷的工作思路、方法、编纂体例、内容图片等方面进行了具体部署，并强调谜语卷要注重区域特色，突出河北特点，争取将河北谜语卷做成全国优秀卷本。

在省民协的统一部署下，各市、县民协积极行动，通过微信群、QQ 群、公众号等媒体迅速发动各级民协会员和社会各界谜语爱好者，掀起一股搜集谜语的热潮。许多市、县民协利用网络，鼓励群成员提供谜语，对提供谜语者还自费进行红包奖励。

为掌握第一手民间谜语资料，摸清全省民间谜语的分布情况和艺术特征，省民协主席杨荣国第一时间带领采风小分队深入到保定雄安新区、石家庄行唐县等地，走访采录人、村干部和民间谜语家，坐在老乡炕头与乡村"谜篓子"拉家常、说谜语，搜集到一批民间语言鲜活、谜面种类丰富的作品。

为扎实做好河北卷的搜集整理工作，使谜语卷做到涵盖全面、地域特色突出，将具有少数民族特色的谜语也囊括进去，不使卷本留有缺憾，2018 年 10 月 19 日至 23 日，编委会专程赴承德、廊坊、张家口等地召开了谜语搜集整理座谈会。主编刘英魁、吴桐与承德、廊坊、张家口等市、县区民间文艺骨干进行了座谈，及时解决基层民间文艺工作者普查搜集整理工作中遇到的困难和疑惑，使大家打开了搜集思路与方法，取得了明显效果。

广大民间文艺工作者和谜语爱好者也积极深入城乡、社区和村庄访老问贤，挖掘谜语素材。通过走访图书馆、乡村史志馆、旧书摊、个人藏书室等渠道开展了普查式收集，最终发掘出的民间谜语内容之丰富、分布之广泛、受众群体之庞大都始料未及。谜语提供者上至耄耋老人，下至九零后青年，不仅有民俗专家学者，还有工人、农民、退休干部、教师、戏曲演员、手工艺者等等，遍及各行各业、各界人士。

在本卷谜语搜集过程中，还涌现出许许多多感人的事迹。河北省民协副主席、石家庄学院教授柴秀敏，利用节假日奔赴定州、石家庄等地，走村串巷、访老问贤。唐山戴成龙老师孤身驱车往返于唐山各县区，深入偏远山村，挨家挨户进行采访，天晚了就住在老乡家。有一次，一位老人在为他说谜时突发疾病昏了过去，戴老师在赶快施救的同时，也被老人家对谜语的挚爱所感动。诸如此类感人事例不胜枚举。

从 2018 年 9 月到 11 月，在三个月的普查搜集过程中，共收到谜语 20128 条，经筛选采用谜作 8000 余条，谜语提供者涉及三百余人。在此，我们谨向所有为谜语卷做出贡献的各界人士，致以诚挚的谢意！

能够在新时代承担国家重大文化工程是我们的荣幸。河北省民协在河北谜语卷的编纂出版中，希望抛砖引玉，为其他兄弟省市起到借鉴作用。由于水平有限，在编纂过程中难免会有不妥之处，殷切希望专家和各位读者不吝赐教！

《中国民间文学大系·谜语·河北卷》编委会

二○二○年十二月一日